알래스카 샌더스 사건

알래스카 샌더스 사건 2

초판 1쇄 인쇄일 2023년 7월 18일 | **초판 1쇄 발행일** 2023년 8월 16일
지은이 조엘 디케르 | **옮긴이** 임미경 | **펴낸이** 김석원 | **펴낸곳** 도서출판 밝은세상
출판등록 1990. 10. 5 (제 10 – 427호) | **주소** (10881) 경기도 파주시 문발로 119, 202호
전화 031-955-8101 | **팩스** 031-955-8110 | **메일** wsesang@hanmail.net
블로그 blog.naver.com/balgunsesang8101 | **인스타그램** www.instagram.com/wsesang
ISBN 978-89-8437-464-5 (04860) | **값** 17,800원 | 잘못된 책은 구입한 곳에서 교환해 드립니다.

일러두기 각주는 모두 옮긴이 주입니다.

알래스카 샌더스 사건 ②

조엘 디케르 장편소설
Joël Dicker

임미경 옮김

L'Affaire Alaska Sanders

밝은세상

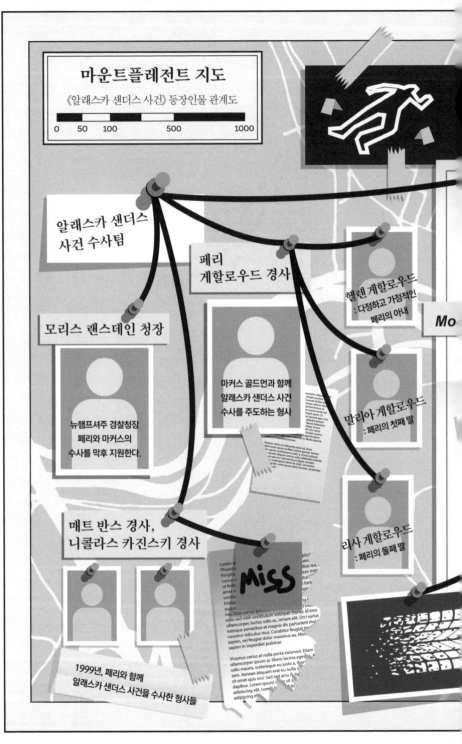

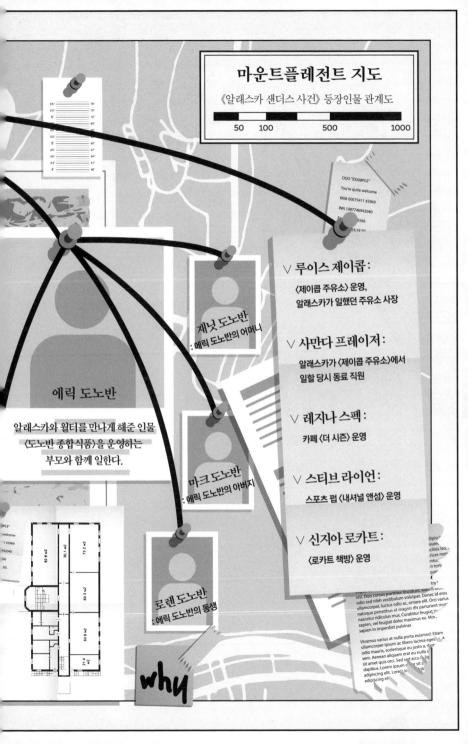

마운트플레전트 지도

《알래스카 샌더스 사건》 등장인물 관계도

50   100   500   1000

OOO "EXAMPLE"
You're quite welcome
KKM 00075411 #3969
INN 1087746942040

∨ **루이스 제이콥:**

〈제이콥 주유소〉 운영,
알래스카가 일했던 주유소 사장

∨ **사만다 프레이저:**

알래스카가 〈제이콥 주유소〉에서
일할 당시 동료 직원

∨ **레지나 스펙:**

카페 〈더 시즌〉 운영

∨ **스티브 라이언:**

스포츠 펍 〈내셔널 앤섬〉 운영

∨ **신지아 로카트:**

〈로카트 책방〉 운영

재닛 도노반
: 에릭 도노반의 어머니

에릭 도노반

알래스카와 월터를 만나게 해준 인물
〈도노반 종합식품〉을 운영하는
부모와 함께 일한다.

마크 도노반
: 에릭 도노반의 아버지

로렌 도노반
: 에릭 도노반의 동생

why

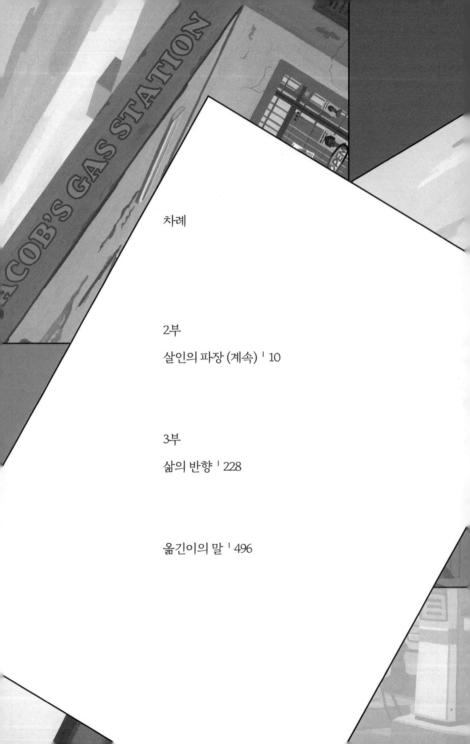

차례

L'Affaire Alaska Sanders

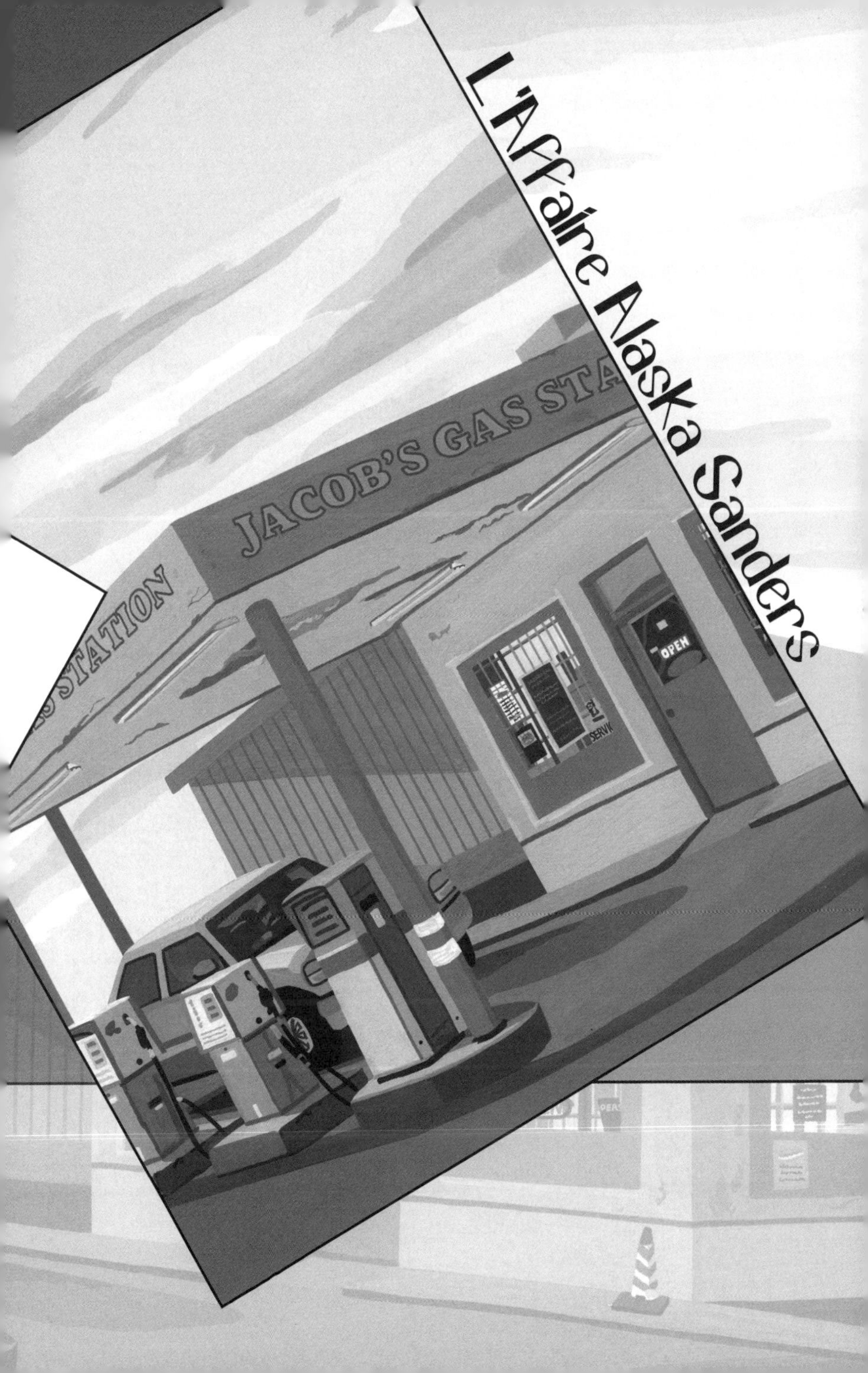

2부

살인의 파장 (계속)

뉴햄프셔 주립 교도소에는 이미 몇 번 가본 적이 있었다. 2008년 여름에 해리가 그 교도소에 갇혀 지낼 때 찾아가 만났다. 그러다 보니 그날 아침 교도소 방문객 주차장에 차를 세우면서 달갑잖은 기시감에 쫓긴 건 당연했다.

/

17장
송어 낙원
2010년 7월 13일 화요일. 뉴햄프셔주, 마운트플레전트

/

교도소 정문 앞에서 시위가 벌어지고 있었지만 통행에 지장을 줄 만큼 심하지는 않았다. 열 명가량의 시위자가 두 개의 바리케이드 뒤에 질서 있게 자리 잡고 서서 에릭 도노반의 석방을 요구하는 플래카드를 흔들었다. 두 명의 경찰관이 차 안에 앉아 커피를 마시면서 시위 장면을 무심한 표정으로 지켜보고 있었다.

'에릭 도노반 석방 청원 운동 협의회' 시위대는 매달 둘째 주

화요일만 되면 비가 오나 눈이 오나 변함없이 그 자리에 나와 한 시간 동안 시위를 벌였다. 시간이 많이 흘렀지만 여전히 시위에 참가하는 인원은 변함이 없었다. 로렌 도노반, 부모인 재닛과 마크, 변호사인 패트리샤 외에 도노반 가족과 가깝게 지내는 몇몇 친구들로 대부분 은퇴한 노인들이었다. 지금은 이제껏 수많은 시위를 벌이는 동안 한 번도 볼 수 없었던 신문기자들이 와 있다는 점이 달랐다. 신문기자들은 페리와 내가 나타나자 우리를 향해 우르르 몰려들었다. 우리는 순식간에 마이크와 카메라에 에워싸이는 처지가 되었다.

"에릭 도노반 석방 청원 운동을 지지하러 오신 겁니까?" 기자들의 질문이 날아들었다.

"우리는 에릭 도노반을 면회하러 왔을 뿐입니다." 페리가 잘라 말했다. "이 시위와는 아무런 관계도 없으니까 오해하지 말아주세요."

"알래스카 샌더스 사건 재수사는 어떻게 진행되고 있습니까?" 한 여성 기자가 큰 소리로 물었다.

"이미 알려진 대로 경찰은 공식적으로 재수사에 착수했습니다. 이해하시겠지만 수사와 관련된 모든 사항은 비밀입니다."

페리는 도노반 가족과 담당 변호사인 패트리샤를 난처하게 만들지 않고, 기자들에게도 말꼬리를 잡히지 않기 위해 어떤 방식으로 대처할지 미리 생각해놓은 대로 침착하게 답변했다. 답변을 마친 페리는 방문객용 출입구를 통해 교도소 안으로 들어갔다. 페리가 벽돌 건물 안으로 사라진 걸 확인한 뒤 나는 패트리샤에게로 다가갔다. 패트리샤는 '에릭에게 자유를'이라는 슬로건이 적힌 티셔츠를 입고 있었다.

"당신들이 기자를 몰고 왔군요." 나를 보자 패트리샤가 말했다. "이렇게 많은 기자들이 시위 현장을 보러 나온 건 처음이에요. 당신 덕분에 에릭에 대한 대중의 관심이 되살아난 것에 감사해요."

"진실을 파헤치려고 애쓰다 보니 여기까지 오게 된 겁니다." 내가 말했다.

그때까지 패트리샤 옆에 서 있던 로렌이 등을 돌리고 멀찍이 떨어진 자리로 이동해버렸다.

"로렌이 지금은 화가 잔뜩 나 있지만 곧 풀릴 거예요." 패트리샤가 말했다. "사실 로렌은 당신을 무척 좋아해요."

"그런 것 같지 않은데요."

"내 말을 믿어도 좋아요. 난 로렌을 어느 누구보다 잘 아니까."

고개를 돌리다가 도노반 부부와 눈이 마주쳤다. 나는 고개 숙여 인사를 하고 나서 그들에게로 다가갔다.

"미안합니다. 사과드리고 싶어요."

"무엇이 미안하다는 말인가요?" 재닛이 물었다. 뜻밖에도 부드러운 목소리였다. "내 아들을 위해 힘을 더해주어서? 우리는 지난 11년 동안 희망 없이 버텨왔는데 마침내 당신이 나서주어서 고마울 따름입니다."

재닛이 내 손을 잡았다. 마크는 그저 친근하게 내 어깨를 두드리다가 한참 후에야 나지막이 인사를 건넸다.

"정말 고마워요."

재닛이 말했다. "언제든지 우리를 찾아와요. 집으로든 식료품점으로든 당신이 편한 시간에. 우린 당신과 나누고 싶은 이야기들이 아주 많답니다."

나는 그러겠다고 대답하고 나서 조심스레 물었다.

"에릭이 저에게 마음을 열어줄까요?"

"처음에는 힘들지도 몰라요." 재닛이 말했다. "에릭은 지난 11년 동안 교도소에 갇혀 지냈어요. 살인범이나 절도범들과 뒤섞여 지내다 보니 그 아이도 이제 점점 날 선 성격이 되어가고 있으니까요."

***

"내가 무엇 때문에 당신에게 마음을 터놓고 이야기하겠습니까? 여기서 썩어가는 이유도 당신 때문인데."

에릭 도노반이 교도소 면회실로 들어선 페리를 대면하는 순간 내뱉은 말이었다. 에릭은 이제 마흔 줄에 접어들긴 했지만 나이

보다 더 늙어 보였다. 여전히 건장한 체구이긴 해도 눈에 생기가 없어 보였고, 얼굴은 너무 오랫동안 갇혀 지낸 탓에 창백하고 초췌했다. 에릭은 문간에서 기다리는 교도관을 향해 면회를 중단하고 감방으로 되돌아가겠다는 몸짓을 해 보이며 몸을 일으켰다. 그러자 패트리샤가 에릭을 말렸다.

"그러지 말고 좀 더 앉아 있어봐요. 지금은 그럴 때가 아니니까. 페리 게할로우드 경사님과 마커스 골드먼 작가님에게 행운을 걸어보는 것도 그리 나쁘지 않아요. 이곳에서 나갈 가능성이 있다면 뭐든 붙잡아야죠. 당신의 이야기를 들어달라고 내가 두 분을 일부러 불렀어요."

"무슨 이야기를 듣겠다는 거예요?" 에릭은 여전히 빈정거리는 말투로 나왔다. "11년 전에 내 이야기를 들어달라고 그렇게 애원할 때는 눈길 한번 주지 않던 사람들인데."

페리가 담담한 목소리로 물었다.

"내가 무엇보다 궁금한 건 월터 캐리가 무슨 이유로 당신을 알래스카를 살해한 공범으로 끌어들였느냐는 겁니다."

그 질문은 효과가 있었다. 에릭이 고개를 돌려 마치 뭔가를 묻는 듯이 로렌의 눈을 쳐다보았다. 면회실 구석에 서 있던 로렌은 아무 말이 없었지만 그 자리에 함께 와 있다는 것만으로도 이미 에릭에게 보내는 하나의 대답이 되어주었다. 로렌이 우리를 조금도 믿지 않았다면 면회를 허용하지 않았을 테니까.

페리가 말을 이어갔다.

"우린 월터 캐리가 알래스카 샌더스를 살해하지 않았다는 사실을 확인했어요. 무엇보다 영상으로 녹화된 그의 자백 장면이 강압으로 만들어졌다는 사실도 알게 되었고요. 월터는 거짓말을 했습니다. 그 자신과 당신에 대해. 월터에게 살인 혐의가 씌워진 이유는 알고 있어요. 하지만 여전히 납득할 수 없는 일은 월터가 왜 당신을 걸고넘어졌느냐는 겁니다. 월터가 당신을 나락으로 빠뜨려야만 할 어떤 동기가 있었습니까?"

"내가 알래스카와 몰래 관계를 맺고 있다고 생각했겠지요. 그때 당신네 경찰도 나에게 그렇게 말해 주었잖아요."

"그건 샐리 캐리의 생각이었어요." 페리가 말했다.

"샐리 캐리가 자기 아들을 세뇌시켜 같은 생각을 하게 만들었나 보죠." 에릭이 말했다.

"그렇다고 하기에는 뭔가 석연치 않은 점이 있습니다. 알래스카가 살해당한 다음 날 나는 월터를 찾아갔고, 그의 부모가 있는 자리에서 신문한 기억이 납니다. 물론 그때 샐리 캐리는 알래스카와 당신의 관계가 의심스럽다는 말을 아들 앞에서 했습니다. 하지만 월터는 그런 가능성을 강하게 부인했거든요."

"그야 당연한 일이죠." 패트리샤가 끼어들었다. "월터의 입장이라면 살인을 저지른 다음 날인만큼 수사를 방해하는 일이 우선이었겠죠. 월터는 자신이 두 사람 사이를 의심해 복수하려 했다는 사실을 숨기고자 했을 테니까요."

페리는 고개를 저었다.

"무슨 말씀인지 이해합니다만 그 경우 한 가지 걸리는 점이 있습니다. 어제저녁에 마커스와 함께 뉴햄프셔주 경찰청으로 가서 늦게까지 이런저런 사건들의 수사 기록을 들춰봤습니다. 주로 치정 살인 사건들을 참조했죠. 알래스카에게 배신감을 느낀 월터가 살인을 저질렀다면 치정 살인에 해당합니다. 살인자들이 흔히 돌이킬 수 없는 행위를 저지르게 되는 동기는 분노입니다. 분노에 따른 살인 행위는 주로 즉흥적으로 벌어집니다. 일종의 충동적인 살인이라는 뜻이죠. 남편이 아내가 불륜을 저지르는 현장을 목격했다든지, 다른 남자와 주고받은 연애편지를 발견했다든지 할 경우 감정을 통제하지 못해 우발적으로 범행을 저지르는 경우가 많습니다. 월터는 그런 경우는 아니거든요."

"물론 그런 경우는 아니죠." 패트리샤가 말했다. "하지만 경사님이 한 가지 잊고 있는 사실이 있습니다. 월터가 알래스카를 살해한 건 이별 통보를 받고 나서 몇 시간이 지난 때였어요."

"월터는 알래스카를 살해하지 않았습니다." 페리는 앞서 주장했던 말을 반복했다. "살인 행위가 벌어지던 시간에 월터는 〈내셔널 앤섬〉에 있었어요. 그 사실을 증명하는 사진이 존재한다는 걸 변호사님도 아시잖아요."

"그 사진이 재판정에서는 아무런 효력을 발휘할 수 없다는 사실을 경사님도 아시잖아요." 패트리샤가 맞받아쳤다. "월터는 알래스카를 살해하고 그 술집으로 돌아와 사진 찍힐 충분한 시간적 여유가 있었습니다. 11년 전, 경찰은 수사를 사흘 만에 매듭지었습니다. 경찰은 용의자가 범행을 자백하는 영상을 확보했죠. 그런데 페리 게할로우드 경사님은 어제 변호사 사무실에 불쑥 나타나 월터가 사실은 무죄라는 생각이 든다고 말했어요. 그렇다면 경사님이 중요한 단서를 손에 넣었고, 월터의 자백이 과연 유효한지 문제 삼게 되었다는 뜻인데요. 현재 경사님이 확보한 단서가 뭐죠? 그걸 알고 싶어요."

"미안하지만 더는 말씀드릴 수 없습니다. 수사상 기밀입니다."

"불리할 때마다 수사상 기밀을 앞세워 뒤로 숨을 수 있으니 정말 편리하시네요."

페리의 입꼬리가 실룩거렸다. 나는 어떤 경우에 페리의 얼굴 근육이 그런 식으로 움직이는지 잘 알고 있었다. 경찰의 본능이 최고로 작동할 때였다. 그럴 때 페리는 상대방을 자신이 원하는 쪽으로 몰아붙여 꼼짝 못 하게 만들었다.

"저런! 제가 수사상 기밀 운운해서 섭섭하셨나 보군요." 페리는 뒤로 한 걸음 물러서는 척하더니 말을 이어갔다. "그럼 변호사님이 제시한 가설을 다시 한번 살펴볼까요? 변호사님은 월터가 에릭을 함정에 빠뜨리기 위해 결정적인 증거들을 만들어놓았을 거라고 주장하셨죠. 좋습니다. 그렇다면 1999년 4월 2일 금요일 그날, 알래스카가 월터에게 이별을 통고했을 때 월터는 분노에 사로잡혀 우발적인 살인을 저지른 게 아니었네요. 치밀하게 수립해둔 계획에 따라 냉정하게 움직였다는 뜻이잖아요. 그럼 오랜 시간 치밀하게 증거를 조작한 계획 살인이네요."

"내 생각도 그래요." 패트리샤도 그 말에 수긍했다. "월터는 알래스카를 살해하고 나서 그 죄를 에릭에게 뒤집어씌울 계략을 세웠어요. 아시다시피 에릭이 빌려준 스웨트셔츠와 에릭의 프린터로 인쇄한 익명의 협박 편지가 월터가 준비한 올가미였습니다. 게다가 경사님께서 깜박 잊은 것 같은데 범죄 현장 부근에서 월터의 자동차 파편이 발견되었습니다. 월터가 살인이 벌어진 당일에 차를 서둘러 수리했다는 사실도 밝혀졌고요. 그런 중요한 단서들이 월터가 범행을 저질렀다는 증거가 될 수 없다면 도대체 뭐죠? 월터가 자동차 수리 문제로 꼬리가 잡히지 않았더라면 아마 이 사건은 완전범죄가 되었을지도 모릅니다."

"완전범죄라고요?"

"월터가 형사들에게 뼈다귀를 하나 던져주고 죄 없는 사람을 물고 늘어지게 한 걸 보면 의도대로 되었잖아요. 그게 완전범죄가 아니고 뭐겠습니까?"

페리는 테이블 위에 몇 장의 사진을 꺼내놓았다. 소방서 화재 감식 보고서에 첨부된 사진들이었다.

"이 사진은 뭐죠?" 에릭이 물었다.

"1999년 4월 5일 월요일과 4월 6일 화요일 사이 밤 시간에 월터는 자기 집 벽에 글자 몇 개를 휘갈겨 써놓고 불을 질렀습니다. 특히 여기 보이는 '부정한 여자', 이 글귀가 침대 위 벽에 적혀 있었습니다."

"월터의 집에 불이 났다는 사실은 나도 알고 있습니다." 에릭이 말했다. "불을 지른 사람이 월터라는 것도 경찰을 통해 들었고요. 하지만 그런 말을 적어놓았다는 사실은 지금 처음 알았습니다."

"나 역시도 그런 사실을 몰랐는데요." 패트리샤도 끼어들었다. "이 사진들을 경찰 수사 기록에서 볼 수 없었던 이유는 뭐죠?"

"이 사진들을 전달받은 건 수사가 종결된 다음이었습니다. 솔직히 말해 그 당시에는 이 자료가 사소해 보이기도 했고요. 하지만 이제 보면 매우 의미심장한 사진들입니다. 월터가 몹시 화나 있었다는 사실을 분명하게 보여주거든요. 월요일 밤에 월터는 무슨 이유 때문인지 모르지만 자제심을 잃을 만큼 단단히 화가 났고, 집 안 벽면에 몇 글자 휘갈겨 써놓고 불을 질렀습니다. 월터는 뭔가 새로운 사실을 알게 되었고, 그 일 때문에 이성을 잃을 정도로 분노하게 되었습니다. 월터를 분노하게 만든 게 무엇일까요?"

"알래스카의 부정을 알게 된 걸까요?" 패트리샤가 말했다.

"그럴 수도 있죠." 페리의 말투는 느긋했다. "하지만 그렇게 본다면 살인사건이 일어난 이후인 월요일 밤까지도 월터는 알래스카가 자신을 배반했다는 사실을 몰랐다는 뜻이 됩니다. 이틀 전 알래스카를 죽이고, 그 죄를 에릭에게 뒤집어씌울 이유가 없었다는 겁니다. 두 사람의 관계를 의심하지 않는 상태인데, 변호사님이 주장하듯 두 사람에게 복수를 했을 리 만무하잖아요. 물론 노련한 정신과 의사들을 데려와서 '월터는 알래스카를 살해할 당시 현실 거부 상태였고, 살인을 저지른 후에야 비로소 상황을 인식했다.' 같은 잡소리를 늘어놓게 할 수는 있겠지만 그런 종류의 분석을 끌어들이는 순간 수사가 전체적으로 삐걱거리게 된다는 사실을 변호사님도 잘 알고 있을 겁니다. 지금 내가 하고 싶은 말은 이겁니다."

그때 에릭이 불쑥 입을 열었다. "나는 알래스카와 사귀지 않았습니다. 맹세코 그런 일은 없었습니다. 게다가 월터가 의심을 품고 있었다면 내가 눈치채지 못했을 리 없어요. 월터는 성격이 지나치게 충동적이었습니다. 겉으로 연기를 하면서 속내를 숨기거나 몰래 계략을 꾸미는 스타일이 아니었죠. 나와 알래스카 사이를 의심하는 순간 월터였다면 곧바로 달려와 내 얼굴에 주먹을 날렸을 겁니다. 물론 그래놓고는 곧바로 후회했을 테지만요. 월터는 그런 친구였습니다."

"애인을 살해하고 죄를 친구에게 뒤집어씌운 월터라면 그 직전에 태연하게 친구와 함께 〈내셔널 앤섬〉에 가서 햄버거를 먹었을 리 없다는 말이 되는데요."

"절대 그런 친구가 아닙니다." 에릭이 단호하게 말했다.

"좋습니다. 그 말을 믿어보죠." 페리는 에릭을 응시하며 말을 이어갔다. "그렇다면 당신은 변호사가 구축해준 방어 라인을 무너뜨린 셈이 됩니다. 당신의 주장이 옳다면 애초에 월터는 당신을 함정에 빠뜨리지 않았고, 그 어떤 계략도 세우지 않았고, 어느 누구도 살해하지 않았다는 뜻이 되니까요. 월터는 자신이 저지르지도 않은 살인을 자백하고, 범행을 어린 시절 친구인 당신에게 덮어씌웠습니다. 내가 보기에 월터는 복수심에 불타고 있었습니다. 그래서 질문하는 겁니다. 월터와 당신 사이에 무슨 일이 있었죠? 월터가 당신에게 그 정도로 복수심을 품을 만한 일이 무엇이었을까요?"

로렌과 패트리샤는 굳은 얼굴로 말이 없었다. 나 역시 입을 다물고 상황을 지켜보기만 했다. 내심 상대방을 외통수로 몰아붙이는 페리의 말솜씨에 감탄하고 있었다. 에릭은 길 잃은 양이 양치기를 찾는 눈길로 페리를 바라보았다. 에릭이 다시 입을 열었을 때 그의 목소리는 심하게 흔들리고 있었다.

"월터와 나는 어린 시절부터 친구 사이였습니다. 초등학교 입학부터 고교를 졸업할 때까지 늘 단짝으로 붙어 다녔죠. 부모님들이 운영하는 가게도 가까이에 있어서 우리는 서로의 집을 오가며 지냈습니다. 어린 시절을 줄곧 함께한 셈이죠. 그런데 이런 이야기가 알래스카의 죽음과 무슨 관계가 있는지 모르겠군요."

"그 관계에서 파생된 문제를 밝히는 게 내가 할 일입니다. 내가 문제를 잘 이해할 수 있도록 당신이 나에게 모든 사실을 숨김없이 이야기해줘야 합니다."

에릭은 마운트플레전트에서 보낸 어린 시절 이야기를 시작했다. 세상의 풍파에서 한 걸음 비켜선 소도시에서 보낸 평화로운 유년 시절이었다. 에릭은 열 살 때인 1980년에 학급 동료가 된 월터를 처음 만났다고 했다.

***

1980년 여름, 마운트플레전트

에릭은 마운트플레전트 초등학교에 입학해 다니고 있는 4년 동안 학급 동료인 세 아이와 친하게 어울려 지냈다. 휴일이면 에릭과 친구들은 자전거를 타고 마운트플레전트를 구석구석 누비고 다녔다. '자전거원정대'라는 이름도 만들었다.

4학년이 된 자전거원정대는 모험심을 발동해 학교 수업이 끝난 뒤 짓궂긴 해도 그다지 해를 끼치지 않는 장난 거리를 찾아내 임무처럼 수행했다. 이를테면 공중전화 부스에 들어가 아무 번호나 누르고 누군가 받으면 '바보'라고 소리치고 도망친다든지,

공원 벤치에 그들의 이름 첫 글자를 새겨놓는다든지 따위였다. 자전거원정대가 모험을 나서기로 약속한 어느 날 오후 에릭은 다른 친구들로부터 아무런 사전 연락을 받지 못하고 혼자 집에 남겨지게 되었다. 에릭은 친구들을 찾느라 마운트플레전트를 온통 헤매고 다녔다. 세 친구는 작은 공원에 함께 모여 있었는데 언뜻 보기에도 사람들 눈에 띄지 않게 숨어 있는 모습이었다. 에릭은 친구들에게 다가갔다. 친구들은 어디선가 훔쳐 온 사탕한 무더기를 낄낄거리며 분배하고 있는 중이었다.

"너희들, 여기서 뭘 하고 있어? 어째서 여기에 있을 거라고 내게 말해주지 않았지? 나만 멍청이처럼 집에서 계속 기다릴 뻔했잖아."

"넌 여기 오지 말고 집에서 기다리고 있었으면 좋았을 거야." 친구들 가운데 하나가 퉁명스럽게 말했다.

"이 사탕은 어디서 났어?"

"넌 몰라도 돼." 다른 한 친구가 말했다.

"나도 먹어도 돼?" 에릭이 물었다.

"너에겐 맛이 없을걸." 다른 친구가 키득거리며 말했다.

에릭은 그 말이 무슨 뜻인지 곧바로 알아차렸다.

"우리 가게에서 이 사탕을 훔쳤지?"

"그래서 어쩔 건데? 일러바치려고? 네 부모님 가게에는 사탕이 잔뜩 쌓여 있으니까 고작 이 정도쯤 없어져봐야 표시도 나지 않을 텐데."

에릭은 단단히 화가 나서 얼굴이 빨갛게 달아올랐고, 이내 몸을 날려 친구들에게 달려들었다. 혼자서 셋을 상대하다 보니 주먹을 보기 좋게 날릴 기회가 좀처럼 찾아오지 않았다. 오히려 세 아이에게 흠씬 두들겨 맞는 처지가 되었다. 세 아이는 땅바닥에 쓰러져 코피를 흘리고 있는 에릭을 그냥 내버려두고 자리를 뜨면서 겁을 주었다.

"만약 네 부모님에게 일러바쳤다가는 죽을 줄 알아! 이제부터 우릴 아는 척하지 마. 꼴통 새끼야!"

에릭은 냇물로 가서 얼굴을 씻고 부모님이 일하는 〈도노반 종합식품〉으로 갔다. 티셔츠에 묻은 피는 자전거를 타다가 넘어져 다치는 바람에 묻은 거라고 둘러댔다.

"친구들을 만나지 못했니?" 어머니가 물었다. "몇 시간 전 세 아이 모두 이 가게에 왔었는데."

"알아요." 에릭이 시무룩하게 대답했다.

"무슨 일 있었어?"

"이제 그 멍청이들과는 다시는 안 놀 거예요. 다른 친구들을 찾아봐야겠어요. 진짜 친구가 필요해요."

"월터에게 가보면 어때? 월터의 엄마가 방금 전에 다녀갔어. 월터가 친구들과 놀러 다니지 않고 온종일 〈캐리 헌팅 앤 피싱〉에만 붙어 있다면서 걱정이 많더라. 어떻게 해야 월터가 밖에 나가 신나게 뛰어놀게 할 수 있을지 모르겠다면서. 월터는 친구 하나 없이 외톨이로 지낸대."

에릭은 선택의 여지도 없어 몇 미터 거리인 〈캐리 헌팅 앤 피싱〉으로 갔다. 월터의 어머니 샐리 캐리가 에릭을 반갑게 맞아주었다.

"월터를 만나러 왔니?" 샐리 캐리는 반가운 기색을 숨기지 않았다. "저기 뒷방에 있는데 네가 찾아와서 아주 좋아할 거야."

에릭은 상점 뒷문을 열고 구석방으로 들어갔다. 빛이 잘 들지 않는 방이었다. 방 안에는 비축 상품과 재고품이 층층이 쌓여 있었다. 월터는 한쪽 구석에 놓인 작업대에서 처음 보는 금속 도구를 앞에 두고 뭔가를 만지작거리고 있었다.

"안녕, 월터." 에릭이 다가가 인사를 건넸다.

"어서 와." 월터는 자신이 만지작거리는 물건에서 눈을 떼지 않은 상태로 에릭을 맞이했다. 자세히 보니 월터는 금속도구에 작은 바늘을 고정해놓고 빙빙 돌려 색실을 감는 중이었다.

"무얼 하는 거야?" 에릭이 물었다.

"플라이낚시용 파리를 만들고 있어. 낚싯대에 미끼로 매달려고."

"색실로 파리를 만들어?" 에릭은 귀가 번쩍 뜨이며 무슨 일인지 몹시 궁금해졌다.

"플라이낚시용 미끼를 원래 이렇게 만드는 거야."

"내가 도와줄까?"

"이리 와서 우선 내가 어떻게 만드는지 구경해봐."

월터의 손놀림은 빠르고 정교했다. 에릭은 그 모습을 열중해서 지켜보았다. 월터는 파리 한 마리를 만들어내자마자 또 다른 작업으로 넘어갔다. 에릭의 눈앞에 미끼로 만든 곤충들이 쌓여갔다. 월터가 색실로 미끼를 만드는 모습을 며칠 지켜본 다음 에릭도 직접 만들어보기 시작했다. 월터가 어떻게 하는지 요령을 가르쳐주었다. 마침내 에릭이 혼자 힘으로 플라이낚시 미끼를 만들어내자 월터가 말했다.

"미끼가 잘 먹히는지 직접 시험해봐야 해!"

"어떻게 해야 하는데?"

"플라이낚시를 해보면 알 수 있지."

"난 플라이낚시를 한 번도 해본 적이 없어."

"내가 가르쳐줄게."

두 아이는 〈캐리 헌팅 앤 피싱〉에서 필요한 도구들을 챙긴 뒤 자전거를 타고 스코탐 호수로 갔다. 등에 짊어진 배낭에는 접이식 낚싯대와 허리춤까지 오는 물속에 들어가야 할 때 입을 덧바지가 들어 있었다.

플라이낚시 경험이 많은 월터가 앞장서서 길을 안내했다. 월터는 낚시하기 좋은 장소를 어느 누구보다 잘 알고 있었다. 두 사람은 그레이비치 주차장까지 가서 자전거를 세워놓았다. 에릭은 낚시 포인트가 모래가 깔린 호숫가인 줄 알았는데 월터는 계곡으로 갈 거라고 설명해주었다. 둘은 계곡이 있는 숲으로 들어갔다. 어디로 가야 할지 잘 아는 월터가 앞장섰다. 월터의 발걸음에는 자신감이 넘쳤다. 15분가량 걸어가자 계곡이 나왔다. 두 아이는 빽빽이 우거진 양치식물을 헤치고 계곡의 상류 쪽으로 거슬러 올라갔다. 작은 폭포가 있는 곳이었다.

"에릭, 송어 낙원에 온 걸 환영해!" 월터가 자랑스럽게 외쳤다.

두 아이는 낚싯대를 펼쳐 들고 허리가 잠기는 지점까지 물속으로 걸어 들어갔다. 월터가 에릭에게 플라이낚시를 하는 요령을 가르쳐주었다. 미끼가 멋진 포물선을 그리며 목표지점에 정확하게 떨어지게 하는 방법이었다. 월터에게 어떻게 하는지 자세히 설명을 들었지만 에릭의 손놀림은 서툴렀다. 플라이낚시는 훅에 달아놓은 미끼가 수면을 스치는 수생곤충의 움직임처럼 보이도록 손목을 교묘하게 움직여주는 동작이 무엇보다 중요했다. 송어가 미끼를 물도록 만들기까지 에릭은 며칠 동안의 노력과 인내가 필요했다. 미끼의 움직임이 둔하면 송어들이 가짜라는 걸 금세 알아차렸다. 수면 위에서 미끼를 놀리는 월터의 손놀림은 눈이 부실 정도였다. 월터가 흔드는 미끼를 문 송어들이 연달아 수면 위로 끌려 나왔다. 월터는 송어들을 낚으면 즉시 낚시에서 떼어내 물속으로 돌려보냈다.

월터와 에릭은 그해 여름을 '송어 낙원'에서 함께 보내며 우정

을 쌓았다. 그들의 우정은 그로부터 20년 후 죽음과 교도소행
으로 갈라설 때까지 지속되었다.

***

에릭은 유년 시절에 월터와 함께한 아름다운 추억을 우리들
앞에 펼쳐놓았다. 햇볕을 받아 반짝이던 계곡물과 수면 위로 솟
구치던 송어의 기억이 잠시나마 에릭을 유폐의 공간에서 벗어나
게 해준 듯했다.

"월터와 고등학교를 졸업할 때까지 붙어 다녔어요. 우린 무엇
이든 함께했죠. 마운트플레전트 고등학교 육상부에도 함께 들
어가 지역 계주 선수권대회에서 우승했어요. 월터와 내가 함께
계주를 뛰어 이루어낸 우승이라 더욱 기뻤죠."

"그 이후로는 어떻게 되었는데요?"

"고등학교를 졸업한 이후부터 우리는 전혀 다른 길로 들어섰
어요. 나는 공부를 계속하러 매사추세츠주로 떠났고, 월터는 군
에 들어갔죠. 내가 대학 캠퍼스를 어슬렁거리고 다닐 때 월터는
사우디아라비아에 파병되었다가 부대원들과 걸프전에 참전했어
요. 내가 대학교를 졸업할 무렵 월터는 소말리아 해적들과 싸우
고 있었죠. 월터와 나는 지리상으로도 멀리 떨어져 있었지만 이
미 많이 다른 삶을 살고 있었어요. 우리 사이의 거리가 얼마나

컸을지 이해될 겁니다. 하지만 우리가 서로 다른 삶을 사는 동안 겪은 인생의 굴곡과 상관없이 플라이낚시는 우리를 단단하게 이어주는 끈이었습니다. 각자 휴가를 얻을 때마다 우리는 마운트플레전트로 돌아와 함께 송어 낙원을 찾아갔죠. 주위의 모든 환경이 변해갔지만 계속 상류에 있는 송어 낙원은 변함없는 모습으로 우리를 반겨주었어요. 우리는 낚시로 잡은 송어들을 두 마리만 남기고 모두 물속으로 놓아준 뒤 그레이비치로 가서 모닥불을 피워놓고 야영을 했죠. 밤늦게까지 송어를 구워 먹고, 술을 마시며 다른 세상을 꿈꾸었어요. 그런 밤이면 우리의 우정이 영원할 거라고 느껴지기도 했습니다."

"월터는 군대에 오래 있었습니까?" 페리가 물었다.

"그리 길지는 않고 몇 년 동안 있었습니다. 월터가 제대했을 때 미국에서 월드컵 축구대회가 열리고 있었으니까 1994년이었네요. 그해 여름 우리는 폭스보로에 가서 함께 월드컵 경기를 관전했어요. 내가 입장권을 구해두고 있었는데, 어떻게 손에 넣었는지는 기억나지 않네요."

잠시 이야기가 멈췄다. 페리가 다시 질문을 이어갔다.

"월터가 제대한 후 1998년까지 어떤 일이 있었는지 기억나는 게 있습니까?"

"월터는 군에서 제대하고 나서 마운트플레전트로 돌아왔습니다. 처음에는 잠시 있을 계획이었다고 해요. 부모님 가게 위층에 거처를 마련하고 지냈죠. 월터의 부모님이 그때까지 다른 사람에게 세를 주고 있었던 집이었어요. 월터는 그 집에서 지내는 게 좋다고 하더군요. 〈캐리 헌팅 앤 피싱〉은 어릴 때부터 줄곧 월터의 아지트였죠. 사냥과 낚시를 무척이나 좋아하는 친구였으니까요. 제일 좋아하는 놀이터에 자리 잡았으니 떠나기 싫을 수밖에요. 그 상점을 월터가 맡아 관리하기 시작하면서부터 그 어느 때보다 많은 손님들이 찾아와 북적거렸어요. 낚시와 사냥은 월터를 따라갈 사람이 없었으니까 어떻게 하는지 조언을 들으려고 여기저기서 사람들이 찾아왔죠. 월터는 그 분야에서는 그야말로 독보적인 전문가였으니까요. 게다가 숲과 호수가 있는 자연을 즐기기에는 마운트플레전트와 견줄 만한 곳이 없을 거예요. 월터는 마운트플레전트에서 지내는 걸 만족해했어요."

"당신은 어땠습니까?"

"대학을 졸업하고 세일럼에 직장을 잡았어요. 마트 체인 회사였죠. 내가 원한 일이었어요. 나는 부모님의 식료품점을 모델로 해서 뉴햄프셔 지역을 기반으로 하는 식료품 프랜차이즈 사업을 구상하고 있었거든요. 뉴햄프셔 북동부 지역이라면 충분히 승산이 있다고 판단하고 있었고요."

"월터가 세일럼에 간 건 당신을 만나기 위해서였겠군요?"

"그렇죠. 월터가 자주 찾아와 나와 함께 시간을 보냈어요."

"월터가 알래스카를 만나게 된 것도 당신이 주선한 결과입니까?"

"예, 나는 세일럼에 친구가 많았습니다. 저녁 시간을 주로 친구들과 어울려 보냈죠. 월터는 세일럼에 와서 지낼 때마다 여자 친구를 만들 기회를 엿보았어요. 마운트플레전트에서 사귀었던 여자 친구 데보라 마일즈와는 좋지 않게 헤어졌거든요. 그 일에 대해서는 경사님도 잘 알고 계실 테고요."

"네, 잘 압니다."

"알래스카를 만나기 전까지 월터는 마운트플레전트의 수도승 신세였습니다. 세일럼에 와서 나와 어울리기 시작하면서 억눌러 놓은 욕망을 조금이나마 풀 수 있게 되었죠. 1998년 봄부터 나는 한 무리의 여자아이들과 자주 어울려 다녔는데 그 가운데 알래스카가 있었어요. 그 여자들은 성년을 갓 넘긴 나이여서 가끔 바에 몰려나와 어른 흉내를 내며 놀고 싶어 했죠. 월터는 그 무리와 처음 만난 날 곧바로 알래스카에게 반했어요. 그 시절에 알래스카는 그야말로 온몸에서 빛이 났죠. 월터는 전쟁터에서 산전수전 다 겪고 제대한 군인 행세를 하며 알래스카를 꼬드겼어요. 자연이 좋아 시골구석에 살고 있고, 기분이 내키면 야외로 나가 사진을 찍는 게 취미라고 떠벌렸죠. 전문 사진가인 척했지만 설마 그럴 리가요. 사진에 취미를 붙여보려고 내 카메라를 들고 나가 숲속을 어슬렁거리다가 돌아오는 게 고작이었는 걸요. 월터는 카메라를 내 방에서 슬쩍 가져가 사진 전문가라도 되는 양 어깨에 둘러메고 다녔는데 대개는 필름도 끼우지 않은 빈 카메라였어요."

그 말을 하면서 에릭은 키득키득 웃음을 흘렸다. 마치 한순간 과거 세일럼의 시끄러운 술집으로 돌아가 담배 연기 사이로 술잔을 비우며 옆에 앉은 월터가 여자들의 환심을 사려고 허풍을 떠는 모습을 지켜보는 듯했다.

"월터와 알래스카는 마침내 둘이서 따로 데이트하는 사이가 되었어요. 아마 월터가 어지간히 졸라댔겠죠. 하지만 알래스카도 머리보다 몸을 쓰길 좋아하는 월터의 터프한 모습에 끌렸을 거예요. 한동안 월터가 세일럼으로 찾아와 만나다가 결국 알래스카가 마운트플레전트로 가서 함께 살게 되었죠. 그 당시 나는 별일도 다 있구나 싶었어요."

"'별일'이라고요? 어째서 그런 생각을 했습니까?" 페리가 물었다.

에릭은 입꼬리를 실룩이며 소리 없이 웃었다.

"경사님이 당시 알래스카를 보았다면 내 말이 무슨 뜻인지 금세 이해했을 겁니다. 알래스카는 그야말로 빛이 나는 존재였어요. 얼굴이 예쁘고, 몸매가 날씬해서만은 아니었어요. 성격이 좋아 어느 자리에 있든지 주변 분위기를 환하게 만들었죠. 그 무렵은 나도 세일럼 생활을 정리하고 부모님 집에 돌아와 있을 때였어요."

"세일럼을 떠난 이유는 뭔가요?"

"직장에서 해고당했어요. 사장과 뜻이 맞지 않아 몇 번 부딪쳤거든요. 상품개발 전략을 놓고 서로 추구하는 방향이 달랐어요. 어차피 그렇게 된 이상 차라리 부모님이 운영하는 식료품점에서 일하는 게 내가 장차 해보려는 사업을 테스트할 기회가 될 거라는 생각이 들더군요. 게다가 부모님의 건강도 예전 같지 않아 옆에 있으면서 힘이 되어드리고 싶었죠. 아버지가 암 진단을 받았는데 다행히 심각하지는 않았고, 수술 예후가 좋아 완치 판정을 받았지만 나이는 어쩌지 못해 늘 피곤해하셨거든요. 나는 부모님과 함께 사는 게 좋았어요. 그래서 마운트플레전트로 돌아와서 지냈는데, 몇 주일 뒤에 알래스카가 월터와 살겠다면서 나타난 거예요."

***

1998년 10월 2일

날이 저물어가고 있었다. 에릭은 식료품점을 찾은 여자 손님을 도와 장 본 물건을 담은 봉지를 자동차 트렁크에 실어주고 있었다. 그때 파란색 컨버터블 한 대가 〈캐리 헌팅 앤 피싱〉 앞에 와서 멈춰서는 모습이 보였다. 운전석 문이 열리더니 놀랍게도 알래스카가 차에서 내렸다. 알래스카가 마운트플레전트에 온 건 그때가 처음이었다. 알래스카는 차 옆에 서서 마운트플레전트 중심가를 눈으로 둘러보았다. 무겁게 깔린 먹구름이 금방이라도 비를 뿌릴 듯 우중충한 가을 날씨였다. 얼마 안 있어 정말로 비가 쏟아지기 시작했다. 알래스카는 가죽점퍼 위에서 물결치는 머리카락을 손으로 쓸어 올리며 몇 걸음 떼어놓았다.

"알래스카?"

알래스카는 몸을 돌렸고, 에릭을 발견했다. 에릭은 〈도노반 종합식품〉이라는 상호를 새겨 넣은 앞치마를 두른 모습이었다. 알래스카가 다가오며 환한 미소를 지었다.

"안녕, 에릭."

"마운트플레전트에는 어쩐 일이야?" 에릭이 물었다.

"마운트플레전트를 보고 죽으려고." 알래스카가 농담을 섞어 대답했다.

"주말여행 삼아 온 거야?"

"하여간 며칠은 여기에서 머물 거야. 조금 더 오래 머물 수도 있고. 아무래도 난 생각을 바꿔볼 필요가 있어. 시골 공기를 쐬는 게 나한테 도움이 될 거야."

***

일주일 뒤인 10월 9일 금요일 오전에 에릭은 카페 〈더 시즌〉에서 알래스카와 마주쳤다. 알래스카는 커피를 마시고 있었다.

"마운트플레전트에 아예 정착하기로 했어?" 에릭은 농담조로 말을 건넸다.

알래스카는 씁쓸하게 웃어 보이며 대답했다.

"그래야 할 것 같아. 여기에 와서 사는 대신 당분간 뉴욕행은 포기해야 할까봐."

"무슨 소리야? 뉴욕에 가서 배우로 성공하고 싶다고 했잖아?"

"당분간 마운트플레전트에서 살기로 마음먹었어. 월터의 집에서 함께 살 거야."

"마운트플레전트에서 뭘 하며 지낼 건데?"

"일자리를 찾아봐야지. 사실은 부모님과 마찰이 있어서 집을 나왔어."

"저런! 내가 도울 일이 없을까?"

"도울 일이 있어. 생활비를 벌어야 하니까 당장 일자리가 필요해. 혹시 네 부모님 가게에서 일할 수 있을까?"

"요즘 가게 사정도 그리 좋지 않고, 나도 얼마 전부터 일손을 보태고 있어서 현재는 일할 사람이 더는 필요하지 않은 상황이야."

알래스카는 실망하는 기색이 역력했다.

"월터 부모님에게도 내 일자리를 부탁했더니 가게 일을 도와주는 건 환영이지만 월급을 줄 수는 없다는 거야. 어디선가 일할 사람을 구한다는 말을 들으면 내게 알려줘."

알래스카는 카운터로 가서 커피값을 계산하고 밖으로 나갔다.

에릭이 곧바로 뒤따라 나와 알래스카를 불러 세웠다.

"내가 알기로 주유소에서 일할 사람을 구하고 있어. 주유소 사무실 문에 채용공고를 붙여놓은 걸 봤거든. 21번 도로에 있는 주유소야. 그레이비치로 들어가기 직전에 있어."

"그래, 고마워. 당장 가볼게."

"그래도 설마 주유소에서 일하려는 건 아니지?" 에릭이 멀어져가는 알래스카의 등에 대고 소리쳤다.

알래스카가 몸을 돌려 에릭을 쳐다보았다.

"지금은 찬밥 더운밥 가릴 형편이 아니야."

**

"나는 알래스카와 부모 사이에 무슨 일이 있었는지 궁금했어요."

"알래스카의 어머니 말로는 딸과 크게 다투었다고 하더군요." 페리가 말했다. "알래스카가 마리화나를 피운 사실을 부모가 알게 되었나봐요."

그 말을 들은 에릭이 어처구니없다는 듯이 웃었다.

"고작 마리화나 문제로 세일럼을 떠나 마운트플레전트 같은 촌구석에 파묻히다니? 그건 아닐걸요. 뭔가 더 심각한 문제가 있지 않았을까요?"

"그 이유에 대해 월터로부터 들은 이야기는 없습니까?"

"나도 그 이유가 궁금해 월터에게 물어봤는데 대답을 피하더군요. 월터는 자신이 알래스카와 서로 죽고 못 사는 사이라고 주장했어요. 그래서 나도 알래스카가 마운트플레전트에서의 생활에 만족하고 있나보다 생각했죠. 뉴욕이나 로스앤젤레스처럼 기회가 많이 주어지는 곳은 아니지만 공기 좋고, 경치 아름답고, 소박한 곳이잖아요. 흔치 않은 장점이죠. 내가 월터와 함께한 어린 시절을 돌아볼 때면 행복한 기억만이 떠오르거든요. 월터가 내게 복수심을 품었을 거라고 생각하는 경사님의 근거가 뭔지 모르겠습니다. 나는 종종 월터와 낚시를 즐기던 어린 시절을 떠올리며 상상 속에서나마 이 지긋지긋한 감방에서 잠시 벗어나죠. 눈을 감고 귀를 기울이면 아이들이 왁자지껄하게 떠들며 웃는 소리가 들려와요. 월터와 나는 마운트플레전트의 거리를 달리고 있어요. 부모님의 상점 앞까지 달리기 경주를 한 우리는 또 다른 경주에 도전하죠. 이번에는 〈로카트 책방〉까지 달리는 시합을 해요. 우리는 총알처럼 달려가죠. 월터와 나는 자주 경주를 했어요. 고등학교에 입학할 무렵 우리는 둘 다 화살처럼 빨라 함께 육상부에 들어갔죠. 그 덕분에 나는 장학금을 받고 대학에 진학할 기회를 얻을 수 있게 되었어요. 마운트플레전트에서 월터와 함께 지낸 시절을 돌이켜보며 이 끔찍한 교도소 생활을 하루하루 견디고 있죠. 월터와 나는 함께 플라이낚시를 하고, 모닥불을 피워 송어를 구워 먹고, 밤새 모래밭에서 이야기를 나눈 추억을 함께하는 사이죠. 그때는 뭐든 즐겁고 재미있었다는 생각이 들어요."

***

면회를 마치고 나오면서 패트리샤가 페리에게 물었다.

"에릭을 만나보니 어떤 생각이 들던가요?"

"내 짐작과는 많이 달랐다는 걸 인정합니다. 에릭의 말이 사실이라면 월터는 친구를 함정에 빠뜨릴 이유가 없었어요. 하지만 월터는 분명 에릭에게 죄를 뒤집어씌웠거든요. 에릭이 범행에 가담했다는 진술을 의도적으로 남겼어요. 그 이유를 납득할 수가 없어요."

패트리샤가 페리를 빤히 쳐다보았다.

"경사님이 생각하기에도 에릭은 무죄라는 뜻인가요?"

"어느 가설이든 출발점이 있어야 앞으로 나아갈 수 있죠."

나는 로렌과 그들 두 사람 옆에서 말없이 걷고 있었다. 페리의 대답을 들은 로렌은 희망이 생겼다는 듯 밝은 미소를 지었다. 나는 로렌의 손을 잡고 싶었지만 겨우 참았다. 대신 나직이 사과했다.

"로렌, 미안해."

로렌이 대답했다.

"나도."

우리는 교도소 주차장에서 인사를 나누고 헤어졌다. 차를 타고 돌아오는 길에 페리에게 물었다.

"에릭이 정말 무죄라고 생각해요?"

"에릭의 변호사가 듣고 싶어 하는 대답을 해주었을 뿐이야. 내가 보기에 에릭은 우리에게 모든 걸 솔직하게 다 털어놓지는 않았어. 에릭을 공범으로 몰아간 월터의 이유가 뭔지 한층 더 궁금해. 그들 두 사람 사이에 우리가 모르는 무슨 문제가 있었던 건 분명해. 에릭을 만나봤으니 이제 월터가 하는 이야기를 들어볼 차례야."

"월터는 죽었다고요."

"부모님은 살아 있잖아. 그들을 다시 만나봐야겠어."

1999년 4월에 발생한 화재로 집을 잃은 샐리 캐리와 조지 캐리는 그 자리에 같은 집을 다시 지었다. 1층은 〈캐리 헌팅 앤 피싱〉, 위층에는 시청 직원이 세 들어 살고 있었다.

/

18장
샐리 캐리와 조지 캐리
2010년 7월 13일 화요일. 뉴햄프셔주, 마운트플레전트

/

페리와 내가 〈캐리 헌팅 앤 피싱〉 가게 안으로 들어서자 상점 뒷방에서 한 여자가 나타났다. 페리를 본 여자의 얼굴이 냉랭하게 굳어졌다.

"경찰이 재수사에 나선다더니 사실인가봐요?"

"새롭게 밝혀진 사실들이 있습니다."

샐리 캐리는 고개를 돌려 나를 바라보며 물었다.

"마커스 골드먼 작가님이죠?"

"네, 그렇습니다."

샐리 캐리는 뒷방 쪽으로 고개를 돌리고 남편을 불렀다. "조지, 이리 나와봐요."

캐리 부부는 카페 〈더 시즌〉으로 자리를 옮겨 이야기를 나누자고 했다. 길 건너에 있는 카페였다. 페리는 사람들의 시선도 있으니 그냥 상점에 남아 있자고 했다.

샐리 캐리가 말했다. "우리가 경찰을 만나 이야기를 나누는 모습을 사람들에게 보여주고 싶어요. 지난 11년 동안 우리는 사람들의 눈길을 피해 살아야 했죠. 이제 경찰이 수사를 제대로 해서 우리 아들의 명예를 되찾아주었으면 합니다."

카페 〈더 시즌〉은 빈 테이블이 없을 정도로 붐볐다. 카페에 자리를 잡고 앉자마자 샐리 캐리가 물었다.

"월터는 자살한 게 아니죠? 그 경찰관을 죽이지도 않았고요."

페리는 표정을 바꾸지 않고 되물었다.

"그렇게 생각하는 근거는 뭡니까?"

"난 월터의 엄마이고, 그 아이에 대해서라면 모르는 게 없어요. 월터는 군인이었고, 명예를 아는 아이였고, 겁쟁이도 아니었습니다."

"우린 수사상 몇 가지 확인할 일이 있어 왔습니다."

"우리가 협조할 일이 뭐죠?"

조지 캐리는 아내와 달리 과거의 상처를 다시 들추고 싶지 않은 눈치였다.

"월터가 어떤 사람이었는지 듣고 싶습니다. 두 분이 솔직하게 이야기해 주신다면 월터를 제대로 이해하는 데 도움이 될 겁니다."

"11년이 흐른 지금에 와서야 월터가 어떤 사람인지 궁금하다고요?" 조지 캐리가 탄식하듯 말했다.

"그동안 매우 어려운 시간을 보내셨을 겁니다. 하지만 이제라도 사건의 진실을 밝히는 게 중요합니다." 페리가 고개를 숙였다.

샐리 캐리가 차분한 목소리로 월터 이야기를 시작했다. 월터는 내향적인 편이었고, 틈만 나면 숲과 계곡에 파묻혀서 지냈다고 했다.

"월터는 외톨이였어요. 어릴 때부터 혼자 놀았죠. 플라이낚시를 좋아했고, 이 지역에서 낚시하기 좋은 포인트가 어딘지 훤히 꿰뚫고 있었어요. 월터에게 낚시에 대한 조언을 구하러 오는 손님들이 많았죠. 손님들은 상점 문을 열고 들어서면서 '꼬맹이 있어요?'라고 묻기 일쑤였어요. '지금은 없죠. 학교에 갔어요. 토요일에 오세요. 아침에 오셔야 해요. 토요일 오후에는 낚시하러 가거든요.' 학교에 가거나 낚시하러 갈 때를 빼면 월터는 주로 상점에서 놀았어요. 나는 월터가 상점에서 낚시꾼들을 상대하기보다는 친구들과 어울려 뛰어놀기를 바랐죠. 내 걱정을 재닛 도노반에게 털어놓았어요. 그 집 아들인 에릭은 늘 함께 어울리는 친구들이 있었거든요. 그 친구들 틈에 월터도 낄 수 있으면 좋겠다고 생각한 거예요. 어느 날 에릭이 상점에 왔어요. 아마도 재닛 도노반이 아들에게 월터와 함께 놀아주라고 시켰겠죠. 두 아이는 금세 가까워지더니 둘도 없는 단짝 친구가 되었어요. 어딜 가든 늘 붙어 다녔죠. 월터가 집에 없으면 에릭의 집에 있다고 생각하면 틀림없었어요. 반대로 에릭이 집에 없으면 우리 집에 와 있다고 보면 되었죠. 서로의 집에 틀어박혀 있지 않을 때는 거리로 나가 뜀박질을 하며 놀았어요. 두 아이는 어느 길에서든 번개처럼 내달렸죠. 그 아이들이 열다섯 살이 되던 해에 마운트플레전트 고등학교 육상부 코치가 우리 가게에 들어오더니 묻더군요. '방금 전 총알처럼 뛰어간 아이가 이 집 아들인가요?', '맞아요.', '마운트플레전트 고등학교에 다니죠?', '네, 그렇습니다.', '육상부에 들어오게 하면 어떨까요?' 그렇게 해서 월터는 육상부에 들어갔어요. 에릭과 함께요."

"에릭은 육상에 소질이 있었지만 월터가 아니었으면 육상부에 들어가지 않았을 겁니다." 조지가 대화에 끼어들었다. "월터가 코치 앞에서 에릭이 함께하지 않으면 육상부에 들어가지 않겠다고 고집을 부렸거든요."

"두 친구의 우정이 아주 깊었나봐요." 페리가 말했다.

"고등학교 졸업반 때까지는 그랬죠." 조지 캐리의 말투에서 왠지 에릭에 대한 반감이 느껴졌다.

"두 아이의 우정이 흔들리는 일이 있었다는 말씀입니까?"

"육상대회에서 에릭이 월터를 함정에 빠뜨렸어요."

***

1988년 2월

월터와 에릭은 고교 졸업반이었고, 새로운 진로를 모색해야
할 시기였다. 둘 다 대학교 상경 계열에 진학해 공부를 해보고
싶은 마음이 있었다. 두 아이는 여러 대학교의 입학 안내 책자를
함께 검토하며 시간을 보냈다. 휴가나 방학 때 마운트플레전트
에 용이하게 올 수 있는 학교를 선호했으므로 거리가 멀리 떨어
진 대학은 우선적으로 배제했다. 학비가 너무 비싼 학교도 제외
시켰다. 마침내 두 아이가 선택한 학교는 매사추세츠주에 있는
모나크 대학교로 상경 계열이 우수하다는 평이 있었다. 두 아이
의 부모는 대학교 등록금을 전부 해결해줄 수 있을 만큼 형편이
넉넉하지 않았고, 학자금 대출제도를 이용할 생각이었다. 마크 도
노반과 조지 캐리는 학자금 대출을 이용하려는 계획에 반대했다.

"학자금 대출을 받을 경우 사회에 첫발을 내딛기도 전에 커다
란 액수의 빚을 떠안게 되는 거야. 학자금 대출을 받기 전에 우
선 장학금 제도를 알아봐." 두 아이는 학교 성적이 그리 나쁜 편
은 아니었지만 성적 우수 장학금을 신청해볼 정도로 뛰어나지

도 않았다. 두 아이는 체육 특기자 장학금을 받는 게 최선이었고, 육상에 승부를 걸어야 했다. 석 달 전에는 지역 육상선수권대회에 나가 계주에서 우승을 차지한 적도 있었다. 대학교 입학 담당자들이 두 아이의 육상 실력에 관심을 가질 만했다.

마크 도노반과 조지 캐리는 고등학교 육상부 코치에게 두 아이가 장학금을 받고 대학에 진학할 수 있도록 도와달라고 부탁했다.

"솔직히 말해 마운트플레전트 같은 소도시 학교 육상부가 대학팀의 관심을 끌기는 어렵습니다. 내가 육상부 코치를 맡은 이래 장학금을 받고 대학에 간 학생이 전무합니다. 그렇긴 합니다만 에릭과 월터가 석 달 전에 열린 육상선수권대회에서 실력으로 우승을 차지한 건 분명한 사실이거든요. 다가오는 3월 초에 고교 대항 육상대회가 열립니다. 지역대회이긴 하지만 각 대학 입학 담당자들이 그 대회에 와서 두 아이의 경기를 참관하도록 조처하겠습니다."

육상부 코치는 각 대학 입학 담당자에게 연락해 두 아이들이 참가하는 육상대회에 와달라고 부탁했지만 하나같이 시큰둥한 반응을 보였다. "당신이 가르치는 선수들이 그렇게 뛰어나다면 내가 모를 리 없는데요."

육상부 코치는 궁여지책으로 직접 매사추세츠주 모나크 대학교에 가서 육상부 감독을 만났다. "두 아이는 재능이 뛰어난 육상선수들입니다. 모나크 대학교에 입학시켜 주신다면 두 아이는 최선을 다해 학교를 빛낼 겁니다."

마침 모나크 대학교 육상부는 선수를 한 사람 더 충원해야 할 입장이어서 감독의 마음이 조급해 있었다. 육상부 감독이 마음속으로 꼽고 있던 유망주들이 다른 명문대들이 제시한 조건에 넘어가는 바람에 다 빼앗겨버린 탓이었다.

"육상대회가 열리면 내가 직접 가서 그 아이들이 뛰는 모습을 보겠습니다." 육상부 감독이 말했다. "그렇지만 우린 한 학생만 필요합니다. 어떤 학생을 선택할지 그날 실력을 보고 결정하겠습니다."

***

육상부 코치가 조지 캐리에게 말했다. "모나크 대학교 육상부 감독이 직접 와서 경기를 지켜볼 거라고 아이들에게 말해 주었습니다. 둘 중 하나만 선발될 거라는 말은 하지 않았습니다. 불필요한 압박감을 주면 경기에 지장을 초래하게 될 테니까요. 모나크 대학교 육상부 감독에게는 월터가 뛰어나다는 사실을 귀띔해주었습니다. 로켓 같다고 추천했죠. 월터가 뽑힐 거라고 생각합니다. 이변이 없는 한 그래요."

"고맙습니다, 코치님. 모두가 코치님 덕분입니다. 월터에게는 어떻게 말해주면 좋을까요?"

"월터에게는 아무 말도 하지 마세요. 그저 충분히 휴식을 취하게 해서 최상의 몸 상태로 경기에 나서도록 해주시면 됩니다."

육상대회가 열리는 날이 왔다. 도노반 가족과 캐리 가족은 함께 육상대회가 열리는 시립경기장으로 갔다. 두 가족의 분위기는 좋았다. 에릭과 월터는 우선 100미터 단거리를 뛰었고, 이어서 얼마간 휴식을 취한 다음 4킬로미터 장거리 달리기에 나섰다.

참가 선수들이 모두 출발선에 섰다. 에릭은 집중력 있게 전방을 응시했다. 그 반면 월터는 자리에서 몇 번 맴을 돌며 왠지 산만한 모습을 보였다. 출발신호가 울리자 선수들이 앞으로 달려 나갔다. 월터는 웬일인지 앞으로 달려 나가지 않고, 라커룸 쪽으로 달려갔다.

***

"월터가 갑작스레 심한 설사를 했어요." 조지 캐리가 그 당시 벌어진 일을 설명했다. "그래서 경기에 나설 수 없게 되었죠. 코치는 월터가 너무 긴장한 탓이라고 말했지만 내 생각은 달라요. 누군가 월터에게 설사를 일으키는 약을 먹인 게 분명해요. 월터가 마시는 물에 완하제를 타놓았을 거라고 생각해요."

"그런 짓을 할 사람이 누가 있을까요?" 페리가 물었다.

"경사님 생각에는 누가 그런 짓을 했을 것 같습니까?" 조지 캐리는 페리가 대답할 틈을 주지 않고 말을 이었다. "에릭 말고는 그런 짓을 저지를 사람이 없잖아요. 월터가 뛰지 못하면 모나크 대학교 체육 특기자 장학금은 당연히 에릭에게 돌아갈 수밖에 없었으니까요. 나는 에릭이 모나크 대학교 육상부에 한 사람밖에 입학할 수 없다는 사실을 알고 있었다고 봐요. 월터가 뛰면 우승을 할 수 없으니까 사전에 술수를 부린 게 분명해요. 에릭은 늘 월터를 시기했어요. 에릭의 시기심이 알래스카 사건에까지 연장된 거라고 봐요. 에릭은 평소 자기보다 못하다고 생각한 월터가 미스 잉글랜드와 사귀는 걸 지켜볼 수 없었겠죠. 그래서 알래스카를 살해하고 월터에게 누명을 뒤집어씌운 거죠. 육상대회 때 월터를 함정에 빠뜨렸듯이 알래스카 사건 때도 월터를 파멸로 이끌 덫을 놓은 겁니다."

"그렇게 주장하시는 근거라도 있습니까?" 페리가 물었다.

"에릭이 완하제를 물에 타 월터에게 마시게 해 육상 경기에 나서지 못하게 만들었다는 직접적인 증거는 없습니다. 하지만 평소 설사를 모르고 살았던 월터가 하필 중요한 경기에 나서는 날에 설사를 하는 바람에 출전을 포기할 수밖에 없었습니다. 그런 우연은 쉽게 일어나지 않습니다. 에릭이 알래스카를 살해한 증거는 없지만 그 아이 주변을 맴돌았다는 사실은 증명할 수 있습니다. 내 아내 샐리가 그 장면을 본 적이 있답니다. 방금 내가 말한 사실은 형사들이 처음 우리 집에 찾아왔을 때 샐리가 다 이야기했으니 경사님도 잘 알고 있을 겁니다."

"네, 잘 압니다. 그렇지만 그 당시 월터도 그런 의심을 강하게 부정했던 사실도 기억합니다. 월터는 에릭과 알래스카 사이에 아무 일도 없었다고 단호하게 말했죠. 혹시 월터가 에릭을 의심하는 말을 하는 걸 들어본 적이 있습니까?"

"그런 적은 없지만 이따금 우정이 사람의 눈을 멀게도 한다는 걸 잘 잘 아실 텐데요."

"육상대회에서 일생일대의 기회를 놓쳤을 때 월터의 반응은 어땠습니까?"

"월터는 늘 그랬듯이 담담하게 상황을 받아들였습니다. 너무 긴장한 탓이라는 코치의 말을 듣고는 계속 그 말만 되풀이하더군요. 너무 긴장해서 경기를 망쳤다고요."

"그 결과 에릭은 모나크 대학교에 진학했고, 월터는 어떻게 되었습니까?"

"월터는 어떡하든 대학교에 가고 싶어 했지만 내가 학자금 대출을 받아서 갈 경우 나중에 큰 부담이 될 거라면서 반대했습니다. 그 대신 군에 입대해 학비를 벌어오는 방법이 가장 현명할 것 같다고 설득했죠. 3년 동안 군 복무를 하면 그 보상으로 나라에서 학비를 전액 부담해주는 제도가 있었거든요. 월터는 군에 입대했고, 처음 두 해는 별문제 없이 잘 지냈습니다. 1990년 여름에 전쟁이 나면서 상황이 달라졌죠."

1990년 8월 2일, 이라크군이 쿠웨이트를 침공하면서 걸프전이 발발했다. 얼마 후 미국은 '사막의 폭풍 작전'을 개시하면서 사우디아라비아 사막에 병사들을 주둔시켰다. 월터는 사우디아라비아의 유전을 지키며 몇 달을 흘려보냈다. 걸프전에 참전했지만 총 한 발 쏘아본 적 없이 돌아왔다. 전쟁 기간 내내 사우디아라비아 사막의 미군 기지를 벗어나본 적도 없었다. 3년 연장 근무를 신청한 월터는 소말리아로 파병되었다. 소말리아 내전은 사우디아라비아에서의 경험과 달랐다. '사막의 폭풍' 작전이 펼쳐지는 동안 미군 기지에서 핀볼 게임이나 다트 게임을 즐겼던 월터는 지붕 위에 숨은 저격수들이 수시로 총을 쏘아대는 모가디슈에서 몇 번이나 목숨을 잃을 뻔했던 전투를 경험했다.

"월터가 말하길 소말리아 내전은 지옥이었다고 하더군요." 조지 캐리가 말을 이어갔다. "우리 부부와 통화할 때마다 월터는 겁이 난다고 하소연했어요. 어느 날 월터는 소말리아 민병대 지휘관을 납치해오는 임무를 수행하는 델타포스와 레인저 부대를 지원하기 위해 출격했답니다. 그날 일이 월터에게는 끔찍한 악몽이었나 봐요. 적의 매복에 걸려들어 동료들이 옆에서 총을 맞고 죽어가는 모습을 수없이 목격했다더군요. 내가 생각하기에 월터는 그때의 충격으로 정신이 살짝 이상해졌나 봐요. 소말리아에서 돌아온 이후 이따금 화를 참지 못하고 폭발했는데 그 이

전에는 한 번도 본 적 없는 모습이었습니다."

1994년 초, 월터는 소말리아에서 귀국했고, 군대 생활도 예정보다 일찍 마무리되었다. 버지니아주 펜들턴 캠프에서 월터가 말썽을 일으킨 탓이었다.

"어떤 종류의 말썽이었는데요?" 페리가 물었다.

"월터가 상관과 주먹으로 치고받고 했나봐요."

"무슨 일로 그랬답니까?"

"월터의 소대장이 말을 고분고분 듣지 않는 소대원들을 징벌하겠다고 나섰답니다. 소대장이 월터를 포함한 몇몇 소대원들에게 말을 듣지 않는 대원들을 흠씬 두들겨 패라고 지시했다더군요. 월터는 소대장의 명령을 거부했고, 서로 목소리를 높여 싸우다가 결국 주먹다짐을 벌이게 되었나봐요. 그 일은 자체적으로 무마되었고, 월터에 대한 징계 조치도 없었답니다. 월터는 그 일이 있은 이후 조기 전역을 택하게 되었고요."

월터는 전역해서 집으로 돌아왔지만 소말리아에서 겪은 끔찍한 경험 때문에 무척이나 지쳐 있었다. 당분간 마운트플레전트에서 플라이낚시를 즐기며 조용히 지내는 게 월터가 바라는 전부였다. 월터는 가족이 운영하는 〈캐리 헌팅 앤 피싱〉을 맡아 꾸려가면서 주말에는 낚시를 하러 다녔다.

"월터는 대학 진학을 포기했어요." 조지 캐리가 말했다. "대학에 가서 공부할 생각이 없다고 하더군요. '나와는 어울리지 않는 삶을 붙잡으려고 뛰어다니고 싶지 않아요. 나는 그저 나에게 맞는 삶을 살고 싶어요.' 월터가 자주 하는 말이었습니다. 마침 상점 위층 집이 비어 있어서 월터가 들어가 살면서 가게 일을 하게 되었어요. 월터는 가게 일에 열성을 쏟아 부었죠. 그 무렵 아내와 나는 가게 일을 접고 은퇴할 생각이었는데 월터가 잘 꾸려가고 있으니 얼마나 좋았겠어요. 가게를 사겠다고 나서는 사람들이 더러 있었지만 제시 금액이 헐값이어서 난감해하고 있었거든요. 그런데 월터가 가업을 이어받는다고 하니 좋을 수밖에요."

월터가 마운트플레전트로 돌아와 지내는 동안 다시 몇 해가 흘렀고, 캐리 가족은 모든 일이 순조롭게 풀리는 느낌이었다. 1998년 가을이 되기 전까지는.

"1998년 가을에 무슨 일이 있었는데요?" 페리가 물었다.

"에릭이 마운트플레전트로 다시 돌아왔어요. 그때부터 순조롭던 흐름이 달라지기 시작했습니다. 그때가 바로 알래스카가 마운트플레전트에서 월터와 살겠다며 찾아온 무렵이었죠. 이미 말했지만 내 생각에 에릭은 알래스카를 노리고 있었던 것 같아요. 알래스카가 월터와 짝이 된다는 사실을 견딜 수 없었나봐요. 그래서 알래스카를 살해한 겁니다."

"지금까지 한 말을 믿으십니까?"

"장담할 수 있어요. 에릭이 알래스카를 죽이고 죄를 월터에게 덮어씌우려고 일을 꾸민 게 확실합니다. 알래스카가 살해당했다는 소식을 들었을 당시 우리 부부는 여행을 떠나 메인주에 머물고 있었죠. 우리는 그 소식을 듣자마자 돌아왔어요. 그날 집에 도착했을 때 에릭이 우리 집 앞에서 어슬렁거리고 있었던 게 기억납니다. 에릭의 안색이 무척이나 초조해 보였고, 곧바로 의심이 덜컥 나더군요."

"그날 월터는 어떤 태도를 보이던가요?" 페리가 물었다. "알래스카 사건 소식을 듣고 나서요."

"큰 충격을 받은 모습이었고, 무척이나 고통스러워했습니다." 샐리 캐리가 말했다. "형사님도 그 무렵 월터를 만나보았으니 잘 아실 거예요."

"월터는 화가 나면 일종의 발작처럼 분노를 폭발시킵니다." 페리가 말했다. "이성을 잃고 자신의 행동을 통제하지 못하죠. 군대에서 상관인 소대장에게 덤벼들었듯이 말입니다. 한때 사귀던 데보라 마일즈와 헤어질 때도 그랬고요. 4월 5일 월요일 밤에 월터가 집에 방화를 한 사실도 같은 맥락으로 보입니다. 월터에게 무슨 일이 있었기에 그날 밤 별안간 폭발한 걸까요?"

"정확한 내막은 알 수 없죠." 샐리 캐리가 말했다.

"월터는 벽면에 의미심장한 말을 휘갈겨 써놓았어요. '부정한 여자'라고요. 그날 밤, 알래스카가 부정을 저질렀다는 사실을 확인했을까요?"

"글쎄요, 나는 모르는 일이라서." 샐리 캐리의 대답은 똑같았다.

"얼마 전에 어머님은 알래스카와 에릭이 같이 있는 걸 목격하고 두 사람 사이를 의심했잖습니까? 그 일에 대해 월터에게 이야기한 게 언제입니까?

"월터가 나에게 전화해 알래스카가 짐을 싸서 떠났다고 하더군요. 그때 이야기했어요. 알래스카가 살해당하기 바로 전날이네요."

**

1999년 4월 2일 금요일

"엄마, 갔어요."

"가다니, 누가?"

"알래스카가 떠났어요. 날이 추워져 스웨터를 찾아 입으려고 집으로 올라갔는데 알래스카가 집에 와 있더라고요. 거실에서 옷을 입어보는 중이었나봐요. 굽 높은 부츠까지 갖춰 신은 모습을 보니 데이트하러 나가는 차림새 같았어요. 내가 집으로 들어서자 몹시 거북해하더니 말하더군요. 자기 물건을 챙기러 집에 왔고, 나랑 끝내고 떠나려 한다고요."

"떠나는 이유가 뭐라고 하든?"

"변변한 이유를 밝히지 않았어요. 난 아무리 생각해도 왜 그러는지 이유를 모르겠더군요."

"우리라도 네 옆에 있어 주어야겠구나. 내일 아침 일찍 출발하면 정오 전에 집에 도착할 수 있을 거야."

"아뇨. 그럴 필요 없어요. 이미 벌어진 일이고 엄마가 오신다고 달라질 게 없잖아요. 모처럼 휴가를 떠나셨는데 푹 쉬다가 오세요."

샐리 캐리가 아들을 타일렀다.

"주유소로 알래스카를 찾아가서 왜 갑자기 그런 선택을 했는지 이야기를 나눠봐."

"알래스카의 성격을 잘 알아요. 내가 집착하는 모습을 보일수록 더 멀어질 거예요. 알래스카는 부모에게로 돌아갈 거라고 했어요."

"오늘 밤에는 너도 마음이 울적할 텐데 집에 들어앉아 혼자 외롭게 보내지는 마. 나가서 바람이라도 쐬고 와."

"에릭이 〈내셔널 앤섬〉에 가서 아이스하키 경기 중계를 함께 보자고 했어요."

샐리 캐리는 잠시 대답이 없다가 말했다.

"네게 해줄 말이 있어. 지난주에 네가 퀘벡 낚시용구대회에 갔을 때 에릭과 알래스카가 함께 있는 걸 봤어. 둘이 네 차에 타고 있다가 내리더라."

"알래스카의 차에서 엔진오일이 새는 문제가 생겼어요. 그래

서 퀘벡에 가 있는 동안 내 차를 쓰라고 한 거예요. 알래스카가
어디에 다녀오던 도중에 에릭을 만나 집에 데려다주었겠죠."

"나도 그렇게 생각하고 싶지만 둘 사이 분위기가 묘했어."

월터는 터져 나오려는 웃음을 참는 눈치였다.

"에릭과 알래스카가요? 절대 그럴 리 없어요."

"네 마음을 아프게 하고 싶지는 않다만 알래스카가 떠난 건 다
른 남자가 생겼기 때문일 공산이 커."

"나도 그런 느낌이 들긴 했어요." 월터가 풀죽은 목소리로 말
했다. "알래스카가 이전과 왠지 달라졌다고 느껴졌어요. 어느
날인가 못 보던 새 구두를 신고 있더라고요. 알래스카는 울페버
러의 상점에서 구입했다고 했는데 확인해보니 세일럼의 부티크
에서만 독점 판매하는 구두였어요. 알래스카는 모르긴 해도 에
릭이 아니라 세일럼에 사는 누군가와 만나는 것 같아요. 세일럼
으로 돌아가는 게 사실이라면 아마 선물을 준 그 누군가를 만나
고자 해서일 거예요."

***

11년 전 이야기를 듣고 있던 페리가 샐리 캐리에게 말했다.

"지금 말씀하신 대로라면 알래스카가 다른 남자를 만나고 있
다는 사실을 월터는 어느 정도 눈치채고 있었다고 봐야 하네요.

월터가 분노가 치밀면 충동적이고 비이성적인 행동을 취한다는 사실도 인정하시고요. 월요일 밤에 월터가 집에 불을 지른 행위도 바로 그런 경우에 해당한다고 볼 수 있겠네요. 그날 밤, 무슨 일이 있었기에 월터는 그토록 흥분했을까요? 월터의 경우 시한폭탄이 아니라 지극히 충동적이어서 자극을 가하면 즉각 폭발하는 편이죠. 월터가 폭발할 시점에 뭔가 자극을 받은 것으로 보입니다. 무엇이 월터를 흥분시켰을까요? 그날 저녁에 혹시 월터를 보셨습니까?"

"그날 월터가 우리 집에 식사를 하러 왔었어요." 옆에 있던 조지 캐리가 대신 나섰다. "그 당시 나는 저녁마다 클럽에 가서 카드 게임을 하고 있었죠. 그날 저녁에도 집을 나가려고 하는데 마침 월터가 왔던 기억이 납니다. 그날, 월터는 평소와 다른 점이 전혀 없었어요."

"그날, 집에 계셨던 부인께서 추후에 어떤 일이 있었는지 말씀해주시죠." 페리는 그날 저녁에 집에 남았던 샐리 캐리를 향해 질문을 이어갔다.

"월터와 둘이서 저녁 식사를 했어요. 살아 있는 아들을 마지막으로 본 날이라서 생생하게 기억해요."

***

1999년 4월 5일 월요일 저녁 8시

"괜찮니?" 샐리 캐리가 집에 온 월터에게 물었다.

"그럭저럭 잘 견디고 있어요." 월터는 어깨를 으쓱 추어올렸다. "알래스카가 죽었다는 사실이 믿어지지 않아요."

"정말이지 끔찍한 일이구나."

샐리는 그날 저녁 월터가 좋아하는 소고기볶음 요리를 만들었다. 하지만 월터는 음식에 거의 손을 대지 않았다.

"이런 때일수록 잘 먹고 힘을 내야지." 샐리 캐리가 말했다.

"식욕이 없어요. 음식이 목구멍으로 넘어갈 것 같지 않아요."

"디저트로 당근 케이크가 있는데, 그거라도 먹어."

"엄마, 내가 바보짓을 했어요."

"바보짓이라니?" 샐리 캐리가 걱정스럽게 되물었다. "무슨 일인데 그래? 알래스카와 관련된 일이니?"

"알래스카와 관련이 있기도 하고, 그렇지 않기도 해요. 토요일 오후에 사람들 모두가 그레이비치에서 벌어진 일을 이야기하고 있을 때였어요. 그때 우연히 팀 젠킨스와 마주쳤죠. 마운트플레전트 경찰이 된 고등학교 시절 친구 있잖아요."

"그래, 나도 팀 젠킨스가 누군지 알아."

"팀 젠킨스가 그레이비치 상황이 어떻게 돌아가고 있는지 이야기해 주었어요. 현장에서 자동차 후미등 파편을 찾아냈다면서요. 나무 밑동을 들이받은 차량 페인트 자국도 발견했다고 하더라고요."

"그래서?" 샐리 캐리는 뭔가 심상찮게 돌아간다는 걸 느끼며 잔뜩 긴장했다.

"지난 토요일에 보니 내 차 후미등이 깨져 있었어요. 범퍼도 우그러져 있었고요. 내가 접촉사고를 낸 기억은 전혀 없어요. 사고가 있었다면 내가 몰랐을 리 없잖아요. 내 생각에는 누가 일부러 내 차를 망가뜨려 놓은 것 같아요."

"그레이비치에서 살인사건이 일어나던 날 밤에 누군가 네 차를 현장에 가져가 망가뜨렸다고? 누가 네 차를 사용했는지 알고 있니?"

"아무리 생각해봐도 그럴 만한 사람이 없어요. 누가 내 차를 몰래 훔쳐 타고 나가겠어요."

"넌 차 문을 잠그지 않는 버릇이 있잖아. 현관문도 그렇고. 아무래도 심상찮아 보이는 일인데 경찰서에 신고하는 게 좋겠구나. 당장 경찰서에 가봐. 아니면 미첼 서장에게 연락해. 미첼 서장에게 이야기하면 우리 집에 왔던 형사들에게 연락해줄 거야."

"엄마, 내가 바보짓을 했다고 말한 이유가 있어요. 팀 젠킨스가 후미등 파편이 현장에서 발견되었다는 말을 했을 때 문득 내 차의 상태가 떠올랐어요. 경찰이 나를 의심할 수도 있겠다고 생각하니까 문득 소름이 끼치는 거예요. 경찰이 만약 내가 군대에서 소대장에게 대들었던 일, 데보라 마일즈와 있었던 일에 대해 들어서 알게 될 경우 나를 의심할 수도 있겠다는 생각이 들었어요. 내가 알래스카에게 실연당해 폭발했다는 식으로 내게 혐의를 씌울 여지가 충분하잖아요. 그래서 포드자동차 서비스센터에서 일하는 친구 데이브 버크에게 연락했죠. 데이브가 한밤중에 집으로 왔어요. 사람들 눈에 띄지 않으려고 차는 차고 안에 넣어둔 상태였죠. 데이브가 깨진 후미등을 갈아 끼웠어요."

샐리 캐리는 기겁하듯 놀란 표정을 지었다.

"도대체 왜 그런 짓을 했니? 자칫하면 네가 범인으로 몰리게 생겼잖아. 경찰은 데이브라는 친구를 찾아내 신문할 게 뻔해. 그렇게 되면 당장 네가 시킨 일이라고 털어놓을 텐데."

"너무 걱정하지 마세요. 잘될 거예요. 경찰이 데이브에게까지 수사 영역을 넓히지는 못할 거예요. 설령 수사한다고 해도 데이브는 내 이름을 발설하지 않을 테니까 염려 말아요. 우린 친구잖아요."

"아무리 친구라도 다 믿을 수는 없어."

"왜 그런 말씀을 하세요?" 월터는 어머니의 그 말에 특별한 이유가 있다는 느낌이 들었다.

"에릭을 조심해. 내가 생각하기에 알래스카를 살해한 범인이 에릭일 수도 있어."

"당신이 월터에게 에릭을 조심하라고 말했다고?" 조지 캐리가 아내에게 물었다.

"그럴 수밖에 없었어. 알래스카 사건에서 에릭만 미꾸라지처럼 쏙 빠져나간다는 생각이 들었거든."

부부가 대화를 나누는 중간에 페리가 끼어들었다.

"부모님에게 방금 들은 이야기를 종합해봐도 월터가 흥분하면 충동적으로 움직여 결국에는 상황을 악화시킨다는 사실을 알 수 있었습니다. 자동차 후미등이 깨어진 걸 보자마자 의심을 받을까봐 자동차 정비 기사 친구에게 부탁해 즉각 수리했다는 말이죠. 그날 저녁에 부인께서는 월터에게 에릭을 조심하라고 했습니다. 혹시 월터가 흥분한 이유가 바로 그 말 때문 아닌가요?"

"내가 그 말을 했을 때 월터의 반응은 무척이나 차분했어요. 친구를 믿는다는 말을 거듭 되풀이했죠. 그리고 나서 월터는 돌아갔어요. 너무 피곤해 쉬어야겠다면서요."

"부모님 집에서 나갈 때까지만 해도 차분한 태도를 유지했다고요?"

"네, 그래요."

"그때가 몇 시쯤이었습니까?"

"밤 9시경이었어요."

"그렇게 차분한 태도를 유지했던 월터가 왜 몇 시간 뒤에 집에 불을 질렀을까요?"

"그거야 나도 모르죠." 샐리 캐리가 말했다. "집으로 돌아가 혼자 있게 되자 별안간 충동을 억누르기 힘든 상태가 되었을 수도 있죠."

"내가 생각하기에는 전혀 그렇지 않습니다." 페리가 잘라 말했다. "월터는 뭔가 새로운 사실을 발견했을 겁니다. 내가 알고 싶은 건 그겁니다. 그런데 한 가지 의문이 있습니다. 지금 말씀하신 대화 내용을 왜 11년 전에는 알려주시지 않았습니까? 월터가 정비 기사 친구를 불러 차 후미등을 수리했다는 사실을 왜 지금에야 이야기하시는 거죠?"

페리의 질문에 샐리 캐리의 목소리가 별안간 높아졌다.

"내가 살아 있는 아들을 마지막으로 본 날이었어요. 이 모든 이야기를 경사님에게 했다고 한들 무엇이 달라지는데요? 총에 맞아 얼굴이 반쯤 달아난 내 아들이 원래대로 돌아왔을까요? 총구를 들이대고 얼굴을 쏘면 사람이 어떤 형상이 되는지 경사님은 본 적이 있을 겁니다. 나도 봤어요. 내 아들이 그런 모습이었습니다. 그러니 이제 경사님이 대답해보시죠. 내가 당신들을 찾아가 이 모든 이야기를 했다 한들 내 인생에서 무엇이 달라졌을까요? 내가 아는 건 월터가 취조를 담당한 형사를 죽인 게 아니라는 겁니다. 월터는 스스로 얼굴을 쏴 자살하지도 않았어요.

내 아들은 희생자입니다. 에릭과 경찰이 내 아들을 그렇게 만들었어요. 내 아들의 명예를 언제 회복시켜주실 거죠? 페리 게할로우드 경사님."

샐리 캐리의 목소리가 카페에 울려 퍼졌다. 카페 종업원이 우리가 있는 쪽을 쳐다보았다. 샐리가 의자를 박차고 일어났다. 남편도 부인을 따라 몸을 일으켰다.

캐리 부부가 떠난 뒤에도 페리와 나는 한동안 그 자리에 남아 있었다. 카페에는 어느새 손님이 우리밖에 남지 않았다. 나는 페리에게 물었다.

"에릭이 우리에게 육상대회 이야기를 하지 않은 이유가 뭘까요?"

"월터의 부모가 생각하듯 에릭이 함정을 만들어 월터가 육상대회에 나서지 못하게 만들었기 때문일지도 모르지."

"에릭이 정말 월터가 마시는 물에 약이라도 탔을까요?"

"그럴 가능성을 배제할 수 없을 것 같아. 하지만 고교 시절 육상대회에서 에릭의 속임수가 있었다고 해도 그 일과 11년 후의 살인사건을 곧바로 연결 짓기는 어렵지 않을까? 내가 확신하는 건 1999년 4월 5일 월요일에 월터 캐리가 집에 불을 지른 이유가 무엇일까 하는 점이야. 월터는 분명 뭔가 새로운 사실을 알게 되는 바람에 분노를 참지 못하고 불을 질렀을 테니까. 그렇다면 그 이유가 뭘까?"

우리가 앉은 테이블은 카운터에서 그리 멀지 않은 위치였다. 카운터에는 우리가 들어왔을 때부터 한 여자가 앉아 있었다. 그 여자는 금전등록기를 만지작거리고 있었지만 일에 대한 열의는 없어 보였다.

"카페 주인 레지나 스펙이신가요?" 페리가 여자를 건너다보며 물었다.

여자는 깜짝 놀란 표정으로 페리를 마주보았다.

"내 이름을 어떻게 아세요?"

"에릭 도노반의 변호사 패트리샤에게 들었습니다."

레지나가 몸을 일으켜 우리가 앉은 쪽으로 다가왔다.

"두 분이 바로 형사님과 작가님이시군요. 저도 두 분에 대해 이야기를 들었어요."

"내가 몇 가지 물어봐도 되겠습니까?"

"물론이죠."

페리는 카페 주인 여자에게 자리를 권했다. 레지나는 맞은편에 앉아 우리를 쳐다보았다. 나이는 40대로 보였다. 패트리샤에게 이야기를 듣고 짐작했던 것보다는 나이가 훨씬 젊은 사람이었다. 페리도 역시 나와 같은 생각을 했는지 나이에 대한 질문부터 했다.

"혹시 1999년에 나이가 몇 살이었습니까?"

"서른넷이었어요."

"그리 많지 않은 나이였는데 그때도 이 카페를 운영하고 있었
습니까?"

"그래요. 정확히 말해 그때는 아버지가 카페 소유주였어요.
하지만 아침 10시 이후로는 카페에 계신 적이 없었죠."

"어째서요?"

"술에 만취해서요. 아버지는 몇 년 전에 돌아가셨어요. 원인
은 역시 술 때문이었죠."

"저런! 공연한 걸 물어봐서 미안합니다."

"어쨌거나 1999년에 〈더 시즌〉을 운영하던 사람은 나였어요.
부모님은 이혼한 상태였고요. 내가 일곱 살 때 엄마는 새로운
삶을 찾고 싶다면서 집을 나가버렸죠. 엄마의 삶에 여자아이가
딸려 있어서 거추장스러웠나 봐요. 나는 이 카페에서 자랐어요.
주로 카운터 뒤에 붙어 앉아 지냈죠. 그럼에도 제법 공부를 잘했
어요. 고교 시절 학교 성적이 좋아 장학금을 받고 프린스턴 대
학교에 진학해 경제학을 전공했죠. 대학을 졸업하고 5년 동안
뉴욕의 대형 회계사무실에서 일했어요. 일이 얼마나 재미없던지
결국 마운트플레전트로 돌아왔죠. 이곳에서의 삶도 충분히 만
족스러운데 굳이 떠나서 살 이유가 없다는 생각이 들더군요. 그
때가 1990년 초였어요. 아버지의 알코올의존증이 점차 심각해
질 무렵이었죠. 게다가 이 카페는 관리가 제대로 안 돼 파리만
날리는 상태였고요. 마운트플레전트로 돌아와 살기로 결정한

게 내 인생 최고의 선택이었다고 생각해요. 나는 돌아오자마자 이 카페 운영을 맡았죠. 저축해놓은 돈을 몽땅 쏟아 부어 맨해튼 번화가에 있는 카페처럼 치장했어요. 실내를 고급제품으로 채우고, 이탈리안 카페의 메뉴를 갖췄죠. 리스트레토, 에스프레소, 마키아토, 카푸치노 따위. 솔직히 말해 내 계획이 처음에는 이 지역 주민들에게 잘 먹혀들지 않았어요. 내 아버지 세대인 손님들은 전날 사용한 기름에 튀겨낸 프렌치프라이에 입맛이 길들여져 있었으니까요. 하지만 얼마 지나지 않아 입소문이 나기 시작했고, 그때부터는 탄탄대로였죠."

"1999년의 일을 기억나시는 대로 말씀해주세요."

"생각나는 게 별로 없어요. 카페가 크게 성공해 이 거리의 중심이 되어 있을 때였죠. 뭘 알고 싶으신데요?"

"에릭과 월터도 이 카페에 자주 드나들었습니까?"

"그럼요. 거의 매일 왔어요. 특히 월터는 맞은편 2층 건물에 살고 있어서 아침마다 카페에서 식사하고 나서 〈캐리 헌팅 앤 피싱〉으로 출근했죠."

"월터의 모친도 왔습니까?"

"내가 〈더 시즌〉을 맡은 다음부터 캐리 부인은 거의 하루도 빠짐없이 카페에 왔어요. 이탈리안 에스프레소를 마셔보고 나더니 이제 다른 집 커피는 못 마시겠다고 하더군요. 이 카페의 에스프레소를 마시니 결혼하기 전 여행했던 리미니가 생각난다고 했죠.

50년 전 일인데 캐리 부인의 유일한 이탈리아 여행이었다고 하더군요. 캐리 부인은 이탈리아 여행의 추억을 더듬느라 매일 진한 에스프레소를 마시러 온 셈이죠."

"캐리 부인과는 친숙한 관계였겠군요."

"지난 20년 동안 매일 얼굴을 보고 지냈으니까요. 사실 그런 경우라면 아무리 관심이 없던 사람이라도 친분이 생기기 마련이죠."

"혹시 캐리 부인이 알래스카가 에릭과 몰래 부정을 저질렀다고 주장하는 이야기를 들은 적이 있나요?"

"캐리 부인이 그런 이야기를 했는데 알래스카가 살해되기 바로 직전이었어요. 에릭의 변호사에게 그 사실을 이야기한 적이 있어서 또렷이 기억해요."

"캐리 부인이 정확히 어떤 말을 했는지 기억하세요?"

"늘 그랬듯이 짧은 대화였어요. 캐리 부인이 카운터로 와서 앉았고, 나는 주문을 받기도 전에 에스프레소를 만들어 내놓았죠. 그런 다음 잠시 잡담을 나누었고요. 그날 캐리 부인은 얼굴이 몹시 어두웠어요. 잘 풀리지 않는 일이 있냐고 물었더니 전날 알래스카와 에릭이 〈캐리 헌팅 앤 피싱〉 앞에 같이 있는 모습을 봤다는 말을 꺼내더군요. 두 사람 사이가 커플로 보일 정도로 가까워 보였다고요. 그래서 내가 물었죠. '어떤 모습을 보고 그렇게 느꼈어요?' 캐리 부인이 이렇게 대답하더군요. '둘이 다투는데 연인 사이에서나 느껴지는 열기가 있더라고.' 전혀 신빙성이 없다는 생각이 들어 말해줬죠. '두 사람이 진짜로 사귀는 사이라면 하필 부인이 내다보는 자리에서 그런 식으로 다툴 까닭이 없을 텐데요.'"

"그 이야기를 당시 경찰에게 왜 말해주지 않았습니까? 경찰은 알래스카 사건과 관련해 증언해줄 사람을 찾는다는 광고를 내보내면서까지 증인을 기다렸는데요."

"경찰에 제보하려고 해도 뭔가 이유가 있어야 하잖아요. 내 입장에서 보자면 그냥 카페에서 별 의미 없이 주고받은 말일 뿐이었어요. 게다가 알래스카가 살해되고 나서 이삼일 만에 경찰이 월터를 체포했고, 이어서 에릭까지 체포했는데 덧붙일 말이 뭐가 있죠? 앞서 그 이야기를 하게 된 것도 그 여자 변호사가 자꾸 캐묻는 바람에 털어놓았을 뿐이라고요."

"무슨 말인지 이해합니다. 그럼 에릭도 이 카페에 자주 드나들었습니까?"

"이따금 왔어요. 대개는 저녁 늦은 시간에 와서 느긋하게 술을 한잔 마시고 돌아갔어요. 사실 에릭은 나와 사귀어보려고 몇 번 은근한 눈빛을 보내왔지만 나는 전혀 관심을 보이지 않았죠."

"에릭의 어떤 면이 거슬려 구애를 매몰차게 거부한 겁니까? 에릭은 미남이고 호감을 주는 인상이잖아요?"

"그때만 해도 에릭은 서른이 안 된 나이였고, 나는 서른다섯을 바라보고 있었어요. 나는 아이를 가질 생각이었는데, 에릭은 얼마 전에 고향으로 돌아와 부모에게 얹혀사는 처지였고요. 내가 찾는 상대가 아니었죠. 더구나 그렇게 징징거리는 남자들은 내 취향과는 거리가 멀거든요."

"에릭이 징징거린다고요? 그렇게 생각한 이유라도 있습니까?"

"에릭은 자기 자신에 대해 불만이 많았어요. 자신의 삶이 행복하지 않다고 느끼는 사람이었죠."

"구체적으로 에릭의 어떤 면을 보고 그렇게 생각하게 되었나요?"

"에릭이 나에게 직접 털어놓은 말이었어요. 에릭과 내가 함께 카페에 있던 어느 날 저녁이었죠. 1998년 가을이었을 거예요. 현재 남편을 만나기 직전이라서 기억이 나요. 에릭과 나는 술을 제법 많이 마셔서 취기가 오른 상태였어요. 갑자기 에릭이 나를 자기 쪽으로 끌어당겨 입을 맞추려고 하기에 내가 억지로 떼밀어 냈죠. 에릭은 곧바로 사과하더니 동정심을 유발하려는 듯 불쌍한 척했어요. '아무튼 여자들은 죄다 나를 거부한다니까.' 그런 종류의 말이었죠. 에릭은 혼잣말을 몇 마디 더 늘어놓다가 세일럼에서 사귄 여자 친구 이야기를 꺼내더군요. 그 여자 친구가 별안간 그를 차버리고 떠났다고 했어요. 다른 남자가 생겼다면서요. 그때 너무 큰 상처를 받아 세일럼 생활에 종지부를 찍기로 마음먹었대요. 그래서 다니던 직장에 사표를 던지고 마운트 플레전트로 돌아왔다고요."

"내가 듣기로는 해고당했다고 하던데요?" 페리가 말했다. "여자 친구와의 결별에 대해서도 들었는데, 사표를 낸 건 아닌 것 같은데요. 분명 나에게는 사장과 싸우는 바람에 해고당했다고 했어요."

레지나가 슬며시 웃었다.

"경사님뿐만 아니라 부모에게도 그렇게 말했나봐요. 내가 알기로는 사표 내고 도망쳐온 거예요. 어쨌거나 에릭이 내게 해준 얘기로는 그랬어요. 당시 에릭의 사장이었던 사람을 만나 확인해보시든지."

카페 〈더 시즌〉을 나와 중심가를 따라 걸어 내려오는데 경찰차 한 대가 우리를 좇아왔다. 건장한 체구 탓에 제복이 몸에 꽉 끼는 경찰관 한 사람이 차에서 내렸다.

"사교활동을 하더라도 일단 경찰서에 들러 신고부터 했어야지요."

덩치 큰 경찰이 우리에게로 다가와 웃으며 말했다.

11년 전 사건 당시 페리의 수사에 힘을 더했던 마운트플레전트 경찰서장을 나는 비로소 알아보았다.

"미첼 서장님, 다시 만나 뵙게 되어 반갑습니다."

"나는 경사님을 다시 만나게 된 걸 반가워해야 할지 걱정해야 할지 잘 모르겠네요. 경사님이 이렇게 마운트플레전트에 다시 나타난 이유가 있을 테니까 말입니다."

페리의 말에 따르면 프랜시스 미첼 서장은 1999년에 봤던 모습 그대로였다. 당시 신문 기사에 난 미첼 서장의 사진을 보면서 나도 그 말에 동의했다. 근육이 약간 빠지고, 혈색이 조금 나빠지긴 했지만 탄탄한 체구와 떡 벌어진 어깨, 의욕적인 인상은 여전했다. 큼지막한 파일럿 선글라스도 미첼 서장과 함께 세월의 풍파를 잘 견뎌온 듯했다.

"알래스카 샌더스 살인사건을 재수사해야 할 확실한 근거가 새로 나온 겁니까?" 미첼 서장이 물었다.

"그렇지 않다면 내가 이곳에 오지 않았겠죠."

"새로 밝혀진 근거가 뭔데요?"

"좀 신중할 필요가 있어서 그러는데 조만간 알려드릴게요. 약속합니다."

"지금 알려주지 못할 이유라도 있나요?" 미첼 서장은 쉽게 물러서지 않았다. 그가 페리를 뒤쫓아 온 건 수사 정보를 캐내려는 의도가 있어 보였다. 페리는 미첼 서장에게 수사 상황을 알려줄 생각이 없었지만 그렇다고 사이가 껄끄러워지고 싶지도 않았다.

"미묘한 정보라 오해를 빚을 수도 있거든요."

"에릭에게 불리한 정보입니까?"

"그런 정보도 있죠."

"그런 정보도 있다고요? 그렇지만 이미 월터가 범행을 인정했잖아요. 그렇다면 결정적인 사실관계가 아예 뒤집어진 건가요?"

"월터의 자백이야 있었지만 모든 사실을 하나하나 검증해볼 필요성이 있으니까 재수사를 결정했겠지요. 자세한 사항은 지금 이 자리에서 밝히기 어렵습니다."

"무슨 말씀인지 이해합니다. 사건 발생 당시에도 경사님이 일을 깔끔하게 잘 처리한 것으로 기억합니다. 하지만 마운트플레전트는 조용한 소도시입니다. 시끌벅적한 대도시의 삶을 모르다 보니 뭔가 큰일이 생기면 주민들의 모든 관심이 거기에 쏠려버리죠. 마운트플레전트 주민들이 알래스카 샌더스 살인사건의 충격에서 벗어나기까지 제법 오랜 시간이 걸렸습니다. 30년이 넘도록 범죄라고는 구경도 해보지 못했던 곳이라 처음 발생한 살인사건에 대한 후폭풍이 컸지요. 다행히 그 이후로는 또 별다른 사건 없이 조용히 지내오고 있습니다. 이 지역은 평온한 곳입니다. 이런 식으로 갑자기 들이닥쳐 이 작은 지역을 온통 휘저어 놓으면 곤란합니다."

"걱정하시는 마음은 충분히 이해합니다. 각별히 조심할 테니까 안심하세요."

"솔직히 마음이 놓이지 않습니다. 두 분만 괜찮다면 마운트플레전트 경찰서 소속 경찰관 한 명을 함께 움직이도록 해주셨으면 합니다. 이 지역은 마운트플레전트 경찰서 관할인 만큼 무리

한 요구는 아니라고 보는데요. 주민 보호 차원에서도 그럴 필요가 있어 보입니다."

페리가 시큰둥한 얼굴로 미첼 서장을 향해 웃어 보였다.

"뉴햄프셔주 경찰청이 하는 일을 믿지 못하겠다는 말로 받아들여도 되겠습니까?"

"그건 아니죠. 우리 쪽에서 힘을 보태겠다는 겁니다. 마운트 플레전트는 좁은 지역입니다. 이 지역에서 원활하게 수사를 하려면 이곳만의 특성을 알아야 합니다. 이곳 경찰과 함께 다니면 여러모로 도움이 될 겁니다. 뉴햄프셔주 경찰청이 수행하는 사건 수사를 위해 이곳에 오셨으니 우리도 두 분을 잘 모셔야 마땅하죠. 이곳에서 '내 집'처럼 편안하게 지내는 대신 이 지역 방식을 존중해주시기 바랍니다."

"옳은 말씀입니다." 페리가 말했다. "이번 수사의 방향을 말씀드려야 하는데 내일 경찰서에서 뵐까요?"

"네, 좋습니다." 미첼 서장이 반색하며 말했다. "오전에 경찰서에서 기다리고 있겠습니다."

미첼 서장은 자신이 뛰어난 협상 솜씨를 발휘해 원하는 결과를 얻어낸 것으로 생각한 듯 의기양양한 모습으로 경찰차를 타고 떠났다.

"미첼 서장이 왜 우리 수사에 끼어들려고 하죠?"

"미첼 서장에 대한 정보를 미리 알아봤는데 몇 달 후 은퇴가 예정된 사람이야. 지난 15년간 마운트플레전트 경찰을 지휘해 온 만큼 마지막까지 나름 완벽하게 임무를 수행하고 옷을 벗고 싶겠지. 경력에 흠이 될 만한 일은 만들고 싶지 않은 거야. 우선 자네가 묵는 호텔로 가자고. 나도 그 호텔에 방을 하나 잡아야겠어."

"마운트플레전트에서 묵으려고요? 그래서 아침에 가방을 꾸려왔군요."

"이곳에 자네 혼자 내버려둘 수는 없잖아."

"나를 걱정해 여기에 머무시는 거예요?"

"범인이 이곳에서 시치미를 떼고 살고 있다면 그가 노릴 다음 번 대상은 바로 자네일 수도 있어."

"지나치게 과장된 추론이라는 생각이 들지는 않으세요?"

"과장하는 버릇이야 작가인 자네를 따를 사람이 없지."

나는 슬며시 웃으며 한 발 뒤로 물러섰다.

"일단 가보시면 알겠지만 근사한 호텔이에요."

"제대로 수사하려고 짐을 꾸려왔지 호텔에서 쉬려고 온 건 아니야."

"그야 당연하죠. 그건 그렇고 궁금한 게 있어요. 만약 1999년으로 돌아갈 수 있다면 예전 수사 방식에서 어떤 부분을 바꾸고 싶어요?"

"무슨 말을 하고 싶어서 그런 질문을 하는데?"

"11년이라는 시간이 흘렀어요. 예전에 비하면 맨바닥에 헤딩하는 게 아니라 확실한 증거들을 다수 모아둔 상태란 말이죠."

"이 지역 주민들의 이야기를 꼼꼼히 들어볼 필요가 있었는데 그 당시에는 탐문 작업이 충분하지 않았어. 사람들과 직접 부딪쳐가며 탐문 수사를 하는 방식은 사실 자네에게 배웠다고 해도 무방해. 해리 쿼버트 사건 당시 자네가 어떤 방식으로 일하는지 곁눈질로 지켜봤거든."

페리의 마지막 말은 농담인지 진담인지 알 수 없었다.

"지금 나에게 수사 비결을 배웠다고 고백하는 거예요?"

"난 그런 말 한 적 없는데?"

"그렇다면 정말 감동입니다. 오늘 저녁은 내가 쏠게요."

"자네와 저녁 식사를 같이 하는 건 그다지 끌리지 않는데."

"자, 심통은 그만 부리시고요. 호텔로 가서 방부터 잡고 난 다음 맛이 기가 막힌 이탈리아 식당으로 안내할게요."

***

그날 저녁 페리와 내가 찾아간 식당은 〈루이니〉였다. 식사를 마치고 페리와 함께 걸어서 돌아오는 길이었다. 호텔 앞에 이르렀을 때 누군가 벤치 위에 올려놓은 작은 갈매기 조각상이 눈에 들어왔다. 내 호텔 방에 있는 갈매기 조각상과 똑같았다.

벤치로 가까이 다가갔다. 갈매기 조각상이 팸플릿 하나를 문진처럼 누르고 있었다. 버로스 대학교 홍보자료였다. 자료 겉장에 붉은색 사인펜으로 다음과 같은 말이 적혀 있었다.

마커스
진심으로 충고하는데 버로스 대학교의 자리를 거절해.

"이게 무슨 소리야?" 뒤에 서 있던 페리가 내 어깨너머로 얼굴을 들이밀고 물었다.

"해리 쿼버트가 보낸 메시지입니다. 내게 글쓰기에 대한 조언을 많이 해주었는데 그 연장선상에 있는 충고 같아요."

"버로스 대학교 이야기는 왜 나온 건데?"

"가을학기부터 그곳에서 문학창작 강의를 맡기로 했거든요."

"그걸 왜 이제야 내게 말해주는 거야? 브라보, 대학교수가 되었군. 멋진 일이야."

"해리는 경사님과 생각이 다른 것 같아요. 내가 그 자리를 거절하길 바라거든요. 그 이유를 모르겠어요."

아침 식사를 하러 호텔 라운지로 내려온 나는 테이블에 앉아 〈로카트 책방〉에서 사 온 《오로라의 갈매기》를 읽었다. 책을 펴 자마자 곧바로 빠져들었다. 물론 이미 읽은 책이지만 지금의 핵심 문제는 해리에 관한 단서, 해리가 어떤 삶을 살고 있는지 추적할 지표를 찾아내는 일이었다.

/

19장
갈매기
2010년 7월 14일 수요일. 뉴햄프셔주, 마운트플레전트

/

페리가 테이블로 다가왔다. 나는 재빨리 책을 접었지만 이미 페리에게 제목을 간파당했다. 페리의 날카로운 눈은 뭐든 놓치는 법이 없다는 사실을 잠시 잊고 있었다.

"이번에도 여전히 해리 퀴버트네." 페리가 말했다.

"신경이 쓰여요. 두 손이 묶인 기분이라고요. 해리가 어떻게 지내고 있는지 알면 좋을 텐데."

웨이터가 우리의 커피잔을 채워주었다.

"해리 쿼버트의 종적을 찾아보려고 몇 군데 전화해봤어." 페리가 털어놓았다. "자네와 약속했으니까. 하지만 아무것도 알아내지 못했어. 그 어디에서도 해리의 흔적을 찾을 수 없더군. 주소도 없고, 신용카드도 없고, 교통 위반 사실도 없고, 휴대폰조차 없어. 먼지 한 톨 남겨두지 않고 증발했단 말이지. 경찰의 레이더에서 완전히 사라져버렸다고나 할까? 어제 해리가 수수께끼처럼 연막을 피우고 다닌다는 사실을 확인하지 않았더라면 그가 죽었다고 해도 믿었을 거야."

"내가 마운트플레전트에 있다는 걸 알면서도 해리는 어째서 직접 나를 만나러 오지 않을까요?"

"자네를 만날 생각이었다면 뉴욕으로 갔겠지. 내가 생각하기에 해리 쿼버트는 자네를 피하고 있어."

"나를 피할 이유가 전혀 없는데요. 나는 해리의 혐의를 벗겨주려고 애썼을 뿐인데."

"자네 덕분에 살인 누명을 벗었지만 결과적으로 해리 쿼버트의 고통스러운 진실이 만천하에 드러나게 되었지. 해리는 그 사실을 받아들이기가 매우 힘들 거라는 생각이 들어."

페리는 커피를 한 모금 들이켜더니 손목시계를 들여다보았다. "지금 가봐야겠어. 도노반 부부가 기다릴 거야."

우리는 재닛 도노반과 마크 도노반의 집으로 찾아가 만나기로 약속해놓고 있었다.

도노반 부부는 우리를 맞아 테라스로 안내했다. 지난 일요일에 내가 로렌과 함께 차를 마신 바로 그 자리였다.

"에릭은 착한 아이였어요. 부지런했고, 장래에 대한 포부도 컸고요." 마크 도노반이 아들의 이야기를 시작했다. "고등학교 때는 선생들 모두가 에릭의 재능을 칭찬했어요. 에릭이 전액 장학금을 받고 모나크 대학교에 진학했을 때는 정말이지 자랑스러웠죠. 대학에서도 아주 열심히 공부해 뛰어난 성적으로 졸업했고, 세일럼의 마트 체인에 관리직으로 들어갔어요. 그 직장도 마음에 들어 했었죠."

"캐리 부부는 에릭이 모나크 대학교 장학금을 받은 건 육상대회에서 월터가 실격당해 뛰지 못했기 때문이라고 하던데요."

재닛이 어깨를 으쓱 추어올리며 말했다.

"캐리 부부는 여전히 과거의 망령에 붙잡혀 지내고 있네요. 조지 캐리가 에릭을 툭하면 비난하고 다닌다는 사실을 익히 들어 알고 있어요. 에릭이 몰래 약물을 먹여 월터가 설사를 하게 되었다고 주장한다고요. 터무니없는 낭설입니다. 그런 의심이 들었다면 왜 즉석에서 이의를 제기하지 않았을까요? 이미 20년이나 지난 일이니 없는 이야기를 꾸며내기 참 쉽겠네요."

"이유야 어찌 됐든 월터가 육상대회에서 실격했기 때문에 에릭이 전액 장학금을 받고 모나크 대학교에 진학할 수 있었던 건 인정하시는군요." 페리가 집요하게 밀고 나갔다.

재닛이 페리를 향해 어두운 눈빛을 던졌다. 나도 로렌에게서 본 적이 있는 눈빛이었다.

"형사님은 알래스카 살인사건을 수사하러 오신 건가요, 아니면 1988년 고교 육상대회 비리를 캐러 오신 건가요?"

페리는 냉큼 한걸음 물러서더니 곧바로 질문을 이어나갔다.

"에릭이 세일럼 생활에 만족했다고요?"

"마트 체인에 입사해 하는 일이 무척 보람 있었다고 해요." 재닛이 대답했다.

마크가 사진첩을 펼치더니 우리에게 보여주었다. 도노반 가족의 행복한 시절이 담긴 사진들이 눈에 들어왔다.

"에릭은 정말 착한 아이였어요." 마크는 아들에 대해 똑같은 말을 반복했다. "속을 썩인 적이 없었고, 부모 말을 거스른 적도 없었죠. 게다가 성격은 어찌나 온순하고 상냥했는지 몰라요. 이 사진들도 에릭이 찍었어요. 내 기억으로는 에릭이 열일곱 살 때 처음 카메라를 사주었을 거예요. 에릭은 오래전부터 카메라를 갖고 싶어 했었어요. 틈만 나면 우리 가족의 이런저런 모습을 카메라에 담았죠. 무슨 일이든 시작했다고 하면 끝까지 파고드는 성격이었어요. 그 시절에는 마운트플레전트 중심가에 사진관이 하나 있었죠. 사진가가 운영하는 사진관이었는데 손님이 아주 많았어요. 그때는 지금과 달리 필름을 사용해 사진을 찍던 시절이었죠. 그 사진관에서는 필름도 판매하고, 인화도 해주었죠. 마운트플레전트 주민들은 사진을 찍으면 모두들 그 사진관에서 인화를 했다고 보면 돼요. 그 사진가가 에릭을 무척이나 귀여워했어요. 에릭을 옆구리에 끼고 살다시피 하면서 사진과 관련된 많은 지식과 테크닉을 가르쳐주었죠. 암실에서 사진을 인화하는 기술도 그때 배운 겁니다."

"그 사진가의 이름이 뭐죠?" 페리가 물었다.

"조 모건. 이제는 그를 다시는 만날 수 없게 되었습니다. 몇 년 전에 숨을 거두었거든요."

"대학 졸업 후에 에릭은 세일럼에 직장을 구했고, 그곳에서 잘 지내고 있었는데 왜 갑자기 마운트플레전트로 돌아온 겁니까?"

"내가 그때 암 진단을 받았거든요." 마크가 말했다. "에릭이 그 소식을 듣고 큰 충격을 받았나봐요. 우리와 함께 지내겠다면서 집으로 돌아왔어요. 처음에는 잠시 함께 있을 줄 알았는데 계속 머물더군요. 에릭은 내가 암을 이겨내고 충분히 건강해졌는지, 앞으로도 계속 가게에서 일을 해나갈 수 있는지 확인하고 싶어 했어요. 그러고 보면 정말 사려 깊은 아들이었죠."

"에릭이 마운트플레전트로 돌아온 이유 가운데 하나가 직장에서 해고당했기 때문이라고 보십니까?"

"그런 이유도 한몫했죠." 재닛이 말을 넘겨받았다. "하지만 무엇보다 우리 곁으로 와서 살기 위한 구실이 필요했을 거예요. 직장생활에 만족하고 있는데 일을 그만두기는 어렵잖아요."

"에릭이 집으로 돌아올 구실을 만들기 위해 해고당했다는 말씀입니까?"

"네, 에릭이 그렇게 말했어요. 그런데 그걸 왜 묻죠?"

"그저 확인하려는 겁니다." 부모에게 한 말이 곧바로 에릭에게 전달되리라는 걸 의식한 페리가 질문을 이어갔다. "에릭이 마운트플레전트에 언제 돌아왔는지 정확한 날짜를 기억하십니까?"

"노동절 하루 전날이니까 1998년 9월 첫째 주말이었어요. 그때 강한 태풍이 불어 동부 해안 일부 지역에 큰 피해가 발생했죠. 그래서 특히 기억이 남아 있어요. 우리는 에릭이 집에 돌아온 걸 보고 잠시 휴가를 이용해 다니러 온 줄 알았죠. 그런데 에릭이 나를 빤히 쳐다보며 말하는 거예요. '엄마, 영영 돌아온 거예요.'"

***

도노반 부부에게 작별 인사를 하고 문을 나섰다. 페리가 뭔가 골똘히 생각하다가 말을 꺼냈다.

"에릭이 해고당했는지 아니면 먼저 사표를 냈는지 확인해 봐야겠어. 사표를 낸 거라면 에릭이 우리에게 거짓말을 했다는 의미거든. 왜 거짓말을 했을까? 직장을 미련 없이 그만둘 수도 있고,

무엇보다 아버지의 건강을 챙기고 싶어 했다면 거짓말할 이유가 없잖아. 그런데도 굳이 해고당했다는 이유를 내세운 건 왜일까? 에릭의 입장에서 보자면 마운트플레전트로 돌아온 게 예기치 않은 일로 보이기를 바랐을지도 모르지. 그래서 나는 오히려 에릭이 신중하게 세일럼을 떠날 계획을 세웠을지도 모른다는 생각이 들어."

나는 페리가 무엇을 말하려고 하는지 곧바로 알아차렸다.

"이 문제도 1998년 가을 세일럼에서 있었던 일을 묻는 우리의 질문과 연결되네요."

"에릭과 알래스카의 관계를 밝힐 실마리가 될 수도 있겠지. 1998년 가을에 두 사람은 몇 주 간격으로 세일럼을 떠났어. 이유가 뭐였을까? 매사추세츠에서는 대체 무슨 일이 있었던 걸까? 우리가 궁금해하는 몇 가지 답은 에릭과 알래스카의 관계를 밝히게 되면 저절로 알 수 있을 거야."

페리와 나는 그런 말을 주고받으며 차를 세워놓은 곳까지 걸어왔다. 나이가 좀 들어 보이는 여자가 우리를 불러 세웠다. 개를 데리고 나온 것으로 보아 산책 중인 듯했다. 털이 긴 개는 더위 탓에 숨을 헐떡이고 있었다.

"당신이 알래스카 살인사건을 캐고 다닌다는 작가 맞죠?" 여자가 나를 향해 말을 걸어왔다.

"그렇습니다, 부인."

"TV에서 당신을 본 적이 있어요. 당신이 도노반의 집으로 들어가는 걸 봤다고 남편이 내게 말해주더군요. 도노반의 집을 방문한 목적은 이루었나요?"

여자가 다짜고짜 묻는 바람에 나는 잠시 당황했다.

"도움이 되었지만 자세히 말씀드리기는 곤란합니다. 수사는 경찰의 영역이라 내 말이 무슨 뜻인지 충분히 이해하실 겁니다."

여자가 나를 빤히 쳐다보았다.

"사실은 개를 산책시키려고 나온 게 아니었어요. 당신과 이야기를 나누고 싶어 나왔거든요."

"우리는 이미 이렇게 이야기를 나누고 있잖습니까?"

그러자 여자가 재빨리 말을 이어갔다.

"내 말뜻은 그게 아니라 1999년에 캐리 가족에게 벌어진 일을 이야기하고 싶다고요."

여자는 내 표정이 바뀐 걸 확인하고는 자신이 꺼낸 말의 효력에 대해 만족하는 눈치였다. 여자가 길옆의 집을 손가락으로 가리켜 보이며 말했다.

"저기 덧창이 초록색인 집이 보이죠? 내가 사는 집입니다. 캐리네 집이 바로 옆이죠. 1999년 월요일 밤, 캐리네 가게 위층에 불이 나기 바로 직전에 그들이 사는 집에서도 분명 무슨 일인가 벌어졌죠. 그 당시 일어난 충격적인 일들을 어떻게 잊을 수 있겠어요. 알래스카가 살해당한 데 이어 월터가 사는 집에 불이 났어요. 그러더니 월터가 경찰서에 체포되었다가 죽었다는 소식을 들었죠. 끔찍한 비극이 그렇게 연달아 벌어지는 경우는 평생 처음 봤어요."

"그 월요일 밤에 캐리 가족의 집에서 무슨 일이 일어났는지 말씀해 주시겠습니까?" 페리가 나섰다.

"싸움이 벌어졌어요. 그날 남편이 밤 9시쯤 집에 돌아왔어요. 문을 열고 들어서면서 남편이 캐리의 집에서 심한 말다툼이 벌어지고 있다고 하더군요. 무슨 일인지 궁금해 담배를 피우러 나온 척하며 현관 포치에 서서 캐리의 집에서 새어 나오는 소리에 귀를 기울였죠. 남자가 고함을 지르고 있었는데 무슨 내용인지 도무지 알아들을 수가 없었어요. 다만 심상찮은 일인 듯했어요. 나는 그 목소리를 듣고 조지 캐리가 부인에게 화를 내는 소리라고 생각했고, 그래서 깜짝 놀랐죠. 조지 캐리가 그렇게 큰 소리로 화를 내고 고함지르는 모습을 본 적이 없거든요. 그러다가 별안간 그 집 현관문이 벌컥 열리더군요. 나는 눈에 띄지 않으려고 현관에 내놓은 의자 뒤로 몸을 숨겼죠. 현관 밖으로 나온 사람은 월터였어요. 월터가 화가 잔뜩 난 얼굴로 성큼성큼 걸어가는데 샐리가 뒤쫓아 나와 아들에게 가지 말라고 소리치더군요. 월터는 아랑곳하지 않고 차에 오르더니 굉음을 내며 출발했어요. 그런 다음에는 다시 조용해졌고요."

"그런 일이 있었다는 사실을 왜 그 당시 경찰에게 말하지 않았죠?" 페리가 물었다. "그날 밤에 월터가 살던 집에서 화재가 발생했다는 사실도 알고 있었을 텐데요."

"경찰에게 내가 본 사실을 전부 말했어요." 여자가 정색하며 말했다. "다음 날 미첼 서장에게 다 이야기했다니까요."

***

마운트플레전트 경찰서는 3층짜리 붉은 벽돌 건물이었다. 건물과 주차장을 둘러보니 이 지방경찰서가 사용하는 예산 규모가 상당한 액수일 것으로 짐작되었다. 미첼 서장은 널찍한 사무실에서 우리를 맞이했는데 세금으로 구입했을 사무실 집기며 내부 인테리어가 무척이나 고급스러운 분위기를 자아냈다.

"내가 두 분의 뒤꽁무니를 쫓아다녀야 한다는 게 유감입니다." 미첼 서장이 페리를 은근슬쩍 비난했다. "수사에 착수하기 전에 먼저 우리 경찰서를 방문해 주셨으면 좋았을 텐데요."

"서론은 그쯤 해두고 본론으로 들어갑시다. 우리에게 바라는 게 뭔가요?"

"마운트플레전트 경찰서도 이번 수사에 적극 참여하고 싶습니다."

"범죄 수사는 주 경찰 권한입니다."

"마운트플레전트에서 벌어지는 모든 일은 마운트플레전트 경찰서 소관입니다." 미첼 서장이 물러서지 않고 말했다. "우리 경찰서 부서장 두 명을 수사에 참여하게 해주세요."

"그렇다면 로렌 도노반 순경을 보내주세요." 페리가 말했다.

미첼 서장은 뜻밖이라는 표정으로 물었다.

"로렌을 원하는 이유가 뭔가요?"

"이 사건과 깊은 연관이 있는 사람이니까 오히려 가장 믿음직한 지원군이 되어줄 겁니다."

"사건을 대하는 로렌의 신념이 문제될 수 있어요. 나는 늘 로렌에게 당부해왔죠. 개인적 신념이 경찰 직무 수행에 방해가 되어서는 안 된다고요."

"확고한 신념 덕분에 로렌이 미리 움직일 수 있었죠. 아마도 로렌은 오래전부터 이 사건을 면밀히 조사해왔을 겁니다. 로렌이 이번 수사의 중요한 변수가 될 수 있습니다."

"로렌보다는 우리 부서장의 합류를 원합니다." 미첼 서장은 고집을 꺾지 않았다.

"서장님이 제일 걱정하는 일이 뭔지 압니다. 무엇보다 이 사건을 둘러싸고 여러 잡음이 일어나는 걸 경계하실 겁니다." 페리가 겉으로는 타협적 태도를 취하면서도 단호하게 선을 그었다. "나는 내키지 않는 일은 하지 않습니다. 서장님이 깜박했나본데 주경찰청은 지방경찰서의 지휘를 받지 않아요. 마운트플레전트 경찰서를 수사에 참여시키길 원한다면 로렌을 보내주세요. 다른 말은 필요 없습니다."

미첼 서장이 불만스러운 표정을 내비치며 얼굴을 실룩거렸다.

"그럼 좋습니다. 로렌을 따돌리고 움직이는 경우가 있어서는 안 됩니다. 마운트플레전트 경찰서 관내를 벗어나더라도 이 수사와 관련된 사안일 경우 로렌을 배제해서는 안 됩니다."

"물론이죠."

미첼 서장이 인터폰을 들더니 로렌을 불렀다. 잠시 후 로렌이 서장실 문을 열고 들어섰다. 생기 있는 얼굴로 다가오던 로렌이 페리와 나를 발견하고는 얼굴이 표나게 굳으며 그 자리에 멈춰 섰다.

"부르셨어요, 서장님?"

"로렌, 페리 게할로우드 경사님을 기억할 거야. 이쪽은 마커스 골드먼 작가님이고."

"누군지 알아요." 로렌의 목소리가 싸늘했다.

"알다시피 주 경찰청이 알래스카 샌더스 살인사건의 재수사에 착수했어. 이번 수사는 우리 마운트플레전트 경찰서와의 공조로 이루어질 거야. 로렌, 우리 경찰서에서는 자네가 수사에 참여하기로 결정되었어."

로렌은 무척 놀란 눈치였지만 내색하지 않고 말했다.

"서장님의 지시를 따르긴 하겠지만 왜 저를 수사에 참여시키길 바라시죠?"

"페리 게할로우드 경사님이 요청했어."

"당신이 수사에 많은 도움이 될 거예요." 페리가 말했다.

"네, 그럼 제가 해보겠습니다."

로렌은 이 사건의 진실을 밝히기 위해 11년 동안이나 기다려왔다. 로렌의 단호한 대답에는 기회를 놓치지 않으려는 결의가 담겨 있었다.

"로렌은 수사 진행 상황을 나에게 매일 보고해줘야 해."

"그렇게 하겠습니다."

페리가 얼굴에 억지웃음을 띄우며 자리를 고쳐 앉았다.

"자, 이제 공식적으로 수사가 시작되었습니다. 미첼 서장님께 한 가지 물어볼 말이 있습니다."

"말씀해보세요."

"캐리 가족의 이웃집에 사는 부인이 11년 전 당시 겪었던 일을 증언했습니다. 1999년 4월 5일 월요일 밤에 월터와 그의 어머니 샐리가 격렬한 말다툼을 벌였다고 하더군요. 그 부인은 그 이야기를 미첼 서장님에게 전달했다고 했어요. 수사상 매우 긴요한 증언이었는데 그 당시 왜 우리에게 그 이야기를 전달해주지 않았습니까?"

"그 당시 수사 상황이 매우 긴박하게 흘러갔습니다. 도망친 월터가 몇 시간 만에 자수했고, 그날 뉴햄프셔주 경찰청에서 참극이 벌어졌죠. 월터는 죽었고, 범행 자백 영상을 남겨놓았다고 들었습니다. 그런 상황이라 그 부인의 증언이 괜히 수사상 혼선을 빚을 것 같아 전하지 않았습니다."

미첼 서장과 면담을 마치고 나서 로렌이 페리와 나를 경찰서 내부 휴게실로 안내했다. 휴게실에는 마침 아무도 없어 우리는 자유롭게 이야기를 나누었다.

"미첼 서장은 올해 말에 경찰을 떠나요." 로렌은 25센트 동전들을 커피자판기에 집어넣으며 말했다. "그가 어서 떠나길 바라는 사람이 많기도 하죠."

"미첼 서장이 부하직원들에게 사랑받을 스타일은 아니지." 페리가 말을 받았다.

"나쁜 사람은 아닌데 시대에 뒤떨어졌어요. 케케묵은 방식을 고수하고, 고리타분한 생각에 찌들어 있죠."

로렌은 자판기에서 뽑은 커피 한 잔을 나에게 내밀었다. 나는 로렌이 건넨 커피를 평화를 바라는 신호로 받아들였다.

"지난번에는 내가 잘못했어. 정말 미안해, 로렌." 내가 말했다.

"함께 일하게 되었기 때문에 내 태도가 바뀐 건 아니야."

"자네도 달리 방법이 없었잖아." 페리가 나를 두둔했다. "철저히 함구하라는 뉴햄프셔주 경찰청장의 엄명이 있었으니까."

로렌이 곧바로 반문했다.

"누가 물어봤어요, 경사님?"

페리는 무안해하며 나를 향해 볼멘소리를 했다.

"여자 친구가 성격이 제법 세네."

"난 마커스의 여자 친구가 아닙니다."

"함께 일하게 되어 반가워, 로렌. 멋진 시간을 보내게 될 것 같아."

***

그날 오후 우리는 로렌의 집에 모였다. 로렌의 집을 수사상황을 점검하는 아지트로 삼기로 했다. 로렌은 우리를 거실에 앉혀 놓고 갖가지 음료와 케이크를 내왔다. 도전적이고 거침없는 태도 이면의 친절과 배려를 느낄 수 있었다.

페리는 알래스카 살인사건과 연관된 1999년 당시와 그 이후에 추가된 수사 자료를 모두 챙겨왔다. 1999년 당시의 수사 내용을 나와 로렌에게 설명해주기 위해 페리는 수사 자료들을 날짜별로 바닥에 늘어놓기 시작했다. 로렌이 자리에서 벌떡 일어나더니 수사 자료들을 벽면에 붙여두는 게 좋겠다며 양면접착 테이프와 압정을 찾아왔다.

"필요할 경우 벽지 위에 직접 메모해도 상관없어요. 이번 수사가 끝나면 벽을 다시 칠하면 되니까."

페리가 수사 자료들을 벽면에 붙이고 나서 각각의 자료에 대한 해석을 덧붙였다. 그러자 나도 페리의 시각으로 자료를 대하는 느낌이 들었다. 페리는 자료 한 장을 벽면에 붙일 때마다 나와 로렌에게 내용을 자세히 설명해주었다. 수사 자료를 점검하다 보니 수사가 앞으로 어느 방향으로 나아가야 할지 윤곽이 잡혔다.

"이번에 새로 확보한 수사 자료들은 뭐죠?" 로렌이 물었다.

페리가 매트의 유품 속에서 찾아낸 《세일럼 뉴스》를 거실 벽에 붙였다.

미스 뉴잉글랜드 우승자 알래스카 샌더스!

내가 로렌을 위해 설명을 덧붙였다.

"알래스카는 마운트플레전트로 오기 얼마 전 권위 있는 미인 대회에서 우승했어. 영화배우로 진출할 수 있는 길이 열린 셈이지. 뉴욕의 에이전트와 계약도 이루어졌다고 해. 당연히 다음 단계는 뉴욕으로 거주지를 옮겨야 마땅한데 별안간 마운트플레전트에 자리 잡았어. 왜 그랬을까?"

"알래스카가 마운트플레전트로 와서 살겠다고 결심한 이유가 명확하지 않아." 페리가 설명을 덧붙였다. "월터와의 관계도 불분명해. 합리적인 설명이 안 되면 의심해봐야 하는 게 수사의 기본이지. 마커스와 내가 알래스카의 부모와 이야기를 나누어봤어. 그 결과 확인한 시간표가 바로 이거야. 1998년 9월 19일에 알래스카는 미스 뉴잉글랜드가 되었고, 10월 2일에 부모의 집을 나왔어. 부모와 심하게 다툰 게 집을 나온 결정적인 이유야."

"알래스카는 미성년자는 아니지만 인생 경험이 별로 없는 나이였어요." 로렌이 말했다. "그 나이 때는 부모와 다투고 반항심에 집을 나와 남자 친구 집으로 가기도 하잖아요. 그리 이상한 일은 아닌 걸요."

"알래스카가 잠시 가출해 마운트플레전트에서 주말을 보냈다면 이상한 일이 아니겠지." 페리가 말했다. "하지만 거주지를 아예 옮겼거든. 부모와 말다툼을 했다고 모든 걸 버리고 갑자기 집을 떠난 건 납득하기 어려워."

"잠깐만요." 나는 메모장을 꺼내 확인해보았다. "어제 에릭은 알래스카가 마운트플레전트에 오자마자 일자리를 구하느라 여념이 없었다고 했어요. 찬밥 더운밥 가릴 처지가 아니라고 말하면서 일자리 구하기에 신경 쓴 걸 보면 경제적으로 몹시 힘든 상황이었던 것 같아요."

"당장 항복을 선언하고 집으로 되돌아가지 않는 이상 생활비를 벌어야 한다는 생각이 절실했겠지." 로렌이 말했다.

"알래스카에게 돈이 없었다면 그렇게 생각하는 게 당연해." 페리가 중간에 끼어들었다. "하지만 미스 뉴잉글랜드 우승 상금이 1만5천 달러였어. 게다가 우승 상금을 받은 직후였고, 이전에도 여러 미인대회에서 입상한 경력이 있기 때문에 돈이 궁했을 리 없잖아. 우리가 만나본 《세일럼 뉴스》 기자의 말에 따르면 알래스카는 씀씀이가 검소했고, 미인대회에서 받은 상금을 미래의 뉴욕 생활에 대비해 알뜰히 저축해 두었다고 했어. 그런데 왜 갑자기 돈이 급해 주유소에서 일자리를 얻었을까?"

"저축해놓은 돈에는 손을 대지 않는다는 확고한 원칙이 있지 않았을까요?" 로렌은 그렇게 말하고 나서 고개를 갸우뚱했다.

"우리가 모르는 중요한 이유가 있었다고 확신해." 페리가 자신 있게 말했다. "알래스카는 왜 에릭에게 무엇보다 일자리를 구하는 게 시급하다고 했을까?"

"경사님 말대로 그 이유를 밝혀내는 게 중요해 보여요."

"나도 자네 생각과 같아."

잠시 침묵이 흐른 뒤 페리가 다시 말을 꺼냈다.

"난 에릭 도노반이 마운트플레전트로 돌아온 이유도 석연찮아 보여." 페리가 짧은 이름 대신 굳이 '에릭 도노반'이라고 지칭한 건 로렌에게 다소나마 거리감을 갖게 하려는 배려였다. 에릭 도노반은 1998년 9월 4일에 세일럼을 떠나 마운트플레전트로 돌아왔어. 에릭의 말대로 다니던 직장에서 해고당했을까? 아니면 스스로 사표를 던졌을까? 에릭 도노반이 일했던 마트 체인 사장을 만나 이야기를 들어볼 생각이야. 가끔은 생각지도 않은 부분에서 중요한 단서가 나오기도 하니까."

"그 자리에 저도 함께 갈게요." 로렌이 담담해지려고 애쓰며 말했다.

"당연히 그렇게 해야지. 에릭은 세일럼에 있을 때부터 알래스카를 알고 있었어. 에릭이 세일럼을 떠나 마운트플레전트로 돌아온 건 예견된 일이 아니었지. 에릭의 부모는 아들이 휴가차 잠시 다니러 왔다고 생각했을 정도라니까. 적어도 사전에 그 문제를 상의한 적은 없다는 뜻이야."

"저도 예상하지 못한 일이었어요." 로렌이 말했다.

"1998년 9월 4일에서 10월 2일 사이에 무슨 일이 있었기에 에릭 도노반과 알래스카 샌더스가 비슷한 시기에 세일럼을 떠나 마운트플레전트에 왔을까? 두 사람의 결정은 서로 연관되어 있지 않을까? 에릭과 알래스카는 혹시 은밀한 연인관계가 아니었을까? 에릭은 마운트플레전트로 돌아오기 얼마 전 여자 친구와 갑자기 결별했다고 했어. 그 여자 친구는 누굴까? 알래스카? 알래스카가 에릭을 되찾기 위해 마운트플레전트로 왔을까? 에릭을 차버린 걸 후회하면서?"

"이따금 오빠와 알래스카가 함께 있는 모습을 본 적이 있는데 둘 사이를 은밀한 연인관계로 의심할만한 분위기는 결코 아니었어요." 로렌이 말했다.

"에릭이 세일럼에서 사귄 여자 친구가 누군지 알고 있어?"

"오빠가 저에게 여자 친구 이야기를 한 적은 한 번도 없어요."

페리는 알래스카가 받은 협박 편지로 주제를 옮겨갔다.

나는 네가 한 짓을 알아.

페리가 의문점을 짚었다.

"알래스카가 마운트플레전트에 온 이유는 협박에서 벗어나기 위해서였을까? 세일럼에 있을 때도 유사한 협박을 받았을까? 아니면 마운트플레전트에 와서 협박을 받기 시작한 걸까? 에릭과 알래스카 그리고 협박 편지는 서로 연결되어 있는 것으로 보여. 그런데 그 연결 내용은? 우리는 지금 무엇을 놓치고 있지?"

페리는 말을 이어가면서 문서 하나를 집어 들더니 벽에 붙였다. 문서 상단에 찍힌 DM 에이전시라는 이름이 눈에 들어왔다.

"DM 에이전시는 무얼 하는 곳이죠?" 로렌이 물었다.

"대표인 돌로레스 마르카도의 이름을 딴 에이전시야. 당시 알래스카와 계약한 에이전시지. 인터넷을 찾아보니 여전히 활동 중인 에이전시야. 돌로레스 마르카도에게 두 번이나 전화를 걸어봤는데 받지 않았어."

"한 번 더 걸어 봐야겠네요." 내가 말했다.

페리가 휴대폰을 꺼내 전화번호를 눌렀다. 이번에는 돌로레스 마르카도가 전화를 받았다.

"알래스카 살인사건을 재수사한다는 뉴스를 듣고 깜짝 놀랐어요. 처음 수사가 엉터리였나 봐요. 알래스카는 재능이 많은 아이였는데 정말 안됐어요."

"부모님 말을 들어보니 알래스카는 꿈을 향해 도약하려는 순간 뜻밖에 뉴햄프셔로 떠났더군요." 페리가 말했다.

"미스 뉴잉글랜드 타이틀을 획득하면서 문이 활짝 열린 상황이었죠. 그날 당장 어느 영화감독이 전화를 걸어와 알래스카와 함께 일해보고 싶다고 제안했을 정도니까요."

"알래스카는 어떤 반응을 보였나요?"

"뉴욕으로 진출할 생각에 마음이 설렌다고 했어요. 그 감독이 알래스카가 연기할 대본을 일부 보내왔거든요. 알래스카는 대본을 토대로 연습해 영상을 찍었고, 그 비디오테이프를 내가 그 감독에게 전달했어요."

"미스 뉴잉글랜드로 뽑히고 난 직후에 벌어진 일이라는 말씀이죠?"

"네, 그랬어요. 그 감독은 알래스카에게 적극적이었죠. 알래스카가 조금 더 긴 장면을 연기해 영상으로 보내주기를 바라더군요. 내가 알래스카에게 전화해 감독의 요청을 전달했는데 단칼에 거절했어요."

"거절하는 이유가 뭐라고 하던가요?"

"뉴햄프셔로 거주지를 옮겼고, 배우가 되려는 꿈을 접었다고 하더군요. 당분간 영화판에 진출할 생각이 없다면서요."

"의외의 반응이었네요."

"3주 전만 해도 배우가 되고 싶다는 열망이 있었는데 전혀 의외의 반응이어서 나도 깜짝 놀랐어요."

"마르카도 부인, 알래스카가 연기한 비디오테이프를 아직 보관하고 있다면 복사본을 한 부 받아볼 수 있을까요?"

"비디오테이프가 있는지 찾아보고 있으면 보내드리죠. 과거의 자료는 전부 디지털 파일로 변환시켜 보관하고 있어요. 우리 에이전시와 계약한 사람들이 유명해질 때를 대비해서죠. 어느 배우의 첫 캐스팅 필름 혹은 첫 방송 출연 필름이 홍보 효과가 매우 좋거든요. 알래스카의 비디오테이프가 어느 구석에든 남아 있었으면 좋겠네요."

페리는 전화를 끊고 나서 우리에게 말했다.

"알래스카가 미스 뉴잉글랜드로 선발된 1998년 9월 19일에서 세일럼을 떠난 10월 2일 사이에 분명 모종의 사건이 벌어진 거야. 알래스카가 영화배우의 꿈을 포기하고 마운트플레전트로 주거지를 옮겨야 할 정도로 심각한 사건이었다고 봐야지. 그 이후 알래스카는 마운트플레전트에 파묻혀 살면서 주유소 계산대에서 일했어. 여기 있는 협박 편지들도 모종의 사건에서 비롯되었을 가능성이 크다고 봐야지. 알래스카가 살해당한 일 역시 그 사건이 발단일 수도 있어."

"지금 그 가설에서 월터 캐리가 맡은 역할은 뭐죠?" 내가 물었다. "에릭, 알래스카, 세일럼을 언급했을 뿐 월터 캐리는 빼놓았어요. 월터 캐리는 이 사건에서 가장 중요한 관련 인물이 아닌가요?"

"월터 캐리도 자기 몫의 수수께끼를 제시하고 있지." 그렇게 말하고 나서 페리는 소방서 화재감식반이 촬영한 월터의 집 내부 사진들을 벽에 붙였다. "월터 캐리는 자주 충동적인 성향을 보였어. 자극을 가하면 흥분하는 스타일이었지. 월터 캐리가 과도하게 흥분한 상태에서 알래스카를 살해했을까? 그렇다고 보기에는 지극히 용의주도한 살인이었어. 치밀한 계획에 의해 저지른 범죄야. 게다가 알래스카가 살해당하고 이틀 뒤에 월터 캐리는 자기 집에 방화를 했어. 그 이유도 아직 풀리지 않았지. 살인을 저지른 사람이 이틀 뒤에 돌연 충동에 휩싸여 자기 집에 불을 질렀다고 볼 수는 없잖아."

나는 조심스럽게 내 생각을 꺼내놓았다.

"의도적으로 수사를 교란하려고 불을 냈을 수도 있잖아요. 알래스카가 부정을 저지르는 바람에 결별하게 되었다고 믿게 할 의도로요."

"그렇다면 불을 지르고 달아날 이유가 없잖아." 페리가 반박했다. "방화가 일종의 의도된 연출이라면 불길 속에서 구조를 기다렸다가 상처 입은 연인 연기를 했어야 효과 만점 아니었을까? 알래스카 없이 살아갈 자신이 없어서 불을 내고 타죽으려고 했다고 울먹이면서. 하지만 월터는 방화를 저지르고 달아났거든."

로렌은 동요하는 기색이었다. 페리가 말을 이어나갔다.

"풀리지 않는 의문점이 하나 더 있어. 샐리 캐리가 말하기로는 화재가 발생하기 몇 시간 전에 아들과 평온한 분위기에서 식사를 같이 했다고 증언했거든. 그런데 이웃집 여자는 두 사람이 말다툼을 벌이는 모습을 보았다고 했어. 월터가 충동적인 성향이라면 난 이웃 여자의 증언이 신빙성이 크다고 봐. 그렇다면 월터는 그날 저녁 어머니와 격렬하게 말다툼을 벌인 뒤 자신의 집으로 돌아와 벽에 '부정한 여자'라고 휘갈겨 쓰고 불을 질렀다고 추측해볼 수 있지. 그날 저녁 샐리 캐리는 도대체 무슨 이야기를 했기에 월터를 그처럼 단단히 화나게 했을까? 내 생각에는 월터가 그날 저녁에 새롭게 알게 된 뭔가에 분노해 에릭을 알래스카 살인범으로 끌어들인 것 같아. 말하자면 일종의 복수를 시도한 거야. 월터는 과연 무엇 때문에 에릭에게 복수하려고 했을까?"

바로 그 순간 로렌의 얼굴이 창백해졌다. 로렌의 입에서 겨우 알아들을 수 있을 만큼 작은 소리가 흘러나왔다.

"말씀드릴 게 있어요. 패트리샤에게도 아직 말하지 않은 일이에요."

로렌은 잠시 자리를 떴다가 봉투 하나를 들고 돌아왔다.

"이 일이 살인사건과는 관계가 없다고 생각해 지금껏 이야기하지 않고 있었어요. 더구나 이 사진을 손에 넣었을 당시는 〈내셔널 앤섬〉에서 찍힌 월터 캐리의 사진 때문에 혹시 그가 범인이 아닐 수도 있다는 사실을 알고 있던 상황이었죠. 아들을 잃은 월터의 부모님에게 또 다른 고통을 주고 싶지 않았거든요."

"무슨 일인지 말해봐." 페리가 재촉했다.

"오빠가 종신형을 선고받고 나서 사진사가 나를 만나러 왔어요. 나도 알고 있던 사람인데 전에 시내에서 사진관을 운영했던 분이죠."

"조 모건을 말하는군." 페리가 수첩을 뒤적여 이름을 확인했다.

"어떻게 그의 이름을 아셨어요?"

"로렌의 부모님께 들었어. 에릭이 사진을 인화할 때 그 사진사의 암실을 자주 이용했다고 하더군."

"바로 그 암실에서 찾아낸 사진이에요. 오빠의 종신형이 확정되고 나서 조 모건은 자신의 아틀리에에 있는 오빠의 물건들을 전부 다 챙겨서 나에게 가져다 주었어요. 카메라 렌즈, 삼각대, 플래시 같은 카메라 부속 장비들이었죠. 그때 조 모건이 내게 이 봉투를 내밀면서 말했어요. 에릭의 물건을 몰래 뒤져볼 의도는 없었다고요. 봉투 안에 네거티브필름들이 잔뜩 들어 있어서 처음에는 가족사진이려니 생각하고 직접 현상해 우리 가족에게 전해주려고 했대요. 하지만 조 모건은 이렇게 덧붙이더군요. '그 속에 가족사진만 있는 게 아니었어요. 난처하지만 부득이 알리지 않을 수 없군요. 이 봉투에 에릭이 찍은 사진과 필름이 들어 있는데 당신이 알아서 처분하세요. 내 입에서 이 사진과 관련된 말이 새어 나오는 일은 절대 없을 겁니다. 난 잊기로 했으니까.'"

로렌은 봉투에서 사진 한 장을 꺼내 내밀었다. 페리와 나는 말문이 막힌 가운데 한동안 사진을 응시했다.

사진 속에서 샐리 캐리가 벌거벗은 몸으로 에릭 도노반과 깊은 키스를 나누고 있었다.

마운트플레전트에서 21번 도로를 타고 주유소를 지나 몇 킬로미터 더 가면 인적이 드문 작은 쉼터가 나온다. 주차를 위한 공간과 잔디정원이 전부지만 피크닉 테이블도 몇 개 놓여 있다. 우리는 샐리 캐리와 그곳에서 만나기로 약속을 잡았다.

/

20장
부정한 여자
2010년 7월 15일 목요일. 뉴햄프셔주, 마운트플레전트

/

페리와 내가 약속 장소인 쉼터에 먼저 도착했다. 내가 아스팔트 위를 서성거리는 동안 페리는 차 문을 열어두고 조수석에 앉아 시간을 보냈다. 사실 페리는 에릭과 샐리가 벌거벗은 몸으로 포옹하는 사진을 응시하며 생각을 이어가고 있었다. 로렌은 그 사진을 전달받은 뒤 면회를 신청해 에릭에게 보여주었다고 했다. 에릭은 일시적인 불장난이었다는 사실을 시인하며 로렌에게

비밀을 지켜달라고 당부했다. 샐리 캐리에게 쓸데없는 고통을 안기고 싶지 않다면서. 로렌은 오빠의 말을 들어주기로 했다. 그 당시에는 이 사진이 수사에서 어떤 역할을 하게 되리라고는 꿈에도 생각지 못했다고 했다.

샐리 캐리가 탄 차가 쉼터로 들어섰다. 샐리는 우리와 몇 걸음 떨어진 위치에 차를 세웠다. 샐리가 차 문을 열고 내리기까지 잠시 시간이 걸렸다. 마침내 샐리가 우리에게로 걸어왔다. 머뭇거리듯 불안정한 걸음걸이에서 거북한 심사를 엿볼 수 있었다. 오래전 비밀이 우리에게 노출되었다는 사실을 알고 있었는지 모르겠지만 한적한 곳을 약속 장소로 정해 면담을 요청한 걸 보면 심상찮은 일이 벌어졌다는 사실을 감지한 듯했다. 샐리가 안절부절못하는 가운데 페리는 말을 돌리지 않고 곧장 본론으로 들어갔다. 괴로운 면담을 가급적 빨리 끝내버리고 싶어 하는 눈치였다.

"당신과 에릭 도노반에 대한 이야기입니다."

샐리가 불안한 눈빛으로 우리를 빤히 쳐다보았다. 아직은 부인할 여지가 남아 있는지 가늠해보는 눈치였다. 하지만 페리는 눈앞의 상대가 벌거벗은 몸으로 에릭과 깊은 포옹을 나누는 사진을 눈앞에 들이밀었다. 동그랗게 커진 샐리의 눈에 눈물이 차올랐다.

"누가 이 사진을 전해주던가요?"

"현재 우리 말고는 이 사진의 존재를 아는 사람이 없습니다."

페리가 상대를 안심시켰다. "앞으로도 아무도 모르게 할 겁니다. 이 사진을 처음 발견한 사람은 조 모건입니다. 그 사진사가 로렌 도노반에게 이 사진을 전해주었죠. 하지만 조 모건은 이미 사망했고, 로렌은 10년 넘게 비밀을 지켜왔습니다. 그러니까 안심해도 됩니다. 당신을 고통 속에 몰아넣을 의도로 사진을 보여준 건 절대로 아니니까요."

"이미 고통을 주었어요. 내 아들을 죽게 했잖아요."

페리는 피크닉 테이블을 가리키며 거기에 앉아서 차분히 이야기하자고 제안했다. 우리 맞은편에 자리 잡고 앉은 샐리가 조심스럽게 입을 열었다.

"로렌은 이 사진을 10년 전에 전달받았다면서 왜 한마디도 하지 않았죠?"

"에릭이 체포된 이후 로렌은 월터의 결백을 입증할 만한 증거를 발견했지만 아무에게도 알리지 않았어요. 월터가 무죄라는 걸 밝히게 되면 경찰 수사가 또다시 에릭을 겨냥하게 되리라 생각했기 때문이죠. 그런 마음의 빚이 있었기 때문에 이 사진을 손에 넣긴 했지만 당신의 고통을 가중시키는 일은 피하고 싶었을 겁니다."

"로렌은 배려심이 많은 아이죠." 샐리가 중얼거렸다.

"그렇습니다." 페리는 신중한 태도로 신문을 시작했다. "캐리 부인, 당신과 에릭이 어떤 관계였는지 정확하게 밝힐 필요가 있습니다. 알래스카 샌더스 사건 수사와 직접적으로 연관되어 있을 수도 있는 문제이기 때문입니다. 다만 캐리 부인에게 무슨 말을 듣든지 철저하게 비밀을 지키겠다고 약속합니다."

샐리가 울음을 터뜨렸다.

"내가 악몽을 꾸고 있는 게 맞죠?"

"이 사진은 언제 찍었습니까?" 페리가 부드럽게 물었다.

"1987년입니다. 아이들이 열일곱 살일 때였죠. 나는 마흔셋이었고요. 그 당시만 해도 무척이나 평온한 나날들이었어요. 가게 운영도 문제없었고, 남편과의 사이도 원만했죠. 행복하고 단란한 가정이었어요. 도대체 그해에 무슨 일이 있었는지, 왜 그런 일이 생겼는지 지금 생각하면 납득이 되지 않아요. 에릭은 전부터 알고 지냈죠. 열 살 때부터 월터와 에릭은 둘도 없는 친구사이였으니까요. 월터는 주로 집 안에 틀어박혀 지내는 아이였어요. 그런데 어느 여름날 두 아이가 정원에 나와 나무 울타리를 새로 칠했어요. 무척이나 더운 날이었죠. 나는 목을 축일 레모네이드를 들고 아이들에게 갔어요. 에릭은 웃통을 벗고 가슴을 드러낸 상태였죠. 에릭의 벗은 몸이 얼마나 당당하고 아름다운지 그리스 신화의 아폴론 신이 눈앞에 나타난 느낌이 들었어요. 그 아이에게 레모네이드 잔을 건네다가 살갗이 살짝 스쳤는데 몸이 마치 감전된 것 같은 느낌이 전해지더군요. 내가 에릭의근육질 몸, 구릿빛 피부를 탐내고 있다는 걸 깨달았어요. 가슴이 어찌나 울렁거리던지 집 안으로 들어가 찬물을 몸에 끼얹고 나서야 흥분을 가라앉힐 수 있었죠. 일주일 동안 아이들은 울타리에 페인트 칠을 했어요. 그 일주일 동안 나는 집 안에서 에릭을 몰래 훔쳐보고 있었죠. 혼자 환상에 빠져들다가 견딜 수 없을 만큼 몸이 뜨거워지면 찬물로 샤워를 했어요. 내 안에서 부글부글 끓는 욕정이 부끄럽기 그지없었죠. 그때만 해도 불순한 마음을 행동으로 옮길 생각은 추호도 없었어요."

샐리가 잠시 말을 끊었다. 페리는 상대방을 다독이며 대화를 이어가려고 했다.

"그렇지만 그런 일이 일어났군요."

"그래요. 감히 생각도 못 한 일인데 현실이 되었어요. 1987년 8월 말 어느 토요일에 벌어진 일이죠."

***

1987년 8월 29일 토요일

그날, 샐리는 혼자 집에 있었다. 남편은 가게에 나갔고, 월터도 밖으로 나가고 없었다. 샐리는 케이크를 구울 계획이었는데 막상 남은 달걀이 서너 개밖에 없었다. 이웃집에 가서 빌리거나 지척인 〈도노반 종합식품〉으로 가서 사 올 수도 있었지만 집에 혼자 있다는 사실을 의식하자 이 상황을 이용해보고 싶은 마음이 일었다. 〈도노반 종합식품〉에 전화를 걸면 에릭의 목소리를 들을 수도 있을지 모른다는 생각에 가슴이 두근거렸다. 결국 〈도노반 종합식품〉에 전화했는데 받은 사람은 에릭이 아니라 재닛 도노반이었다. 샐리는 재닛에게 식료품 몇 가지를 주문하고 나서 물건을 가게에 놓아두면 남편 조지를 보내 찾아오겠다고 말하고 전화를 끊었다.

그런데 10분 후 누군가가 초인종을 눌렀다. 문을 열어보니 에릭이었다. 식료품점에 나와 부모 일을 돕던 에릭이 배달을 자청한 듯했다.

"주문하신 식료품들을 가져왔어요." 에릭이 말했다.

"고마워, 에릭. 넌 정말 친절한 아이구나. 조지를 보내려고 했는데 직접 가져온 거야?"

"별로 무겁지 않아서 직접 가져왔어요."

"월터는 집에 없는데 어쩌지."

"알아요."

에릭이 끈끈한 눈길을 던졌다. 샐리의 입에서 자기도 모르게 잠시 들어왔다 가라는 말이 흘러나왔다.

"날도 더운데 마실 음료를 줄까?"

"네, 좋아요."

둘은 주방으로 함께 갔고, 샐리는 냉장고를 열었다. 마음 한

편이 몹시 불안하면서 한편으론 몸이 후끈 달아오르며 저절로
호흡이 가빠졌다.

"맥주 마실래?" 샐리가 물었다.

"좋아요."

맥주를 마시겠냐는 제안으로 협약이 성사되었다. 미성년자에
게 술을 권하는 행동을 통해 부도덕한 행위를 저지를 준비가 되
었다는 뜻을 전한 셈이었다.

샐리는 맥주를 병째 에릭에게 내밀었다. 에릭은 앉은 자리에
서 맥주를 받아 들더니 말없이 한 모금 들이켰다. 에릭 역시 몸
은 달아오르는데 어떻게 해야 할지 몰라 안절부절못하는 눈치였
다. 샐리가 손을 내밀어 에릭이 잡은 맥주병을 끌어다가 자신의
입술에 댔다. 그러다가 더는 참지 못하겠다는 듯 몸을 숙여 에
릭의 입술에 키스했다. 그러자 에릭이 기다렸다는 듯 용기를 내
샐리를 끌어안으며 열정적인 키스로 응해왔다. 맥주병이 주방
바닥에 떨어져 깨졌지만 그들은 서로를 탐하느라 신경 쓸 겨를
이 없었다.

*＊＊

"그렇게 불장난이 시작되었어요." 샐리가 말했다. "우리는 거
실에서 벌거벗고 있다가 이윽고 정신을 수습했죠. 의외로 마음

이 평온했고, 죄책감이나 거북한 느낌이 들지 않았어요. 오히려 기분이 정화된 느낌이었죠. 에릭은 식료품을 배달하러 가봐야 했어요. 나는 그 아이에게 말했죠. '널 다시 보고 싶어.' 에릭이 말했어요, '저도요.' 그 후로 내 머릿속에는 오로지 에릭을 다시 만날 생각밖에 없었죠. 그런데 아무리 생각해봐도 어디서 만나야 할지 적당한 장소를 찾을 수 없었어요. 그렇다고 위험을 무릅쓸 용기는 없었죠. 콘웨이 가도에 모텔이 하나 있었지만 외딴곳일수록 사람들의 이목을 끌기 쉽잖아요. 자전거를 타고 식료품 배달을 다니는 아이가 엄마 나이의 여자와 모텔에 온 까닭이 궁금하지 않을 사람이 어디 있겠어요. 오랜 고민 끝에 한 가지 그럴듯한 생각을 해냈죠. 당시 남편과 나는 가게 2층을 세놓으려고 직접 손을 보고 있었어요. 주중에 2층에 올라가는 사람은 나뿐이었고, 남편은 주말에만 시간을 내 수리 작업을 했죠. 사람들 눈에 잘 띄지 않는 뒤쪽 계단을 통해 2층을 오르내릴 수 있겠다는 생각이 들었어요. 2층에서 에릭과 본격적인 밀회를 시작했죠. 학교에서 돌아오면 에릭은 늘 하던 대로 〈도노반 종합식품〉에 나가 일을 도왔고, 기회를 엿보다가 내가 기다리는 2층으로 올라왔죠. 2층에 일단 둘이 함께 있게 되면 출입구에 연장이나 널빤지를 겹겹이 쌓았어요. 혹시라도 누군가 들어오려고 하면 안에서 금방 알아차릴 수 있게요. 나는 2층에 올라올 사람이 아무도 없다는 사실을 알고 있었어요. 우리는 담요를 펴거나 심

지어 맨바닥에서도 서로의 몸을 탐했죠. 그때 그 아이와 나 사이에는 정신을 빼놓을 만큼 강렬한 욕망이 존재했어요. 에릭은 나를 예전처럼 여자로 느끼게 해주었죠. 남편이나 다른 어느 누구도 그런 쾌감을 느끼게 해주지는 못했어요. 열일곱 살 아이가 내 몸을 성적으로 일깨워주고 있었던 거예요. 나는 뜨거운 욕망에 빠져 반쯤 미쳐 있었죠. 좋은 걸 어쩌겠어요. 내가 그때의 이야기를 털어놓고 있는 지금 내 말을 듣는 사람들이 있다면 얼마나 터무니없는 일로 치부할지 잘 알아요. 얼마나 무책임하고 무분별한 짓으로 비칠지도 잘 알아요. 하지만 그런 황홀한 순간이 몇 달 동안 계속되었죠. 그 몇 달 동안 나는 살아 있다는 느낌을 받았고, 행복했어요. 그러다가 크리스마스 시즌이 되었죠. 그 무렵에는 에릭이 우리 집에 와서 하룻밤을 보내는 일도 있었어요. 그때부터 너무 멀리 나갔다는 생각이 들기 시작하더군요."

***

1987년 12월 12일 토요일

미니애폴리스의 양로원에서 지내는 조지 캐리의 부친이 낙상 사고를 당했다는 소식이 왔다. 조지는 주말을 이용해 가족들과 함께 부친 문병을 다녀오기로 마음먹었다.

조지가 주말에 아버지 병문안을 다녀오자는 말을 꺼냈을 때 샐리는 혼자 집에 남아 에릭과 뜨거운 욕망을 불태울 절호의 기회라는 생각이 들었다. 이제까지는 수리 중인 2층 집에 숨어 에릭을 만나왔는데 너무 익숙한 분위기라 장소를 바꾸어보고 싶었다. 조지가 항공사에 전화해 비행기 표를 끊으려고 할 때 마운트플레전트에 남아 가게를 지키겠다고 말할 생각이었다. 이번 주말은 크리스마스 휴가를 앞둔 최고의 대목인데 가게 문을 닫아버리는 건 불합리한 일이니까. 집에 남겠다고 하면 남편은 분명 이렇게 대답할 게 뻔했다. '혼자 가게를 보려면 힘들지 않겠어?'

토요일 아침이 되었고, 조지와 월터는 미니애폴리스로 출발했다. 샐리는 혼자 남아 가게를 열었다. 그날따라 하루가 한없이 길게 느껴졌다. 에릭이 가게에 들렀다. 겉으로는 그저 마실 삼아 월터가 무얼 하는지 들여다본 척했다.

"오늘 밤 괜찮지?" 샐리가 물었다.

"그렇잖아도 친구 집에서 잘 거라고 말해두었어요."

"집 뒷문을 열어놓았어. 아무 때나 가서 네 집처럼 편하게 지내도 돼."

저녁 7시 30분, 샐리는 가게 문을 닫고 집으로 달려갔다. 에릭은 언제 왔는지 월터의 방에서 만화책을 보고 있었다. 막상 이런 상황이 되자 샐리는 당황했다. 이제라도 에릭에게 어서 집으로 돌아가라고 타이르고 싶었다. 설레는 마음으로 새로 구입한 속옷을 입은 자신이 어리석게 느껴졌다. 평소 즐겨 입는 면 팬티와 헐렁한 조깅 바지로 다시 갈아입고 싶었다. 하지만 에릭의 키스를 받는 순간 거짓말처럼 몸이 후끈 달아올라 모든 후회를 거두어갔다. 다음 날 아침 부부의 침대에서 잠을 깬 샐리는 옆자리에 누운 에릭을 보는 순간 또다시 마음이 거북해졌다. 극심한 후회가 밀려들었고, 남편에게 죄책감이 들었다. 그동안 마법에 걸려 있었는데 갑자기 풀린 느낌이었다. 아침 식사 식탁에 앉은 에릭은 월터가 즐겨 먹는 초코 시리얼을 두 번이나 연속으로 사발 가득 따라 맛있게 퍼먹었다. 그러고 나서 남은 우유를 그릇째 들어 올려 요란한 소리를 내며 마셨다. 샐리는 이제야 에릭의 모습을 있는 그대로 볼 수 있었다. 그동안 눈앞의 철딱서니 없는 아이와 무슨 짓을 저질렀는지 생각하자 낯이 뜨거웠다. 샐리는 자신을 책망하며 에릭과 관계를 끊어야겠다고 결심했다.

"너와 내가 이대로 계속 갈 수는 없어. 이러다가 누군가에게 들키면 많은 사람이 불행해져."

"오케이." 에릭은 쉽게 대답했다. "무슨 뜻인지 알았어요."

***

"에릭과 내 이야기는 그렇게 마무리되었어요. 내 삶에서 사라진 에릭은 원래의 위치로 돌아갔죠. 그 일이 있고 난 후에도 에릭은 가끔 우리 집으로 월터를 보러왔어요. 마치 아무 일도 없었다는 듯이. 하지만 심한 불장난은 후유증을 남기기 마련인가 봐요. 에릭과의 관계를 정리하고 두 달쯤 지났을 때였어요. 나 혼자 가게를 지키고 있는데 에릭이 왔어요. 2월 어느 날이었죠. 그 당시 월터와 에릭은 육상대회에 출전해 대학 장학금을 타내려고 달리기 연습에 열중하고 있었죠. 일전에 이야기한 적이 있는 그 육상대회가 코앞으로 다가온 거예요. 모나크 대학교 스카우터가 직접 관전하러 온 그 대회에서 월터가 갑자기 배탈이 난 이야기를 했었잖아요."

***

1988년 2월

"안녕, 에릭." 샐리는 가게 문을 열고 들어서는 에릭을 보고 인사를 건넸다.

에릭은 아무런 대꾸도 하지 않았고, 평소와 달리 얼굴이 잔뜩 굳어 있었다. 샐리는 곧바로 뭔가 이상하다는 느낌을 받았다.

"가게에 혼자 계세요?"

"그래, 무슨 일 있니?"

"육상대회에 대해 할 말이 있어요. 아시다시피 대학 장학금 문제가 걸린 중요한 대회잖아요. 모나크 대학교 스카우터가 직접 경기장에 나오기로 했어요."

"나도 알고 있어. 월터도 그 대회에 나가잖아."

"월터가 육상대회에 나오지 않았으면 좋겠어요."

"그게 무슨 소리야?"

"제가 장학금을 받아야 해요. 모나크 대학교를 먼저 선택한 사람은 저였어요. 월터는 저를 따라 지원했을 뿐이에요. 월터가 저 대신 장학금을 받는다는 건 부당해요. 지금 이대로라면 월터가 장학금을 받게 될 거예요. 월터가 저보다 달리기를 잘하니까."

샐리는 큰 위험이 닥쳤음을 느꼈고 더럭 겁이 났다. 에릭이 거칠게 말했다.

"월터가 육상대회에 나오지 못하게 막아줘요. 제가 장학금을 따낼 수 있는 유일한 방법이에요."

"에릭, 너 미쳤니? 내가 무슨 수로 월터가 육상대회에 나오지 못하도록 설득할 수 있겠어. 말도 안 되는 얘기야."

"굳이 어렵게 설득할 필요 없어요. 수단과 방법을 가리지 말고 월터가 육상대회에 나오지 못하게 하면 되잖아요. 만약 내 말을 들어주지 않을 경우 이 사진을 조지 아저씨에게 보여줄 거예요."

에릭은 주머니에서 사진 한 장을 꺼내 샐리에게 내밀었다. 두 사람이 모텔 방에서 벌거벗은 몸으로 키스를 나누는 사진이었다. 샐리는 머리가 쭈뼛해지며 몸이 덜덜 떨려왔다. 그때 일이 또렷이 기억났다. 에릭이 갑자기 격렬한 움직임을 멈추더니 늘 가지고 다니던 카메라를 집어 들었다. 샐리가 걱정 반 장난 반으로 물었다. "뭘 하려고?" 에릭이 말했다. "우리가 누군가에게 매여 있지 않은 처지였다면 하고 싶었던 일이 있어요. 우리가 남들의 시선을 의식하지 않고 자유롭게 사랑을 나눌 수 있었다면 저는 온종일 당신을 카메라 앵글에 담았을 거예요. 걱정하지 말아요. 지금 이 카메라 안에 필름은 들어있지 않으니까." 에릭은 카메라를 든 손을 뻗어 두 사람이 렌즈에 잡히도록 한 뒤 샐리를 끌어안고 키스했다.

샐리는 그때 에릭이 거짓말을 했다는 사실을 그제야 알아차렸다. 어린아이에게 그처럼 어리석게 속아 넘어간 자신이 견딜 수 없이 원망스러웠다. 샐리를 빤히 쳐다보고 있던 에릭이 야비한 목소리로 말했다.

"거래를 명확하게 하고 싶어요. 만약 월터가 육상대회에 나와 저를 이기고 우승할 경우 마운트플레전트 주민 모두가 이 사진을 보게 될 거예요. 당신은 아들 친구를 상대로 부정한 짓을 저지른 여자로 낙인찍히게 되겠죠."

***

"육상대회가 열리는 날 월터가 설사를 하도록 만든 사람이 부인이었습니까?" 페리가 물었다.

"그래요." 샐리가 흐느끼며 말했다. "그날 아침, 설사를 일으키는 완하제를 물에 탄 물통을 월터에게 건네주면서 많이 마시라고 재촉했어요. '월터, 물을 충분히 마셔야 한대. 육상부 코치가 그렇게 말했어.' 완하제를 섞은 물을 월터가 꿀꺽꿀꺽 마시는 모습을 지켜보았죠. 아주 많은 양의 완하제를 섞었기 때문에 즉각 효력이 나타날 거라 생각했어요. 월터가 아예 집에서 나가지도 못하게 하려고요. 하지만 이상하게 아무렇지 않은 듯이 보였어요. 가족 모두가 차에 올라 경기장으로 출발했죠. 차가 경기장을 향해 달리는 동안 나는 월터가 길가에 차를 세워달라고 소리치기를 간절히 바랐어요. 하지만 월터는 멀쩡했고, 대회에 출전한 다른 선수들과 함께 트랙으로 나가 몸을 풀기 시작했어요. 월터가 염소처럼 활기차게 껑충거리고 뛰고 있어 나는 크게 낙담했죠. 도대체 왜 약이 효력을 발휘하지 않는지 영문을 알 수 없었어요. 그때 에릭이 멀찍이서 의구심을 품은 눈으로 나를 쏘아보더군요. 나는 마음이 심란하고 두려워 몸이 덜덜 떨릴 지경이었지만 월터를 소리쳐 응원하는 척하면서 심리적인 동요를 감췄어요. 에릭은 단순히 협박에 그치지 않고 나에게 말한 대로 실행에 옮길 수 있는 아이라는 걸 알고 있었죠. 마운트플레전트 사람들 모두가 열일곱 살 아이와 더러운 욕정을 채운 내 모습을 보게 될 거라고 생각하니 눈앞이 아찔했어요. 육상대회에 출전한 선수들이 출발선에 자리 잡는 순간 나는 정신이 아득해지면서 그대로 기절할 뻔했죠. 바로 그때 월터가 트랙을 벗어나 라커룸 쪽으로 달려가는 모습이 눈에 들어왔어요. 나는 월터가 다시는 트랙의 출발선상으로 돌아오지 못하리라는 걸 알고 있었죠."

"그래서 어떻게 되었습니까?"

"그 일이 있고 나서 한동안 에릭을 송충이 보듯 피했죠. 에릭이 모나크 대학교에 입학해 마운트플레전트를 떠날 때까지 줄곧 그랬어요. 녀석이 떠나고 나자 비로소 해방된 기분이었죠."

"에릭이 가끔 집으로 돌아올 때도 있었잖습니까?"

"에릭은 10년 뒤인 1998년 가을에 마운트플레전트로 돌아왔어요. 그 무렵에는 나도 어느 정도 마음이 단단해져 있었죠. 그 끔찍한 기억들은 마음 한편에 묻어버린 다음이었고, 에릭 역시 까마득히 잊기를 바랐죠. 하지만 에릭이 얼마나 야비하고 위험한 놈인지 잘 알고 있기에 마음을 놓을 수 없었어요. 마운트플레전트로 돌아온 에릭이 자꾸만 알래스카 주위를 맴도는 모습을 보게 되었고, 곧바로 의심이 들더군요. 그러다가 1999년 4월 5일 월요일에 모든 게 무너지는 사건이 벌어졌어요."

"월터가 집에 와서 부인과 함께 저녁 식사를 한 그날이죠? 그날 월터와 거칠게 말다툼을 벌였다고 이웃 여자가 증언했어요. 이틀 전에는 왜 그 일을 우리에게 이야기하지 않았죠?"

"월터와 다툰 이유가 에릭과 나 사이의 불장난 때문이었으니까요. 경사님께 그 이야기를 하려면 에릭과의 관계를 털어놓을 수밖에 없잖아요. 이제 모든 사실이 알려진 이상 나도 더는 숨길 게 없어요. 1999년 4월 5일 월요일 저녁에 월터가 집에 와서 바보짓을 했다고 털어놓은 얘기를 한 적 있는데 경사님도 기억날 거예요."

"월터가 자동차를 성급하게 수리하는 바람에 낭패를 보게 되었다는 말이었죠."

"그때 경사님에게 숨기고 털어놓지 않은 이야기가 한 가지 더 있어요. 그날 월터는 에릭의 스웨트셔츠에 대해서도 들은 거예요. 그레이비치에서 자동차 후미등 파편이 발견되었다는 사실을 월터에게 알려준 그 경찰 친구가 피 묻은 회색 스웨트셔츠 얘기도 해주었나봐요."

***

1999년 4월 5일 월요일

월터는 저녁 식사를 하면서 샐리에게 자신이 저지른 바보짓을 털어놓았다. 알래스카 살인사건 용의자로 몰리게 될까봐 겁이 나 자동차 후미등을 서둘러 수리했다는 말이었다. 월터는 아직 말할 게 더 남았는지 머뭇거리다가 급기야 입을 열었다.

"한 가지 문제가 더 있어요. 자동차 후미등 문제보다 더욱 심 각해요."

"도대체 뭔데?" 샐리는 마음이 불안해지며 월터의 말을 재촉 했다.

"피 묻은 회색 스웨트셔츠를 경찰들이 찾아냈대요. M과 U, 두 글자가 새겨진 회색 스웨트셔츠."

"그 셔츠가 뭐가 문제인데?" 샐리는 요동치는 심장을 억누르 며 물었다.

"M, U는 모나크 대학교의 머리글자이고, 에릭의 스웨트셔츠 거든요. 보름 전 에릭과 함께 낚시하러 갔을 때 갑자기 소나기가 쏟아졌어요. 그때 에릭이 그 스웨트셔츠를 나에게 빌려주었죠."

"그럼 그 스웨트셔츠를 네가 갖고 있었던 거야?" 샐리가 걱정 스럽게 물었다.

"내 차 뒷좌석에 있었어요. 낚시용구대회 참관을 위해 퀘벡으 로 떠날 때 차에 놓아둔 서류 하나를 챙겨야 했어요. 차 문을 열 자 쉰 냄새가 확 풍겨오더라고요. 알고 보니 비에 젖은 스웨트셔 츠 탓이었어요. 그걸 집에 올려다 놓을 시간이 없어서 차 트렁크 를 열고 던져 넣었죠. 퀘벡으로 온 다음 날 에릭이 전화를 걸어 왔어요. 스웨트셔츠를 당장 돌려달라고 하더군요. 그래서 차 트 렁크 안에 들어 있으니까 알래스카에게 말해 꺼내 가라고 했죠. 그렇게 알고 있었는데 퀘벡에서 돌아와 보니 스웨트셔츠와 관련해 이해할 수 없는 일이 벌어진 거예요. 스웨트셔츠는 분명 종적도 없이 사라졌는데 에릭은 아직 돌려받지 못했다고 말했어요. 그런데 지금 엄마가 목격한 대로 내가 퀘벡에 가 있는 동안 에릭이 내 차에서 내렸다면 그때 스웨트셔츠를 가져간 게 아닌가 하는 의심이 들어요."

샐리가 소스라치게 놀라면서 물었다.

"네가 지금 한 말은 그러니까 에릭이 이번 살인사건과 연관이 있다는 뜻이니?"

"이상한 점이 있지만 나는 잘 모르겠어요."

***

샐리는 스웨트셔츠에 대한 이야기를 전해 듣고 나서 두려움에 휩싸였다.

"그 스웨트셔츠가 피 묻은 상태로 발견되었고, 월터는 성급하게 자동차 후미등 수리를 했다고 털어놓았어요. 월터가 용의자로 몰릴 수도 있겠다는 생각이 들어 정신이 아득했어요. 에릭이 파놓은 함정에 월터가 또다시 걸려들었다는 생각이 들더군요. 에릭이라면 그런 짓을 벌이고도 남을 놈이죠. 그래서 월터에게 에릭을 조심해야 한다고 말했어요. 월터는 내가 무슨 이유로 에릭을 그토록 경계하는지 모르겠다면서 벌컥 화를 내더군요. '엄마는 왜 에릭을 자꾸 비방해요? 에릭이 알래스카와 잤다는 말까지 지어내 퍼뜨리고, 너무 심하잖아요. 앞으로는 근거도 없이 에릭을 비방하지 마세요.' 내가 에릭을 경계해야 한다고 말한 건 월터를 걱정해서였는데 내 말을 깡그리 무시하더군요. 월터는 어릴 때부터 에릭과 둘도 없는 친구 사이라면서 절대적으로 믿는다고 했어요. 거의 맹목적인 믿음이었죠. 그대로 놔두었다간 월터가 크게 잘못될 수도 있다는 생각이 들었어요. 그래서 나는 에릭과 나 사이에 있었던 비밀을 월터에게 털어놓기로 마음먹었죠. 내 위신이 뭐가 되든지 월터가 에릭의 실체를 아는 게 무엇보다 중요하다는 생각이 들었거든요. 월터에게 모든 사실을 털어놓았어요. 가게 위층에서 벌인 부정한 관계는 물론이고, 에릭의 협박을 받아 육상대회 때 월터가 먹을 물에 완하제를 탄 것까지 모두 이야기했죠. 월터가 그처럼 펄펄 뛰며 화를 내는 모습은 처음 보았어요. 어찌나 분노했던지 집 안에 있는 물건들을 하나도 남기지 않고 죄다 박살내버릴 기세였죠. 그다음 일은 경사님도 아는 그대로예요. 월터는 화가 단단히 난 상태로 집으로 돌아가 에릭과 내가 욕정을 나눈 장소마다 '부정한 여자'라고 휘갈겨 써놓고 불을 질렀죠."

말을 마친 샐리는 어깨를 들썩이며 흐느껴 울었다. 페리는 아랑곳하지 않고 질문을 이어갔다.

"그렇다면 에릭이 월터에게 스웨트셔츠를 빌려준 건 사실이었네요. 캐리 부인도 그 사실을 알고 있었고요."

"네, 그래요."

"그렇다면 그 이후 스웨트셔츠는 어떻게 되었습니까? 혹시 그 다음에 무슨 일이 있었는지 아십니까? 알고 있는 사실이 있다면 숨기지 말고 털어놓아야 합니다."

샐리는 잠시 망설이다가 입을 열었다.

"경사님도 기억하실지 모르지만 그 당시 내가 알래스카와 에릭이 다투는 장면을 목격했다는 말을 한 적이 있을 거예요. 월터가 퀘벡 낚시용구대회에 가느라 집을 비웠을 때 벌어진 일이었죠."

"기억합니다."

"알래스카와 에릭이 다툰 이유가 바로 그 스웨트셔츠 때문이었어요. 사실은 나도 4월 5일에 월터가 스웨트셔츠 이야기를 하는 걸 듣고 나서야 내가 목격한 두 장면이 어떤 의미였는지 이해할 수 있게 된 거예요. 처음 본 장면에서 에릭은 알래스카에게 빌려준 스웨트셔츠를 찾으러 왔다고 했어요. 그 옷이 가게 위층 집 어딘가에 있을 거라면서요. 알래스카는 그 옷이 어디 있는지 궁금하면 월터에게 전화해서 물어보라고 쏘아붙이고 나서 에릭을 돌려보냈죠. 두 사람이 스웨트셔츠 문제로 다투고 난 다음 날 에릭이 또다시 찾아왔어요. 에릭이 외출하려는 알래스카를 붙잡고 월터의 자동차 트렁크를 열어달라고 요구했죠. 나는 두 사람이 도대체 무슨 일로 옥신각신하는지 궁금해하면서 가게 문 뒤에서 은밀히 내다보고 있었어요. 알래스카는 전날처럼 에릭의 요구를 들어주지 않고 화를 내더군요. 하지만 결국 월터의 포드 자동차로 가서 트렁크를 열어주었죠. 에릭은 트렁크 안에 스웨트셔츠가 없다는 걸 확인했어요. 그날 에릭은 분명 그 스웨트셔츠를 찾고 있었던 거예요. 살인사건이 일어나기 보름 전에요."

"지난 11년간 캐리 부인은 마음만 먹었다면 에릭의 주장을 뒷받침하는 증언을 해줄 수도 있었을 겁니다. 에릭은 자신의 스웨트셔츠를 월터에게 빌려주었다가 끝내 돌려받지 못했다고 주장해왔으니까요. 캐리 부인은 왜 끝까지 입을 다물고 있었죠? 수사 결과를 뒤집을 수도 있는 결정적인 증언이었는데."

"나도 알아요." 샐리가 울먹이며 소리쳤다. "처음에는 월터를 잃고 나서 넋이 빠져 달아난 상태였고, 증언이든 뭐든 할 기력이 없었어요. 그 스웨트셔츠가 에릭에게 불리한 증거로 작용했다는 사실을 알게 되었을 때도 경찰을 찾아가 내가 목격한 대로 진술하려고 했어요. 하지만 에릭이 교활하게 나를 속인 일이 자꾸만 떠오르면서 술수에 능한 그 아이가 진범일 수도 있겠다는 생각이 들더군요. 에릭이 자신의 결백을 입증할 목적으로 나를 이용할 계산을 했을지도 모르잖아요. 그래서 입을 꾹 다물어버렸어요. 시간이 흐르고 나서야 내가 알고 있는 사실들을 있는 그대로 털어놓았더라면 에릭이 유죄 판결을 받지 않을 수도 있었다는 걸 알게 되었죠. 비록 늦었지만 진실을 털어놓아야겠다고 생각하다가도 왜 사실대로 증언하지 않았는지 비난을 듣게 될까 봐 두렵더군요. 그래서 지금껏 침묵을 지켜왔어요."

샐리는 거의 공황 상태에 빠진 표정이었다. 샐리가 몸을 떨며 간신히 알아들을 수 있는 목소리로 물었다.

"알고 있거나 목격한 사실을 증언하지 않을 경우에도 처벌을 받게 되나요?"

페리는 몹시 불안해하는 캐리 부인을 진정시키려고 애썼다. "캐리 부인은 지금껏 겪은 고통만으로도 어느 정도 처벌을 받은 셈이네요."

페리는 피크닉 테이블에서 몸을 일으켜 풀밭으로 걸어 나갔다. 풀밭에는 바비큐용 화덕 몇 개가 설비되어 있었다. 페리는 손에 든 사진을 화덕에 내려놓고 불을 붙였다.

**

샐리의 진술은 수사의 전환점이 되었다. 에릭의 숨겨진 이면을 보게 되었고, 무엇보다 월터가 에릭을 공범으로 지목한 이유는 개인적인 복수심이 작용했다는 사실을 확인했다.

샐리의 입장을 고려해 로렌은 그 자리에 동행하지 않고 집에서 우리를 기다리고 있었다. 로렌의 집은 우리의 수사본부가 되어 있었다. 샐리의 진술 내용을 전해들은 로렌은 무척이나 놀란 눈치였다.

"오빠가 캐리 부인을 협박했다고?"

"그 결과 대학 장학금을 받을 수 있게 된 거야." 내가 말했다.

"이틀 전 면회했을 때 오빠는 그런 일이 있었다는 사실을 아예 입 밖으로 꺼내지도 않았어. 굳이 우리에게까지 숨겨야 했을까?" 로렌이 착잡한 심사를 토로했다.

"월터가 자신을 공범으로 지목했을 때 에릭은 그 이유가 복수일 거라고는 아예 짐작조차 못 했을 거야."

페리가 나섰다.

"솔직히 말해서 나는 에릭을 면회한 이후에도 무죄라고 믿을 만한 명확한 근거를 찾지 못했어. 역설적이긴 하지만 캐리 부인의 진술을 듣고 난 이후 월터가 알래스카를 죽인 범인이 아니듯이 에릭 역시 살인과는 관계가 없다는 확신이 들어. 이 모든 일을 배후에서 꾸민 누군가가 존재한다는 생각이야. 그 작자가 처음부터 경찰의 수사를 입맛대로 조종한 거야. 언젠가 패트리샤 위드스미스 변호사가 완전범죄라고 말한 적이 있지만 치밀하게 구상한 범죄가 분명해. 그 작자는 영리하게 그럴싸한 미끼를 던져 경찰을 완벽하게 물 먹였어. 패트리샤가 정확하게 본 거야. 에릭의 과거 비밀까지 포함해 모든 요소들이 정교하게 맞물려 있어. 빅 픽처를 그려두고 배후에서 은밀히 조종한 자가 있다는 뜻이지. 그래서 로렌에게 물어볼 말이 있어. 에릭과 캐리 부인이 불륜 관계였다는 사실, 혹은 에릭이 캐리 부인을 협박했다는 사실을 알고 있었던 다른 누군가가 있었을까?"

"대답하기 힘든 질문이네요." 로렌이 말했다. "저보다는 오빠에게 직접 물어보시는 게 좋겠어요. 패트리샤에 대한 언급이 나와서 하는 말인데, 현재까지 밝혀진 새로운 사실들을 즉시 알려줘야겠어요."

로렌이 전화를 거는 동안 페리는 벽을 보고 마주 서더니 종이 한 장을 붙이고 그 위에 '협박'이라고 써넣었다.

나도 벽을 응시했다. 호수 바닥에서 찾아낸 접이식 곤봉, 혈흔이 있는 스웨트셔츠, 프린터로 인쇄한 협박 편지를 찍은 사진들이 차례로 붙어 있었다.

"자네는 이 사진들을 보면 어떤 생각이 드나?" 페리가 물었다.

"퍼즐을 보는 것 같아요. 이 모든 일들이 서로 촘촘하게 연결되어 있다는 느낌이 들어요. 분명 뭔가가 있어요. 다만 그게 뭔지 눈에 들어오지 않을 뿐이지."

"그래서 어떻게 하면 좋겠나?" 페리는 진지한 얼굴로 다시 물었다.

"방금 경사님이 질문을 던졌듯이 '에릭이 샐리를 협박했다는 사실을 아는 사람이 누구였을까?' 그 질문을 여기 있는 자료에도 똑같이 적용해볼 수 있을 것 같아요. 에릭의 스웨트셔츠는 월터의 자동차 트렁크에 있었어요. 그럼 월터의 차 트렁크를 열고 스웨트셔츠를 가져갈 수 있는 사람은 누가 있을까요? 도노반 가족의 집으로 가서 에릭의 프린터에 손을 댈 수 있는 사람은 누가 있을까요? 이 세 개의 질문에 공통적인 답이 될 수 있는 사람은 오로지 한 사람밖에 없죠. 샐리 캐리."

"젠장맞을! 에릭을 상대로 샐리 캐리가 구상한 복수극이라? 샐리 캐리가 알래스카를 살해할 이유가 있을까?"

"알래스카가 월터를 속여 이용했다고 생각했겠죠."

페리는 잠시 메모장을 뒤적여보더니 말했다.

"살인사건 당일에 샐리 캐리는 사건 현장에서 수백 킬로미터 떨어진 메인주에서 남편과 휴가를 보내고 있었어. 이 정도면 거의 알리바이가 확실하다고 볼 수 있잖아."

"알리바이란 만들어지는 거예요. 경사님에게 이런 말까지 할 필요는 없을 텐데요."

페리는 떨떠름한 얼굴로 말을 이어나갔다.

"자네의 가설을 밀고 나간다면 조지 캐리는 샐리 캐리와 한통속이어야 해. 부부가 짜고 에릭에게 복수하고, 또 아들을 배신한 여자를 죽였다는 말인데 아무리 생각해봐도 무리한 가설이야."

그동안 나는 수사와 관련된 대화들을 모두 휴대폰에 녹음해오고 있었다. 물론 매번 상대방의 동의를 받았다. 해리 쿼버트 사건 수사 때부터 시작된 나만의 습관이었다. 페리의 요청에 따라 나는 이틀 전 캐리 부부를 만났을 때 나눈 대화 가운데 몇 대목을 재생했다. 샐리 캐리가 월터와 통화한 내용을 설명하는 대목이 각별한 관심을 끌었다.

***

"나도 그렇게 생각하고 싶지만 둘 사이의 분위기가 묘했어."

월터는 터져 나오려는 웃음을 참는 눈치였다.

"에릭과 알래스카가요? 절대 그럴 리 없어요."

"네 마음을 아프게 하고 싶지는 않다만 알래스카가 떠난 건 다른 남자가 생겼기 때문일 거야."

"알래스카가 이전과 왠지 달라졌다고 느꼈어요. 어느 날은 누군가에게 선물을 받아오기도 했죠. 하루는 못 보던 새 구두를 신고 있더라고요. 알래스카에게 어디에서 샀는지 물으니까 울페버러의 상점에서 구입했다고 했는데 내가 확인해보니 그 구두는 세일럼의 부티크에서 독점 판매하는 제품이더군요. 알래스카는 아마도 에릭이 아니라 세일럼에 사는 누군가와 만나는 것 같아요. 게다가 정말로 부모 집으로 돌아가려고 했던 건지는 불명확해요. 알래스카는 부모님과 심하게 다투고 집을 나왔거든요. 세일럼으로 돌아가려고 한 게 사실이라면 아마 선물을 준 그 누군가를 만나기 위해서일 거예요."

월터가 풀죽은 목소리로 말했다.

"이게 바로 그 '로맨틱한 저녁 식사'로군!" 페리가 뭔가 생각난 듯이 말했다.

"무슨 생각을 하는 거예요?"

"알래스카가 살해당하기 전 주유소 주인 루이스에게 '로맨틱한 저녁 식사'를 할 계획이라고 말했다고 했지. 그때도 우리는 그 말을 단서로 알래스카에게 다른 애인이 있을 거라고 짐작했는데, 다른 요소들이 다수 등장하면서 추적 대상이 바뀌게 되었어. 알래스카에게 월터 말고 다른 애인이 있었다는 건 분명해 보여. 그리고 그 애인은 에릭이 아니었을 거야. 에릭은 동생 로렌과 함께 월터를 만나 햄버거를 먹고 있었으니까."

나는 로렌이 여전히 패트리샤와 통화 중인 걸 확인하고 나서 그 틈을 이용해 페리에게 말했다.

"아뇨, 에릭일 수도 있어요. 에릭이 알래스카와 어딘가에서 만날 약속, 그러니까 로맨틱한 저녁 식사 약속을 해놓고 일부러 바람을 맞힌 것일 수도 있잖아요. 에릭이 자신의 알리바이를 만들어둘 속셈으로요. 알래스카는 저녁 시간 내내 연락을 시도했지만 에릭은 일부러 응답하지 않았고, 그러다가 자정이 되어서야 비로소 만난 것일 수도 있죠."

"에릭이 은밀한 애인이었다면 세일럼의 부티크에서 독점 판매하는 구두가 알래스카에게 전달된 경로를 설명할 수 있어야 해."

"에릭은 세일럼에서 5년이나 살았으니 그 부티크의 존재를 알았겠죠."

"그 당시 정황상 에릭은 세일럼에서 도망치듯 떠나온 게 분명해 보여. 그런 사람이 애인에게 선물할 구두를 사려고 세일럼에 간다는 게 쉽게 납득이 되지 않아. 웬만하면 세일럼과는 거리를 두고 싶었을 텐데. 에릭이 세일럼의 직장에서 해고되었는지 먼저 사표를 냈는지 확인해볼 필요가 있어."

"오빠가 먼저 사표를 냈어요." 별안간 로렌의 목소리가 들려왔다. 로렌이 어느새 우리 뒤에 와 있었다. "경사님께서 말씀하신 오빠의 예전 사장에 대해 알아봤어요. 마트 체인 사장인데, 직접 만나보니 자그마한 제국을 건설한 사람답게 성격이 호탕하더군요. 오빠를 무척이나 아꼈다고 해요. 오빠에 대한 기대가 컸는데 별안간 사표를 내는 바람에 모두들 깜짝 놀랐다더군요. 마트 체인 사업이 계획대로 순조롭게 풀리는 상황이어서 더욱 의외였다고요."

"에릭이 회사를 그만두는 과정에서 감춰진 이유가 있어 보여." 페리가 말했다.

"나도 같은 생각이에요. 에릭이 우리에게 털어놓지 않은 부분이 분명 있을 거예요."

"에릭이 우리에게 모든 사실을 있는 그대로 털어놓는 게 유리하다는 걸 모르나봐. 거짓말은 의심을 키우기만 할 뿐이니까."

"그러게요." 로렌이 한숨을 푹 쉬며 말을 이었다. "패트리샤가 오빠를 설득할 경우 경사님에게 모든 사실을 털어놓을 거예요. 오빠가 다른 사람은 몰라도 패트리샤의 말이라면 껌벅 죽거든요. 그런데 오빠가 해고되기 전에 사표를 냈는지 여부가 왜 그리 중요하죠?"

"에릭이 사표를 냈다면 세일럼에서 급히 도망쳐야 할 사정이 있었을 거라는 뜻이니까." 내가 나서서 설명했다. "만약 그렇다면 에릭에게 유리하게 작용할 수 있는 요소야. 알래스카에게 선물을 주었으리라 추정되는 애인이 있고, 그 선물 가운데 세일럼에서만 구매할 수 있는 구두가 있었거든. 그런데 에릭이 세일럼에서 도망쳐온 처지였다면 구두 한 켤레를 사려고 다시 세일럼에 가지는 않았겠지. 그러니까 에릭은 알래스카의 애인이 아니라고 봐야 해."

"그래서 그 사실이 무얼 증명해주는데?" 로렌이 물었다.

옆에 있던 페리가 대신 말을 받았다. "내 생각에 범인은 알래스카의 또 다른 애인이야. 그 당시 수사에서는 그 부분을 주목하지 못하고 지나쳤지. 알래스카의 또 다른 애인을 서둘러 찾아야 해."

"그런데 어디서부터 시작해야 하죠?" 내가 물었다. "무려 11년 전에 빌어먹을 그 작자를 놓쳤어요. 11년이면 어디론가 증발하고도 남을 시간 아닌가요? 게다가 우리에게는 아무런 단서도 없어요."

"아니." 페리가 말했다. "그 작자는 에릭과 월터를 알고 있는 사람이었어. 그렇기 때문에 두 사람에게 올가미를 씌울 수 있었던 거야. 다른 하나는 세일럼을 익숙하게 아는 자야. 우리가 현재 확보하고 있는 주요 단서야."

"세일럼 이야기가 나왔으니 하는 말인데, 알래스카의 부모에게 딸과 친한 친구들 이름과 연락처를 받은 적이 있잖아요. 그때 제가 그 친구들과 전화 연락이 닿아 통화한 적이 있어요. 나와 전화로 이야기를 나눈 친구들은 대부분 특별한 점이 눈에 띄지 않더군요. 알래스카를 상대로 모종의 협박이 가해졌다고 말하는 친구도 없었고요."

"그 친구들을 전화로 말고 직접 만나볼 필요가 있어. 그 친구들도 경찰이 마주 앉아 과거 일을 들추면 잊고 지내던 기억들이 되살아나기 시작할 거야."

그때 페리의 휴대폰이 울렸다. 전화를 걸어온 사람은 알래스카의 옛 에이전트 돌로레스 마르카도의 비서였다. 그가 페리의 메일 주소를 묻더니 파일 하나를 보내주겠다고 했다. 미스 뉴잉글랜드가 된 직후 캐스팅을 위해 촬영한 알래스카의 오디션 비디오테이프라고 했다.

잠시 후 우리는 돌로레스 마르카도가 메일로 보내준 파일을 로렌의 컴퓨터 화면에 재생시켰다. 화면 속에서 알래스카가 긴

독백을 이어갔다. 언뜻 보기에도 대단히 훌륭한 연기였다. 그 장면을 촬영한 장소를 알아볼 필요가 있었다. 화면 속 알래스카의 뒤편으로 바다 위의 일몰을 그린 큼지막한 그림이 보였다. 샌더스 가족의 집 같지는 않았다.

"혹시 영상을 찍은 장소가 어딘지 알아보겠어?" 내가 로렌에게 물었다.

"아니, 한 번도 본 적 없는 장소야."

우리는 영상에 등장하는 공간을 다시 한번 주의 깊게 살펴보았다. 장소를 특정할 수 있는 어떤 표식이나 특징을 찾아볼 수 없었다.

"알래스카의 어느 친구 집에서 찍은 영상일 수도 있겠네." 페리가 말했다. "장소가 그리 중요한 문제는 아니야."

하지만 범죄 수사에서 아무리 사소한 자료라도 중요하지 않다고 단정할 수 없다는 걸 우리는 잘 알고 있었다. 우리는 한참 동안 이제까지 드러난 자료들을 하나씩 검토해보고, 벽에 붙여놓은 사진과 메모들을 살펴보면서 시간을 보냈다. 이윽고 페리가 요란하게 하품을 하고 나서 선언했다.

"쉬었다가 내일 계속하자고."

나도 호텔로 돌아가려고 주섬주섬 물건을 챙겼다. 로렌이 내게 말했다.

"마커스, 저녁이나 같이할까?"

나는 냉큼 그러자고 대답하고 싶어 안달이 날 지경이었지만 그래도 조금은 튕겨보고자 했다.

"아쉽게도 해야 할 일이… 경사님과 뭔가를… 재판 기록을 검토해봐야……."

"마커스, 자네가 해야 할 일은 없어." 페리가 옆에서 끼어들었다. "자네가 말하는 경사님은 조용한 휴식을 원하거든. 호텔 테라스에 앉아 햄버거를 먹으며 책을 읽을 생각이야. 옆에 죽치고 앉아 쉴 새 없이 말을 거는 작가가 없었으면 해."

로렌이 나를 향해 미소를 보냈다.

"그럼 나랑 함께 저녁 식사할 시간이 있다는 뜻이네."

우리의 계획은 돌발 상황에 직면했다. 잠시 후 현관 초인종이 울린 탓이다. 보스턴에서 곧장 달려온 패트리샤 위드스미스였다. 문을 열어준 로렌이 깜짝 놀라며 소리쳤다.

"패트리샤, 웬일이에요?"

"로렌이 전화로 그런 엄청난 소식을 전해주었는데 내가 가만히 팔짱 끼고 있을 수야 없죠. 이 사건이 새로운 국면을 맞이하길 기다린 게 무려 11년째라고요. 단 1분도 허비할 수 없어요. 에릭을 더는 감옥에서 썩도록 내버려 두어서는 안 돼요. 내일 당장 석방을 요청해야겠어요."

로렌의 얼굴이 환해졌다.

"석방 요청이 받아들여질 가능성이 있을까요?"

"에릭이 스웨트셔츠를 월터에게 빌려주었다는 사실이 샐리 캐리의 진술로 확인되었어요. 어머니와 에릭의 부정한 관계를 알게 된 월터가 복수심에 사로잡혀 에릭을 공범으로 지목한 사실도 밝혀졌고요. 경사님이 이 사건에서 복수심이 중요하게 작용했을 거라고 추측한 게 옳았어요. 월터가 알래스카를 죽이고, 복수심에 불타 에릭을 공범으로 끌어들였으니까."

"월터는 알래스카를 죽이지 않았습니다." 페리가 말했다.

"아무튼 월터는 거짓 진술로 에릭을 함정에 밀어 넣었어요." 패트리샤가 말했다. "샐리 캐리와 에릭의 부정한 관계를 증명할 사진을 재판부에 제출할 생각입니다. 로렌, 그런 사진이 있다는 사실을 알았으면 진작 나에게 귀띔했어야죠. 왜 내게 더 빨리 알리지 않았는지 납득하기 힘들어요."

"그 사진은 아무것도 증명할 수 없습니다." 페리가 말했다. "기껏해야 판사들에게 에릭의 그늘진 면만 부각시킬 뿐이겠죠. 샐리 캐리를 협박해 월터에게 완하제를 먹게 해 설사를 유발했던 행위는 사실상 범죄 행위입니다."

"그거야 판사가 알아서 결정할 문제죠. 어쨌든 그 사진을 볼 수 있을까요?"

"불태웠습니다." 페리가 말했다. "필름도 함께."

"사진을 태웠다고요?" 패트리샤가 기겁하며 소리를 질렀다.

"어차피 그 사진으로 에릭을 교도소에서 빼내긴 어려웠을 겁니다. 게다가 그 사진은 샐리 캐리의 인생을 파멸시킬 수도 있어요. 샐리 캐리는 지금까지 겪은 고통만으로도 충분한 대가를 치렀습니다."

"수사 자료를 임의로 태워버리다니요? 당신을 증거 인멸로 제소할 수도 있어요."

페리와 패트리샤가 거친 말싸움을 벌이는 동안 로렌은 나를 주방으로 데려가더니 와인 한 병을 땄다.

"그 사진을 없앤 건 잘한 일이야." 로렌이 말했다. "캐리 부인과 내 부모님에게 또다시 고통을 주어서는 안 돼. 나는 경사님의 생각에 동의해. 그 사진 한 장으로 오빠를 교도소에서 빼내긴 힘들어. 당신도 알다시피 난 지난 11년 동안 오빠에 대한 희망을 잃지 않았어. 하지만 재수사가 시작된 이후 점점 오빠에 대한 실망감이 커지고 있어. 누군가와 아무리 가까운 사이라고 해도 마음을 전부 알지는 못하나봐."

"나는 나 자신에 대해서조차 잘 몰라." 내가 말했다.

로렌이 와인 잔을 들어 내 잔에 갖다 대면서 말했다.

"개똥철학자님을 위해 건배."

내가 피식 웃자 로렌도 따라 웃었다.

"로렌, 나는……."

로렌은 손가락으로 내 입술을 눌러 말을 막았다.

"마커스, 내가 말할게. 내 옆에 있어 줘서 고마워."

로렌은 내 입술에서 손가락을 떼더니 키스를 했다.

우리의 키스는 페리의 기침 소리가 들리지 않았다면 한동안 계속되었을 수도 있었다. 고개를 돌리자 페리가 문간에 서서 다시 한번 기침을 하는 시늉을 했다. 옆에는 패트리샤가 서 있었다. 두 사람은 격렬한 말씨름 결과를 우리에게 설명해주려고 온 듯했다.

"경사님 생각이 옳아요." 패트리샤가 말했다. "알래스카의 숨겨진 애인 추적이 급선무라는 지적에 동의해요. 지금 에릭의 석방을 요청할 경우 일을 그르칠 위험이 커요. 수사 진척 상황을 재판부에 설명할 수밖에 없을 테니까요. 그 경우 알래스카의 애인이 위험을 눈치챌 수도 있어요. 지금껏 그 작자는 한 번도 용의선상에 오르내리지 않아 안심하며 지내왔을 텐데요."

"그 대신 앞으로 패트리샤와 수사 내용을 공유하기로 했어. 패트리샤는 지금껏 이번 수사를 통해 밝혀진 새로운 사실들을 모르고 있었으니까."

우리는 로렌의 집에서 저녁 식사를 했다. 식사 시간이 우리에게 잠시나마 긴장을 풀 기회를 주었다. 페리가 와인을 두 잔 비우더니 패트리샤에게 다음과 같은 질문을 던졌다. 나는 그 질문을 듣고 페리가 패트리샤에게 호감을 느끼고 있다는 생각이 들었다.

"당신의 남편은 당신을 어떻게 견뎌냅니까?"

패트리샤가 피식 웃음을 터뜨리더니 즉시 대답했다.

"나를 견디지 못했고, 그러다 보니 일찍 끝나게 되었죠. 전 남편은 정신과 의사였어요. 아내의 정신 건강도 제대로 챙기지 못하는 정신과 의사. 경사님의 부인은 남편을 어떻게 견뎌냈다던가요?"

"내 아내도 나를 견뎌내지 못했어요."

"그럼 이혼했나요? 그렇지만 아직 결혼반지를 끼고 있는데."

"아내는 석 달 전에 심장마비로 세상을 떠났어요."

"오, 그런 줄도 모르고, 정말 미안해요."

페리는 화제를 바꾸어 대화를 이어나가려고 했다.

두 사람이 대화를 주고받는 모습을 보면서 잘 어울린다는 생각이 들었다. 페리는 성격이 급한 편이었고, 패트리샤는 끈질겼다. 대개 그런 사람들이 만나면 불꽃이 튀기 마련이었다. 페리는 아직 누군가를 사귈 마음이 없겠지만 몇 년이 흘러 딸들이 독립할 경우 여생을 혼자 살아가야 할 처지였다. 내가 생각에 빠져 있는 동안 두 사람은 식탁에서 몸을 일으켰다. 이제 다시 사건에 대한 점검과 토론을 시작해야 할 시간이었다.

패트리샤는 우리가 수사한 내용을 빠짐없이 공유하려고 했다. 벽에 붙여둔 수사 자료들과 자신이 확보한 내용들을 꼼꼼하게 대조하기도 했다.

"사건 종결 후에 받았다는 화재감식 보고서는 아직 내게 보여주지 않았어요. 수사 기록에도 들어있지 않고요."

"저기 붙여둔 사진들이 화재감식 보고서에 첨부된 자료들입니다." 페리가 손으로 한쪽 벽면을 가리키며 말했다. "원한다면 화재감식 보고서를 한 부 복사해줄게요."

페리는 낮은 탁자 위에 펼쳐놓은 문서들을 뒤적이더니 몇 장을 빼들어 패트리샤에게 내밀었다.

"지나치게 모호한 증언이라서 수사 기록에 포함시키지 않은 자료도 있어요. 이전 수사 때 나와 한 팀을 이루었던 동료 형사가 모아둔 기록들 속에서 이 증언을 다시 찾아냈죠. 새벽 1시 40분에 매사추세츠주 번호판을 단 파란색 자동차를 마운트플레전트 중심가에서 목격한 사람이 있어요."

"파란색 자동차가 이 사건과 어떻게 연결되는데요?"

"그날 알래스카가 운전한 차가 매사추세츠주 번호판의 파란색 자동차였어요. 알래스카는 그 시간에 마운트플레전트 중심가에서 무얼 하고 있었을까요? 월터의 집으로 가서 자신의 물건을 챙겨오려고 한 걸까요? 아니면 에릭과 만날 약속이 되어 있었을까요? 그 당시 파란색 자동차를 목격했다는 증언이 나오면서 몇 가지 의문이 제기되었죠. 하지만 그 증언은 지나치게 모호하다고 판단해 수사 기록에 넣지 않았어요. 검사가 받아들이지 않을 거라고 봤거든요."

"그렇지만 우리에게는 그 증언이 문제를 푸는 열쇠가 될 수도 있겠군요." 패트리샤가 말했다. "알래스카가 그날 새벽 1시 40분에도 살아 있었다면 월터 캐리가 1시 43분에 〈내셔널 앤섬〉에 있었다고 하더라도 살인을 저지르지 않았다는 알리바이가 성립될 수 없으니까요. 알래스카의 사망 추정 시각은 확실한 건가요?"

"사망 추정 시간은 의심할 여지가 없습니다. 게다가 목격자의 증언에 따르면 파란색 자동차가 그레이비치 방향으로 달려갔다고 하거든요. 10분 뒤 파란색 차에 탄 알래스카는 호숫가에 도착했습니다. 그러니까 새벽 1시 50분쯤이었겠죠. 여기까지는 확실해요. 그런데 이렇게 추정하더라도 내가 보기에 분명한 사실이 한 가지 있어요. 범인은 현장에서 미리 대기하고 있다가 알래스카가 도착하는 즉시 살해했다는 겁니다. 처음에는 곤봉으로 강하게 가격했고, 뒤이어 목을 졸랐습니다. 월터가 그 장소로 왔다고 해도 그 이후일 겁니다. 그렇다면 월터가 범인일 수도 있다는 가설은 성립되지 않습니다. 패트리샤, 당신의 추론은 계속 제자리에서 맴돌고 있어요."

"11년 동안 붙잡고 있던 생각을 버리긴 쉽지 않죠. 경찰 수사 기록에 포함되지 않은 비공식 자료 중에는 또 어떤 게 있나요?"

"월터와 알래스카가 심하게 싸웠다는 증언이 있었습니다. 목격자에 따르면 1999년 3월 22일 콘웨이의 한 마트 앞에서 있었던 일입니다."

"어느 정도면 심하게 싸웠다는 표현이 가능하죠?"

"마트 지배인이 경찰을 부를 정도였으니까 격렬한 싸움이 벌어졌다고 봐야죠. 그 당시 상황이 경찰출동 보고서에 기록돼 있습니다. '차량에 탑승한 상태의 커플. 폭력 흔적 없음. 개입 불필요…….'"

로렌이 경찰출동 보고서를 훑어보며 말했다.

"이 보고서에는 알래스카와 월터의 이름이 명시되어 있지 않아요."

"이름이 빠진 탓에 수사 기록에 첨부하지 않았지." 페리가 인정했다. "게다가 그 당시에는 큰 의미가 없는 자료라고 판단했어."

"그런데 경사님은 이 경찰출동 보고서에 등장하는 사람들이 알래스카와 월터라고 단정하는 근거가 뭐죠?"

"마트 지배인이 목격자인데 그 당시 본 여자가 사건 발생 이후 신문에 나온 알래스카의 사진과 동일 인물이었다고 증언했어."

"그럼 월터는요?"

"자동차가 월터의 차였지." 페리가 말했다.

"사람을 확인한 건 아니었네요?"

페리는 그 질문에 대답할 말이 없어 당황했다.

"캐리 부인이 알래스카와 에릭이 다투는 장면을 목격했다고 말했잖아. 그때 에릭이 월터의 자동차 문을 열고 나왔다고 했거든."

기록을 확인하려고 메모장을 뒤적이던 페리의 얼굴이 별안간 환해졌다.

"두 사람이 말싸움을 벌였다고 한 날, 월터는 마운트플레전트에 없었어. 퀘벡 낚시용구대회에 참가하고 있었거든."

"그렇죠, 그래서요?"

페리는 메모장에 기록해놓은 내용을 짚어가며 설명했다.

"샐리 캐리가 진술한 내용에 따르면 알래스카와 에릭이 말다툼을 벌인 건 살인사건이 일어나기 2주 전이었어. 낚시용구대회는 1999년 3월 22일이 들어있는 그 주일에 열렸고."

우리의 대화를 옆에서 듣고 있던 로렌이 소리쳤다.

"3월 22일은 경찰이 콘웨이 마트 주차장으로 출동한 날이었고, 월터의 차가 거기에 있었어요. 그런데 월터는 그날 이미 퀘벡에 가고 없었죠."

"맞아." 페리가 말했다.

"그렇다면 알래스카와 함께 자동차에 타고 있었던 남자는 누구일까요?" 패트리샤가 물었다.

페리가 자신 있게 말했다.

"샐리 캐리의 진술을 믿는다면 그 남자는 에릭이라고 봐야 해요. 에릭을 한 번 더 면회해야겠어요."

주립교도소 면회실에서 에릭은 우리 일행을 반갑게 맞이했다. 하지만 페리가 과거에 에릭이 샐리 캐리를 협박했다는 사실을 알고 있다고 말하자 곧바로 얼굴이 굳었다.

/

21장
공황발작
2010년 7월 16일 금요일. 뉴햄프셔주, 콩코드

/

"그 일은 어떻게 알게 되었습니까?" 머뭇거리는 목소리를 들어보니 에릭이 몹시 당황했다는 사실을 알 수 있었다. "캐리 부인이 이야기했나 보군요."

우리가 있는 면회실은 평소 변호인 접견용으로 사용되는 작은 방이었다. 페리와 패트리샤가 테이블을 사이에 두고 에릭과 마주 앉았고, 로렌과 나는 옵서버 자격으로 구석에 따로 앉았다.

"내가 경사님과 마커스에게 그 사진을 보여주었어." 로렌이 화를 억누르며 말했다. "내게 그 사진을 비밀로 하라고 했던 이유가 뭐야? 캐리 부인에게 저지른 그 비열한 짓이 들통날까봐 겁이 나서 그랬어? 오빠는 나를 속였어. 나는 오빠를 위해 11년 동안이나 싸워왔는데."

"빌어먹을!" 에릭이 혼잣말처럼 중얼거렸다. "나도 내가 저지른 짓이지만 정말 역겹기 한량없어. 내가 분명 한심한 짓을 저질렀지. 난 캐리 부인을 사랑했는데 버림받았고, 그래서 복수하고 싶었어."

"버림받으면 늘 그런 식으로 반응합니까?" 페리가 물었다.

"물론 늘 그런 건 아니죠."

"당하고는 못 참는 성격이군요. 아무튼 이 문제가 당신에게 유리하게 작용하지 않으리라는 건 잘 알 겁니다."

"어쨌거나 20년도 더 지난 일이고, 그때 나는 어렸습니다. 아무것도 모르는 철부지였다고요."

"다른 일은 없었어요?" 패트리샤가 냉랭한 목소리로 물었다. "우리에게 솔직하게 털어놓지 않고 숨긴 일들 가운데 이번 수사와 조금이라도 연관된 경우가 더 있는지 묻는 거예요."

"모르겠어요." 에릭이 당황해하며 말했다. "어떤 일이든 나름 대로 의미가 있을 수 있다고 생각해요."

"맞는 말입니다." 페리가 끼어들며 말을 받았다. "기억을 되살릴 겸 내가 질문을 하나 하죠. 1999년 3월 22일, 콘웨이의 마트 주차장에서 경찰에게 불심검문을 당한 적이 있을 겁니다. 그 당시 알래스카와 함께 월터의 차에 타고 있었고요."

에릭이 마치 나쁜 짓을 하다가 들킨 아이처럼 시무룩한 표정이 되더니 페리에게 물었다.

"그런 걸 다 어떻게 알았습니까?"

패트리샤가 어처구니없다는 듯이 두 팔을 치켜들었다. 페리도 정색하며 화를 냈다.

"이 세상에 비밀은 없습니다. 아무리 꼭꼭 숨겨도 찾아낼 수 있습니다. 사는 게 원래 그러니까요. 혹시라도 아직 숨기는 게 있으면 지금이라도 속 시원하게 털어놓으세요. 계속 거짓말을 하고, 뭐든 숨기려고 할 경우 차라리 나는 여기서 수사를 종결하겠습니다. 당신은 교도소에서 평생 썩으면 되고요."

"11년 전에 경찰은 나를 취조실에 가두고 20시간 연속으로 신문했습니다. 먹을거리도 주지 않고, 잠도 못 자게 했어요. 알래스카의 피가 묻은 내 스웨트셔츠 아니면 내 프린터로 인쇄한 협박 메시지들을 코 앞에 들이대면서 내 인생은 이제 종 쳤다고 윽박질렀죠. 사형선고를 면하면 다행일 거라면서요. 그때 내가 무슨 생각을 했는지 알아요? 이건 악몽이야. 덫에 걸렸어. 모두가 나를 죽이려고 작정한 거야. 이제 꼼짝없이 당하는 일밖에 남지 않았어. 내 머릿속에서는 그런 생각밖에 없었습니다. 죄가 없다고 아무리 하소연해도 들으려고도 하지 않더군요. 내가 어떤 증언을 하든 불리한 쪽으로 해석되었고요. 그런 역겨운 과정을 통해 당신네 경찰의 구미에 딱 맞는 죄인을 만들어내 이 지옥 같은 곳에 처박아둔 겁니다. 그래 놓고 오늘 나를 찾아와 다 털어놓지 않고 숨긴 게 많다면서 훈계하는 건가요? 과거에 내가 어떤 식으로 했어야 한다고 가르치려고 들지 말아요. 철없는 시절에 저지른 일을 털어놓지 않고 숨겼다고 당신들이 나를 비난할 자격이 있나요? 내가 과거에 저지른 행동 때문에 미친놈 취급을 당할 수는 있을지언정 그 일이 살인사건과 관계가 있다고는 생각지 못했어요. 알래스카와 옥신각신하다가 경찰에 검문당한 경우도 마찬가지고요. 그 일이 살인사건과 관련이 있다고는 추호도 생각하지 못했고, 그저 깜박 잊고 있었을 뿐입니다."

긴 침묵이 이어졌다. 에릭과 페리는 두 마리의 사자처럼 서로를 노려보았다. 여차하면 달려들어 목덜미를 물어뜯을 기세였다. 이윽고 패트리샤가 개입해 분위기를 누그러뜨리려고 애썼다.

"그 당시 알래스카와 무슨 일로 싸웠는지 이야기해줄 수 있어요? 마트 앞에서 무슨 일이 있었는데요?"

"정확한 날짜는 기억나지 않지만 그날은 월요일이었어요. 조금 전 3월 22일이라는 말이 나왔는데 아마 맞을 겁니다. 내가 무슨 요일인지 기억하는 이유는 매주 월요일마다 식료품점 일을 쉬었기 때문입니다. 그날은 콘웨이의 마트로 쇼핑을 갔죠. 그 마트에 중고 카메라를 싸게 파는 매장이 있었는데, 구경도 하고, 사진 관련 정보를 얻으려고 가끔 들르는 곳이었죠."

***

1999년 3월 22일 월요일, 콘웨이

취미 사진 전문점에서 나오던 에릭은 쇼핑센터 주차장에서 월터의 차를 발견했다. 차는 마침 후진 중이라 운전자는 보이지 않았지만 차량번호는 어디에 있든지 익숙한 숫자라 금세 알아보았다. 운전자는 포드 토러스를 화물트럭과 미니밴 사이에 끼워 넣어 주차하고 싶어 했는데 운전 실력이 서툴러 계속 실패했다. 조금 떨어진 곳에서 그 모습을 지켜보던 에릭은 월터의 운전 실력을 놀려주려다가 차 문을 열고 나오는 알래스카를 보고 깜짝 놀랐다. 월터는 보이지 않고 알래스카 혼자였다. 알래스카가 마트 쪽으로 걸어갔다. 에릭도 뒤따라가 마트 앞에서 알래스카를 불렀다.

"알래스카."

"안녕, 에릭."

"월터는?"

"어제 낚시용구대회가 있다면서 퀘벡에 갔어."

"퀘벡에는 뭘 타고 간 거야?"

"아버지 픽업트럭을 타고 갔어. 낚시용구를 구매해 차로 실어와야 하니까. 내 차는 엔진오일이 새서 월터의 차를 빌려 타는 중이야. 아직 더 궁금한 게 남았어?"

알래스카는 왠지 방어적인 태도였다.

"아냐, 쇼핑하러 나왔나본데 난 이만 가볼게."

알래스카는 낙담한 사람처럼 한숨을 내쉬며 말했다.

"내가 마운트플레전트에서 마음에 들지 않는 점이 뭔지 알아? 여기서는 모두들 서로 엿보는 느낌이야. 장을 보러 갈 때도 누군가 내 카트 안을 들여다보고, 내가 산 물건이 좋은지 비싼지 일일이 평가하는 느낌이 들어서 기분이 찜찜해."

에릭이 어색하게 웃었다.

"나는 당신이 산 물건을 평가할 생각은 없으니까 마음 편히 장을 봐도 돼. 이만 갈게."

에릭이 몸을 돌리려는데 알래스카가 말했다.

"나, 월터와 헤어질 생각이야."

"아니, 왜?"

"마운트플레전트를 떠나고 싶어. 당신 혼자만 알고 있어. 누군가에게 그냥 털어놓고 싶었을 뿐이야."

알래스카는 그 말을 하고 나서 마트 안으로 재빨리 사라졌다. 에릭은 그 자리를 떠나려다가 무슨 이유인지 알아봐야겠다는 생각이 들었다. 월터와 함께 사는 알래스카가 떠난다는 말을 듣고도 모른체한다는 건 친구를 위해서라도 안 될 일이라고 판단했다. 알래스카와 더 이야기를 나누어보고 싶었다. 에릭은 주차장에서 알래스카가 장을 다 보고 나올 때까지 기다렸다. 드디어 쇼핑 봉투를 든 알래스카가 나타나자 에릭은 앞으로 나섰다.

"월터와 헤어지려는 이유가 뭔데?"

"당신이 상관할 일이 아니잖아."

"다른 사람이 생겼어?"

"날 좀 그냥 내버려 둬."

"떠난다는 말을 해놓고 가만 있으라는 건 말이 안 되잖아. 떠나려는 이유를 말해주어야지."

"그럼 괜히 말했네."

"말을 주워 담긴 늦었잖아. 월터와 무슨 일 있었어?"

에릭이 계속해서 묻자 알래스카는 짜증이 나는 듯 목소리가 높아졌다. 지나가는 사람들이 의심에 찬 눈길로 두 사람을 힐끔 거렸다. 별안간 알래스카가 울음을 터뜨렸다.

"날 그냥 내버려 두라니까!"

"월터가 상처받을 거야. 적어도 떠나는 이유는 말해줘야지. 나한테 떠난다는 말을 흘려놓고 입을 꾹 다물고 있으라니 너무 하잖아. 월터 앞에서 내 입장이 뭐가 되겠어?"

그때 한 남자가 둘 사이에 끼어들었다. 마트 지배인이었다.

"괜찮습니까, 고객님?" 지배인이 알래스카에게 물었다.

"네, 괜찮아요." 에릭이 알래스카 대신 대답했다.

"당신한테 묻지 않았어요." 지배인이 눈을 부라렸다.

"남의 일에 끼어들지 말고 어서 가세요." 에릭이 발끈했다. "괜히 참견하지 말고 당신 일이나 해요."

"이거 말로는 안 되겠군. 경찰을 불러야겠네!"

***

에릭이 이야기를 이어갔다.

"마트 지배인은 다시 매장 안으로 들어갔어요. 그런데 별안간 알래스카가 얼굴이 새파래지더니 허둥대기 시작하는 거예요. '지배인이 경찰을 부른대. 빌어먹을. 경찰을 부른다잖아!' 그러더니 공황발작이라도 일으킨 사람처럼 쇼핑 봉투를 바닥에 내팽개치고 차를 세워둔 곳으로 달려갔어요. 알래스카가 도대체 왜 그러는지 이해할 수 없더군요. 나는 바닥에 나뒹구는 물건들을 쇼핑 봉투에 다시 담아 넣고 알래스카에게로 가져갔어요. 알래스카는 운전석에 올라 출발하기 직전이더군요. 내가 쇼핑 봉투를 실어주려고 차 트렁크를 열자 알래스카가 발작하듯 소리쳤어요. '지금 뭘 하는 거야? 난 당장 떠나야 한단 말이야!' 정말이지 공황발작을 일으킨 모습이었어요. 내가 자동차 뒤에 서서 비키지 않으니까 결국 운전석 문을 열고 나와서 소리를 버럭 지르더군요. '당장 꺼져, 에릭!'"

1999년 3월 22일 월요일, 콘웨이

"당장 꺼지라니까!"

"무엇 때문에 그리 서두는 거야?"

알래스카는 차를 막아선 에릭을 밀어내려고 했지만 오히려 두 손을 붙잡혔다.

"당신은 몰라도 돼." 알래스카가 울며 소리쳤다.

"내가 뭘 몰라도 되는데?"

"그냥 날 떠나게 놓아줘!"

"내가 데려다줄게." 에릭이 말했다. "이 상태로 운전하면 위험해. 내 차는 다음에 와서 가져가면 되니까."

알래스카의 대답을 기다리지도 않고 에릭은 운전석에 올랐다. 알래스카도 조수석으로 뛰어들며 소리쳤다. "어서 출발해!" 하지만 에릭이 출발하려는 순간 경찰차 한 대가 앞을 막아섰다. 가까스로 냉정을 회복한 알래스카는 뭔가를 뉘우치기라도 하듯 눈물이 고인 눈가를 훔쳤다. 경찰이 차로 다가왔다. 에릭이 창문을 내리자 경찰이 머리를 들이밀며 물었다.

"무슨 일입니까?"

"아무 일도 아니에요." 알래스카가 말했다.

"아무 일도 아니라고요? 싸움이 일어났다고 신고가 들어왔는데요."

알래스카가 짐짓 미소를 지어 보이며 말했다.

"경관님은 부부 싸움 안 해요? 경찰이 사소한 부부 싸움에도 개입해요?"

경찰은 에릭의 운전면허증을 받아 재빨리 살펴보더니 별 이상이 없자 돌아갔다. 알래스카는 또다시 눈물을 쏟아냈다.

에릭은 한 손으로 알래스카의 어깨를 감싸 쥐고 달래보려고 했다.

"무슨 일이 있는데 그래?"

"경찰." 알래스카가 입속말처럼 중얼거렸다.

***

"알래스카는 경찰이 나타나자 공황발작을 일으킨 것 같았어요." 에릭이 말했다.

"나중에라도 이유를 설명해 주던가요?" 페리가 물었다.

"끝까지 이유를 말해주지 않았어요. 나는 알래스카를 마운트 플레전트로 데려다주었죠. 차를 타고 가는 동안 우린 말을 한마디도 나누지 않았어요. 얼굴이 새파랗게 질려 몸을 부들부들 떠는 알래스카를 보자니 마음이 편치 않더군요. 차를 캐리 가족의 가게 앞 도로에 세우고, 차 열쇠를 알래스카에게 건네주었죠."

"그때 캐리 부인이 두 사람의 모습을 보았군요."

"아마 그랬을 겁니다. 〈캐리 헌팅 앤 피싱〉 앞이었으니까요."

"캐리 부인은 그때 두 사람이 다투었다고 하던데요."

에릭은 기억을 더듬는 듯 눈썹을 모았다.

"아, 생각나네요. 내 스웨트셔츠 때문이었어요."

"얼마 후 사건 현장에서 발견된 그 스웨트셔츠 말인가요?"

"네, 맞아요. 스웨트셔츠를 이틀 전 토요일에 월터에게 빌려주었어요. 낚시하러 갔다가 소나기를 만났을 때였죠. 그 일에 대해서는 일전에 다 이야기했잖아요. 게다가 11년 전에도 말한 적이 있고요. 하여간 월요일 그날에 알래스카를 데려다주면서 뒷좌석을 훑어보았는데 스웨트셔츠가 보이지 않더군요. 월터가 그 옷을 집에 올려다 놓았으리라 생각했죠. 차에서 내려 알래스카에게 스웨트셔츠를 가져다 달라고 부탁했어요. '무슨 옷을 말하는지 모르겠어, 에릭.', '모나크 대학교 로고가 박힌 회색 스웨트셔츠야.', '그런 옷은 보이지 않던데. 가장 최근에 내가 세탁을 했거든.', '내가 함께 집에 올라가서 찾아봐도 될까? 아끼는 스웨트셔츠라서.' 내가 그렇게 말하자 알래스카가 소리를 버럭 질렀어요. '조금 전 그런 일을 겪고도 머릿속에 옷 걱정밖에 없어? 월터한테 전화해서 물어보면 되잖아.' 내가 되받아쳤죠. '내가 월터에게 전화하길 바라? 조금 전 있었던 일을 다 말해버릴까?'

내 말을 들은 알래스카는 화를 내며 몸을 휙 돌리더니 집으로 올라가 버렸어요."

"그래서 그 스웨트셔츠는 어떻게 되었습니까?" 페리가 물었다.

"알래스카의 말대로 월터에게 전화해 물었어요. 옷을 차 트렁크에 넣어뒀다고 하더군요. 그래서 다음 날 〈도노반 종합식품〉에서 일을 하다가 알래스카가 월터의 포드를 타고 와 주차하는 모습을 보고 달려 나갔어요. 알래스카에게 내 스웨트셔츠를 찾아가야겠으니 차 트렁크를 열어달라고 했죠. 그러자 알래스카는 그까짓 스웨트셔츠 가지고 계속 들볶아댄다고 짜증을 내면서도 마지못해 트렁크를 열어주었어요. 그런데 트렁크에도 스웨트셔츠는 없더군요. 대체 영문을 모르겠더라고요. 월터가 퀘벡에서 돌아오고 나서 스웨트셔츠가 트렁크에 없더라고 말했어요. 월터는 세탁기에 담아놓은 옷가지를 알래스카가 세탁했고, 그때 스웨트셔츠도 빨았을 텐데 어디에 둔지 기억이 나지 않아서일 거라고 했어요. 알래스카에게 다시 한번 물어보겠다면서. 그래서 내가 이미 물어봤는데 어디 있는지 모른다고 했다고 말해주었죠. 스웨트셔츠가 어디로 사라져버렸는지 아는 사람이 아무도 없는 거예요. 월터가 집에 올라가 다시 찾아보겠다고 약속했어요. 그래서 나는 곧 스웨트셔츠를 찾을 수 있을 거라 믿었죠. 하지만 그다음 주말에 알래스카가 살해당하는 사건이 벌어졌고, 사흘 후 나는 뉴햄프셔주 경찰청 취조실에 잡혀가게 되었어요. 피 묻은 스웨트셔츠가 내 범행을 입증하는 결정적인 증거라고 하더군요. 그 옷을 빌려주었다가 돌려받지 못했다는 사실을 증언해줄 사람은 월터와 알래스카뿐이었는데 두 사람은 이미 세상에 없었으니까요. 나는 그 스웨트셔츠를 생각할 때마다 콘웨이 마트 주차장에서 알래스카가 장을 봐온 물건들을 실으려고 차 트렁크를 열던 순간을 떠올려보곤 해요. 그때 트렁크 안에 스웨트셔츠가 있었던가? 아무리 기억을 더듬어봐도 모르겠더군요. 그다음 날 트렁크를 열어보았던 모습도 수없이 떠올려보았죠. 혹시 트렁크 안 어느 구석에 그 빌어먹을 스웨트셔츠가 처박혀 있었나? 월터가 내게 거짓말로 트렁크 안에 있다고 말했던 걸까? 아니면 누군가 차 문을 열고 그 옷을 훔쳐 갔을까? 마운트플레전트 사람들은 그다지 경계심이 없어요. 11년 전에는 지금보다 더했죠. 자동차 문을 열어놓고 다니기 일쑤고, 현관문도 오랫동안 집을 비우는 경우가 아니면 대개 잠그지 않았어요."

에릭의 말은 앞서 캐리 부인이 했던 진술과 완벽하게 일치했지만 페리는 그 점에 대해서는 언급하지 않고 질문을 이어갔다.

"풀리지 않은 의문이 하나 더 있어요. 1998년 9월 초순에 당신은 별안간 세일럼을 떠났죠. 가족과 주변 사람들에게는 직장에서 해고당하는 바람에 마운트플레전트로 돌아오게 되었다고 말했지만 사실과 달랐어요. 당신이 사표를 내고 세일럼을 떠나왔으니까요. 이유가 뭐죠? 세일럼에서 도망치듯 떠난 이유 말입니다."

"도망치듯 떠났다고요? 그건 과장입니다. 세일럼에서 더는 견디기 힘들었어요. 여자 친구가 나를 버리고 다른 남자에게 가버리는 바람에 기운이 축 처져 있었거든요. 아버지도 건강이 좋지 않아 내가 집으로 돌아와 일을 도울 필요가 있었고요. 고심 끝에 내린 결정을 도망치듯 떠났다고 표현하면 안 되죠. 부모님께는 직장에서 해고당했다고 거짓말을 했어요. 평생 열심히 일해도 먹고 살기 빠듯했던 분들인데 내가 월급이 두둑한 회사를 포기했다고 하면 얼마나 속이 상하겠어요."

세일럼을 떠난 이유를 설명하는 에릭의 말은 카페 〈더 시즌〉의 주인 레지나 스펙에게서 들은 이야기와 일치했다.

이제 우리가 새롭게 알게 된 사실은 알래스카가 공황발작을 일으킬 정도로 경찰을 두려워했다는 점이었다. 그 이유를 찾아내야 했다. 그 두려움이 알래스카가 세일럼을 급히 떠나야 했던 상황, 또 '나는 네가 한 짓을 알아.'라는 문구와 관련이 있으리라는 게 우리의 추론이었다.

알래스카는 무엇을 피해 도망치려고 했을까?

면회를 마치고 나온 페리와 나, 로렌은 세일럼에 가보기로 했다. 패트리샤는 일이 있다며 보스턴으로 돌아갔다.

***

세일럼에 도착해보니 정오에 가까운 시각이었다. 우리는 알래스카의 예전 친구들부터 만나보기로 했다. 로렌이 이미 그들의 주소를 확보해두었다. 대부분 알래스카와 어릴 적부터 친하게 지내 온 사이거나 고교 시절 친구들이었다. 그런 만큼 우리가 친구들로부터 청취한 증언은 알래스카가 열여덟 살이 되기 전 이야기들이어서 수사에 직접적인 도움은 되지 않았다. 그 반면 알래스카가 미인대회에 출전하면서 사귄 친구들로부터는 제법 흥미로운 이야기를 들을 수 있었다. 그 친구들의 이름은 브룩 리조, 안드레아 브라운, 스테파니 라한, 미첼 스피처였다. 우리는 그들을 차례로 만나보았다. 그들의 증언 가운데 일치하는 건 알래스카가 열렬히 사랑한 사람은 월터 캐리가 아니라는 사실이었다.

브룩 리조

"알래스카가 월터의 어떤 면을 좋아했는지 잘 모르겠어요. 지나가는 감정일 거라 생각했거든요. 어쨌든 월터는 이따금 나타나는 사람이었어요. 알래스카가 그저 기분전환 삼아 월터와 어울리는 줄 알았죠. 월터와 살겠다고 뉴햄프셔 시골구석으로 떠나리라고는 미처 상상하지 못했어요."

안드레아 브라운

"알래스카는 나이 많은 남자와 데이트하는 게 재미있었나 봐요. 하여간 처음으로 진지하게 사귀었던 것 같긴 해요. 그 정도면 진지했다고 말할 수 있을 것 같은데요."

스테파니 라한

"알래스카가 왜 월터와 함께 마운트플레전트로 떠났는지 이해할 수 없어요. 알래스카는 미스 뉴잉글랜드고, 영화계로 진출할 길이 활짝 열린 상황이었거든요. 일이 정말 뜻한 바대로 잘 풀리고 있었다고요. 그런데 모든 걸 포기하다니 이유가 뭘까요?

(…)

협박을 받았냐고요? 아뇨, 알래스카에게 그런 이야기를 들은 적은 없어요."

브룩, 안드레아, 스테파니는 알래스카가 마운트플레전트로 떠난 이유에 대해 특별히 아는 게 없었다. 가능성 있는 한 가지 이유를 시사해준 사람은 마지막으로 만나본 미첼 스피처였다. 이 네 번째 친구로부터 우리는 그때까지 듣지 못했던 이름 하나를 얻어냈다.

미첼 스피처

"세일럼에서 무슨 일이 있었냐고요? 글쎄요, 모르겠어요. 엘레노어가 자살하자 알래스카가 충격을 받은 건 분명해요. 우리 모두 많이 놀라긴 했어요. 알래스카가 협박을 받은 적이 있냐고 요? 어떤 종류의 협박을 말하는 거죠?

(…)

엘레노어 로웰에 대해 모르세요? 우리 친구였어요. 정말 예뻤 는데 우울증이 있었죠. 알래스카와 정반대 성격이었어요. 정신 적으로 힘들어했고, 늘 불안감과 싸웠죠. 정신과 의사에게 진료 도 받고 있었고요.

(…)

엘레노어가 어떻게 자살했느냐고요? 물속으로 들어가 나오지 않았어요. 마블헤드 비치에서 그 아이의 차와 옷가지가 발견되 었죠."

***

이미 고인이 된 인물이지만 엘레노어 로웰은 우리의 궁금증을 불러일으켰다. 내친김에 《세일럼 뉴스》에 가서 골디 호크 기자 를 만났다.

"그야말로 비극적이었죠." 시간이 꽤 흐른 사건인데도 골디 호크는 당시의 충격이 되살아나는 듯했다. "엘레노어를 만날 기 회가 여러 번 있었어요. 타고난 미인이었죠. 천사의 얼굴을 한 창백한 미녀. 모델 일을 했고, 고가 명품 판촉 행사를 도맡아 했어요. 외모에서 풍기는 남다른 기품이 있었거든요."

"엘레노어는 자살했습니까?" 페리가 이야기를 재촉했다.

"엘레노어는 한밤중에 부모에게 문자메시지를 보냈어요. 더는 살고 싶지 않다는 내용이었죠. 부모는 아침에 눈을 뜨고 나서야 딸이 보낸 메시지를 보았고요. 엘레노어의 침대가 빈 걸 확인하고 부모는 경찰에 신고했어요. 그 아이의 자동차가 마블헤드에서 발견되었죠. 챈들러 호비 파크 주차장에서요. 그곳에 가면 해안선이 뾰족하게 돌출된 지점에 큰 등대가 있는데, 그 근처 바위 위에 엘레노어의 옷가지와 소지품이 놓여 있었죠. 경찰은 자살로 결론 내렸어요. 아마도 익사했겠죠."

"'아마도'라고요?"

"끝내 엘레노어의 시신을 찾지 못했거든요."

페리는 뭔가 골똘히 생각하는 눈치였다.《세일럼 뉴스》를 나온 페리가 로렌과 나를 향해 말했다.

"1998년 8월, 미인대회 우승자인 젊은 여자가 해안선 인근에서 실종되었어. 그로부터 여덟 달 후에 그 여자의 친구이자 역시 미인대회 우승자인 알래스카가 호숫가에서 살해당했고. 호주머니에 '나는 네가 한 짓을 알아.' 라는 메시지가 들어 있었지."

내가 물었다.

"두 죽음이 서로 연결되어 있다고 보세요?"

"우연이라고 보기에는 석연치 않아. 엘레노어가 실종되고 나서 얼마 지나지 않아 알래스카는 별안간 세일럼을 떠났어. 엘레노어의 죽음이 알래스카가 세일럼을 떠난 이유일 수도 있다는 뜻이야."

"그럼 알래스카가 엘레노어를 살해했을 가능성이 있다는 뜻이에요?" 로렌이 물었다.

"아직 단언할 수 있는 건 없어." 페리는 성급한 결론을 피하려고 한 발 뒤로 물러섰다. "어쨌거나 이제부터 캐봐야 할 문제야."

로렌은 궁금해서 견딜 수 없는지 기어이 다음 질문을 꺼냈다.

"11년 전 수사 때는 어째서 엘레노어라는 인물을 지나쳤나요?"

"그 당시에는 세일럼 자체를 아예 간과했어. 살인사건을 마운트플레전트에 한정해 연결 짓고 있었지. 게다가 수사 방향을 세일럼으로 돌릴 만한 계기도 없었어. 누군가 치밀한 계획 아래 완전범죄를 노렸을 가능성을 고려했어야 하는데 그러지 못한 거야. 우리가 엉뚱한 곳을 헤매고 있었다는 생각이 들어."

페리는 세일럼 경찰서 형사과를 찾아가 엘레노어에 대해 알아볼 생각이었다. 엘레노어 로웰 사망 사건을 담당했던 경찰서니까 당시 수사 기록을 얻을 수 있으리라 기대했다. 세일럼에 온 김에 알래스카의 부모를 다시 만나 당시 딸의 재정 상태에 대해서도 자세히 알아보기로 했다. 저축해둔 돈이 있었을 텐데 알래스카가 마운트플레전트에 와서 급히 일자리를 구해야 했던 이유가 궁금했다. 시간을 아끼기 위해 일을 분담할 필요가 있었다.

페리는 로렌과 함께 세일럼 경찰서를 향해 출발했고, 나는 택시를 타고 샌더스 부부를 찾아갔다.

***

도나 샌더스 혼자 집에 있었다. "로비는 친구들과 함께 골프를 치러 갔어요. 해마다 이맘때면 머리를 식힐 뭔가가 필요하죠. 그냥 사소한 일에도 기분이 싱숭생숭해지거든요." 우리는 한동안 거실에서 이야기를 나누었다. 지금 생각해보면 도나가 그 어느 때보다 외로워 보였던 것 같다. 딸 이야기를 나누고 싶지만 남편은 늘 그 이야기를 피한다고 했다. "자식을 잃었어도 슬퍼하는 방식은 사람마다 다른가봐요." 도나가 말했다. 나는 가져온 노트북을 이용해 도나에게 옛 에이전트에게서 받은 알래스카의 오디션 영상 파일을 보여주었다. 그 영상이 촬영된 장소를 알아내기 위해 앞서 알래스카의 친구들을 만났을 때도 일일이 재생해 보여주었다. 친구들 가운데 영상을 찍은 장소를 알아본 사람은 아무도 없었다. 도나 역시 처음 보는 장소라는 반응이었다.

"이 영상은 나도 처음 봐요." 도나가 말했다.

"알래스카가 미스 뉴잉글랜드가 되고 난 이후에 찍은 영상입니다. 혹시 영상을 찍은 장소가 어딘지 알아보시겠어요?"

나는 영상을 한 번 더 재생했다. 하지만 도나의 반응은 명확했다.

"어딘지 모르겠어요. 장소가 어딘지가 중요한 문제인가요?"

"그럴 수도 있습니다. 이 영상을 보고 혹시 떠오르는 게 없나요?"

"전혀 없어요. 이 영상을 보여주려고 세일럼까지 오신 거예요?"

"아닙니다. 그 당시 알래스카의 재정 상태가 궁금합니다. 알래스카는 분명 저축해놓은 돈이 있었죠? 미인대회에 출전해서받은 상금 액수가 적지 않았다고 하던데요."

"알래스카는 알뜰한 아이였어요. 뉴잉글랜드 은행에 계좌를만들어 상금을 모두 저축했죠. 내가 아는 사실은 그것뿐이에요.나머지 일은 남편이 잘 알 거예요. 로비에게 물어보면 좋겠는데, 집에 없어서 아쉽네요. 휴대폰으로 연락해 보시라고 말씀드리고 싶지만 로비는 골프를 칠 때 방해받으면 화를 내거든요."

"이해합니다. 신경 쓰지 마세요. 혹시 알래스카의 옛 계좌 명세서가 남아 있나요?"

"글쎄요. 있다면 그 아이의 방에 있을 거예요. 나는 영수증 종류를 잘 버리지 않는 편이죠. 그래서 늘 남편에게 핀잔을 들어요. 로비는 알래스카가 쓰던 방을 비워야겠다고 벼르고 있어요.따라오세요, 영수증이 남아 있는지 확인해볼게요."

잠시 후 나는 알래스카가 학창 시절에 사용한 책상에 앉아있었다. 베니어합판으로 만든 그 작은 책상에서 알래스카가 숙제

하고 편지도 썼으리라는 생각이 들었다. 도나가 서류함 몇 개를 꺼내놓았다. 각종 기념품들, 수료증, 상장, 사진들이 뒤죽박죽 섞여 있었다. 서류함을 일일이 뒤진 끝에 뉴잉글랜드 은행의 계좌 명세서 한 장을 찾아냈다. 발행 연도가 1997년이어서 그리 큰 도움이 되지는 않았지만 세일럼 소재 한 지점의 주소와 그곳에 근무하는 게리 스텐슨이라는 직원의 이름을 알아낼 수 있었다. 은행 영업시간이 아직 남아 있었으므로 나는 그 지점에 전화를 걸어 1997년도 계좌 명세서에 등장하는 게리 스텐슨과 통화를 시도했다. 큰 기대 없이 전화했는데 교환원은 그 직원을 연결해주었다.

"네, 전화 바꿨습니다."

"저는 마커스 골드먼이라는 사람입니다. 알래스카 샌더스 살인사건을 수사 중입니다. 알래스카가 그 은행의 고객이었던 것으로 알고 있는데요."

이런 식으로 용건을 꺼내면 상대방은 긴장하기 마련이다. 내가 게리 스텐슨이라는 이름을 어떻게 찾아냈는지 설명하자 그는 내게 제안했다. "은행으로 오시죠. 기다리고 있겠습니다. 서두르셔야 할 겁니다. 은행 폐점 시간까지 얼마 남지 않았거든요."

20분 뒤, 나는 뉴잉글랜드 은행의 한 지점에서 게리 스텐슨과 마주 앉았다. 게리 스텐슨은 그 지점에서만 40년 동안 근무했고, 이제 정년퇴직을 몇 달 앞두고 있었다. 은발에 두툼한 콧수

염이 순한 바다사자 같은 인상을 풍겼고, 짧은 소매 셔츠에 줄무늬 넥타이를 맨 차림새였다. 게리 스텐슨이 내게 말했다.

"우리 은행의 원칙상 고객에 관해 비밀을 지켜야 합니다."

"그렇겠지요."

"다만 알래스카의 경우 사망으로 계좌가 해지되었으니 현재 우리 은행의 고객은 아니지요. 덕분에 그 어떤 질문이든 편히 대답할 수는 있습니다. 알래스카에 대해 무엇을 알고 싶으시죠?"

"알래스카에 대해 잘 아시죠?"

"잘 알죠. 알래스카의 부친도 이 은행에 계좌를 갖고 있고요. 오래전부터 잘 알고 있습니다. 알래스카는 정말 재능이 아까운 아이죠. 살해된 소식을 듣고 얼마나 마음이 아팠는지 모릅니다. 고객과 담당 직원으로 만난 사이지만 감정이 그리 단순하지는 않더군요. 알래스카의 은행 계좌에 관심을 보이는 이유가 뭔가요?"

"알래스카는 알뜰한 편이었다고 들었습니다. 뉴욕에 가서 꿈에 도전할 자금을 모으려고 상금을 타면 착실히 저축했다고 하더군요. 1999년 10월, 1만5천 달러의 상금을 받고 2주일 후 알래스카는 마운트플레전트로 떠났습니다. 그곳에 가자마자 급히 주유소에서 일자리를 얻었어요. 앞뒤 재어볼 겨를도 없을 만큼 사정이 급했던 것 같습니다. 경제적으로 쪼들리고 있었다는 뜻이죠. 그 부분이 이해가 되지 않는데 혹시 아는 게 있습니까?"

게리 스텐슨은 당황한 표정으로 나를 마주보더니 혼잣말처럼 나직이 웅얼거렸다. "빌어먹을!" 그의 입에서 그런 험한 말투가 튀어나오리라고는 미처 생각하지 못했다. 그가 뭔가 망설이고 있다는 걸 느낄 수 있었다.

"당신이 알고 있는 사실이 수사의 성패를 좌우할 수도 있습니다." 나는 증언을 재촉했다.

"알래스카는 방금 말씀하신 그 1만5천 달러를 맡기려고 부친과 함께 은행에 왔습니다. 알다시피 미성년자는 법정대리인인 부모가 은행에 동행해 계좌를 개설해줘야 합니다. 하지만 그 때 알래스카는 미성년이 아니었어요. 그래서 그날 알래스카에게 말해주었죠. '알래스카, 몇 달 전에 성년이 되었으니 이제 아버지 허락 없이도 자유롭게 은행 거래를 할 수 있어.' 알래스카는 이제 독립할 수 있다는 사실을 알고 무척이나 뿌듯해 보였어요. 그런데 바로 다음 날, 부친인 로비 샌더스가 은행에 찾아와 딸의 돈을 다른 은행으로 이체해달라고 하더군요. 알래스카의 계좌에는 5만 달러가 들어 있었어요. 그 돈을 다른 은행 계좌로 옮길 계획이라는 거예요. 나는 그 말을 믿지 않을 이유가 없었죠. 게다가 그 계좌는 부친이 대리인인 만큼 로비 샌더스가 어떻게 처분하든 이의를 제기할 상황이 아니었죠. 그래서 요구대로 돈을 이체했어요. 하지만 2주 후, 정확한 날짜는 기억나지 않지만 알래스카가 은행에 와서 돈을 찾겠다고 하더군요. 부친이 와서 돈을 전부 이체했다고 말해주자 알래스카의 얼굴이 새파랗게 질렸어요. 내가 알래스카에게 부친과의 사이에 뭔가 오해가 있는 것 같다고 말해주었죠. 하지만 알래스카는 충격이 가시지 않는 듯 그대로 돌아서서 가버렸어요."

"어떻게 된 일인지 자초지종을 아십니까?"

"예, 며칠 후 로비 샌더스를 봤습니다. 지금도 기억나는데, 로비 샌더스가 은행에 직접 와서 혹시 알래스카가 찾아와 소란을 피우지 않았는지 걱정하더군요. 그는 돈을 이체했다는 사실을 알래스카에게 미리 알리지 못했다면서요."

"로비 샌더스의 말이 사실인가요?"

"나야 모르죠. 알래스카는 뉴햄프셔로 떠났고, 그 후로 다시는 만날 기회가 없었으니까요."

나는 게리 스텐슨이 이야기한 장면이 1998년 10월 2일에 벌어진 일이라는 사실을 알아차렸다. 알래스카가 아버지와 다투고 집을 떠난 진짜 이유는 바로 그 문제였다.

***

로비 샌더스의 이야기를 들어볼 필요가 있었다. 다시 알래스카의 집으로 가려고 하는데 페리가 전화를 걸어왔다.

"자네 지금 어디 있나? 새로 알아낸 소식이 있거든."

"나도 수확이 있어요. 지금 샌더스의 집으로 가는 길입니다.

1998년 10월 2일에 알래스카와 부친인 로비 샌더스가 심하게 다툰 이유를 알아냈어요. 부친이 딸이 저축해둔 돈을 몽땅 자기 계좌로 이체했더군요. 로비 샌더스가 우리에게 했던 말은 거짓이었어요. 마리화나 이야기는 그냥 꾸며낸 게 분명해요."

"나도 지금 곧 샌더스의 집으로 갈게."

"세일럼 경찰서에서는 무얼 알아냈는데요?"

"엘레노어 로웰 사망 사건의 수사 기록을 얻었는데, 아쉽게도 특별한 건 없어. 당시 사건을 맡았던 경찰과도 이야기를 나눠봤지만 아직 엘레노어의 죽음과 알래스카 살인사건을 연결시킬만한 고리를 찾아내지는 못했어. 그 대신 경찰서에 간 김에 1998년 한 해 세일럼에서 발생한 주요 범죄 사건을 훑어볼 수 있었지. 그 사건들 가운데 눈길이 가는 사건이 있었는데, 1998년 10월 8일에 샌더스 가족의 집에 강도가 들었다는 기록이 있더군. 강도 사건이 벌어졌을 당시 검은색 포드 토러스가 경찰관 한 명을 들이받고 달아나는 일이 있었어."

"검은색 토러스라고요?"

"자네가 흥미를 보일 줄 알았어."

놀라운 사실은 그게 끝이 아니었다.

샌더스 부부의 집에 도착하자 먼저 도착한 페리와 로렌이 문 앞에서 기다리고 있었다. 우리는 함께 집 안으로 들어갔다. 도나가 반갑게 맞아주었다. "아, 다시 오셨군요. 마침 잘 됐어요.

마침 로비도 골프를 마치고 집으로 돌아왔거든요."

로비가 부인의 뒤를 따라 모습을 드러냈다. 페리는 샌더스 부부에게 로렌을 소개했다. 물론 도노반이라는 성은 말하지 않았다.

"로렌은 마운트플레전트 경찰로 우리와 함께 수사하고 있습니다."

로렌이 샌더스 부부에게 손을 내밀어 악수를 청한 뒤 질문을 시작했다. 로렌은 셔츠 소매를 걷어 올려 팔목을 훤히 드러내고 있었다.

"1998년 이 집에서 강도 사건이 있었죠? 그 사건에 대해 자세히 듣고 싶습니다." 로비 샌더스는 대답 대신 로렌을 묘한 눈빛으로 쳐다보다가 마침내 입을 열었다.

"그 강도 사건 이야기를 마침 잘 꺼내셨습니다. 그때 도둑맞은 내 시계를 지금 당신이 손목에 차고 있는데 어찌 된 일이죠?"

/

한밤중의 무장 강도
1998년 10월 8일 목요일

/

밤 9시 30분, 세일럼의 마크 파크 지구는 어둠 속에 묻혀 있었다. 인적이 끊긴 거리에 차가운 가을바람이 불었다. 라이트를 끈 검은색 포드 토러스가 샌더스의 집 앞으로 다가가더니 진입로에 멈춰 섰다. 차에 번호판이 없었다. 복면으로 얼굴을 가린 이인조 강도가 소리 없이 차 문을 열고 내려 샌더스가 정원 안쪽으로 들어갔다. 그 지점부터는 나무 덤불에 가려져 그들의 모습이 보이지 않았다. 이인조 강도는 집 안에 사람이 있는지 없는지 확인하려는 듯 잠시 발길을 멈추었다가 이윽고 주방으로 통하는 문으로 다가섰다. 한 사람이 바닥 깔개를 들춰보더니 이어서 작은 화분을 들어 올렸다. 숨겨놓은 열쇠를 찾는 행위로 보였다. 열쇠가 없자 이번에는 옆에서 지켜보던 사람이 나섰다. 장갑을

낀 손으로 문의 유리 한 장을 깨뜨리고 나서 안으로 손을 넣어 잠금장치를 풀었다. 이인조 강도는 재빨리 집 안으로 들어갔다.

그 동네 주민인 프란치스코 로드리게즈는 현관 포치 아래에서 담배를 피우다가 유리가 깨지는 소리를 들었다. 세일럼 경찰서 형사인 그는 심상찮은 느낌을 받았다. 담배를 눌러 끈 그는 귀를 모으고 이어지는 소리에 집중하며 집 앞 도로로 몇 걸음 걸어 나왔다. 사방은 고요했고, 아무 일도 없는 것처럼 보였다.

한편 집 안으로 들어간 이인조 강도는 주저 없이 로비 샌더스의 서재로 들어갔다. 서재의 금고를 연 그들은 안의 내용물들을 바닥에 전부 쏟았다. 초록색 가죽끈이 달린 금시계 하나를 빼면 모두 문서였다. 이인조 강도는 시계를 챙긴 것에 만족하고 일을 끝냈다. 그들은 들어올 때와 마찬가지로 주방 출입문을 통해 밖으로 빠져나와 정원 안쪽을 가로질렀다. 나무 덤불이 끝나는 지점부터 미리 세워둔 차를 향해 내달렸다. 바로 그 순간, 거리에 나와 있는 한 남자의 형체가 눈에 들어왔다. 이웃집 경찰 프란치스코 로드리게즈였다. 번호판이 없는 차를 주시하며 다가오던 그도 이인조 강도를 발견했다. 모두들 그 자리에서 얼음처럼 몸이 굳었다. 그 상태로 몇 초가 흘러갔다. 나란히 얼어있던 이인조 강도 가운데 하나가 소리쳤다. "차에 타!"

프란치스코 로드리게즈도 소리쳤다. "꼼짝 마! 경찰이다!" 하지만 이인조 강도는 이미 차에 올라타 시동을 걸었다. 프란치스코 로드리게즈는 차가 진입로를 벗어나지 못하도록 몸을 던져 앞을 가로막았다. 차가 앞으로 튀어나왔다. 운전자는 브레이크가 아니라 가속페달을 밟았다. 프란치스코 로드리게즈는 몸을 피하려 했지만 이미 늦은 뒤였다. 전속력으로 달려오는 차에 부딪힌 경찰의 몸이 바닥에 나뒹굴었다. 차는 어둠 속으로 곧장 사라졌다.

갈수록 험난한 여정이 예고되는 주말이었지만 뜻밖의 일이 눈앞에 드러난 덕분에 수사는 새로운 국면으로 접어들었다. 이제 우리는 1998년 10월 2일, 로비 샌더스가 5만 달러를 딸에게서 훔쳤다는 사실을 알아냈다. 게다가 1998년 10월 8일에는 샌더스 가족의 집에 이인조 강도가 들어 시가 3만 달러짜리 손목시계를 훔쳐 달아났는데, 집 구조를 잘 아는 사람의 소행이 분명했다.

/

22장
눈에는 눈, 이에는 이
2010년 7월 16일 금요일. 매사추세츠주, 세일럼

/

로비가 로렌의 손목에 찬 시계를 알아보면서 모든 일이 급물살을 타기 시작했다. 그 시계가 단 하나뿐인 모델은 아니었지만 로비가 도둑맞은 제품이라는 건 쉽게 확인이 되었다. 로비가 부친인 크리스티안 샌더스로부터 물려받은 시계로 부친의 이름 머리글자가 새겨져 있다고 했다. 우리는 시계에서 C.S라는 작은 글자를 찾아냈다.

"당신 시계야." 도나가 놀란 얼굴로 중얼거렸다.

"이 시계가 어디서 났습니까?" 로비가 물었다.

"오빠가 주었어요."

"당신 오빠는 이 시계를 어디서 구했죠?"

"그건 모르겠습니다."

로렌은 곧바로 시계를 풀었다. 로비는 그 시계를 돌려받는 게 당연하다는 듯이 손을 내밀었지만 페리가 막았다.

"이 시계는 1998년 댁에서 발생한 강도 사건의 증거물입니다. 유감이지만 사건 수사 중에 돌려드릴 수 없습니다."

"12년이나 지난 일이잖습니까?" 로비가 불만스럽게 말했다.

"아직 수사가 끝난 사건은 아니죠. 도주하는 범인들을 막아섰다가 당신의 이웃에 사는 경찰이 중상을 당했습니다."

이제 우리가 할 일은 주어진 퍼즐 조각을 맞춰보는 것이었다. 우선 로비와 도나 부부로부터 강도가 침입한 그날 밤의 정황을 들었다. 그날은 그들의 결혼기념일로 매년 그래왔듯이 저녁에 시내의 스테이크하우스로 나가 저녁 식사를 했다. 돌아와 보니 집 앞 도로에 경광등을 켠 경찰차들이 몰려와 있었고, 집은 수많은 구경꾼들로 에워싸인 상황이었다.

"프란치스코 로드리게즈가 정말 안됐어요." 도나가 미안한 마음을 표현했다. "그 일로 삶이 완전히 망가졌으니까요. 다친 다리를 여러 번 재수술했지만 결국 실패해 행정부서로 자리를 옮겨야 했죠. 얼마 후에는 집도 옮겼어요. 계단을 오르내려야 하는 집이 불편하다면서."

"경찰 수사 기록에 따르면 도난당한 물건은 이 시계 하나뿐이던데, 맞습니까?" 페리가 물었다.

"맞습니다." 로비가 말했다. "범인들은 주방 문을 통해 집 안으로 들어와 곧바로 내 서재로 갔어요."

"프란치스코 로드리게즈는 유리창이 깨지는 소리를 듣고 심상찮은 느낌이 들어 집 앞까지 나와 보았다고 했습니다. 그 소리는 주방 문을 깨는 소리였겠지요. 프란치스코 로드리게즈는 거리로 나와 주변을 둘러보다가 샌더스 가족의 집 앞에 세워진 차를 발견하게 되었죠. 이인조 강도는 이미 범행을 마치고 집을 빠져나오고 있었습니다. 그들이 집 안에서도 조금도 머뭇거리지 않고 신속하게 움직였다는 뜻이죠."

"그렇습니다."

"금고는 파손되지 않은 상태였어요. 당신이 경찰에서 진술하길 서둘러 식당으로 출발하느라 깜빡 잊고 금고를 잠그지 않았다고 했습니다."

"식당 예약 시간이 촉박한 상황이었어요. 기껏 예약해 잡아둔 테이블이라 빼앗기지 않으려고 급히 서둘렀습니다."

"당신은 지각이 습관이야." 도나가 몸은 거실에 있어도 생각은 천 리 밖에 가 있는 표정으로 말했다.

"그 시계는 보험에 들어 있었습니까?"

"예."

"금고를 잠그지 않았음에도 보험금을 받았습니까? 보험회사들은 그런 경우 고객의 방심을 문제 삼아 보험금 지급을 거절하는 경우도 있잖아요."

"나도 보험 전문변호사를 동원해 겨우 보험금을 타냈습니다. 그런데 왜 그런 질문을 하시죠? 이유를 모르겠네요."

"강도 도난 사건 피해자들은 예외 없이 피해 물품을 부풀려 신고합니다. 특히 보험사에서 보기에 과실로 비칠 수 있는 부분은 절대로 발설하지 않습니다. 예를 들어 창문을 열어 두었다든지, 깜박 잊고 문을 잠그지 않았다든지, 금고 문을 열어 두었다든지 하는 부분은 가급적 말하지 않고 숨기려고 하죠. 보험사에 책잡히지 않으려고요."

"그래서 어쨌다는 것인지 나는 여전히 이해가 되지 않는데요."

실내에 팽팽한 긴장감이 흘렀다.

"당신은 방심해서 금고 문을 잠그지 않았다는 사실을 먼저 털어놓았습니다. 그 이유가 뭐죠? 당신이 이 사건의 범인이 아닌 피해자여야 하기 때문이죠, 아닌가요?"

"당연히 내가 피해자잖아요. 당시 나는 몹시 혼란스러워 정신을 차릴 수 없었어요. 시계를 도둑맞은 데 더해 이웃에 사는 경찰이 그 일 때문에 중상을 당했습니다. 거짓말을 꾸며댈 경황이 없었습니다. 나는 정직한 시민이거든요."

이번에는 내가 나섰다.

"우리가 궁금한 건 이 집에서 일어난 이인조 강도 사건이 다른 일과 깊은 연관이 있지 않나 하는 겁니다."

"다른 일이라면?"

"당신은 은행에 저축해놓은 알래스카의 5만 달러를 빼앗았습니다."

로비가 벌떡 몸을 일으켰다.

"어떻게 감히 그런 말을?" 로비가 버럭 소리를 질렀다.

도나도 따라서 비명을 질렀다. 놀라서 터져 나온 비명인지 남편을 진정시키려고 다급히 생각한 묘안인지 알 수 없었다. 나는 다음 순간 로비의 주먹이 내 얼굴에 날아와 꽂히리라고 생각했는데 의외로 울음을 터뜨렸다. 도나도 당황해 어쩔 줄 몰라 했다. "로비, 이분들이 무슨 말을 하는 거야?" 로비가 소파에 무너지듯 주저앉자 도나가 남편을 안아주었다. 얼마간 시간이 지난 뒤 로비가 그 이야기를 털어놓기 시작했다. 도나도 처음 듣는 이야기였다.

"고객 가운데 나를 카지노에 데려가 주겠다는 사람이 있었어요. 그때까지 나는 도박에 손을 대본 적이 없었죠. 그때가 1997년인데 고객의 제안을 거절하기 힘들었습니다. 고객의 기분을 상하게 해서는 안 되니까요. 도박의 세계가 어떤지 그냥 접해보고 싶은 호기심이 일기도 했습니다. 여차저차해서 처음으로 블랙잭 테이블에 자리 잡고 앉았어요. 그야말로 생초보인 내가 돈을 따기 시작했습니다. 거의 1만 달러에 달하는 칩을 모았죠. 그게 사람을 강하게 유혹하더군요. 돈을 걸기만 하면 이겼으니까요. 그러다가 어느 순간부터 상황이 바뀌기 시작했습니다. 돈을 거는 족족 잃었습니다. 돈을 잃을수록 또다시 해보고 싶더군요. 결국 빈털터리가 되어서야 멈출 수 있었습니다. 그날 밤 집으로 돌아와 침대에 누웠지만 잠을 이룰 수 없었어요. 돈을 땄다가 다 잃은 게 너무나 분하더군요. 좀 더 일찍 자리를 털고 일어났더라면 조금이라도 땄을 텐데 왜 멈추지 못했을까? 내 머릿속에서는 한 가지 생각밖에 없었어요. 한 번 더 도전해봐야겠다는 생각이었죠. 나는 다시 카지노에 드나들기 시작했습니다. 도나에게는 고객과 저녁 식사가 있다는 핑계를 댔죠. 나를 알아보는 사람이 있을까봐 세일럼의 카지노는 일부러 피했습니다. 어떤 카지노에서나 처음에는 돈을 따다가 그다음에는 어김없이 잃게 되더군요. 그나마 처음에는 딴 돈과 잃은 돈이 어느 정도 균형이 맞았죠. 그런데 1998년에는 거듭해서 잃기만 했습니다. 나는 금전적으로 큰 타격을 입었지만 카지노 출입을 멈출 수 없었습니다. 그 이후로는 돈을 빌려서 하다 보니 빚에 짓눌리게 되었습니다. 1998년 말이 되자 채권자들이 수위를 넘어서는 압력을 가해오기 시작했어요. 그중에는 내 아내에게 모든 걸 폭로하겠다고 협박하는 사람도 있었죠. 그 사람들을 일단 달래려고 나는 아버지의 시계를 저당 잡혀 급전을 구했습니다. 바로 이 시계죠. 나에게는 무엇보다 소중한 물건입니다. 그로부터 2주일 정도 지나 알래스카가 받은 상금 1만5천 달러를 계좌에 넣기 위해 함께 은행에 갔을 때 내가 대리로 개설한 계좌인 만큼 자유롭게 돈을 꺼내 쓸 수 있다는 생각이 떠올랐어요. 은행을 나와서도 머릿속에서는 온통 그 생각뿐이었죠. 딸이 모아놓은 그 돈이면 전당포에 맡긴 시계도 찾아오고, 빚도 갚을 수 있었어요. 무리가 따르더라도 힘든 고비를 어떻게든 넘기자는 생각에 돈을 인출했습니다. 가급적 빨리 알래스카의 돈을 갚아주겠다고 생각했죠. 게다가 나 자신도 도박 중독 치료를 받을 필요가 있었고요. 도박 중독을 전문으로 하는 심리치료사를 물색해놓았죠. 그저 딸에게 돈을 빌린 것뿐입니다. 반드시 갚아줄 생각이었습니다."

"그런데 그 사실을 알래스카가 알게 되었군요." 내가 말했다.

"예, 금요일이었어요. 1998년 10월 2일 금요일."

***

1998년 10월 2일 금요일. 매사추세츠주, 세일럼

늦은 오후에 현관문 여닫는 소리가 들리자 로비는 도나가 프로비던스에서 돌아온 줄 알았다. 도나는 자매들과 유산상속 문제를 상의하러 프로비던스에 다녀오기로 했다.

"당신이야?" 거실에서 신문을 읽던 로비가 현관을 향해 소리쳤다.

돌아오는 대답이 없었다. 이상하다는 느낌이 드는 순간 알래스카가 눈앞에 나타났다.

"월터와 주말을 보내러 간 줄 알았는데 어쩐 일이니?"

알래스카는 화가 단단히 난 눈으로 로비를 노려보았다.

"왜 그래?" 로비는 불안감이 스멀스멀 피어올랐다.

"내 돈, 어디에 있어요?"

로비의 얼굴에서 핏기가 가셨다.

"그게 어떻게 된 일인가 하면……."

"내 돈, 어디 있냐고요?" 알래스카가 울부짖듯이 소리쳤다.

"내 말 좀 들어봐. 설명하자면 좀 복잡하다만 나는……."

"은행에 갔더니 아빠가 내 돈을 다른 은행 계좌로 이체했다고 하던데요. 그게 무슨 말이에요? 난 다른 계좌가 없어요."

로비는 모든 사정을 솔직하게 털어놓는 수밖에 없었다.

"내가 그 돈을 다 썼어. 골치 아픈 문제가 있어서."

알래스카는 아연실색하며 거칠게 항의했다.

"아빠 돈도 아닌데 왜 마음대로 써요."

"전부 갚을게. 아빠를 믿어도 돼."

그때 월터의 목소리가 들리는 바람에 두 사람은 잠시 말을 멈췄다.

"죄송합니다. 집 안에서 큰 소리가 나기에 들어와 봤습니다."

"차에 먼저 가 있어. 곧 갈 테니까." 알래스카가 건조하게 말했다.

월터는 두말없이 밖으로 나갔다.

로비가 웅얼거리며 사정을 설명하기 시작했다. "카지노에서 돈을 잃는 바람에 큰 빚을 졌단다. 방법이 없어서 네 할아버지 시계를 저당 잡히고 돈을 빌렸어. 약속한 날이 지나기 전에 시계를 되찾아와야만 했단다. 그 시계는 우리 집안의 가보이고, 언젠가는 네가 물려받게 될 거야. 나에게 일주일만 시간을 다오. 돈을 다 갚을 테니까."

알래스카는 아빠의 말을 믿을 수가 없었다.

"그렇다고 딸의 돈을 훔쳐요? 이럴 수는 없어요. 다시는 아빠와 말하고 싶지 않아요. 이걸로 끝이에요."

알래스카는 집을 떠날 결심으로 자기 방으로 올라갔다. 로비도 뒤따라 올라가 딸의 마음을 바꿔보려고 했다. 방으로 들어간 알래스카는 큼지막한 여행용 가죽가방을 꺼내 소지품과 옷가지를 대충 쓸어 담았다. 로비는 어떡하든 딸을 말리려고 애썼다.

"제발, 내 말 좀 들어봐. 다 원래대로 돌려놓을게."

"아빠는 거짓말쟁이! 도둑이야!"

별안간 아래층 현관문이 열리면서 도나의 목소리가 들려왔다.

"무슨 일이야?"

"애야, 제발 네 엄마에게는 비밀로 해줘." 로비가 낮은 소리로 딸에게 간청했다. "네 돈은 책임지고 전부 갚아줄게. 맹세할 수 있어. 제발 비밀로 해줘."

"그러니까 아빠는 애초에 돈에 손을 대지 말았어야 했어요."

"네 엄마가 알면 당장 이혼하려 들 거야. 네가 조금만 참으면 해결될 거야. 이런 일로 엄마 아빠가 이혼하길 바라지는 않지? 내가 곧 해결해 주겠다고 약속하잖아."

도나가 위층으로 올라왔다.

"무슨 일이야?" 딸의 방으로 들어선 도나가 물었다.

잠시 침묵이 흘렀다. 알래스카는 잔뜩 화난 표정이었고, 두 뺨은 눈물로 얼룩져 있었다. 엄마를 바라보던 딸이 물었다.

"무슨 일인지 정말로 알고 싶어요?"

"그래, 이야기해봐!"

로비가 끼어들었다.

"알래스카의 가방에서 마리화나를 찾아냈어."

"아빠!" 알래스카가 소리쳤다.

도나도 실망해서 목소리를 높였다.

"알래스카, 안 돼. 넌 그러면 안 돼!"

"그런데 마리화나를 피웠어." 로비가 웅얼거렸다. "철석같이 믿었는데 이럴 수가!"

"마리화나에 손대지 않겠다고 약속했잖아. 이 사실이 알려지면 미스 뉴잉글랜드 타이틀을 박탈당할 수도 있어. 영화배우가 되고 싶어 하는 네 꿈도 물 건너가는 거야."

알래스카는 아버지를 노려보더니 가방을 집어 들고 밖으로 달려 나갔다. 계단을 구르듯이 내려가 문을 빠져나간 알래스카는 월터의 검은색 포드 토러스에 몸을 실었다.

***

도나는 남편의 말을 듣고 큰 충격을 받은 눈치였다.

"알래스카의 가방에서 마리화나를 찾아냈다고 하더니 당신이 꾸며낸 이야기였어?"

"그래. 게다가 알래스카는 항변하는 대신에 집을 떠나버렸지. 나를 보호해주려고 그랬을 거야. 내 손에 피를 묻히지 않았을 뿐 내가 딸을 죽인 거야. 내가 딸을 죽게 했다고. 내가 살인자야."

도나가 울음을 터뜨리며 그 자리에 주저앉았다. 샌더스 부부를 진정시킬 겨를이 없다는 듯 페리가 말을 이어갔다.

"알래스카는 1998년 10월 8일 밤에 침입한 강도 사건에 가담했어요. 이 시계가 있는 장소와 금고 비밀번호를 알고 있었죠. 그날 밤 두 분이 결혼기념일을 맞아 외출해 집이 비었을 거라는 사실도 알고 있었고요. 알래스카는 그 시계를 훔쳐 자신이 잃은 돈을 일부라도 채워 넣으려고 했죠. 복수하려는 마음이 더 컸을 수도 있고요. 시계를 훔쳐 간 사람이 알래스카라는 사실을 당신은 곧 알아차렸어요. 그래서 강도를 당했다고 신고하면서도 깜박 잊고 금고를 잠그지 않았다고 진술했죠. 경찰의 추적이 딸을 향하게 해서는 안 되니까요."

"맞습니다. 나는 알래스카가 한 짓이라는 걸 금세 알아차렸어요." 로비가 시인했다. "알래스카는 금고 비밀번호를 알고 있었고, 복제한 뒷문 열쇠를 바닥 깔개 아래 놓아두다가 화분 밑에 두고 있다는 사실까지 알고 있었으니까요. 그 무렵 나는 이웃에 사는 경찰 프란치스코 로드리게즈의 조언을 듣고, 그 열쇠를 치워버렸죠. 프란치스코가 최근 집에 도둑이 드는 일이 잦으니까 조심하라고 말해주었거든요. 얼마 후 경찰이 범인이 타고 달아난 차량이 검은색 포드 토러스라고 말해주더군요. 그때 난 월터의 차가 동일 차종이라는 사실을 입 밖에 내지 않았죠."

페리가 도나를 돌아보며 물었다.

"샌더스 부인, 당신도 그날 집에 침입한 강도 가운데 하나가 알래스카라는 사실을 알고 있었습니까?"

도나는 당황하며 페리를 마주보았다.

"남편이 딸의 돈을 빼돌렸고, 딸이 복수했을 거라는 생각을 했었는지 묻는 거죠? 내가 알래스카의 남자 친구가 타는 차종을 알고 있었다고 생각하세요? 내 딸이 경찰을 차로 들이받은 범인일 수도 있다고 의심했을 거라고요?"

우리는 그날 밤에 차를 운전한 사람이 알래스카인지 누구인지 확인하지 못한 상태였다. 차 안에 두 사람이 타고 있었다는 프란치스코 로드리게스의 증언에 따르면 그중 하나는 알래스카가 분명했다. 그렇다면 다른 한 사람은 누구였을까? 월터 캐리였을 것이다. 이 사실에 대한 확인은 현재 알래스카와 월터가 모두 이 세상 사람이 아니라 불가능하게 되었다. 알래스카가 받은 협박 메시지들이 세일럼에서 벌어진 사건과 무관하지 않으리라는 추측도 가능했다. 차로 경찰을 들이받고 뺑소니를 쳤으니 중범죄에 해당되었다. 알래스카가 이인조 강도 사건과 깊은 관련이 있다는 사실을 아는 누군가가 협박을 가했을 공산이 컸다.

콘웨이 마트 주차장에서 경찰의 검문을 받게 되자 알래스카가 공황 상태에 가까운 반응을 보인 이유를 이제야 이해할 수 있었다. 더구나 그날 알래스카가 탄 차는 세일럼에서 강도 행각에 이용된 바로 그 차였으니까. 그렇지만 우선 한 가지 사실을 확인해볼 필요가 있었다. 강도 행각에 연루된 그 검은색 포드 토러스가 월터의 차인 건 확실한가?

페리는 마운트플레전트에 있는 한 사람이 이 문제에 대답할 수 있을 거라고 했다. 우리는 그 인물을 만나기 위해 곧바로 마운트플레전트로 향했다.

알래스카가 죽은 직후 월터는 친구이자 당시 마운트플레전트 포드 서비스센터에서 정비사로 일하던 데이브 버크를 시켜 차를 몰래 수리한 적이 있었다. 페리가 만나보려는 사람이 바로 그 정비 기사였다.

/

23장
차 수리
2010년 7월 16일 금요일. 마운트플레전트

/

샌더스 가족의 집 앞에서 차로 경찰을 들이받은 사람이 월터였다면 분명 몰래 차를 수리했으리라는 게 페리의 계산이었다. "그냥 걸어가는 사람을 들이받아도 차체에는 흔적이 남기 마련이지." 페리가 말했다. "차가 경찰의 추적을 받을지도 모르는 상황인데 보란 듯이 카센터에 맡겨 수리하지는 않았을 거야. 정비 기사 친구에게 몰래 부탁했겠지."

마운트플레전트에 도착했을 때는 어느새 해가 저물어 거리에 어스름이 내려 있었다. 데이브 버크는 저녁 식사를 하러 집으로 돌아갔다고 했다. 1999년의 그 정비 기사는 이제 포드자동차 서비스센터의 정비팀장이 되어 있었다. 데이브 버크는 현관 포치에서 입 안에든 파스타를 우물거리면서 우리를 맞이했다.

"미안합니다만 아내는 아이들 앞에서 살인사건 얘기를 꺼내는 걸 몹시 싫어합니다. 아이들이 놀랄 거라면서요."

"시간을 많이 빼앗지는 않을 겁니다." 페리가 그를 안심시켰다. "한 가지 질문에 대답해주기만 하면 됩니다. 1998년 10월에 월터 캐리가 차를 맡기고 차체를 수리해달라고 한 적이 있었나요?"

데이브 버크는 잠시 기억을 더듬어보는 시늉을 했다. "솔직히 말하자면 그 당시에는 서비스센터 고객들을 상대로 몰래 현금을 받고 차를 수리해준 적이 있었습니다. 물론 긁힌 자국이나 가벼운 파손에 해당하는 경우예요. 사람들은 대개 스크래치 하나 없는 차를 원하잖아요. 나에게 부탁하면 차를 빠르게 손볼 수 있었죠. 대개는 차주의 집으로 가서 작업했는데, 카센터에서 래커와 광택제 따위 몇 가지 장비를 챙겨갔죠. 그런 방법을 쓰면 서비스센터에서 정식으로 수리받는 경우에 비해 비용을 절감할 수 있었어요. 게다가 내가 원하지도 않은 경정비를 손봐주고 추가 요금을 요구하지 않아 좋아했죠. 월터는 자주 내게 연락해 차를 손보았는데 주로 자잘한 흠집이 난 부분을 펴고 도색하는 일이었어요. 월터는 차에 공을 많이 들이는 편이었죠."

"내가 알기로 그리 가벼운 스크래치는 아니었을 겁니다." 페리가 말했다. "커다란 흠집이 난 월터의 차를 수리해준 적이 있느냐는 겁니다."

"아시다시피 알래스카가 살해되었다는 뉴스가 나온 날, 월터가 나를 찾아와 차량 후미등과 범퍼를 수리해달라고 했어요."

"알래스카가 죽기 이전 일을 알고 싶은 거예요. 1998년 10월에 월터가 사고가 있었다면서 차를 수리해달라고 부탁한 적이 있는지 물은 겁니다. 차가 뭔가에 충돌했다고 하면서요."

"그런 일이 한 번 있긴 했어요. 월터 말로는 산길에서 사슴을 들이받았다고 하더군요."

"사슴?"

"여하튼 그렇게 말했어요. 척 보기에도 한두 군데 차체를 펴고, 도색으로 끝낼 일은 아니었죠. 그런 일은 맡지 않는 게 원칙이었지만 월터가 자꾸만 졸라댔어요. 차를 카센터에 맡기면 귀찮은 일이 생길 수 있다면서요. 산길에서 야생동물과 충돌할 경우 경찰에 신고해야 하는 게 원칙인데 월터는 하지 않았다고 하더군요. 발각되면 벌금이 200달러나 드니까 카센터에 가서 차를 손볼 엄두가 나지 않았다고 했어요. 그래서 내가 수리해주기로 했죠. 며칠 동안 저녁마다 일을 마치고 월터의 부모 집 차고로 출근했어요."

내가 물었다.

"그 날짜를 기억하세요? 아주 중요한 문제인데⋯⋯."

데이브 버크는 기억을 되살리려는 듯이 눈을 감았다. 그의 기억을 도우려고 내가 말을 보탰다.

"월터 부모의 집 차고에서 작업했다고 했는데, 뭔가 떠오르는 게 없나요? 차고에서 일을 하다가 무슨 일이 생겼다든지 어떤 특별한 물건을 보았다든지."

꽤 오래 생각을 더듬어보던 데이브 버크가 마침내 입을 열었다.

"신문지요. 차고 바닥에 그날 신문지를 깔아놓고 작업했어요. 처음에 차고에 들어갔을 때 차 수리를 잠시 미뤄두고 바닥에 깔린 신문 기사를 읽었거든요. 그러자 월터가 내게 한소리 했던 기억이 나요."

"그 신문 기사 중에서 특별히 기억에 남는 게 있었나요?"

데이브 버크가 별안간 외쳤다. "클린턴 대통령을 탄핵하려는 절차에 들어갔다는 뉴스였어요. 모니카 르윈스키 사건으로 세상이 온통 시끄러울 때였죠. 그래서 그 차고에 가서도 계속 르윈스키 사건 관련 기사를 들여다본 기억이 나요. 클린턴 대통령이 그런 부적절한 일로 물러날 위기였으니까요."

"의회에서 클린턴 대통령 탄핵 절차에 들어간 날이 언제였지?" 로렌이 나를 바라보았다.

내가 스마트폰을 꺼내 인터넷을 검색했다.

"1998년 10월 8일."

"빙고!" 페리가 소리쳤다. "강도 사건이 있었던 날이야. 그렇다면 알래스카와 함께 동행한 강도는 월터 캐리가 분명해."

***

그날 저녁 패트리샤가 우리를 만나러 로렌의 집으로 왔다. 수사 진행 상황이 궁금해 달려왔다고 했다. 우리가 새롭게 찾아낸 사실들을 알려주자 패트리샤는 깜짝 놀란 표정을 지었다.

"그러니까 알래스카의 부친이 딸의 돈을 **빼돌렸고**, 알래스카는 복수의 일환으로 월터와 함께 금고의 시계를 훔쳤다고요?"

"바로 그거예요." 내가 말했다. "게다가 분노를 느끼면 응징에 나서는 월터의 성격과도 잘 맞아떨어지는 행동이었죠. 월터는 불의를 보면 참지 못하는 성격에다가 반응이 즉흥적이었잖아요. 알래스카가 시계의 존재에 대해 말하자 월터는 훔쳐 오자고 제안했을 겁니다."

"두 사람이 결국 시계를 훔쳤는데 어떻게 된 일이죠?" 패트리샤가 고개를 갸웃거렸다. "어째서 그 시계가 에릭의 손에 들어가게 되었는데요?"

"오빠에게 어떻게 된 일인지 알아보게 내일 아침 일찍 면회를 신청할게요." 로렌이 제안했다.

"에릭이 그 시계의 출처를 당신에게도 말해주지 않았단 말이에요?"

"네, 전혀."

나는 로렌이 해준 말이 생각났다.

"에릭이 수감된 이후 당신에게 시계를 놓아둔 장소를 알려주면서 팔아달라고 부탁했다고 그랬지? 그 돈으로 변호사 비용을 충당해 부모님의 부담을 덜어주고 싶다면서. 혹시 그 시계가 알래스카와 연결된 증거라서 자칫 살인사건에 연루될지도 모르니까 처분하고자 했던 게 아닐까?"

"무슨 말을 하려는 거야?" 로렌이 물었다.

내가 설명했다.

"에릭은 세일럼에서 무슨 일이 벌어졌는지 알았을 거야. 그러니까 알래스카를 협박할 수 있는 위치에 있었지. 입을 다물어주는 대가로 시계를 달라고 요구했을 수도 있잖아."

"근거 없는 의심 아닌가요?" 패트리샤가 화를 내며 몸을 벌떡 일으켰다.

"근거가 없다고요? 과거에 에릭이 샐리 캐리를 협박한 전례도 있습니다. 에릭이 그랬을 리 없다고 단언할 근거가 있나요? 에릭이 알래스카를 살해하지는 않아도 협박할 수는 있었다는 뜻입니다."

"알래스카는 돈이 필요한 처지였다고 하지 않았나요?" 패트리샤가 말했다. "그러니까 그저 돈을 위해 에릭에게 시계를 팔았을 수도 있잖아요. 경사님은 어떻게 생각하세요?"

"알래스카가 협박을 받은 이유를 의심해볼 필요가 있습니다. 정말로 강도 행각 때문에 협박을 받았을까?"

"알래스카가 협박을 받을 만한 다른 이유가 있었나요?" 패트리샤가 물었다.

"엘레노어 로웰이 사라진 일."

"누가 사라졌다고요?" 패트리샤가 당황한 기색으로 되물었다.

"엘레노어 로웰은 모델로 활동한 여자였는데 알래스카와 잘 아는 사이였어요. 엘레노어가 1998년 8월 실종되었는데, 사망으로 추정될 뿐 시신이 발견되지 않았죠."

"엘레노어의 실종과 알래스카 살인사건 사이에 어떤 인과관계가 있는데요?" 패트리샤가 흥미롭다는 듯이 물었다.

"그건 아직 모르겠어요." 페리가 말했다. "어쩌면 아무런 관련이 없을 수도 있겠죠. 하지만 두 사건이 연결되어 있다는 생각을 떨쳐버릴 수 없어요. 형사로서의 직감이라고 해두죠. 세일럼 출신의 젊은 여자 둘이 일곱 달 차이로 숨졌습니다. 두 사람 모두 사망 당시 정황이 명확하게 밝혀지지 않았다는 공통점이 있고요."

패트리샤가 자리에서 몸을 일으키더니 주섬주섬 자신의 물건을 챙겼다. "앞으로도 계속 이런저런 가설만 세우다가 끝나겠네요.

그 문제는 내일 에릭을 만나 이야기를 들어보면 알 수 있지 않을까요. 다들 일단 쉬면서 머리를 식히는 게 좋겠어요. 난 보스턴까지 운전해서 가야 해요. 내일 아침 교도소에서 만나요."

"가는 길에 나를 차에 태워 호텔에 내려줄 수 있을까요?" 페리가 물었다. "마커스는 이 집에 좀 더 머물고 싶을 겁니다. 나는 돌아가서 잠을 자둬야 하거든요."

나는 페리의 말에 슬그머니 웃음이 나왔다. 페리가 나와 로렌에게 둘만의 시간을 마련해주고 싶었는지 아니면 패트리샤와 가까워질 기회를 노렸는지는 알 수 없었다. 두 사람은 떠났고, 나는 로렌의 집 거실에 남았다. 로렌이 이런 상황을 반기는지 성가시게 여기는지 짐작이 가지 않았다.

로렌은 잠시 주방으로 사라졌다가 카베르네 와인 한 병과 잔 두 개를 들고 나타났다. 와인 병을 따서 잔을 채운 뒤 로렌이 말했다.

"당신에 대해서 말해줘."

"나에 대해 뭘 알고 싶은데?"

"책방에서 작가 사인회가 열렸던 날 저녁, 〈루이니〉에서 함께 식사하면서 나에게 물었잖아. 경찰이 된 이유가 뭐냐고. 그래서 내가 '오빠 때문에'라고 대답했지. 그러고 나서 나도 당신에게 물었어. 작가가 된 이유가 뭐냐고. 그때 당신이 말했지. '사촌들 때문에'라고. 내 오빠에 대해서는 자주 이야기를 나누고 있잖아.

오늘은 당신 사촌 형제들의 이야기를 듣고 싶어."

그날 밤 나는 로렌에게 내 사촌들인 볼티모어 골드먼들에 대한 이야기를 들려주었다. 그들은 어린 시절 나의 영웅이었다. 큰아버지에게서 건네받은 사진도 지갑에서 꺼내 보여주었다. 1995년 볼티모어에서 찍은 그 사진 속에서 나는 두 사촌과 내 또래 여자아이 사이에 끼어 있었다.

"이 여자는 누구야?" 로렌이 물었다.

"알렉산드라, 옛 친구."

"아, 여자 친구?" 로렌의 목소리에 장난기가 묻어났다.

"예전 여자 친구. 내 삶에서 큰 자리를 차지했던 친구야."

"그런데 왜 과거사가 되어버렸어?"

"어떤 사건이 있었어. 비극적인 사건이었지. 그 일은 말하고 싶지 않아."

나는 손에 들고 있던 사진을 테이블에 내려놓았다. 나중에 알아차린 일이지만 사진을 거기 놓아둔 걸 깜박 잊고 다시 챙겨 넣지 못했다. 로렌이 가까이 다가와 내 얼굴을 어루만지며 말했다.

"살아가는 일이란 어차피 비극의 연속이잖아. 삶에 짓눌려서는 안 돼."

우리는 키스를 나누었다. 하지만 나는 로렌과 함께 밤을 보내지는 않으리라 마음먹었다. 우리의 관계를 급류처럼 빨리 흐르도록 하고 싶지 않았다.

호텔로 돌아왔을 때는 많이 늦은 시간이었다. 그날 하루 새로 발견한 사실들을 머릿속에 떠올리다보니 피곤이 밀려들었다. 로비를 지나는데 야간 당직 직원이 나를 불렀다. 내 앞으로 온 편지가 한 통 있다고 했다. 봉투를 열자 지방 오케스트라와 합창단의 합동 음악회 초대권 한 장이 나왔다. 공연 내용은 오페라 〈나비부인〉이었다. 이 초대권을 내게 보낼 사람은 해리 쿼버트 말고는 없었다.

면회실로 들어선 에릭은 우리가 또다시 찾아온 걸 보고 의아해했다. 전날과 달리 이번에는 페리와 로렌이 에릭과 마주 앉고 패트리샤와 내가 구석 자리로 물러나 앉았다. 변호사가 뒷전에 자리 잡은 걸 보고 에릭은 이 방문의 목적이 그다지 자신에게 호의적이지 않으리라는 걸 알아차린 눈치였다.

/

24장
전당포
2010년 7월 17일 토요일. 뉴햄프셔주, 콩코드

/

페리는 단번에 본론으로 들어갔다.

"어제 우리가 나눈 대화를 기억하죠? 당신이 계속해서 거짓말을 할 경우 나는 이 수사를 종결하겠다고 분명히 경고했습니다."

에릭은 잔뜩 긴장하는 표정이었다.

"나는 거짓말한 적 없습니다. 뭐가 거짓이라는 거죠?"

로렌이 비닐 봉투 하나를 꺼내 오빠의 눈앞에 내밀었다. 에릭에게서 받은 로비 샌더스의 잃어버린 시계가 들어 있었다.

로렌이 건조한 말투로 물었다.

"이 시계가 어디서 났는지 알지?"

"내 시계잖아." 에릭이 어리둥절해하며 대답했다.

"아니, 알고 보니 오빠의 시계가 아니었어. 도난당한 거야. 이 시계가 어째서 이 비닐 봉투 안에 들어있는지 이유를 모르겠어? 세일럼에서 벌어진 경찰관 살인미수 사건과 관련 있는 물건이야."

"뭐라고? 난 도무지 무슨 말인지 모르겠어."

"1998년 10월 8일에 알래스카와 월터는 샌더스 가족 집에 침입해 이 시계를 훔쳤어. 그러다가 도주 과정에서 앞을 막아선 경찰을 차로 들이받고 달아났지. 오빠가 모르는 척한다고 내가 믿을 것 같아?"

"나는 정말 몰랐어."

"오빠 제발 솔직하게 말해봐. 오빠가 알래스카를 협박했어?"

"대체 무슨 말을 하는 거야?"

"오빠가 알래스카에게 협박 편지를 보내 뭔가 얻어내려고 했지? 과거에 캐리 부인에게 그런 짓을 했던 것처럼."

"아니, 결코 그런 적 없어."

"오빠가 알래스카를 죽인 거야? 오빠가 범인이 맞아?"

"아니, 나는 알래스카를 살해하지 않았다고 지난 11년 동안이

나 말했잖아."

"그렇다면 진실을 털어놔. 이 시계를 어떻게 손에 넣게 되었지?"

"알래스카에게 샀어. 시계를 줄 테니 1만 달러를 달라고 하더군. 그 돈이 꼭 필요하다면서."

***

1999년 1월
마운트플레전트

알래스카가 전화해 카페 〈더 시즌〉에서 만나자고 했다. 에릭이 도착해보니 알래스카는 카페에 먼저 와서 앉아 있었다. 왠지 초조해 보이는 모습이었다.

"뭐 마실래?" 알래스카가 물었다.

"들어오면서 레지나에게 커피를 주문했어. 급히 나를 보자고 한 이유가 뭐야?"

"문제가 생겼어. 당장 1만 달러가 필요해."

"제법 큰돈이네. 그 돈을 어디에 쓰려고?"

"루이스 제이콥에게 빚을 졌어. 하여간 그건 당신이 알 바 아니고, 내게 돈을 융통해줄 수 있을까?"

"그렇게 큰돈은 무리지. 나에게 그런 돈이 어디 있어."

"세일럼에 있을 때 좋은 직장에 다녔잖아. 지금은 부모님 댁에 사니까 매달 나가는 돈도 없을 테고. 종종 좋은 옷도 새로 사 입던데. 돈을 그냥 달라는 건 아냐. 담보를 받아놓으면 되잖아."

알래스카가 담보라는 말을 꺼내자 에릭은 장난처럼 물었다.

"어떤 담보물을 맡길 수 있는데?"

알래스카는 시계를 꺼내 보였다. 에릭은 감탄한 듯 입술로 휘파람 소리를 냈다.

"와우! 고급 시계네!"

"금제 시계야. 시곗줄은 악어가죽이고. 시가로 3만 달러는 족히 나갈 거야. 이 시계를 담보로 맡길게. 그 대신 내가 빌린 돈을 갚으면 돌려줘야 해."

"일 년 안에 돈을 갚지 못하면 이 시계는 내 소유가 되는 거야."

"좋아." 알래스카가 대답했다. "그 대신 이 시계를 차고 다니지는 마. 월터에게는 우리의 거래를 비밀로 해줘. 월터는 이해하지 못할 테니까. 믿어도 되지? 이 일은 우리만 알고 있어야 해."

"비밀은 지킬게." 에릭이 약속했다.

"돈은 언제 줄 수 있어?" 알래스카가 물었다.

"지금 당장. 맞은편에 은행이 있어."

***

"우리는 함께 은행으로 갔어요." 에릭이 말을 이어갔다. "돈을 찾아 알래스카에게 주고 시계를 받았죠. 알래스카가 죽은 뒤 이 시계를 어떻게 해야 할지 고민이 많았어요."

"경찰에 이야기하지 않은 이유는 뭐야?" 로렌이 물었다.

"내게 불리한 증거가 될 수도 있었으니까." 에릭이 대답했다. "이 시계가 내 손에 들어오기까지 뭔가 석연찮은 일이 있었을 거라는 생각이 들었어. 알래스카가 월터에게 이야기하지 말라고 당부한 것만 봐도 짐작할 수 있는 일이었지. 그 당시 경찰에 이 시계에 대해 털어놓았을 경우 나에 대한 혐의만 커졌을 거야. 그런데 이 시계가 도난품이라니, 어떻게 된 사연이야?"

"알래스카가 모아둔 돈을 아버지가 몽땅 빼내 써버렸어요." 페리가 설명했다. "알래스카는 돈을 일부라도 되찾을 생각으로 시계를 훔친 겁니다. 그런데 알래스카는 1만 달러를 받아 루이스 제이콥에게 주겠다고 하던가요?"

"그 당시 내가 생각하기에는 알래스카가 주유소 금전 출납기에서 돈을 횡령하고, 급히 갚아야 하는 상황으로 이해했어요. 무슨 사정인지 알지 못했으니까. 자세한 건 루이스 제이콥에게 물어보세요."

"그럴 생각입니다."

***

11년 전 에릭은 경찰 수사에 방해가 될 줄 알면서도 시계에 대해 침묵할 수밖에 없었다. 에릭은 자신이 아는 사실을 있는 그대로 경찰에 이야기할 수도 있었지만 그렇게 할 경우 수사에는 도움이 되었을지 몰라도 그 자신은 한층 더 궁지에 몰렸을 위험이 컸다. 어떤 면에서 알래스카의 아버지 로비 샌더스 역시 에릭과 같은 함정에 빠져 있었다. 두 사람 모두 자신이 불리해질까봐 두려워 침묵했고, 그 결과 알래스카를 살해한 범인이 몸을 숨길 수 있도록 돕는 결과를 초래했다. 그들의 침묵은 결과적으로 범죄에 대한 방조 행위였다. 우리는 루이스 제이콥 역시 두 사람과 같은 죄를 저질렀다는 사실을 알게 되었다.

그날 루이스 제이콥은 주유소에 출근하지 않았다. 집으로 찾아가 보니 마당에 나와 앉아 있었다. 루이스가 앉은 나무 의자는 뉴잉글랜드주 특산품인 애디론댁 체어였다. 루이스는 친절하게 우리를 맞아주었다.

"수사는 잘되어 갑니까?" 루이스가 물었다.

"네," 로렌이 냉큼 대답했다. "알래스카와 관련해 한 가지 물어볼 게 있습니다. 사장님은 분명 대답해줄 수 있을 것 같아서요."

"내가 수사를 도울 일이 있다면 기꺼이 답변해 드려야지요. 다들 집 안으로 들어가실까요? 이야기를 나누려면 집 안이 더 나을 겁니다. 아내도 반가워할 거예요. 집에 손님들이 오면 좋아하거든요."

"사장님이 어느 누구에게도 알리고 싶지 않은 질문을 받게 되실 수도 있어요." 로렌이 말했다.

주유소 주인은 로렌의 말을 듣더니 재미 있다는 표정을 지었다.

"우리 부부는 결혼생활 50년째야. 서로 숨길 게 뭐가 있겠어. 필리스는 나를 속속들이 알아. 아내가 모르는 비밀이 나에게 있을 리 없잖아."

그렇지만 루이스에게는 비밀이 있었다. 비밀을 깊이 감추면 그 자신조차 잊어버리기도 한다. 그러다가 어느 날 잊고 있던 비밀이 하수구가 흘러넘치듯이 지표로 흘러나온다.

필리스 제이콥은 주방에 있었다.

"여보, 알래스카 사건 수사 때문에 형사님들이 찾아오셨어." 루이스가 부인에게 말했다.

손님이 와서 기뻐하는 마음이 필리스 제이콥의 목소리에서 묻어났다.

"수사는 진척이 되어가나요?"

"예, 부인." 페리가 대답했다. "우리가 찾아온 이유는 루이스 제이콥 씨에게 한 가지 물어볼 게 있어서입니다. 1999년 초 루이스 제이콥 씨는 무슨 일로 알래스카에게 1만 달러를 갚으라고 요구한 겁니까?"

필리스 제이콥이 깜짝 놀란 얼굴로 남편을 쳐다보았다. 루이스가 몹시 당황해하며 허둥거렸다. 무너지듯 의자에 걸터앉은 루이스가 두 손에 얼굴을 묻었다. 페리가 좀 전의 질문을 반복했다.

"1999년 1월에 알래스카는 고급 손목시계를 담보로 1만 달러를 빌렸습니다. 당신에게 갚아야 할 돈이라고 했어요. 무슨 일이 있었던 겁니까?"

"무슨 일이었는지 말해봐요." 필리스 제이콥이 말했다.

"주유소에서 일이 있었어요."

***

1999년 1월 3일 일요일

루이스는 일요일이었지만 이른 시간에 주유소에 나왔다. 일요일에는 대개 출근하지 않고 휴일을 즐겼지만 그날은 달랐다. 주유소 사무실에는 일요일에 근무하는 사만다 프레이저가 나와 있었다. 사만다는 루이스가 무척이나 마음에 들어 하는 직원이었다. 성격이 친절하고 싹싹해 고객들의 반응이 칭찬 일색인 직원이었다. 성실하고 부지런한 사만다는 주중에는 간호사 시험 준비를 위해 학원 수업을 듣고, 저녁에는 맥도날드에서 알바를 한다는 사실도 알고 있었다. 그리 바삐 살면서도 일요일에는 어김없이 주유소에 나와 일을 했다. 사만다와 알래스카는 닮은 면이 있었다. 두 사람 모두 나무랄 데 없이 상냥한 성격과 뛰어난 재능을 갖췄지만 둘 다 남자 보는 눈은 꽝이었다. 알래스카는 월터와 함께 지내려고 마운트플레전트에 왔다. 루이스가 보기에 월터는 낚시나 사냥은 잘하지만 미래가 없는 청년이었다. 그나마 월터는 정이 많은 사람이었다. 사만다의 경우 벌써 몇 년째 리키라는 건달에게 붙잡혀 살고 있는데, 과거 교도소에 다녀온 적도 있고 걸핏하면 부인을 두들겨 팼다.

그날 집에 있는 루이스에게 사만다의 전화가 걸려 왔다.

"주유소로 좀 와주셔야겠어요."

"무슨 일인데?"

"문제가 생겼어요."

"어떤 문제?"

그때 전화기를 타고 비아냥거리는 목소리가 들려왔다.

"빨리 튀어 와, 루이스. 어마어마한 문제가 생겼으니까."

"사만다, 무슨 일이야?" 루이스는 겁이 더럭 났다. 처음에는 사만다가 강도한테 인질로 붙잡힌 줄 알았다.

"리키가 왔는데 사장님과 꼭 이야기를 나누어야겠대요. 주유소로 와주세요. 주유소에 오지 않을 경우 사장님 댁으로 찾아가겠답니다."

루이스는 부랴부랴 주유소로 달려갔다. 주유소 사무실로 들어서자 카운터 뒤편에 있는 사만다와 리키가 보였다.

"어이 꿀꿀이!" 리키가 소리쳤다. 지나치게 무례한 말투였다.

루이스는 영문을 알 수 없었지만 좋은 일은 아니라는 느낌이 들었다.

"왜 그런 짓을 하셨어요, 사장님?" 사만다가 물었다. "점잖은 분이라고 생각했는데."

"그런 짓이라니?"

그러자 리키가 비디오카메라를 들고 눈앞에서 흔들어 보였다. 비디오카메라는 누군가 발로 밟았는지 부서져 있었다.

"그게 뭐요?" 루이스가 물었다.

"시치미 떼지 마!" 리키가 을러대듯이 말했다. 목소리에서 악의가 느껴졌다. "여직원들이 탈의실로 쓰는 방에 이 비디오카메라를 감춰놓았더군. 여자들이 훌렁 벗은 몸을 찍고 싶었지? 더러운 자식! 여자들 몸을 몰래 훔쳐보니까 기분이 좋더니? 나도 좀 보려고 했더니 약삭빠르게 다 빼돌렸더군. 비디오카메라 안의 테이프는 빼내 어디다 두었어? 더러운 자식아."

루이스는 얼이 나갈 만큼 당황했다.

"나는 모르는 일이야." 루이스가 말했다. "내 말을 믿어줘. 나는 그 카메라가 어디서 나왔는지도 몰라."

"닥치지 못해! 너절한 자식." 리키가 을러댔다. "변태 새끼가 늘어놓는 변명은 더 이상 듣고 싶지 않고 어서 돈이나 내놔."

"그렇게 하세요, 사장님." 사만다가 간절하게 말했다. "차라리 돈을 주세요."

"돈을 주면 눈감아줄게. 만약 내 제안을 거부할 경우 이 주유소에 불을 질러주지. 집에도 찾아가 불을 지르고, 전부 불태워줄게. 내 말이 무슨 뜻인지 알아들었어? 당신 불알에 불을 붙이면 정말 볼만 하겠네."

루이스는 눈앞의 리키를 상대로 비디오카메라와 아무런 상관이 없다고 아무리 말해봤자 소용없으리라는 걸 알아차렸다. 그 순간에는 그저 이 불한당 같은 건달을 떼어내야 한다는 생각밖에 없었다.

"얼마를 원하는데?"

"100달러요." 사만다가 다급하게 말했다.

"멍청한 년, 100달러로는 어림도 없지!" 리키가 버럭 소리를 질렀다.

"그럼 500달러요." 사만다가 말했다.

"안 돼, 2만 달러!"

"그렇게 큰돈은 없어." 루이스가 말했다. "내가 무슨 수로 갑자기 그런 큰돈을 만들어낼 수 있겠나?"

"그럼 얼마 있는데?" 이런 거래에 익숙하지 않은 리키가 조급증을 드러냈다.

"1만 달러 정도면 융통해볼 수 있을 것 같아."

"지금 장난해? 나더러 그 말을 믿으라고?" 리키가 삐딱하게 대꾸했다. "은행에 저축한 돈도 있고, 뒷방에 금고도 있잖아."

"그 금고는 텅 비었어." 루이스가 힘없이 대답했다. "의심스러우면 가서 눈으로 직접 보든지."

루이스는 두 사람을 데리고 개인 사무실로 쓰는 뒷방으로 들어가 금고를 열었다. 금고 안에 들어 있는 돈이라고는 현금 300달러가 전부였다. 돈을 본 리키는 냉큼 바지 주머니에 챙겨 넣었다.

루이스는 금고 안에 주유소 회계 관련 자료와 개인 계좌의 은행 거래 내역서를 보관해두고 있었다. 루이스가 가장 최근의 거래 내역서를 찾아내 리키의 눈앞에 들이밀며 말했다.

"자, 눈으로 직접 보면 알 수 있잖아. 내가 거짓말을 하는지. 아내와 나의 공동계좌에 든 전액이 1만 39달러 40센트야. 내가 비상 상황이 되면 쓰려고 모아둔 전 재산이야."

"지금이 비상 상황이니까 일주일 안에 1만 달러를 인출해 나에게 가져와."

"그렇게 할게." 루이스가 말했다.

"이제 가자, 사만다."

리키는 흡족해하며 돌아갔다.

사만다는 돌아가면서 루이스에게 몹시 미안해하는 눈길을 보냈다.

"사장님, 오늘까지는 근무할까요?"

"그러지 않아도 돼."

"딱 일주일만 기다릴 거야." 리키가 약속 시한을 다시 한번 더

못 박았다. "만약 다음 주 일요일에 돈을 가져오지 않으면 다 폭로해 버릴 거야."

리키와 사만다가 떠난 뒤 사무실에 혼자 남은 루이스는 방금 전에 벌어진 일이 이해되지 않았다. 일단 아내에게 전화해 사만다가 몸이 아파 일찍 퇴근했으니 대신 주유소에 나와야 한다고 둘러댔다. 루이스는 구석 자리에 앉아 곰곰이 되짚어보았다. 여직원용 탈의실로 쓰는 방에 비디오카메라를 설치할 생각을 해본 적이 없었다.

그렇다면 누가 그런 짓을 했을까? 사만다와 리키가 돈을 우려내려고 비디오카메라를 달아놓았을 수도 있고, 알래스카가 그랬을 수도 있었다. 사만다 말고 탈의실을 사용하는 여직원은 알래스카뿐이었다. 알래스카가 그 방에 비디오카메라를 숨겨놓으려면 사만다가 출근해 주유소 문을 열기 전에 먼저 왔어야 한다. 만약 알래스카가 비디오카메라를 가져와 설치했다면 주유소 CCTV에 찍혔을 거란 생각이 들었다.

루이스는 곧바로 조카에게 연락했다. CCTV 하드디스크를 확인하려면 주유소 보안시스템을 설치한 조카의 도움이 필요했다. 하지만 조카는 다른 일이 있어 올 시간이 없다고 했다. CCTV 하드디스크는 24시간이 지나면 자동으로 삭제되도록 설정되어 있었다. 루이스는 직접 알래스카를 불러 물어보는 수밖에 없었다.

***

"그 방에 비디오카메라를 설치한 사람이 알래스카였답니까?"
페리가 물었다.

"네, 그날 바로 확인했어요. 알래스카에게 주유소로 나오라고
해서 비디오카메라를 보여주며 물어봤죠. 알래스카가 곧바로
사색이 되더니 울음을 터뜨리며 미안하다고 사과하더군요. 사
만다와 장난치려고 비디오카메라를 설치했다고요."

***

1999년 1월 3일 일요일

"리키가 1만 달러를 주지 않을 경우 주유소에 불을 지르겠다
고 협박했어. 그런 짓을 하고도 남을 놈이야."

"제가 그 돈을 갚을게요." 알래스카가 말했다. "그 돈을 다 갚
을 때까지 월급을 받지 않을게요. 이런 일을 겪게 해서 정말 죄
송해요."

"리키는 다음 일요일까지 돈을 내놓으라고 했어. 그 돈을 주
려면 아내와 공동명의로 개설한 계좌의 돈을 빼내야 해. 아내에
게 뭐라고 둘러대야 할지 모르겠어."

"공동계좌의 돈을 인출하면 사모님이 경찰에 신고할 거예요. 차라리 그 돈을 제가 구해올게요. 저 때문에 벌어진 일이니까요."

"그 많은 돈을 어디서 구해오겠다는 거야?"

"제가 알아서 처리할게요. 그동안 친절하게 대해주신 것만으로도 얼마나 감사한데요."

***

"며칠 후 알래스카가 돈을 준비해왔어요." 루이스가 말했다. "난 그 돈을 곧바로 리키에게 건네주었고, 그걸로 모든 일이 일단락되었죠."

"알래스카가 그 방에 비디오카메라를 설치한 이유를 모르겠는데요."

"나도 그건 몰라요. 알래스카가 책임지고 문제를 해결하겠다기에 꼬치꼬치 캐묻지는 않았거든요."

"사만다는 어떻게 되었습니까?"

"그다음 일요일에 아무 일도 없었다는 듯이 태연하게 출근했더군요. 내가 뭐 하는 짓이냐고 소리치자 순진한 표정으로 쳐다보며 물었어요. '저를 해고하시는 거예요?' 그래서 그렇다고 대답했더니 속상하다는 듯이 말했어요. '저는 사장님을 좋아해요.', '나도 사만다가 좋은 사람이라고 생각해. 그렇지만 당신 남편이 내 약점을 잡고 돈을 뜯어냈어.', '어쩔 수 없는 일이었어요. 제가 리키한테 찍소리도 못 하고 쥐어 산다는 걸 알잖아요.', '아무튼 여기서 계속 일하는 건 무리야.' 결국 사만다를 해고했어요. 며칠 후 사만다가 퉁퉁 부은 얼굴로 나타나 주유소에서 다시 일하게 해달라고 통사정을 하는 거예요. '리키가 일해서 돈을 벌어 오래요.', '그 자식도 일하잖아?', '리키는 일하기 싫어해요.' 알래스카가 옆에서 보고 있다가 사만다 편을 들었어요. '사만다는 잘못이 없어요. 사만다를 받아주지 않으시면 저도 그만둘래요.' 결국 사만다를 다시 받아 주기로 결정했죠. 하지만 몇 주 뒤에 사만다가 별안간 일을 그만두겠다고 하더군요. 간호사 시험공부는 때려치우고 리키와 함께 자동차로 장거리 여행을 떠나기로 했다면서요. 그 이후로는 사만다의 소식을 듣지 못했어요."

"사장님은 왜 그 이야기를 알래스카 사건이 일어났을 당시 경찰에 알리지 않으셨죠?" 로렌이 물었다.

"내가 알래스카의 죽음과 연관이 있다는 의심을 받게 될까봐 겁이 나서였어."

"그때 당신은 알래스카를 과도할 정도로 칭찬했습니다." 페리가 말했다. "비디오카메라 사건에 대해서는 물론이고, 알래스카가 잔꾀를 부린 이야기는 한마디도 하지 않았죠."

"잔꾀라고요? 알래스카는 잔꾀가 뭔지도 모릅니다. 나는 살아 있는 알래스카를 마지막으로 본 사람이고, 시신이 발견된 지점은 주유소에서 고작 1킬로미터 이내 거리입니다. 그래서 경찰을 찾아가 말할 엄두가 나지 않았던 거예요. 사건 발생 이틀 후 월터가 체포되는 일만 없었더라도 경찰을 찾아가 이야기했을지도 모르죠. 하지만 수사를 종결한다는 말이 들려오기에 그 일을 끝까지 나 혼자만 알고 있는 비밀로 했죠."

"정말이지 많이 아쉽습니다. 담당 경찰에게 그 사실을 말해주었으면 정말 좋았을 텐데."

루이스는 나쁜 의도로 그 일을 숨기지 않았다는 사실을 강조할 필요성을 느꼈는지 다음과 같은 말을 했다.

"그 일을 내 유언장에 전부 기록해 두었어요. 그 비밀을 무덤까지 가져가고 싶지는 않았으니까."

그때까지 놀란 얼굴로 남편의 말을 듣고만 있던 필리스가 별안간 물었다.

"당신이 유언장을 만들어놓았다고?"

"브라운 공증인사무소를 통해 공증해놓았어. 그 비디오테이프도 함께 맡겨두었지."

"비디오테이프라고요?" 페리가 몸을 바로 세우며 물었다. "무슨 비디오테이프 말입니까?"

"조금 전에 말했지만 사만다는 자진해서 주유소 일을 그만두었어요, 1999년 2월 28일 일요일에 사만다가 집으로 나를 찾아왔더군요. 밤늦은 시각이었죠. 사만다가 놀란 얼굴로 쳐다보

는 나에게 말하더군요. '떠나려고 해요. 제가 가진 주유소 열쇠
는 알래스카에게 맡겼어요. 내일 돌려받으실 수 있을 거예요.'
사만다는 리키와 함께 여행을 떠나기로 했다면서 비디오테이프
하나를 건네주었어요. '알래스카에게 전해주세요. 제가 주는 추
억의 선물이라고 하면 알 거예요.' 나는 그 비디오테이프를 받
아놓고 알래스카에게 곧바로 전해주지는 않았어요. 그저 호기
심 탓이었죠. 처음에는 그랬어요. 그 안에 무슨 내용이 들어 있
는지 궁금했죠. 하지만 비디오테이프를 재생할 플레이어가 없었
어요. 그렇게 한 달을 흘려보냈는데 그만 사건이 일어났죠. 알
래스카는 죽고 없는데 그 빌어먹을 비디오테이프는 여전히 내가
갖고 있는 상황이 된 거예요. 경찰을 찾아가서 이야기하려고 했
지만 괜한 의심을 살까봐 겁이 났어요. 또 이런 소도시에서는 한
번 좋지 않은 평판이 돌면 회복하기 쉽지 않아요. 사람들이 우
리 주유소에 등을 돌릴지도 모른다고 생각하니 눈앞이 아찔해지
더군요. 나는 그 비디오테이프에 탈의실에서 촬영한 알래스카의
모습이 들어 있을 거라고 생각했어요. 그 테이프 내용이 밝혀질
경우 파장이 어마어마하게 클 것 같더군요. 비디오테이프를 없
애야 한다는 생각이 들었지만 양심이 허락하지 않았어요. 그래
서 봉투에 넣어 공증인에게 맡긴 겁니다. 내가 죽으면 공개하라
는 조건을 붙여서요."

***

에디 브라운은 1955년부터 마운트플레전트에서 공증인으로 일해 왔다. 여든 나이에 여전히 현역으로 활동하는 에디 브라운은 마운트플레전트의 원로이자 유일한 법률가였다. 에디 브라운은 매일 아침 사무실 출근을 거른 적이 없었지만 그날은 마침 토요일이어서 우리는 어쩔 수 없이 그의 자택으로 찾아갔다.

에디 브라운이 소파에서 몸을 일으켜 사무실로 우리를 안내했다. 에디 브라운은 고령이었지만 여전히 두뇌가 명석했다. 에디가 나를 돌아보며 말했다. "당신이 쓴 책을 읽어봤어요. 다음번 책에는 나도 등장시켜주면 좋겠네요. 내가 소설 속에 등장하는 걸 보면 정말 재미있을 것 같은데." 공증인 사무실에는 튼튼한 붙박이장이 설비되어 있었다. "이 소도시의 모든 비밀이 그 안에 들어 있다고 해도 과언이 아니랍니다." 에디는 유쾌하게 말하고는 루이스가 맡긴 봉투를 곧바로 찾아냈다. 봉투 안에는 비디오테이프와 루이스의 서명이 든 1999년 4월 11일 자 편지 한 통이 들어 있었다. 한 시간 전 루이스가 우리에게 털어놓은 그 사건의 자초지종을 기록해놓은 편지였다.

"이 비디오테이프가 지금도 재생될까요?" 로렌이 물었다.

"그러길 바라야지 어쩌겠어." 페리가 말했다. "지금 곧바로 콩코드로 가서 기술팀에게 맡겨야지."

에릭을 면회한 데 이어 마운트플레전트 주유소 주인을 거쳐 우리가 마침내 과거에서 건져 올릴 수 있었던 이 비디오카메라 사건은 수사의 새로운 전기를 마련해주었다. 우리가 주목한 점은 알래스카가 받은 협박 편지가 부모의 집에 침입해 강도 행각을 벌인 사건 때문이 아니라 비디오카메라를 탈의실에 설치한 일과 연관되었을 가능성에 대해서였다.

나는 네가 한 짓을 알아.

이 문구를 쓴 사람이 리키이거나 사만다일 수도 있었다. 그들 두 사람은 탈의실에 비디오카메라를 설치한 사람이 알래스카라는 사실을 알아차렸을 수도 있었다. 루이스에게서 돈을 우려낸 뒤 알래스카에게서도 돈을 뜯어낼 심산으로 협박 편지를 보낸 거라면? 리키와 사만다를 만나볼 필요가 있었지만 그들이 어디 있는지 찾아내긴 쉽지 않았다. 사만다 프레이저의 경우 성을 아는 만큼 신원조회를 해볼 수 있었지만 리키는 온전한 이름을 몰라 불가능했다.

공증인을 다시 집으로 데려다주고 나서 페리가 나에게 제안했다. "지금 나와 함께 콩코드로 갈까? 우선 이 비디오테이프를 과학수사대에 넘기고, 사만다와 리키의 행방을 추적해보는 게 좋겠어."

"미안하지만 나는 따라갈 수 없어요."

"자네는 여기에 남아서 뭘 할 건데?"

"초대받은 곳이 있어서 가봐야 해요."

그날 오후 나는 혼자 메인주를 향해 차를 달렸다. 브리지튼 타운까지는 한 시간 거리였다. 나는 공연을 시작하려면 아직 시간이 남아 브리지튼 중심가를 어슬렁거리다가 시간을 맞춰 합동 음악회가 열리는 공립고등학교 강당으로 갔다. 객석의 조명이 꺼질 때까지 내 옆자리는 비어 있었다. 공연이 시작되어 〈나비 부인〉 1막의 대사 '아메리카여 영원히'가 울려 퍼질 때쯤 어떤 형체가 강당 안으로 스며들어 내 옆자리에 와서 앉았다.

해리 쿼버트였다.

공연이 끝난 뒤 우리는 강당을 빠져나오는 인파에 떠밀려 말 한마디 하지 못하고 밖으로 나왔다. 고등학교 주차장으로 가자 푸드 트럭에서 테이크아웃 음식을 팔고 있었다. 해리가 푸드 트럭에 눈길을 주면서 말했다. "저녁은 내가 살게."

/

25장
나비부인
2010년 7월 17일 토요일. 메인주, 브리지튼

/

우리는 강을 바라보는 벤치에 앉아 햄버거와 감자튀김을 먹었다. 각자의 복잡한 생각이 침묵에서 배어 나왔다. 나는 전혀 배고프지 않았지만 기계적으로 음식을 씹어 삼켰다. 해리에게 무슨 말을 해야 할지, 어디서부터 시작해야 할지 알 수 없었다. 해리를 마지막으로 본 2008년 이후로 나는 그를 그리워했다. 그때는 일이 이런 식으로 흘러갈 줄 꿈에도 몰랐다. 긴 침묵 끝에 마침내 내가 먼저 입을 열었다.

"내가 마운트플레전트에 있는지 어떻게 알았어요?"

"마운트플레전트 책방에서 작가 사인회가 열린다는 홍보 포스터를 보았어. 게다가 이제는 어딜 가나 자네의 이야기를 들을 수 있지. 이번에는 알래스카 샌더스 사건 수사가 미국 전체를 달아오르게 하고 있어. 다음 책은 언제 나올 예정인가?"

"언제쯤 원고를 다 쓸지 아직은 모르겠어요. 계속해서 뉴햄프셔에 있었던 거예요? 수증기가 되어 증발해버린 줄 알았잖아요. 애타게 찾았는데 옷자락조차 보여주지 않고요. 벌써 일 년 반이 지났군요. 그동안 나는……."

"내가 유령이 되었다고 생각했나봐? 사실 그렇게 될 수도 있었지. 하지만 그러는 대신에, 그동안 내게 덧씌워졌던 포장을 벗기는 데 성공했어. 난 성공한 작가라는 그 포장을 감당할 능력이 없었거든. 나는 이제 홀가분해. 자유로워."

"자유로워지려고 그런 식으로 증발해버렸던 거예요?"

"진짜 이유야 아무려면 어때. 하여간 나는 떠날 필요가 있었어. 그러는 게 모두를 위해 좋았지."

"그랬는데 별안간 다시 나타날 필요가 생긴 거예요? 그래서 갈매기 조각상과 수수께끼 같은 메모를 들고 나타났어요?"

"내가 남긴 메모는 수수께끼가 아니야. 버로스 대학교의 교수 자리를 받아들이지 말라고 자네에게 충고한 거야. 그 제안을 받아들이면 낭패거든. 거긴 자네가 있을 자리가 아니야.”

“어째서요?” 나는 약간 발끈해서 물었다. “버로스 대학교 교수가 되기에는 내가 부족해서요?”

“그 반대야. 자네는 그 이상이어야 해. 자네가 내 뜻을 잘 이해하지 못했다는 생각이 들어서 직접 만나 이야기해 보려고 오늘 만나자고 한 거야. 자네가 말하는 걸 들어 보니 내 걱정이 기우는 아니었나봐.”

“내게 무슨 말을 하려고요?”

“자네는 이제 온전히 자기 자신이 되어야 할 시간이야. 재능도 있고, 끈기도 있어서 언젠가는 이 나라를 대표하는 작가가 될 사람이야. 그런 자네가 어리석게도 버로스 대학교에 자리 잡으려 한다는 걸 알았을 때 내가……”

나는 해리의 말을 끊으며 물었다.

“내가 버로스 대학교에서 교수 제안을 받았다는 건 누가 알려줬어요?”

해리가 슬며시 웃었다.

“내가 교수 자리에서 면직된 이후에도 대학교에서 사용하던 메일 계정은 폐쇄되지 않았어. 나는 여전히 내 메일 계정에 접속할 수 있고, 문과대 전체에 전달되는 공문도 접할 수 있지. 그러다가 지난 6월 말 더스틴 퍼갈 학장 명의의 공문 한 통을 보고 질겁했어. 이런 내용이었지. ‘작가 마커스 골드먼을 우리 학교에 객원교수로 모시게 되었음을 기쁜 마음으로 알려드리는 바입니다. 마커스 골드먼은 문학창작을 강의할 예정으로 연구실은 C-223호실입니다. 유능하고 실력 있는 신임 교수를 반갑게 맞이해주길 바랍니다.' C-223호실은 내 연구실이잖아?"

"그렇죠."

"내가 걱정한 건 바로 이런 문제야. 내가 보기에 자넨 어떻게든 과거를 되살려내려 하고 있어. 오로라의 그 시답잖은 작가캠프만 보더라도 알 수 있지. 또 지금은 버로스 대학교의 내 연구실을 과거에서 끌어낼 생각이고. 하지만 지금 자네는 작가로서 자신이 누구인지 정체성을 확인해야 할 때야. 자네가 떼어놓는 발걸음을 과거의 내 자취에 겹쳐놓으려 해서는 안 돼. 내가 어떤 인간인지 잊어서는 안 된다는 말이야."

"그럼요, 나에게 무엇을 베풀어 주었는지 잊지 못하죠."

"내 말이 무슨 뜻인지 알잖아."

"사람들이 뭐라고 말하든지 상관없어요. 우린 누가 뭐래도 친구 사이니까."

"우리가 정말로 다시 만나려면 자네가 더는 나를 이상화해서는 안 돼. 나는 그저 자네에게 한 사람의 친구이지 그 이상은 아니라는 사실을 받아들여야 해. 내가 자네의 멘토라고? 그건 자네가 내게 덧씌운 이미지일 뿐이야. 버로스 대학교에 자리 잡겠다고? 맙소사! 어쩌면 그리 어리석을 수가 있어? 자네가 가야 할 길은 버로스와는 거리가 멀어. 자네의 가치를 극대화해 사람들을 꿈꾸게 하고, 생에 대한 열망을 불러일으키게 해주길 바라."

"내가 바라는 건 평범한 삶, 좀 더 평온한 삶인 걸요."

"자네는 이미 그런 삶을 살기 불가능해. 자네가 해야 할 일들이 더 가치 있거든. 일단 가슴에 불을 담으면 어쩔 수 없어. 열정을 불태워야지."

어둠이 깊어지면서 밤하늘 가득 별들이 모습을 드러냈다. 해리가 고개를 돌려 나를 한 번 바라보고 나서 말했다.

"그만 일어나야겠네. 제법 먼 길을 가야 하거든."

"다시 만날 수 있는 거죠?"

"물론이지. 쓸데없는 걸 묻는군."

"일 년 반이나 죽었는지 살았는지 소식도 없었으면서."

"걱정하지 마. 자네가 준비되었을 때 다시 만나게 될 테니까."

"나는 언제든 준비되었어요."

"아니, 아직은 아니야. 자네가 자신의 진실을 받아들이지 못하는 한 준비된 게 아니지."

"내 진실이 뭔데요?"

"대작가가 되어야 해."

"대작가라면 당신 역시도……."

"이런 젠장!" 해리는 소리를 버럭 질렀다. "자네는 배 속에 도돌이표를 씹어 삼킨 거야? 자네는 승리자야. 이미 나를 뛰어넘었어. 자네가 얻은 이름과 명예, 성공은 이미 내가 도달할 수 있는 수준을 능가하고 있어. 어째서 그 왕관을 내 머리 위로 미루지 못해 안달인가?"

"나는 한 번도 당신을 경쟁상대로 생각해본 적이 없어요."

"나는 처음 만났을 때부터 자네와 경쟁했어. 자네가 알아차리지 못했을 뿐이지."

해리가 나를 시험에 빠뜨렸는지 아니면 솔직한 심정을 내비친 것인지 갈피를 잡을 수 없었다.

"자, 이제 자네가 질문할 차례야."

"어떤 질문이요?"

"내가 어째서 자취를 감추었는지, 2008년 12월 그날 자네의 집을 나오면서 내가 왜 다시는 자네를 만나지 않겠다고 맹세했는지 그 이유를 알고 싶지 않아? 2008년 한 해 동안 자네는 새 작품을 진척시키지 못했어. 글쓰기가 되지 않아 괴로워하는 자네의 상황을 나는 한편으로는 고소하게 여기며 즐기고 있었지. 2008년 2월에 자네가 오로라의 내 집에서 지내게 된 순간부터일 거야. 나는 자네가 거듭 실패하기를 바랐지. 자네가 참담하게 부서지기를, 날개가 꺾여 추락하기를 바랐어. 왜 그랬는지 아나? 그 과정을 거쳐야 자네가 다시 자네 자신을 되찾을 수 있을 테니까. 자네의 첫 작품이 성공을 거두고 나서 우리 사이에는 더 넓은 거리가 생겼어. 아무리 가까웠던 관계라도 부질없는 법이지. 자네는 성공을 거두었고, 내가 아는 마커스 골드먼은 내 앞에 없었으니까."

"미안해요, 나는……."

"이런 젠장! 자네 잘못이 아니라니까! 내가 하려는 말이 여전히 이해되지 않는 거야? 자네는 성공할 자격이 있어. 성공에 대해 당당할 자격이 있어. 애벌레가 나비가 되었다고 비난할 사람은 없잖아. 자네는 어차피 나비가 되도록 정해져 있었던 거야. 나는 이전부터 그걸 알고 있었다고. 자네가 거둔 성공은 나로서는 전혀 놀랍지 않아. 하지만 2008년 초에 다시 만난 자네는 자신감을 잃고 위태롭게 흔들리고 있었지. 백지를 앞에 놓고 초조해하고, 한 줄의 글도 만들어내지 못해 전전긍긍하는 작가였어. 로이 바나스키가 원고를 재촉할 때마다 자네는 거부조차 제대로 못 하는 꼭두각시가 된 느낌이었지. 더 솔직히 말하겠네. 나는 자네가 좌절을 겪는 게 좋았어. 자네의 성공을 질투했으니까. 정말이야, 난 질투했다고! 알아듣겠나? 나는 자네의 성공이 멈추기를, 그 자리에서 재능이 고갈되어 버리길 바랐어. 자네의 성공은 나의 실패를 매 순간 눈앞에서 확인시켜 주었으니까. 그럴 때마다 나는 내 안의 악마를 마주해야 했거든. 그래서 자네가 글을 쓰겠다며 내 집으로 옮겨왔을 때, 진전이 있는지 물었고, 신통치 않다는 대답을 듣는 게 몹시 즐거웠지. 난 자네에게 머리를 식히자면서 바깥으로 데리고 나가길 좋아했지. 자네와 함께 장을 보거나 해변을 거닐거나 스키를 신고 크로스컨트리에 나서거나 아무튼 뭔가를 할 때마다 나는 즐거웠지. 자네를 글쓰기에서 떼어놓고 있었으니까. 자네 안의 작가를 부수려고 한 거야. 자네의 성공이 멈추기를 바랐어."

그러고 나서 긴 침묵 끝에 해리가 한마디 덧붙였다.

"내가 밉지?"

"전혀요. 어떻게 미워할 수 있죠?"

"서로 사랑하면 질투하지 않거든."

"나는 질투하는 사람들을 사랑해요. 살아가는 이유를 아는 사람들이니까요."

해리가 나직이 한숨을 내쉬었다.

"자네의 연애 생활은 잘 풀리고 있나?"

나는 느닷없는 질문에 놀랐다.

"좋아하는 여자가 있어요."

"여자 친구가 있는지 물은 게 아니라 사랑을 찾았는지 물은 거야."

"아뇨, 알잖아요."

"물론 알지. 오래전 자네가 사랑한 여자가 있다는 걸. 그 여자에 대한 사랑이 여전히 마음 깊이 자리하고 있다는 걸. 자네에게는 그 여자가 일생의 사랑일 테지."

"이제는 오래전 이야기예요."

"삶은 길지 않아. 특히 글 쓰는 사람에게는 더욱 그래. 그 어떤 이야기도 정말로 옛이야기인 경우는 없어."

"오래전에 헤어졌고, 그 이후로 다시 만난 적도 없어요."

"그렇게 대답할 거라 생각했어. 그래서 자네를 대신해 내가 찾아 나섰지."

그 말과 함께 해리는 봉투 하나를 내밀었다. 봉투 안을 들여다보는 순간 내 심장이 두방망이질 치기 시작했다. 해리가 말을 이었다.

"2008년 그해를 돌이켜 생각해보니, 자네가 내게 보여준 우정이 과분하다는 걸 알겠더군. 자네는 우리가 친구로 남기를 바라지. 그래서 친구인 내가 무엇을 해줄 수 있을지 생각해봤어. 그 여자가 있어야만 자네의 삶이 채워진다면 찾아가서 만나. 분명 자네를 기다리고 있을 테니까."

해리는 떠나기 전에 나를 끌어당겨 한참 동안 포옹했다. 밤의 어둠 속으로 사라지는 해리의 뒷모습을 지켜보는 동안 나는 그를 뒤따라가 붙잡고 싶은 충동을 가까스로 억눌렀다. 나는 한참 동안 혼자 벤치에 앉아 이런저런 생각에 빠져들었다. 휴대폰에 메시지가 도착했다는 알림음이 나를 다시 현실로 불러냈다. 로렌이 자신의 거실 테이블을 찍어 보낸 사진 한 장이 화면에 떴다. 그 테이블 위에 내가 전날 잊고 놓아둔 사진이 놓여 있었다. 로렌은 문자메시지도 함께 보내왔다.

당신 사촌들이 여기에 있어. 당신만 오면 전부 모이는 거야.
올 거지?

늦은 시간이었지만 나는 차를 달려 로렌의 집으로 갔다. 밤공기
는 포근했다. 로렌이 현관 포치에 나와 나를 기다리고 있었다.

"어디에 가 있었어?"

"오랜 친구와 약속이 있었어."

"즐거웠어?"

"묘했어."

나는 머릿속이 복잡했다. 그 자리에 있기가 불편해질 정도였
다. 나는 상의 주머니에 손을 찔러 넣어 해리에게 받은 봉투를
만지작거렸다. 봉투 안에는 알렉산드라 네빌의 콘서트 표가 들
어 있었다. 알렉산드라를 떠올릴 때마다 나는 어린 시절에 볼티
모어 골드먼들과 함께했던 그 시절의 추억에 잠겨 허우적거렸다.
어쩔 수 없었다. 그 시절, 내 생의 한 장을 이제는 닫아야 했다.

3부

삶의 반향

뉴햄프셔주 경찰청 과학수사대의 전문 요원들이 녹화테이프에 기록된 내용을 추출하는 데 성공했다. 내용을 확인한 우리는 곧바로 사만다 프레이저를 찾아 나섰다.

/

26장
사만다
2010년 7월 20일 화요일. 뉴햄프셔주, 로체스터

/

그날 아침, 우리는 경찰차들의 호위를 받으며 로체스터 시가지를 가로질렀다. 우리를 태우고 달리는 차량은 경찰기동대 지프였다. 페리는 조수석, 나와 로렌은 뒷좌석, 운전은 경찰기동대원이 맡았다. 로렌이 슬며시 팔을 뻗어 나란히 앉은 내 손을 쓰다듬었다. 로렌과 나는 일요일을 케네벙크의 해변에서 함께 보냈다. 고작 한나절이긴 했지만 살인사건도, 잡다한 근심거리도 옆으로 치워두고 모처럼 여유를 누린 덕분에 나는 해리와의 만남이 던져준 혼란을 어느 정도 진정시킬 수 있었다. 하지만 알렉산드라 네빌과 콘서트 표를 머릿속에서 지우긴 어려웠다. 생각하지 않으려고 해도 어느새 나는 알렉산드라와의 추억을 더듬고 있었다. 로렌를 배신하고 있다는 착잡한 감정에 휩싸였다. 내가 취하는 태도는 모순적이었다. 로렌을 사랑하는 건 부인할 수 없지만 내 감정은 여전히 양분되어 있었다.

운전을 맡은 경찰이 사이렌을 켜는 바람에 나는 별안간 현실로 돌아왔다. 사만다의 종적을 추적하는 일은 그리 어렵지 않았다. 불행한 일이지만 사만다는 구속된 피의자 신분이었다. 다행스러운 건 사만다가 현재 조건부로 석방된 상태라는 점이었다. 사만다는 활동에 제한을 받는 형편이라 하루 중 일정 시간을 거주지에 머물러 있어야만 했다. 사만다가 거주하는 집은 로체스터의 악명 높은 우범지대에 있었다. 우리가 사만다를 찾아가면서 경찰기동대의 호위를 받게 된 이유였다.

경찰차들이 멈춰서고, 일대에 신속하게 안전선이 구축되었다. 우리가 확보한 주소와 일치하는 조립주택 앞에 한 여자가 플라스틱 간이의자를 놓고 앉아 기동대원들의 움직임을 멍하니 바라보고 있었다. 한눈에 보기에도 영혼이 빠져나간 허깨비 같았다. 머리카락과 살갗은 잿빛이고, 시선은 초점이 잡히지 않았다. 여자는 옆에서 공놀이를 하는 열 살가량 된 아이들을 향해 욕설을 웅얼거렸다. 치아가 거의 남지 않아 입 속이 검은 구멍

같아 보였다. 신원조회 결과대로라면 여자의 나이는 서른여섯이었지만 20년은 더 나이 들어 보였다. 차 안에서 페리가 사진한 장을 꺼내 우리에게 보여주며 말했다.

"이 사진과 전혀 닮은 구석이 없긴 해도 사만다 프레이저가맞아."

"도대체 무슨 일이 있었던 걸까요?" 로렌이 안타까운 듯이 말했다.

"크랙 때문일 거야. 일단 가보자."

나도 로렌과 페리를 따라 차에서 내려 여자에게로 다가갔다. 우리 셋 모두 방탄조끼를 착용한 상태였다.

"사만다 맞죠? 나는 뉴햄프셔주 경찰청에서 나온 페리 게할로우드 경사입니다."

"뒤통수를 조심해요." 사만다는 주위를 살피며 말했다. 분명치 않은 발음이 맥없이 끊어졌다.

"우린 알래스카 샌더스에 대한 이야기를 나누고 싶어 찾아왔습니다."

"난 아무것도 몰라요."

"마운트플레전트의 〈제이콥 주유소〉에서 부인과 함께 일한 알래스카 샌더스를 잘 알고 있을 겁니다."

사만다는 얼굴을 찡그리며 기억을 되살리려 애쓰더니 떠오르는 게 없는지 혼잣말하듯 중얼거렸다.

"아니요, 몰라요."

"부인의 애인이었어요." 사만다의 기억을 돕기 위해 페리가 말했다.

***

루이스가 공중인에게 맡겨놓은 비디오테이프는 생전에는 노출되지 않았던 알래스카의 이면을 우리 앞에 적나라하게 보여주었다.

첫 영상은 1998년 9월 21일 촬영되었다. 그 영상에서 알래스카는 돌로레스 마르카도에게 가장 나중에 보낸 오디션 영상에서 본 배경과 같은 장소에 있었다. 그곳이 어디인지는 여전히 밝혀내지 못한 상태였다. 알래스카의 뒤편으로 바다 위의 일몰을 그린 그림이 보였다. 영상 속에서 알래스카는 뭔가를 시도하려는 듯이 보였다. 몇 개의 버튼을 눌러보더니 알래스카의 얼굴이 카메라 렌즈 가까이 다가왔다. 그 비디오카메라에는 탈부착 가능한 소형 화면이 달려 있었고, 알래스카는 그 화면을 들여다보며 방금 촬영한 내용을 확인했다. 별안간 알래스카가 눈을 들더니 맞은편에 있는 누군가를 향해 말했다. "와우, 카메라 선물이라니, 고마워요. 이런 카메라라면 할리우드 진출은 문제없겠네요. 사랑해요, 고마워요, 내 사랑!"

그다음은 돌로레스 마르카도에게 보낸 바로 그 오디션 영상이었다. 그 카메라는 최근에 선물 받은 게 분명했다. "고마워요, 내 사랑!"이라는 알래스카의 말은 누구를 향해 한 말이었을까? 월터였을까?

이어서 재생된 장면은 두 달 뒤인 1998년 11월 말, 루이스 제이콥의 주유소에서 촬영한 영상이었다. 알래스카가 카운터 뒤에 선 한 젊은 여자를 향해 카메라 렌즈를 들이댔다. 젊은 여자가 거북한 미소를 지었다. 사만다 프레이저였다.

"왜 나를 찍으려는 거야?" 사만다가 물었다.

"그러고 싶어서." 알래스카가 가까이 다가가며 대답했다.

사만다가 화면에 클로즈업되었다. 알래스카의 목소리가 뒤따랐다.

"신사 숙녀 여러분, 사만다 프레이저를 소개합니다."

"카메라는 어디에서 났어?" 사만다가 물었다.

"선물. 내 인생에도 이런 선물을 받던 때가 있었어. 영화배우가 되려는 꿈을 꿀 때였지."

"넌 굉장한 배우가 될 거야."

"다 망했어."

"망했다고? 무슨 소리야, 카메라 이리 줘봐!"

사만다가 카메라를 빼앗아 들었다. 이번에는 알래스카가 화면에 나타났다. 사만다의 목소리가 들려왔다.

"자, 여러분 미래의 스타 알래스카 샌더스를 보세요." 사만다는 렌즈를 자신에게로 돌렸다. "여긴 알래스카의 친구이자 객사할 팔자인 사만다 프레이저가 있습니다."

알래스카가 웃음을 터뜨렸다. 알래스카는 친구 옆으로 다가가더니 카메라 방향을 돌려 렌즈에 두 사람이 함께 잡히도록 했다. 별안간 알래스카가 사만다의 입술에 도둑키스를 했다.

"미쳤어, 여기선 안 돼!" 사만다가 깜짝 놀라 소리쳤다. "누가 보면 어쩌려고!"

이어지는 영상은 그다음 일요일에 촬영되었다. 탈의실로 쓰는 주유소 사무실 뒷방에서 알래스카가 카메라 전원을 켜고 팔을 쭉 뻗어 렌즈를 자신에게로 향했다. 알래스카 옆에는 사만다가 있었다. 두 사람 모두 옷을 벗은 상태였다. 알래스카가 카메라를 선반에 올려두고 앵글을 조정했다. 이어서 두 사람이 키스를 나누는 모습이 영상을 채웠다.

그다음 영상에도 알래스카와 사만다의 모습이 담겨 있었다. 두 사람은 일요일에 주유소에 나와 있었고, 장소는 사무실이었다. 카운터 뒤에 선 두 사람은 평소 루이스가 보이는 행동과 말버릇을 흉내 내며 아이들처럼 웃어젖혔다. 이어서 알래스카가 카메라를 응시하며 말했다. "제이콥 씨, 우린 사장님을 좋아해요!" 사만다도 소리쳤다. "우리가 만난 건 사장님 덕분이에요." 두 사람은 카운터에 놓인 칩과 봉봉 과자를 슬쩍 챙기며 서로에게 장난을 쳤다. 사무실 뒷방에 가져가서 먹으려는 듯했다.

뒷방에서 촬영된 영상에서 알래스카와 사만다는 사랑을 나누고 있었다. 그런 내밀한 영상에 가끔 훼방꾼이 등장하기도 했다. 전자음이 주유소 사무실에 손님이 들어왔음을 알리자 사만다는 몸에서 연인을 떼어놓고 재빨리 옷을 챙겨 입으며 웅얼거렸다.

"빌어먹을!"

알래스카는 그런 사만다를 나른한 눈길로 바라보았다.

그 다음번 일요일의 영상은 루이스 제이콥의 개인 사무실에서 촬영되었다. 사만다는 알래스카에게 잡지에 실린 퀴즈를 내고 있었다.

"성격 테스트야, 해볼래?"

"응, 해봐."

"아침에 일어나면 A) 늘 힘이 솟는다 B) 기운이 없다 C) 고민 탓에 밤잠을 설쳐서 일어나지 못한다."

이처럼 카세트에 담긴 두 시간 분량의 영상 속에는 알래스카와 사만다가 함께 나눈 사랑과 일상이 담겨 있었다.

마지막 영상은 1월 3일에 녹화되었다. 두 사람은 또다시 탈의실 방에서 맨가슴을 내보이고 사랑을 나누고 있었다. 느닷없이 낯선 목소리 하나가 울려 퍼졌다.

"사만다?"

사만다가 기겁하듯 놀라며 다급하게 말했다. "염병할! 리키가 왔어. 어서 비상문으로 도망쳐." 알래스카가 재빨리 사라졌다. 사만다가 서둘러 카메라 전원을 껐다.

그날이 바로 리키가 주유소 뒷방에서 비디오카메라를 발견하고 루이스 제이콥을 불러내 1만 달러를 갈취한 날이었다. 그로부터 11년이 지난 지금 우리는 그날 무슨 일이 있었는지 묻기 위해 사만다를 찾아왔다. 눈앞에 있는 여자는 비디오 영상에 등장하는 예쁜 사만다가 아니었다. 영상에서 흰 치아를 내보이며 활짝 웃던 아름다운 몸매의 갈색 머리 여자가 아니었다. 2010년의 사만다는 머리카락이 듬성듬성 빠지고, 피부는 거칠고, 얼굴에 기미가 잔뜩 낀 깡마른 여자였다. 고물 창고 같은 조립주택 안으로 들어선 우리는 여자가 거실로 쓰는 난장판 한편에 자리잡고 앉아 비디오를 재생시켰다. 여자는 홀린 듯이 영상을 바라보다가 화면 속의 사만다가 활짝 웃자 나직이 웅얼거렸다. "저건 나인데?" 이어서 알래스카가 화면에 나타났다. "알래스카… 알래스카……." 정말로 알래스카를 알아본 건지 아니면 영상에 녹음된 이름을 따라 불러 보는 건지 알 수 없었다.

"사만다, 저 여자가 기억나지 않아요?" 페리가 물었다.

사만다는 텅 빈 눈으로 페리를 쳐다보았다.

"크랙이 내 기억을 다 지워버렸어요."

사만다가 문득 자리에서 몸을 일으키더니 앙상한 다리를 간신히 끌어 책상이 놓인 곳까지 갔다. 책상이라는 걸 알아보기 어려울 정도로 그 위에 온갖 잡동사니가 어지럽게 쌓여 있었다. 사만다는 뒤죽박죽된 물건들을 퍼즐처럼 움직이더니 마침내 공책 하나를 끄집어냈다.

"알래스카! 알래스카!"

사만다는 기쁜 듯 처음으로 얼굴에 웃음기를 내보이며 그 공책을 들고 와 페리에게 내밀었다. 공책 겉장에 검은 수성펜으로 '알래스카'라고 적혀 있었다.

공책을 열어본 페리가 우리에게 말했다.

"일기야."

"내가 쓴 일기예요." 사만다가 말했다. "언젠가 내 머릿속 뇌가 천천히 부스러지고 있다는 걸 알았어요. 기억이 하나둘씩 지워져 버리더군요. 처음에는 대수롭지 않게 넘겼어요. 오히려 잘됐다는 생각이 들었죠. 내 인생도 지워버릴 수 있으니까요. 하지만 알래스카를 잊게 될 걸 생각하니 슬펐어요. 알래스카는 내 삶에서 가장 아름다운 추억이거든요. 그래서 알래스카를 글로 썼어요."

/

사만다 프레이저가 기록한
<알래스카> 발췌

/

알래스카를 처음 만났을 때 나는 이름이 재미 있다고 놀렸지. 알래스카는 대답했어. "사만다라는 이름도 오십보백보야." 우리는 둘 다 웃음을 터뜨렸지. 그런 멍청한 말을 주고받은 우리가 웃겨서 또 한참을 웃어댔어. 그곳은 주유소였고, 알래스카는 일요일이 휴무지만 나와 인사도 나눌 겸 나왔다고 했어. 나는 알래스카가 좋았어. 알래스카처럼 아름다운 여자는 본 적이 없을 정도야. 예쁘고, 잘 웃고, 옷도 잘 입고, 똑똑한 여자.

우리는 금방 마음이 통했어. 일요일이 돌아오자 알래스카는 나를 만나러 주유소에 나왔지. 그다음 일요일에도 왔고. 그러더니 일요일마다 나를 보러 왔지. 일요일에는 주유소를 찾는 손님이 별로 없기 때문에 알래스카가 곁에 있는 게 심심하지 않아서 좋았어. 제이콥 씨가 어째서 일요일에도 계속 주유소 문을 여는지 모를 일이었지. 어쨌거나 내가 그걸 불평할 입장은 아니었어. 맥도날드에서 일할 때보다 근무시간은 반인데 돈은 두 배로 받았으니까. 그래도 주유소를 지키는 일이 지루하긴 했지. 그래서 알래스카가 주유소에 나오면 기뻤어. 게다가 알래스카는 색 달랐지. 세상에서 모르는 게 없었으니까. 나는 열심히 간호사 시험공부를 하는 중이었는데 리키는 쓸데없는 짓이라면서 나더러 밥벌레라고 했지. 하지만 알래스카는 내가 간호사 시험을 준비한다는 말을 듣자 열심히 하라며 격려해주었어. "넌 꼭 시험에 붙을 거야, 예쁜이. 넌 머리가 좋잖아."

　나는 그때 알래스카가 해준 말을 지금도 기억해. 지금껏 내게 그런 말을 해준 사람은 없었거든. 내가 뭔가 이룰 거라고, 예쁘다고, 머리가 좋다고 말해준 사람은 아무도 없었어. 알래스카가 그 말을 해주었을 때 나는 하마터면 울 뻔했지. 리키가 나더러 꼴에 멋을 부리느라 공부하는 척하는 년, 멍청하기 그지없는 년이라고 말한다고 하자 알래스카는 말했어. 리키가 멍청이라서 그런 말을 하는 거라고. 그래서 나는 리키에게 알래스카가 한 말을 전해주었어. 나에 대해서 그렇게 말하면 멍청이라고. 알래스카를 난처하게 만들려는 건 아니었어. 알래스카도 나처럼 리키의 말을 부당하게 생각한다는 걸 알려주고 싶었을 뿐이야. 그런데 그 말을 리키에게 전한 건 내 실수였어. 리키를 불같이 화나게 만들었으니까. 리키는 펄펄 뛰면서 알래스카의 버르장머리를 고쳐놓겠다면서 언젠가 날을 잡아 예의가 뭔지 가르쳐 주겠다고 하더군.

그래서 알래스카가 리키를 만나게 된 거야. 리키는 주유소에 와서 알래스카가 오길 기다렸어. 나는 얼마나 겁이 나는지 눈물이 저절로 흘러나왔어. 마침내 알래스카가 주유소 사무실로 들어왔는데 무척이나 놀랐을 거야. 다행히 리키는 알래스카를 때리지는 않았어. 하지만 심한 욕설을 퍼부었지. 알래스카의 목을 움켜잡고 한 번만 더 자길 욕하면 배때기에 너클 낀 주먹을 먹이겠다고 겁을 주었어. 그러고는 목을 움켜잡은 손을 풀어주고 밖으로 나가버렸지. 알래스카는 바닥에 주저앉아 울기만 했어. 나는 이해할 수 있었지. 리키는 누구든 겁먹게 할 수 있는 건달이거든. 나도 당해봐서 잘 알아. 나는 알래스카 옆에 쪼그리고 앉았어. 마음이 얼마나 아픈지 나 역시 같이 울었지. 나는 울다가 알래스카를 끌어안았어. 그러자 알래스카가 나에게 키스하더군. 전혀 예상하지 못한 일이었지만 왠지 느낌이 좋았어. 알래스카의 혀가 내 입 속으로 파고들 때 몸이 노곤해지면서 달콤하고, 부드럽고 아늑했지.

그때까지 여자와 키스는 생각해본 적 없어. 처음에는 일진이 사나운 날이라고 생각했는데 잊을 수 없는 날이 되었지. 알래스카와 내가 커플이 된 날이니까. 알래스카는 일요일만 되면 주유소에서 나와 함께 시간을 보냈어. 우리는 뒷방에서 장난도 치고, 사랑도 나누고, 칩을 먹으면서 잡지도 읽었지. 일요일에는 주유소를 찾는 손님이 별로 없었고, 제이콥 씨는 CCTV를 재생하는 방법을 모르거든. 조카를 불러야 CCTV에 녹화된 영상을 열어볼 수 있었지.

CCTV는 신경 쓸 필요 없었는데 알래스카가 매번 가져오는 비디오카메라가 있었어. 우리는 그 카메라로 사랑을 나누는 장면을 찍어 재생해보면서 깔깔거리고 웃었어. 나는 알래스카를 즐겁게 할 수 있다면 뭐든 해주고 싶었어. "널 위해서라면 뭐든지 할 수 있어." 살면서 어느 누구에게도 하지 않은 말인데 알래스카에게는 자연스럽게 할 수 있었지.

우리가 레즈비언인지 알래스카에게 물어봤어. "아무려면 어때. 사람은 누구나 사랑할 자격이 있어." 나도 알래스카와 같은 생각이었지. 리키에게 맞고 살기는 해도 그가 좋다고. 그랬더니 알래스카가 묻더군. "너를 때리는 새끼와 헤어지지 않는 이유가 뭔데?" 나는 대답했어. "글쎄, 정이 들었기 때문일까? 아무튼 이유를 모르겠는데 리키가 좋아." 알래스카는 나를 이해한다면서 누군가를 미치도록 사랑하는데 이유를 모르겠다고 하더군. 그 말을 듣자 날카로운 비수가 날아와 가슴에 박힌 듯했어. 알래스카가 오로지 나만을 미치도록 사랑해주길 바랐다는 사실을 그제야 깨달았지. 알래스카에게 마운트플레전트는 그저 잠시 머무는 곳이고, 나는 매주 일요일에 만나는 기분 전환용 섹스파트너에 불과하다는 생각이 들었어. "네가 사랑한다는 사람이 월터야?" 알래스카는 대답했어. "아니. 월터는 아니야. 월터와는 둘이 함께 저지른 일이 있어서 엮였을 뿐이야." 알래스카는 '다른 어떤 사람'이 있다고 했어. 그 사람이 '마운트플레전트라는 쥐구멍'에서 알래스카를 꺼내줄 거라고도 했지. 왜 당장 데리러 오지 않는지 물었더니 그 사람의 '이혼 문제'가 해결되길 기다리고 있다고 했어. 이혼 서류에 도장만 찍으면 알래스카는 그 사람과 함께 뉴욕으로 떠나기로 약속했다는 거야. 알래스카의 꿈은 배우이고 어서 뉴욕에 가고 싶다고 했지. 알래스카는 나를 처음 만났을 때 자신의 미래가 끝장나버렸다고 했어. "세일럼에서 안 좋은 일이 있었거든." 알래스카는 얼마 후 어떤 일이 있었는지 이야기해 주었지. 아버지가 알래스카가 모아둔 돈을 몽땅 빼돌렸다고. 돈을 조금이나마 되찾으려고 월터와 함께 집으로 몰래 들어가 아버지의 시계를 훔쳤대. 거기까지는 괜찮았는데 집을 나오다가 그만 이웃에 사는 경찰에게 발각되었다는 거야. 멍청이 월터가 차를 막아서는 경찰을 그대로 치고 달아났나봐. 나는 알래스카의 잘못이 아니라고 말해주었지. 알래스카는 틀림없이 유명 배우가 될 거야. 그때까지 알래스카와 나는 비디오카메라로 영화를 찍고 있었던 셈이지.

내 인생은 늘 출발은 좋은데 끝이 안 좋아. 알래스카와도 끝이 좋지 않았어. 새해 첫 일요일에 알래스카와 나는 탈의실 방에서 사랑을 나누고 있었지. 비디오카메라가 돌아가고 있었고, 알래스카는 옷을 모두 벗은 내 가슴에 얼굴을 묻고 있었지. 별안간 주유소 사무실 문이 열리더니 리키의 목소리가 들려왔어. 나는 소스라치게 놀라며 알래스카에게 비상구로 도망치라고 한 다음 재빨리 선반 위에 놓아둔 비디오카메라 전원을 껐지. 그 방에는 비디오카메라를 숨기기에 적당한 곳이 없어서 재빨리 테이프를 빼내 호주머니에 넣었지. 만약 리키가 비디오카메라에 녹화된 영상을 보게 될 경우 알래스카에게 무슨 짓을 가할지 짐작이 가능했어. 녹화 테이프만 없으면 우리가 무슨 짓을 했는지 모를 테니까.

리키가 탈의실 문을 열고 들어왔어. 그는 상반신을 벗은 나를 보자 표정이 바뀌더니 다짜고짜 뺨을 때렸지. "손님들이 오면 옷을 홀러덩 벗고 서비스를 하니?" 나는 용케 잘 둘러댔어. "이 방은 탈의실이야. 옷을 갈아입고 있었어. 옷에 커피를 엎질렀거든." 그러자 리키는 낄낄거리며 웃더군. "진작 그렇게 말했어야지. 말이 잘 나오라고 귀싸대기에 기름칠을 해준 거야." 리키에게 무슨 일로 왔는지 물었어. "네가 어느 놈팡이를 가랑이 사이에 끼고 있지 않나 확인하러 왔지.", "내가 바람피운다고 생각해?", "그야 모르지. 왠지 요즘 낌새가 수상하거든." 그러더니 내 가슴을 움켜잡으며 말했어. "하여간 별일 없으면 다행이고." 리키가 눈동자를 굴리다가 선반 위에 올려둔 비디오카메라가 우리 쪽을 향해 있는 걸 보았어. "저 비디오카메라는 뭐야?" 리키가 허리띠를 풀어 휘두르기 전에 변명거리를 만들어내야만 했어. 비디오카메라를 가져온 알래스카에게 행패를 부릴 게 뻔했으니까. 난 재빨리 소리쳤지. "기분 정말 더럽네. 우리가 옷을 갈아입는 모습을 제이콥 씨가 몰래 찍고 있었나봐.", "넌 저 빌어먹을 카메라가 선반 위에 있는지 몰랐어?", "몰랐어, 방에 들어와 옷만 갈아입고 나가느라 선반 위를 쳐다본 적이 없었으니까." 리키는 비디오카메라의 녹화 테이프를 보려고 했지만 내가 미리 꺼내 숨겼으니 허탕을 치게 되었지. 리키는 분노가 극에 달해 고래고래 소리를 질렀어. "루이스 제이콥, 이 변태 영감탱이! 내가 죽여버릴 거야."

나는 리키가 정말로 제이콥 씨를 죽일 것 같아 겁이 더럭 났어. "살인은 어리석은 짓이야. 차라리 돈을 받아내." 리키는 그게 좋겠다면서 나에게 당장 제이콥 씨에게 전화를 걸라고 했어. 아무런 죄도 없는 제이콥 씨는 곧바로 주유소로 달려왔지. 리키가 비디오카메라를 눈앞에 들이대도 제이콥 씨는 영문을 몰라 했어. 리키는 탈의실에 비디오카메라를 놓아둔 걸 빌미로 돈을 뜯어내려고 했지. 제이콥 씨에게 1만 달러를 요구하면서 돈을 주지 않으면 큰 낭패를 보게 될 거라고 협박했어. 나는 제이콥 씨에게 정말 미안하기 그지없더군.

그 일이 있고 나서 알래스카를 만났어. 알래스카는 자신이 책임지고 제이콥 씨에게 돈을 돌려주겠다면서 나에게 아무 걱정 말라고 했지. 제이콥 씨는 나에게 이제 주유소에 나올 필요 없다고 하더군. 내가 일자리를 잃자 리키는 또 나를 때렸어. 돈도 못 버는 재수 없는 년이라면서. 리키에게 맞으면서 나는 어린애처럼 눈물을 흘렸어. 아파서가 아니라 일요일을 알래스카와 함께 보낼 수 없게 되어 슬펐지.

알래스카가 무슨 말로 설득했는지 모르지만 제이콥 씨가 나에게 다시 주유소에 나와서 일해도 된다고 허락했어. 알래스카가 나를 보호해준 거야. 그 일이 있고 나서 얼마 후부터 알래스카는 일요일에 주유소로 나오지 않았어. 나는 알래스카가 오기를 간절히 기다렸지. 사무실 문이 열릴 때마다 알래스카이길 기대하며 쳐다봤어. 뭔가가 부서져버린 기분이었지. 그때는 리키 때문에 알래스카를 잃게 되었다고 생각했지만 어차피 그렇게 될 수밖에 없었는지도 몰라. 알래스카와 나는 그저 엔조이 상대였을 뿐이었잖아. 알래스카가 사랑하는 사람은 따로 있었으니까. 알래스카는 인생이 나에게 준 가장 아름다운 선물이었지. 내가 살아 있는 한 알래스카에 대한 기억만큼은 끝까지 간직하고 싶어.

**

페리는 일기의 마지막 구절까지 소리 내어 읽었다. 귀 기울여 듣고 있던 사만다는 결국 울음을 터뜨렸다.

"그랬었군요." 사만다는 그 이야기를 처음 알게 된 사람처럼 중얼거렸다. "나는 전부 잊고 있었거든요. 그 아이는 잘 지내죠?"

"누구 말인가요?"

"알래스카. 지금 알래스카 이야기를 하려고 날 찾아온 거잖아요? 나는 이런 꼴이어도 알래스카는 잘 지냈으면 좋겠는데."

페리는 잠시 머뭇거리다가 말했다.

"잘 지내고 있어요. 당신에게 안부를 전해달라고 하더군요."

사만다는 우리를 향해 웃음을 지어 보였다. 치아가 몇 개 남지 않은 검은 입이 열렸다가 닫혔다.

"알래스카에게 사랑한다고 전해주세요. 내가 많이 그리워한다고."

우리는 사만다의 일기 공책을 열어 사진을 찍고 나서 원본은 돌려주었다. 페리는 바깥에서 대기 중인 경찰기동대에 무선통신망으로 호위를 요청했다. 사만다는 우리를 배웅하고 싶어서인지 바깥으로 따라 나오더니 공을 차는 두 아이에게 욕설을 웅얼거렸다.

우리가 경찰차에 오른 순간이었다. 우리 쪽을 지켜보던 사만다가 느닷없이 소리를 질렀다. "빌어먹을! 저 프린터를 〈듀티스〉에 도로 가져다줘야겠어!"

"빌어먹을! 저 프린터를 〈듀티스〉에 도로 가져다줘야겠어!" 그 말이 알래스카와 관계없을 리 없었다. 사만다의 입에서 나온 말을 듣자마자 로렌이 우리에게 말했다. "〈듀티스〉는 마운트플레전트에서 전자제품을 파는 가게인데 몇 년 전에 폐업했어요."

/

27장
인쇄 불량
2010년 7월 20일 화요일. 뉴햄프셔주, 로체스터

/

페리는 일행에게 기다리라고 한 뒤 혼자 사만다에게로 돌아갔다.

"방금 전 뭐라고 말했죠?"

"뭐가요?" 사만다가 허깨비 같은 얼굴로 웅얼거렸다.

옆에서 어리대던 두 아이가 낄낄거리며 웃었다.

"엄마는 맨날 저래요. 경찰 아저씨한테 한 말이 아니니까 무시해도 돼요."

"맨날 저런다니, 뭘?"

"저렇게 소리를 지른다고요. 빌어먹을 프린터를 〈듀티스〉에 가져다준다잖아요. 엄마가 오래전부터 저랬다고 아빠가 그랬어요. 진짜 웃겨요."

"넌 사만다의 아들이니?"

"네, 얘는 내 동생이고요. 우리 아빠를 체포하러 왔어요?"

"아니. 네 엄마에게 물어보고 싶은 게 있어서 왔어. 네 아빠이름이 뭐니?"

"리키. 리키 포지타노."

"어디로 가면 네 아빠를 만날 수 있지?"

"나도 몰라요."

포지타노라는 성을 알아냈으니 이제 리키의 행적을 추적할 수있게 되었다. 리키를 찾아내 그날 주유소에서 있었던 일을 그의입을 통해 자세히 들어봐야 했다.

일단 우리는 뉴햄프셔주 경찰청으로 향했다. 랜스데인 청장을찾아가 수사 상황을 보고하기로 되어 있었다. 수사 진행 상황을 공유하길 바라는 미첼 서장도 그 자리에 참석하기로 했다. 미첼 서장은 매일 보고서를 받는 대신 뉴햄프셔주 경찰청에서 열리는 수사진행 상황 점검 회의에 참석할 수 있게 되어서 기분이 우쭐해져 있었다. 우리 일행은 최근에 밝혀낸 수사 자료를 정리해 보고했다.

1998년 10월 2일

알래스카는 저축해놓은 돈을 부친이 **빼돌렸다**는 사실을 발견함. 화가 나서 친구 월터를 찾아감. 월터의 집에서 주말을 보냈을 것으로 추정됨. 그곳에 며칠 머물기로 마음먹지만 정착할 생각은 없었음.

1998년 10월 8일

알래스카는 부모의 집에 침입해 강도 행각을 벌임. 부친과 사이가 나빠짐. 알래스카의 강도 행각에 동행한 월터가 앞을 가로막는 경찰을 차로 들이받고 도주함. 알래스카는 마운트플레전트에 당분간 머물기로 결정함. 경찰에 발각될 위험 탓에 부친의 시계를 팔지 못함. 주유소에 일자리를 구함.

1998년 11-12월

알래스카는 주유소 동료 여직원 사만다와 부적절한 관계를 이어감. 알래스카는 사만다에게 월터가 아닌 다른 애인이 있다고 고백함. 그 사람이 와서 알래스카를 마운트플레전트에서 구출해주기로 약속되어 있다고 함. 그 사람은 세일럼 거주자로 추정되며(세일럼 소재 부티크에서만 판매되는 구두를 알래스카에게 선물함), 이혼 절차를 밟는 중이라고 함.

월터와 사만다 두 사람과 관계를 맺은 것으로 보아 알래스카는 양성애자로 추정됨.

알래스카가 열렬하게 사랑한다고 털어놓은 제3의 인물은 누구일까? 남자일까 여자일까?

1999년 1월

사만다의 애인 리키가 주유소 탈의실에서 비디오카메라를 발견함. 리키는 두 여직원이 옷을 갈아입을 때 주유소 사장 루이스 제이콥이 몰래 촬영했다고 단정하고 그를 협박함. 루이스 제이콥은 그 카메라가 알래스카의 것임을 알게 됨.

1999년 2월

사만다가 별안간 주유소 일을 그만두고 떠남. 이유는? 무슨 일이 일어난 것일까?

1999년 4월 3일

알래스카가 살해당함. 시신의 호주머니에서 편지 발견.
'나는 네가 한 짓을 알아.'

알래스카가 원망을 살 일이 무엇일까? 부모의 집에 침입해 벌인 강도 행각일까? 사만다와의 관계일까? 루이스 제이콥에게 끼친 금전적인 손실 때문일까?

"아직 밝혀내야 할 문제들이 산적해 있지만 이 사건의 실체가 좀 더 분명하게 보이기 시작했습니다." 페리가 말했다.

"수고했어. 그런데 에릭 도노반을 조사한 결과는 어디 있나?" 랜스데인 청장이 물었다.

"에릭 도노반은 월터 캐리의 모친과 부적절한 관계를 맺었고, 그 일을 협박의 무기로 삼았습니다. 월터가 에릭을 공범으로 지목한 이유는 그 일에 대한 복수심이 작용한 것으로 보입니다. 에릭은 피해자의 혈흔이 묻은 상태로 발견된 스웨트셔츠에 대해 월터에게 빌려주었다고 주장해 왔습니다. 월터의 모친인 샐리 캐리의 증언으로 에릭의 주장은 사실로 입증되었습니다."

"그렇다면 에릭이 유죄 판결을 받게 된 결정적 증거들이 모두 무효가 되고 있다는 뜻입니까?" 미첼 서장이 물었다.

"알래스카가 받은 협박 편지를 인쇄할 때 에릭 소유의 프린터가 사용되었다는 사실이 아직 문제로 남아 있어요." 내가 설명했다.

로렌이 나섰다.

"이 자리에 오기 전 사만다를 만나봤는데 수수께끼 같은 말을 들었습니다. '빌어먹을! 저 프린터를 〈듀티스〉에 도로 가져다줘야겠어!' 필시 그 프린터와 관련된 말로 생각됩니다."

"〈듀티스〉라고? 예전에 마운트플레전트에 있었던 전자제품점 말인가?" 미첼 서장이 물었다.

"네 맞아요." 로렌이 대답했다.

"그 〈듀티스〉라는 상점에 대해 조금 더 설명해주겠나?" 랜스데인 청장이 물었다.

"마운트플레전트에 있었던 전자제품점입니다. 주인이 좀 특이했어요. 나쁜 사람은 아니었지만 고객을 상대로 몇 번 잔꾀를 부리다가 발각돼 위기를 맞은 적이 있죠. 그러다가 결국 4,5년 전에 폐업했습니다. 그 후로는 올페버러 인근에서 중고 물품점을 열었다는 소식을 들었습니다." 로렌이 말했다.

그 말을 듣고 있던 페리가 나를 쳐다보았다.

"사만다의 기억 속에 프린터가 강박처럼 남아 있는 이유가 뭘까? '빌어먹을! 저 프린터를 〈듀티스〉에 도로 가져다줘야겠어!' 사만다는 이 말을 주문처럼 입에 달고 있거든. 대체 뭘 말하고 싶은 걸까?"

"에릭의 프린터를 실제로 〈듀티스〉에서 샀을 수도 있겠죠." 내가 조심스레 생각을 말했다.

"오빠에게 물어 봐야겠네요." 로렌이 말했다. "그 당시 마운트플레전트 주민들 대부분이 〈듀티스〉에서 전자제품을 구입했어요. 물건을 값싸게 팔기로는 따라올 가게가 없었거든요. 하지만 거기서 산 물건들이 자주 문제를 일으켰고, 사람들은 곧 등을 돌렸죠. 그런 일이 잦다 보니 폐업을 피할 수 없었을 거예요."

그날 우리는 1999년 당시 수사에서는 생각해내지 못했던 방법을 썼다. 에릭이 소유했던 프린터의 제조사와 접촉을 시도했다.

시애틀에 본사를 둔 회사였다. 두 시간에 걸친 전화 통화와 몇 단계 부서를 거친 끝에 마침내 우리의 질문에 답해줄 수 있는 인물과 연락이 닿았다.

"그 프린터는 1997년 출시된 모델입니다. 1998년 4월에 제조되어 출고된 프린터 중에 결함이 있는 제품이 있었습니다. 주로 뉴햄프셔주에 풀린 제품에 문제가 있었어요. 대리점의 매출실적 보고서에 따르면 뉴햄프셔주에서만 200대가 팔려나갔답니다. 하지만 걱정할 필요는 없습니다. 리콜을 통해 거의 전량 회수했으니까요."

"어떤 결함이었습니까?"

직원은 관련 내용을 찾아내느라 과거 자료를 한참 동안 뒤적였다.

"프린트헤드에 문제가 있었답니다. 그런 경우라면 인쇄할 때 자잘한 흠이 생기죠. 육안으로는 잘 구별되지 않는 흠집이지만 회사에서는 전량 리콜 조처했습니다."

로렌과 페리, 나는 뒤통수를 얻어맞은 기분이었다.

"에릭의 프린터뿐만 아니라 그 당시 출고된 일부 제품의 공통된 결함일 수도 있다는 사실을 우린 왜 생각하지 못했을까?" 페리가 자책했다.

실제 프린터 리콜 업무를 맡아 진행한 곳은 본사가 아니라 지역 대리점이었다. 프린터 제조사의 뉴햄프셔주 총판은 맨체스터에 있었다. 그곳의 판매 대리인은 15년 이상 대리점을 해온 사람으로 예전 〈듀티스〉의 주인 닐 로그를 또렷이 기억한다고 했다. 그는 전화 통화로 우리의 질문에 성실하게 답변해주었다.

"닐 로그와는 중도에 거래를 중단했습니다."

"혹시 거래를 중단한 이유가 있습니까?"

"닐 로그는 반드시 지켜야 할 의무를 위반했어요. 몇 번 리콜이 발생했을 때 자칫 소송이 들어올 수도 있는데 고객에게 해당 사항을 알려야 할 의무를 지키지 않았죠. 그런 태도는 정말이지 위험합니다."

"가령 어떤 점이 위험합니까?" 페리가 물었다.

"공장에서 가끔 결함이 있는 제품이 출고될 때가 있는데, 그 경우 리콜 조처로 물건을 회수하고 정상적인 제품으로 교환해주어야 마땅하죠. 만약 제품의 결함 탓에 누전이 발생해 화재라도 난다면 그 책임을 제조사가 오롯이 떠맡아야 합니다. 소송을 통해 어마어마한 손해배상금을 떠안게 되죠. 그런 만큼 제품에 결함이 있을 경우 제조사는 지역 대리점에 리콜 업무를 맡기게 됩니다. 또 지역 대리점은 소매상에 리콜 지시를 내립니다. 그 당시에는 그랬죠. 인터넷이 활성화된 요즘에는 이메일을 통해 제조사가 곧바로 고객에게 리콜 사실을 알려줄 수도 있어요. 하지만 과거에는 제품을 판매한 소매점을 통해야만 구매자에게 연락이 닿을 수 있었습니다."

"그렇다면 〈듀티스〉의 닐 로그가 프린터 구매자들에게 리콜 사실을 제대로 알리지 않았다는 말인가요?" 로렌이 물었다.

"닐 로그는 리콜 업무를 등한시했습니다. 고객 서비스는 관심 밖이었죠. 한번 팔면 끝이라는 생각이었어요. 그런 마음을 품고 있으니 리콜 사실을 고객에게 알리지 않은 겁니다."

"그렇다면 1998년에 〈듀티스〉를 통해 동일한 결함이 있는 프린터가 여러 대 판매되었을 수도 있겠군요." 페리가 말했다.

"그럴 가능성이 큽니다. 프린터가 몇 대나 팔렸는지 알려면 닐 로그를 만나 확인해봐야 하겠죠."

***

닐 로그는 올페버러에 있는 중고 물품점에 나와 있었다.

"대리점 주인은 핑계가 많아서 좋네요." 닐 로그는 지역 대리점 주인에 대해 화를 내며 말을 이었다. "그 작자는 이상한 우편물들을 잔뜩 보내 말도 안 되는 요구를 했어요. 리콜을 실시하면 그 즉시 판매한 물품들을 교환해주거나 돈을 돌려줘야 합니다. 프린터에 실제로 결함이 있는 경우 복잡한 서류를 꾸미고 내 돈을 들여 대리점에 반송해야 합니다. 그런 다음 본사에서 결재가 나기를 기다렸다가 대금을 돌려받아야 하고요. 본사에서 돈을 돌려줘야 하는 경우 시간을 질질 끄는 경우가 허다합니다. 일방적으로 피해를 보는 쪽은 언제나 나 같은 소매상들이죠."

"그래서 당신은 고객들에게 리콜 통지를 하지 않았다는 말이죠?" 로렌이 확인하듯 물었다.

"대리점에서 리콜 통지서를 받자마자 쓰레기통에 처박아 버렸어요. 누군가 리콜에 대한 말을 꺼내면 통지서를 받지 못했다고 둘러대기 좋잖아요. 리콜 통지서를 보낸 쪽에서 내가 받았다는 사실을 입증할 수 있어야죠. 안 그래요?"

"에릭 도노반이 체포될 당시 당신이 프린터를 판매한 사실을 경찰에 알리지 않은 이유는 뭡니까?" 페리가 물었다.

"정말 웃기는 질문이네요. 내가 판 프린터 한 대가 경찰 수사와 관련 있다는 걸 어떻게 압니까? 나는 전자제품을 파는 사람이지 셜록 홈스가 아니라고요!"

"그 당시 에릭에게 판매한 프린터와 같은 기종을 또 누구에게 팔았습니까?"

"11년 전에 프린터 몇 대를 판매했는지 기억해내라고요? 당신이라면 기억하겠습니까? 나는 점심 식사로 뭘 먹었는지조차 생각이 안 나는 사람입니다."

"혹시 루이스 제이콥에게 프린터를 판매한 적이 있습니까?" 로렌이 주유소 주인의 이름을 꺼냈다.

"아, 정말 신기한 일이네요. 지금 내 머릿속에 딱 떠오른 게 그 이름이거든요. 그 당시 내가 프린터를 판매한 사람 중에서 유일하게 기억하는 인물이 있다면 바로 루이스 제이콥일 겁니다. 그 사람이 프린터를 도로 가져와 인쇄가 제대로 되지 않는다고 짜증을 냈거든요. 같은 페이지를 여러 장 인쇄해보니 인쇄 상태가 공통적으로 좋지 않다고 난리를 치더라고요. 내가 테스트해 봤더니 별 이상이 없었어요. 불량품이니 돈을 물어내라고 했지만 나는 그럴 수 없었어요. 이미 리콜 날짜도 지났는데 그 작자가 끝까지 고집을 부려 어쩔 수 없이 반품 절차를 밟아 공장으로 돌려보냈죠. 그 난리를 치르느라 감정이 쌓여 루이스 제이콥과 사이가 틀어지게 되었어요. 그 이후 루이스 제이콥은 내 가게에 발길을 끊었고, 나도 그 사람 주유소에서 기름 한 방울 넣지 않았죠."

"그 일이 있었던 때가 언제입니까?"

"그게 언제였더라? 당신들이 말하는 그 프린터와 같은 모델이었는지는 기억나지 않네요."

루이스 제이콥의 프린터를 반품했다면 추적이 가능했다. 제조사 법무팀은 반품, 교환과 관련된 문서를 20년간 보관해오고 있었다. 고객들과 소송이 벌어질 경우에 대비해 회사가 적절하게 대응했다는 사실을 증명하기 위해서였다.

제조사 법무팀에 프린터 추적을 의뢰한 끝에 우리는 마침내 두 가지 결정적 정보를 손에 넣게 되었다. 경찰 조서에 기록된 에릭의 프린터 시리즈 번호는 결함이 있는 상태로 출고된 제품이었다. 루이스 제이콥의 경우 결함이 있는 모델을 구입했다가 반품한 사실이 확인되었다. 반품 날짜는 1999년 3월 3일로 기록되어 있었다. 그렇다면 루이스 제이콥이 알래스카가 받은 협박 편지의 작성자일 가능성이 컸다. 그 협박 편지들을 인쇄한 뒤 증거를 없애려고 프린터를 반품했을 수도 있으니까. 사만다 프레이저가 강박처럼 입에 달고 사는 '빌어먹을! 저 프린터를 〈듀티스〉에 도로 가져다줘야겠어!'라는 말이 나오게 된 배경일 수도 있었다.

우리가 알아낸 사실들을 랜스데인 청장에게 보고할 때는 이미 해가 저물고 있었다. 보고를 들은 랜스데인 청장이 물었다.

"인쇄할 때 동일한 결함을 보이는 프린터가 한 대가 아니었다는 말이지?"

"뉴햄프셔주에 풀린 물량만 200대입니다." 페리가 설명했다. "그중 최소한 두 대는 마운트플레전트로 왔죠. 그보다 많을 수도 있고요."

"그 주유소 주인이 협박범일 가능성이 있다고?"

"그 협박 편지들을 작성한 인물일 수도 있습니다."

랜스데인 청장은 미심쩍다는 듯 잠시 침묵했다가 말을 이었다.

"그렇다면 그 협박 편지 가운데 한 장이 에릭의 집에서 나온 이유가 설명되지 않잖아."

"에릭 역시 그 편지를 받았을 겁니다." 로렌이 말했다. "에릭은 그 편지를 작성한 사람이 아니라 받은 사람 가운데 하나라는 거죠."

내가 로렌의 말을 받았다.

"현재의 가정대로라면 루이스 제이콥이 에릭과 알래스카에게 똑같은 협박 편지를 보냈다는 말인데, 그 이유는 뭘까요?"

"그 두 사람이 뭔가 양심의 가책을 받을 만한 행위를 한 걸까?" 페리가 생각에 잠겨서 중얼거렸다. "그래서 에릭은 자신의 집에서 발견된 협박 편지에 대해 함구했을까? 더 큰 일에 대한 의심을 불러일으킬 수도 있다는 걸 우려해 미리 몸을 사렸을 수도 있잖아."

경찰기동대로부터 로체스터의 한 술집에서 리키 포지타노를 찾아냈다는 연락을 받았다. 그날 저녁, 우리는 리키를 신문하면서 세부 사실 몇 가지를 추가로 알아냈다.

사만다에 비해 리키는 훨씬 신수가 좋아 보였다. 경찰에 체포될 때마다 인생의 이정표처럼 찍어놓은 그의 머그샷들과 비교해보자면 나이가 좀 더 들어 보이고 몸도 둔해졌다는 걸 알 수 있었지만 머리카락은 여전히 검었고, 두뇌 회전 역시 빨랐다.

"사만다가 크랙에 손대는 걸 보고 안 되겠다 싶어서 재빨리 도망쳤습니다. 크랙은 뇌에 구멍을 낸다잖아요."

"크랙을 하는 사만다가 당신의 아이들 둘을 키우고 있어요." 로렌이 어처구니가 없다는 듯 쓴웃음을 지으며 말했다.

"내 아이들이라는 보장이 없어요." 리키가 억울하다는 듯 대답했다. "당시 사만다는 약을 구하느라 온갖 남자들과 잤어요. 지금은 그 짓도 못하게 되었죠. 사만다가 애들 머리에 내가 애비라고 세뇌시켜 놨더군요. 내 아이라는 근거는 없지만 난 이따금 생활비를 주고 있다고요."

"아, 그래요?" 로렌의 얼굴에 냉소가 스쳐 지나갔다.

리키는 계속되는 신문에 짜증이 난 기색이더니 곧이어 트집을 잡기 시작했다.

"배지를 보니 당신은 마운트플레전트 경찰이네요. 여긴 마운트플레전트 경찰 관할이 아닌데 왜 나를 멋대로 연행했죠? 게다가 미란다 원칙을 말해줘야 하는 절차도 생략하고."

"우리는 당신을 체포해온 게 아닙니다." 페리가 말했다. "몇 가지 물어볼 게 있어서 정중히 모셔 왔을 뿐이죠."

"뭐든 물어보세요. 도울 수 있다면 기꺼이 도울 테니까."

"사만다는 왜 크랙에 손을 대기 시작했죠? 알래스카의 죽음 때문인가요?"

"알래스카가 살해된 건 우리가 캘리포니아로 떠난 다음이었어요. 우린 태평양 해안고속도로를 따라 달리는 중이었죠. 커플 여행을 했는데 도중에 오토바이 폭주족들을 만나 한바탕 붙는 바람에 유치장에서 하룻밤을 보내기도 했죠."

"알래스카 살인사건이 있던 날 밤에 몬테시토의 유치장에 잡혀 있었더군요."

"내가 유치장에 잡혀가지 않았다면 알래스카 살인범으로 찍혔을지도 모르겠네요."

"이미 지난 일이니까 허심탄회하게 말해봐요. 당신이 알래스카 살인사건의 범인이라는 의심을 살만한 이유가 뭐라고 생각하세요?"

내가 물었다.

"그냥 장난으로 해본 말이었어요."

"당신이 루이스 제이콥에게 1만 달러를 갈취한 걸 알아요." 로렌이 나섰다. "그 일과 연관이 있나요?"

리키는 괜히 허튼소리를 했다가 잘못 엮일 수도 있다는 판단을 했는지 갑자기 입을 꾹 다물고 아무 말도 하지 않았다.

랜스데인 청장이 나서서 공식문서 한 장을 재빨리 만들었다. 법적 효력은 없었지만 리키의 입을 열게 할 정도의 효력은 있었다.

"2월 말 일요일이었어요. 사만다가 전화해 주유소로 빨리 와 달라고 하더군요. '빨리 주유소로 와줘. 누군가 우릴 협박하고 있어!'"

***

1999년 2월 28일 일요일

리키가 주유소에 도착해보니 사만다는 극도로 흥분한 상태였다. 사만다가 문구 하나가 인쇄된 종이 한 장을 그의 눈앞에 대고 흔들어 보이면서 말했다.

"이 협박 편지가 사무실 바닥에 떨어져 있었어."

"누가 이런 짓을 했을까?" 리키가 웅얼거렸다. "루이스 제이콥이 한 짓일까?"

"내가 알기로 사장님은 어제 출근하지 않았어."

"그럼 누가 한 짓이야?"

"알래스카." 사만다가 말했다. "알래스카가 나를 협박한 거야."

"알래스카? 그년이 우리 일을 어떻게 알고? 네가 1만 달러를 벌었다고 떠벌렸지?"

사만다는 아차 하며 입을 다물었고, 리키는 루이스를 협박해 1만 달러를 뜯어낸 사실이 밖으로 새어 나갔다는 걸 알아차렸다.

"넌 어찌 그리 멍청하니? 내가 선고유예 중이니 조심하라고 몇 번이나 말했어? 이번에 또 걸리면 최소한 5년은 철창 안에서 썩어야 한단 말이야. 이럴 때가 아니라 어서 튀어야겠어."

"난 떠나고 싶지 않아." 사만다가 겁먹은 소리로 말했다.

"알래스카가 벌써 누군가에게 다 말했을지도 몰라. 그년이 경찰에 신고하지 않아도 다른 누군가가 할 거야. 널 여기 혼자 두고 갈 수는 없어. 경찰에 잡혀가면 넌 다 불어버릴 테고, 내가 잡히는 건 시간문제일 테니까. 어서 물건을 챙기고 나서 알래스카에게 전화해. 경찰에 신고하면 어떤 대가를 받게 되는지 단단히 일러놓고 가야지."

사만다가 울음을 터뜨렸다.

"울지 말고 전화하라니까!"

"제발 알래스카에게 못되게 굴지 마."

"그년이 경찰에 고자질만 하지 않는다면 혼낼 일도 없어."

전화로 사만다의 겁먹은 목소리를 들은 알래스카는 주유소로 급히 달려왔다. 사무실에 리키가 와 있는 걸 본 알래스카는 좋지 않은 예감이 들었다. 리키는 사무실로 들어선 알래스카의 뺨을 후려쳤다. 알래스카는 중심을 잃고 휘청거리다가 차곡차곡 쌓아놓은 초콜릿 상자를 무너뜨렸다.

"개 같은 년, 나를 경찰에 고자질하겠다고?"

"그게 무슨 말이야?" 알래스카가 얼얼한 뺨을 손으로 감싸며 말을 더듬었다.

리키가 종잇장을 흔들어 보였다.

"네년이 이 협박 편지를 써서 보냈지?"

알래스카는 얼굴이 납빛이 되어 다급하게 소리쳤다.

"사만다, 너에게 쓴 협박 편지가 아니야. 제발 믿어줘!"

사만다는 정신이 나간 사람처럼 중얼거렸다.

"내 열쇠는 제이콥 씨 책상 위에 올려놓았어. 네가 대신 전해줘. 내가 일을 못 하게 되었다고."

리키와 사만다가 부리나케 사무실 문을 빠져나가려는 순간 알래스카가 소리쳤다.

"내가 다 말해줄게."

리키가 주먹을 치켜들더니 알래스카의 얼굴 앞에서 흔들어 보였다.

"입 닥쳐! 다시는 우리를 찾아오지 말고 연락하지도 마. 알아 들었어?"

"사만다, 너에게 쓴 협박 편지가 아니었어." 알래스카가 애타는 목소리로 되풀이했다. "어제 그 편지를 출력했는데, 아마 두 장이 나왔나봐. 프린터가 오작동을 한 거야."

"저년 혼자서 실컷 지껄이도록 내버려 둬." 리키가 사만다를 윽박질렀다. "넌 네 차를 타고 와. 집에서 기다리고 있을 테니까."

알래스카는 주유기가 있는 곳까지 따라 나와 사만다에게 매달렸다.

"저 프린터는 전원을 끄면 마지막 페이지가 한 장 더 출력되어 나오잖아. 너도 알면서 그래. 그래서 제이콥 씨에게 프린터를 바꾸자고 말했잖아. 너도 기억하지, 응?"

사만다가 자신의 차 문을 열고 올라타자 알래스카는 아스팔트 바닥에 무너지듯 주저앉으며 소리쳤다.

"빌어먹을! 저 프린터를 〈듀티스〉에 도로 가져다줘야겠어!"

사만다가 마지막으로 들은 알래스카의 목소리였다. 그 말은 여전히 사만다의 뇌리를 떠나지 않고 그대로 남아 있었다.

이렇게 해서 우리는 알래스카가 협박당한 게 아니라는 사실을 알게 되었다. 오히려 알래스카가 프린터로 출력한 협박 편지였다.

수사는 중요한 전환점을 맞이했다. 그때까지 이해되지 않았던 일들에 대한 퍼즐이 맞춰졌다. 페리는 이번 수사로 밝혀낸 사실들이 기폭제가 되어 연쇄반응을 불러일으킬 거라고 자신했다.

/

28장
익명의 협박 편지 작성자
2010년 7월 21일 수요일. 뉴햄프셔주, 콩코드

/

우선 루이스 제이콥을 통해 리키 포지타노의 진술이 사실이었음을 확인했다. 루이스는 주유소에 비치된 프린터는 작동에 문제가 있어서 같은 페이지를 두 번 인쇄했다고 증언해주었다. 루이스는 기억 속에서 잠들어 있던 사건 하나를 떠올렸다. 사만다가 갑작스럽게 주유소 일을 그만두고 나서 얼마 지나지 않아 알래스카가 프린터에 대해 불평을 쏟아내는 일이 있었다. 같은 페이지가 중복해서 인쇄된 게 문제였다. 루이스는 알래스카가 그렇게까지 심하게 화를 내는 모습을 본 적이 없었다. 분노는 전염되는 듯 루이스 역시 더는 참지 못하고 프린터를 들고 〈듀티스〉로 갔다. 닐 로그는 이 핑계 저 핑계 대면서 시간을 끌다가 프린터가 불량품이라는 사실을 시인하고 무상으로 교환해 주겠다고 약속했다.

이제 우리는 알래스카가 익명의 협박 편지 작성자라고 확신했다. 알래스카가 누군가에게 보내기 위해 프린트해놓은 협박 편지였고, 호주머니에서 찾아낸 편지도 마찬가지였다. 그 편지들을 받아볼 수신자는 여러 사람일까, 아니면 단 한 사람일까? 그 협박 편지를 보낸 대가로 알래스카는 목숨을 잃게 되었을까?

에릭 도노반도 그 협박 편지를 받은 사람 가운데 하나였다. 에릭은 어떤 잘못을 저질렀기에 지금껏 그 긴 세월 동안 협박 편지에 대해 함구해왔을까?

"그 이야기를 내 입으로 털어놓을 수는 없었어요." 교도소로 찾아간 우리에게 에릭이 말했다. "그랬다면 내가 알래스카를 살해할 동기가 추가되었을 거고, 나는 한층 더 궁지에 몰렸겠죠."

"알래스카가 보낸 협박 편지는 모두 몇 통이었죠?" 내가 물었다.

"두 통이었어요. 처음에는 내 차 앞 유리창에 꽂아놓았고, 두 번째는 부모님 집 편지함에 넣어놓았더군요."

"그 협박 편지를 알래스카가 보냈다는 사실을 언제부터 알게 되었습니까? 체포되기 전인가요, 그다음인가요?"

"그건 좀⋯⋯." 에릭은 머뭇거리며 대답을 망설였다. "그걸 밝히면 내 입장이⋯⋯."

"사실대로 말해요." 패트리샤가 조급하게 추궁했다. "아는 게 있으면 지금 전부 털어놓아야 해요."

"그 사실은 알래스카가 죽기 전에 알았어요."

"정확히 언제쯤이었죠?"

"살해되기 일주일 전에요."

패트리샤는 낭패라는 듯 두 손으로 얼굴을 감쌌다.

"보라고요, 당신들이 나를 궁지로 몰아넣고 있잖아요. 내가 원하는 건 여기서 꺼내달라는 것뿐이라고요."

"빌어먹을! 그러니까 사실대로 말해요." 페리가 목소리를 높였다. "그 편지를 알래스카가 보냈다는 사실을 정확히 언제 어떻게 알았습니까? 우리는 세세한 부분까지 전부 알아야 합니다."

에릭은 눈을 아래로 내리깔고 잠시 뜸을 들였다가 입을 열었다.

"마트 주차장에서 싸웠던 그 날이에요. 지난번 면회 때 이야기한 1999년 3월 22일 월요일 말입니다. 사실은 그날 있었던 일을 전부 털어놓지는 않았어요."

"우리한테 거짓말을 했다고요?" 패트리샤가 벌컥 화를 냈다. "아직도 거짓말을 하는 건 아니죠?"

"거짓말을 한 게 아니라 이야기 내용을 조금 바꾸었어요. 그날 알래스카가 월터를 떠나기로 마음먹었다는 말은 하지 않았어요.

어쨌거나 알래스카가 내게 그런 말을 한 적은 없어요. 그건 그날 우리가 다툰 진짜 이유를 숨기기 위해 내가 꾸며낸 이야기였죠."

"그렇다면 이제 두 사람이 다툰 진짜 이유는 무엇인지 들어봅시다." 페리의 목소리에 냉기가 담겨 있었다. "당신이 이 교도소에서 썩다가 죽게 내버려 두어야겠다는 생각이 다시 슬금슬금 고개를 드네요."

***

1999년 3월 22일의 진실

정오가 갓 지난 시간이었다. 에릭은 부모 집에서 혼자 모처럼 얻은 하루 휴가를 즐기고 있었다. 자동차 한 대가 집 앞에 멈춰서는 모습이 거실에 있던 에릭의 눈에 들어왔다. 금속이 삐걱거리는 소리도 났다. 편지함을 여닫는 소리였다. 누군지 궁금해 창가로 다가갔다. 이제 막 출발한 차는 월터의 포드 토러스였다. 월터는 낚시용구대회 참관을 위해 전날 부친의 픽업을 몰고 퀘벡으로 떠났다. 에릭은 현관문을 나와 편지함을 열어보았다. 편지 한 장이 보였다. 프린터로 인쇄한 문장에 눈길이 멈췄다.

나는 네가 한 짓을 알아.

심장이 두방망이질했다. 이미 일주일 전에 같은 편지를 받은 적이 있었다. 그때 그 편지는 자동차 앞 유리에 꽂혀 있었다. '캐리 부인이 한 짓이야.' 에릭의 머릿속에서 처음 떠오른 생각이었다. 예전에 협박받은 일에 대한 복수일 거라고 짐작했다.

에릭은 집 안으로 들어가 자동차 키를 들고나왔다. 서둘러 차에 시동을 걸고 도로로 나섰다. 캐리 부인을 따라잡아 담판을 지을 생각이었다. 지난가을, 마운트플레전트로 돌아와 지낼 결심을 하면서 에릭은 캐리 부인과 가까운 거리에 살게 되면 혹시 문제가 생기지는 않을지 우려스러웠다. 그 불길한 예감은 틀리지 않았다. 에릭은 과거 자신이 저지른 잘못이 늘 부끄러웠다. 이제는 잘못을 뉘우치는 것만으로는 끝낼 수 있는 상황이 아니었다. 과거의 잘못을 희석시킬 방법을 찾아야 했다. 두 번째 편지를 보낸 캐리 부인의 의도는 명백히 드러났다.

편지함에 협박 편지를 넣어두면 에릭의 부모가 의문을 품게 될 테고, 결국 아들이 한 짓을 알게 될 것이다.

에릭은 그런 생각을 하며 미친 듯이 차의 속도를 높여 주택가 도로를 가로질렀다. 첫 번째 사거리에 이르렀다. 포드는 보이지 않았고, 그대로 직진했다. 그때 그의 눈에 21번 도로로 진입하는 포드 토러스가 들어왔다. 이제부터 간격을 적당히 유지하며 포드를 뒤따라가기로 마음먹었다. 언제든 차를 세우기만 하면 캐리 부인을 붙잡고 이야기를 나눌 기회를 만들 생각이었다. 하지만 포드는 멈추지 않고 계속 달렸다. 주유소를 지나 그레이비치 삼거리를 통과한 포드는 계속 북쪽으로 달려 28번 도로로 접어들었다.

에릭은 앞차를 놓치지 않고 뒤쫓았다. 20분 후 도착한 곳은 콘웨이 복합 상업 시설 내에 있는 공용주차장이었다. 에릭은 운전석에 앉아 주차 중인 포드 토러스를 지켜보았다. 포드의 운전자가 차에서 내리기만 하면 달려 나갈 마음의 준비를 하고 있었다. 놀랍게도 포드에서 내린 사람은 캐리 부인이 아니라 알래스카였다.

에릭은 의외의 상황에 아연실색했다. 알래스카는 그가 뒤따라왔다는 사실을 알아차리지 못한 듯 마트 쪽으로 걸어가더니 안으로 사라졌다. 에릭은 출입구로 들어가 알래스카가 나오기를 기다렸다. 마침내 알래스카가 장을 본 물건을 봉투에 담아 들고 나타났다.

에릭이 다가가 얼굴을 바싹 들이대고 말했다.

"나는 네가 한 짓을 알아."

알래스카가 부르르 몸을 떨었다.

"하마터면 기절할 뻔했네. 여긴 어쩐 일이야?"

"나는 네가 한 짓을 알아." 에릭은 다시 한번 더 말하고는 우체통에서 꺼내 온 협박 편지를 흔들어 보였다.

알래스카는 에릭의 눈을 피하며 다시 발걸음을 옮겨놓기 시작했다. 에릭이 앞을 가로막아 섰다.

"이런 식으로 내빼려고? 나에게 무슨 일인지 설명해줘야지."

"난 대체 무슨 말을 하는 건지 모르겠어."

"발신자가 누군지 밝히지도 않은 협박 편지를 보낸 사람이 당신이라는 걸 알게 되었어. 한번은 내 차 앞 유리에 꽂아놓았고, 오늘은 편지함에 넣었지. 나한테 불만이 있으면 직접 말해봐!"

***

"그다음에 있었던 일은 일전에 이야기한 그대로입니다." 에릭이 말했다. "우리는 그 편지를 두고 옥신각신 말다툼을 벌였어요. 잠시 후 마트 지배인이 나타나 경찰을 부르겠다고 했죠. 알래스카가 별안간 얼굴이 새파래지면서 허둥대는 거예요. '저 사람이 경찰을 부른다잖아.' 공황 상태에 빠진 알래스카는 쇼핑 봉투를 바닥에 내팽개치고 차로 달려가 운전석으로 뛰어들더군요. 도대체 무슨 영문인지 알 수 없었죠. 내가 협박 편지에 대해 추궁하니까 자리를 피하고 싶은가보다 생각했어요. 땅바닥에 나뒹구는 물건들을 쇼핑 봉투에 다시 담아 넣고 나서 알래스카에게 가져갔죠. 알래스카는 차의 시동을 걸고 막 출발하려고 했어요. 쇼핑 봉투를 차 트렁크에 실어준다는 핑계로 자동차 뒤를 막아섰죠. 알래스카는 결국 울음을 터뜨리며 소리쳤어요. '어서 가게 해줘, 에릭!' 알래스카가 운전할 상태가 아니라는 건 한눈에 봐도 알 수 있었어요. 이대로 가게 했다가는 큰 사고가 날 수도 있겠다는 생각이 들었죠. 그래서 내가 대신 운전해 마운트플레전트까지 데려다주려고 했어요. 경찰이 온 건 바로 그때였죠. 간단히 검문에 응한 다음 차를 운전해 월터의 집 앞까지 데려다주었어요. 거기서 있었던 일도 일전에 이야기한 그대로입니다. 월터와 낚시하러 갔을 때 빌려준 내 스웨트셔츠를 찾아달라고 했더니 알래스카는 아마도 흥분의 여파겠지만 화를 버럭 냈어요. '조금 전 그런 일을 겪고도 머릿속에 그 옷 걱정밖에 없어? 월터한테 전화해서 물어보면 되잖아.' 그래서 내가 대꾸했죠. '설마 정말로 내가 월터에게 전화하기를 바라는 건 아니지? 조금 전에 있었던 일을 다 말해버릴까?' 이렇게 말한 것도 전부 이야기했잖아요."

"잠깐!" 페리가 나섰다. "알래스카가 당신에게 그 협박 편지들을 보냈다는 건 확인이 되었는데, 아직 왜 보냈는지 이유를 이야기하지 않았어요. 당신이 무슨 짓을 저질렀기에 알래스카가 협박의 대상으로 삼은 겁니까?"

"알래스카는 내가 자신의 친구를 죽였다고 비난했어요."

모두가 깜짝 놀란 탓에 잠시 정적이 흘렀다.

"친구를 죽이다니요?" 내가 물었다.

"내가 여자 친구에게 실연당해 그 충격으로 세일럼을 떠났다고 이야기한 적이 있는데 기억하실 겁니다."

"기억해요." 페리가 말했다. "계속 이야기해봐요."

"사실 그 여자가 나를 차버린 게 아니라 자살했어요. 혼자 겪어야 하는 어려움이 있었거든요. 아주 아름다운 여자였지만 내면 깊숙이 고통을 짊어지고 있었죠. 그 여자의 자살은 큰 충격이었어요. 비록 우리 사이가 아주 진지한 정도는 아니었지만 그래도 견디기 힘들었어요. 내가 그 여자의 죽음을 막을 수도 있었다는 생각을 떨어버릴 수 없었죠. 그 충격에서 벗어나려면 어떻게 해서든 세일럼을 떠나야 했어요. 어디로 갈까? 부모님에게 돌아가자. 그렇게 해서 마운트플레전트로 돌아온 거예요. 그 당시에는 아무 생각도 하고 싶지 않았어요. 그래서 여자 친구의 일을 어느 누구에게도, 심지어 월터에게도 말하지 않았죠. 부모님이 이유를 묻기도 전에 직장에서 해고당했다고 먼저 둘러댔고요. 알래스카가 살해당한 뒤 경찰이 내게 마운트플레전트로 돌아온 이유에 대해 묻기에 아버지가 암 진단을 받은 이력까지 끌어들였죠. 알래스카에게 받은 그 협박 편지들이 빌미가 되어 살인사건에 휘말려 들게 될까봐 겁이 났거든요. 그래서 엘레노어의 자살 건은 묻어두는 편이 좋겠다고 생각한 겁니다."

"엘레노어?" 페리가 방금 에릭의 입에서 나온 이름을 되풀이했다.

"그 여자 이름입니다. 엘레노어 로웰."

페리와 나, 로렌은 한순간 놀라움이 담긴 시선을 주고받았다.

"무슨 일이죠?" 우리의 반응을 이해하지 못한 패트리샤가 물었다. "내가 모르는 어떤 사건이 있었나요?"

"당신도 기억할 겁니다. 지난 금요일 로렌의 집에서 그 사건을 언급했었죠." 페리가 말했다. "실종된 젊은 여자가 있는데, 사건 당시 자살로 추정되었다고."

"예, 그 말을 들으니 기억나요."

내가 에릭에게 물었다.

"알래스카가 처음 그 협박 편지를 자동차 앞 유리에 꽂아놓았을 때는 언제인가요?"

"두 번째 편지를 받기 몇 주일 전이었어요. 1999년 3월 초쯤이겠네요."

나는 페리에게로 몸을 돌렸다.

"그렇다면 주유소에서 알래스카가 출력해놓은 협박 편지를 사만다가 발견해 소동이 벌어진 날과 시기적으로 일치하네요."

이번에는 로렌이 오빠를 추궁했다.

"오빠는 방금 전에 알래스카에게서 엘레노어를 죽였다는 비난을 받았다고 말했어. 알래스카는 오빠가 엘레노어를 살해해놓고 자살로 위장했다고 의심한 거야?"

"그건 아니었어. 엘레노어를 죽였다고 한 건 말하자면 일종의 비유라고 볼 수 있지. 엘레노어는 마음이 여리고 연약했어. 알래스카는 내가 자기 친구를 정신적으로 학대했다고 비난했어.

명백한 오해야."

"한 가지 문제가 아직 풀리지 않았어요." 내가 중간에 끼어들었다. "엘레노어는 1998년 8월 말에 자살했어요. 알래스카가 친구인 엘레노어의 자살 동기를 문제 삼아 당신을 의심했다면 어째서 이듬해 3월이 되어서야 협박 편지를 보낸 것일까요?"

"엘레노어와 내가 커플이라는 사실을 알래스카는 일찍부터 알고 있었어요. 엘레노어가 나와의 관계를 알래스카에게 숨기지 않고 말했다고 하더군요. 나는 그런 사실을 1998년 크리스마스 무렵에 처음 알았어요. 어느 날 저녁 〈내셔널 앤섬〉에서 월터와 알래스카가 함께한 자리에서 맥주를 마신 적이 있는데 바로 그 날이었죠. 우리는 크리스마스 파티를 열었고, 다들 **빨간 산타클로스 모자**를 쓴 우스꽝스러운 모습이었어요. 알래스카는 나에게 파트너를 만들어 주어야겠다면서 지나가는 여자들을 가리켜 보였죠. '저 여자 괜찮은데, 어때?' 나는 여자 친구를 사귈 경황이 없다고 대답했어요. 알래스카는 세상 누구라도 하룻밤을 즐길 자격은 된다면서 계속 밀어붙일 기세더군요. 그래서 사실은 엘레노어와 사귀는 사이였다고 이야기했죠. 엘레노어의 자살이 준 충격에서 아직 벗어나지 못한 상태라고요. 그러자 알래스카는 전부 알고 있었다고 하더군요. 나는 엘레노어가 알래스카에게 속내를 털어놓았다는 게 놀라웠어요. 〈내셔널 앤섬〉에서 그런 일이 있고 나서 두 달쯤 지났을 때 엘레노어의 어머니가 알래스카에게 연락해왔대요. 엘레노어와 관련해 뭔가를 찾아냈고.
그걸 알래스카에게 알리고 싶어 한 거예요."

***

1999년 3월 22일

마트 앞에서 말다툼을 벌인 후 마운트플레전트로 돌아오면서
알래스카는 어느 정도 흥분을 가라앉혔다. 두 사람은 말없이 차
를 달렸고, 도착할 때쯤 에릭이 물었다.

"이제 좀 괜찮아?"

"조금 나아졌어."

"마트 지배인이 경찰을 부른다고 했을 때 왜 그리 기겁하듯 놀
랐어?"

알래스카는 잠시 머뭇거리다가 대답했다.

"모르겠어. 갑자기 겁이 났어. 네가 그 협박 편지 건을 경찰에
일러바칠 수도 있잖아."

***

내가 에릭의 말을 자르고 지적했다.

"우리는 알래스카가 경찰을 두려워한 이유를 부모님 집에 침입해 벌인 강도 행각이 발각될 염려 때문이라고 생각해왔어요. 경찰의 몸에 심각한 상해를 입힌 뺑소니 사건이니까요."

"그렇지, 고마워." 페리의 목소리에 짜증이 배어 있었다. 내가 에릭의 진술을 중단시킨 게 마음에 들지 않는 눈치였다. "계속 이야기해봐요, 에릭."

에릭이 다시 이야기를 시작했다.

"하여간 알래스카에게 경찰을 왜 그렇게 겁내는지 물었더니……."

***

알래스카는 잠시 머뭇거리다가 대답했다.

"모르겠어. 갑자기 겁이 났어. 네가 그 협박 편지 건을 경찰에 일러바칠 수도 있잖아."

"자, 이제 마음이 진정되었으니 나에게 설명해줄 수 있겠네. 내가 엘레노어를 자살로 몰아갔다고 생각하게 된 이유가 뭐야?"

"한 달 전, 엘레노어의 엄마가 나에게 연락해왔어. 내게 말하고 싶은 게 있다면서 마운트플레전트로 나를 찾아왔지."

***

1999년 1월 22일

알래스카는 카페 〈더 시즌〉에서 엘레노어의 엄마 마리아 로웰을 만났다.

"만나서 반가워요, 알래스카."

"저도 반갑습니다, 로웰 부인. 엘레노어 생각이 많이 나요."

마리아 로웰의 얼굴에 쓸쓸한 미소가 떠올랐다.

"세월은 금방 지나가요. 알래스카의 엄마가 나에게 연락했더군요. 그동안 마음이 편치 않은 일이 있었다고 하시면서."

"집에 좀 복잡한 일이 있었어요."

"아무리 복잡한 일도 생각을 바꾸면 쉽게 풀리는 경우가 종종 있어요. 나도 그런 생각을 하면서 엘레노어를 이해하려고 애쓰고 있죠. 하지만 그 아이를 괴롭힌 우울증은 그 어떤 방법으로도 극복하기 쉽지 않았어요."

"우울증이 원래 그런 점이 있긴 하더군요."

"알다시피 엘레노어는 앞날이 창창한 아이였어요. 엘레노어의 아버지와 나는 수시로 엘레노어의 용기를 북돋아주며 격려했죠. 하지만 다 부질없는 일이더군요. 사람은 혼자가 아니라는 말을 꼭 명심하길 바라요. 비록 세상에 자기 혼자뿐인 듯이 느껴질 때도 있겠지만 절대로 그렇지 않아요. 그럴 때면 주변의 누군가에게 꼭 도움을 청해야만 해요. 혹시 나쁜 생각이 들 경우 가까운 누군가에게 털어놓고 상의하는 게 좋아요. 타인에게 자신의 문제를 털어놓고 상의하는 게 나약한 면모를 보이는 일이라고 생각해서는 안 돼요. 오히려 용기 있는 일이죠. 궁지에서 벗어나려면 용기가 필요해요."

마리아 로웰은 감정이 북받치는지 말을 끊고 침묵했다. 친구의 엄마가 무슨 일로 만나자고 했는지 여전히 알 수 없었던 알래스카는 망설이다가 물었다.

"어머님을 만나 뵐 수 있어서 기쁩니다만 이곳까지 저를 만나러 오신 이유가 뭔지 여쭤봐도 될까요?"

"그럼요." 마리아 로웰은 회한을 떨어버리려는 듯 머리를 끄덕였다. "내가 여기에 온 이유는 최근에 알게 된 어떤 사실 때문이에요. 엘레노어는 내게도 털어놓고 말하지 못한 어떤 고민이 있었던 것 같아요. 그 고민을 혼자 짊어지고 고통스러워했는데, 내 생각에 그 일이 엘레노어가 스스로 목숨을 끊은 원인인 듯해요. 그 사실을 알고 나니 그냥 묻어버릴 수는 없었어요. 잘못된 일이 있다면 바로잡아야죠. 그러기에 아주 늦지는 않았다는 생각이 들더군요."

그 말과 함께 마리아 로웰은 수첩 한 권을 꺼내놓았다.

"이게 뭔가요?" 알래스카가 물었다.

"엘레노어의 방을 치우지 못하고 지내다가 얼마 전 내 손으로 하나둘씩 정리하기 시작했어요. 그러다가 이 수첩을 찾아냈는데, 엘레노어의 일기장이더군요. 엘레노어는 여기에 참기 힘든 고통을 토로해 놓았어요. 어떤 글은 정말이지 아름다웠죠. 일기를 모두 읽기까지 시간이 제법 오래 걸렸어요. 여기 이 부분을 알래스카에게 보여주고 싶더군요."

알래스카는 부인이 펼쳐서 내민 페이지를 읽기 시작했다.

그가 나를 사랑하는 줄 알았는데 아니었어. 나를 괴롭히고, 내가 고통스러워하는 모습을 보며 즐거워하다니? 우린 7월 4일 독립기념일에 함께 레스토랑에 가서 식사하자고 약속했어. 그래서 공들여 차려입고 있는데, 그는 이렇게 말했지. "나가서 식사하려던 계획은 접는 게 좋겠어. 우리가 함께 있는 모습이 사람들 눈에 띄면… 나이 차이도 나고, 여기저기서 수군거릴 텐데……." 그래서 외출을 포기하고 그의 집에서 시간을 보내야만 했지. 그가 랍스터를 주문했지만 나는 아무것도 먹고 싶지 않았어. 내가 많이 실망했다는 걸 그에게 알려주고 싶었거든. 음식이 그대로 남은 내 접시를 보며 그가 말했어. "웬 투정이야? 우리가 식당에 마주 앉아 있을 수 없는 이유를 너도 잘 알잖아. 나도 어쩔 수 없어서 포기한 거야. 나는 뭐든 네가 원하는 걸 다해주려고 애쓰는데, 사소한 문제로 뾰로통해 있는 모습을 보니 기분이 자꾸만 가라앉잖아." 그는 내가 투정 부린다고 생각했어. 내가 얼마나 상처받았는지 그의 눈에는 보이지 않나봐. 내가 그를 얼마나 사랑하는지도 보이지 않겠지. 나를 행복하게 해줄 수 있는 사람은 오로지 그뿐이라는 사실도 모를 거야. 이따금 그가 내 감정을 멋대로 재단하며 재미 있어 한다는 느낌이 들어. 나를 무시하고 짓밟으면서 즐거워해. 그러면서 나를 지배하고 있다는 기분이 드나봐.

"나는 이 일기에 등장하는 남자가 누군지 알고 싶어요." 마리아 로웰이 말했다. "엘레노어가 자살한 건 그 사람 때문이라는 생각이 들어요. 그가 누군지 알래스카는 혹시 알고 있나요? 엘레노어의 다른 친구들에게도 물어봤는데 모두들 짐작이 가는 사람이 없다고 하더군요. 엘레노어가 그 친구들에게 말해준 건 자기보다 나이가 더 많은 남자와 사귀고 있다는 사실 말고는 없다는 거예요. 알래스카는 뭔가 아는 게 있을까요? 제발 이야기해 줘요. 마지막 희망이에요."

"저도 딱히 생각나는 사람이 없어요." 알래스카가 대답했다.

"잘 생각해봐요." 엘레노어의 어머니는 쉽게 미련을 버리지 못했다. "그 남자의 차 색깔이 파란색일 거예요. 파란색 자동차와 관련해서 생각나는 게 없나요? 이것 좀 봐요. 엘레노어가 쓴 시의 마지막 구절에 이렇게 써놓았어요. 여기 이 부분은 그 남자를 말하는 게 틀림없어요."

마리아 로웰은 시 한 편을 알래스카 앞에 내밀었다. 그 마지막 구절은 다음과 같이 끝나고 있었다.

그의 파란색 차에 몸을 실을 때면 내 마음이 어디로 갈지 궁금해.

그의 파란색 차가 보일 때면 오늘은 행복할지 불행할지 궁금해.

한참 머뭇거린 끝에 알래스카는 고개를 저었다.

"아무리 생각해도 떠오르는 사람이 없네요."

마리아 로웰은 크게 낙심한 얼굴이 되었다.

"회색 집에 대해서도 생각나는 게 없나요? 또 다른 날 쓴 글에서는 회색 집과 붉은 단풍나무를 언급하고 있거든요."

하지만 알래스카는 이제 부인의 말을 건성으로 들었다. 정신이 딴 데 팔린 듯 기계적으로 고개를 저으면서.

"모르겠어요. 죄송해요. 정말 생각나는 사람이 없어요."

***

마리아 로웰과 만나고 나서 한 달 뒤 마운트플레전트로 가는 검은색 포드 토러스 안에서 알래스카는 에릭에게 말했다.

"로웰 부인에게는 떠오르는 사람이 없다고 대답했어. 그 순간에는 나도 모르게 당신을 보호해야겠다는 생각이 들었지. 그러고 나서 계속 생각해봤어. 당신이 엘레노어를 죽음으로 몰아갔다면 그 죗값을 마땅히 치러야 한다는 생각이 들더군. 그래서 당신에게 협박 편지들을 보낸 거야."

"하지만 나는 엘레노어가 자살하도록 만드는 짓을 한 적이 없어." 에릭이 항의했다. "나를 그런 짓을 할 사람으로 보다니 너무 하네."

"얼렁뚱땅 빠져나갈 생각하지 마. 파란색 차를 가진 사람이면 당신이잖아. 당신이 세일럼에서 파란색 무스탕을 운전해 다니던 걸 똑똑히 기억해. 현재 그 차를 없애버렸다는 점도 의심스럽고……."

"마운트플레전트로 오면서 팔아버렸어. 이웃 사람 하나가 오래전부터 값을 잘 쳐줄 테니까 그 차를 팔라고 했었거든. 일을 그만두었다고 해서 돈 들어갈 데가 금방 줄어드는 건 아니었으니 좋은 기회였지. 차를 판 돈의 절반을 들여 지금 타고 다니는 폰티악을 샀어. 절반은 남겨둔 덕분에 당신에게 1만 달러를 빌려줄 수 있었고. 돈이 하늘에서 뚝 떨어지는 게 아니잖아."

알래스카가 당황하는 게 눈에 보였다.

"당신 말을 믿어야 할지 모르겠네." 알래스카가 대답을 얼버무렸다.

그 순간 에릭이 뭔가 생각난 듯이 말했다.

"잠깐, 엘레노어가 7월 4일을 언급했다고 했지? 엘레노어와 내가 함께 지내지 않은 독립기념일이라면 작년 7월 4일뿐이야.

그때 난 세일럼에 없었어. 그날은 월터와 함께 있었거든. 공휴일을 이용해 숲에서 캠핑하며 계곡에서 플라잉낚시를 즐겼지. 게다가 그때 엘레노어는 여자 친구들과 함께 독립기념일을 보내기로 계획해놓고 있었어. 내가 그걸 어떻게 알게 되었느냐고? 그날 함께 캠핑을 떠나자고 내가 먼저 엘레노어에게 제안했거든. 내 딴에는 멋진 일이 될 것 같아 제안했는데 엘레노어는 시답잖은 일이라는 듯 단번에 거절해버렸어. 엘레노어와 나, 둘 중에서 끊임없이 상처받은 쪽은 나야. 학대받은 사람은 바로 나라고. 나는 엘레노어의 사랑을 얻으려고 연연했어. 엘레노어는 그런 내 마음은 안중에도 없었지. 나는 그저 시간을 때울 때나 필요한 상대였어. 엘레노어는 기분이 내켜야만 내게 연락해왔지. 내가 엘레노어를 자살하게 만들었을 거라는 생각은 오해라는 걸 알아줘. 어쨌거나 방금 말한 대로 지난 7월 4일에 엘레노어와 함께 있었던 사람은 내가 아니야."

알래스카는 자신이 잘못 짚었다는 사실을 알아차리고 중얼거렸다.

"그렇다면 엘레노어에게 누군가 또 다른 사람이 있었다는 뜻인가?"

***

"엘레노어에게 저 말고 다른 사람이 있었던 겁니다." 에릭이 말했다. "그 사람이 누군지 나는 여전히 몰라요. 그러고 나서 모든 일이 연달아 벌어졌습니다. 그런 일이 있고 나서 2주 후 알래스카는 살해당했죠. 나는 체포되어 내 범행을 입증하는 명백한 증거물들, 스웨트셔츠, 프린터, 협박 편지 따위 악몽 같은 함정에 빠져 옴짝달싹도 못 하고 갇혀버렸죠. 사람들이 이미 나에게 알래스카 살해범이라는 딱지를 붙여놓은 상태인데, 엘레노어를 자살로 몰고 갔다는 혐의까지 보태고 싶지는 않았어요. 내가 내세울 수 있는 알리바이는 7월 4일 엘레노어와 함께 지내지 않았다는 것뿐인데, 그걸 입증해줄 월터는 이제 세상에 없네요. 그러다 보니 내가 무슨 말을 하든지 점점 더 불리해질 뿐이라는 생각이 들더군요. 그래서 침묵 속에 나 자신을 가두었고, 그 상태로 지금까지 버텨온 겁니다."

패트리샤가 눈에 눈물이 그렁그렁해진 상태로 말했다.

"그런 사정을 진작 내게 이야기했더라면 도울 수 있었을 텐데! 지금껏 이 교도소에서 썩는 일은 없었을 텐데!"

"그 당시 누구도 나에게 도움을 줄 수 없었어요." 에릭이 씁쓸하게 말을 이어갔다. "그때 그 상황에서 나에게 남은 탈출구라면 프린터와 관련한 루이스와 사만다의 증언이었는데, 그들의 진술은 최근에야 얻을 수 있었죠. 하지만 그들은 당시에도 요청만 했다면 증언해줄 수 있었던 사람들이죠. 경찰이 어쩜 수사를 그처럼 날림으로 할 수 있었는지 도저히 이해가 안 됩니다."

면회실에 정적이 감돌았다. 이윽고 페리가 말을 꺼냈다.

"패트리샤, 판사에게 에릭의 석방을 요청하세요. 내가 최근 드러난 사실들을 바탕으로 검사에게 보고서를 제출하겠습니다. 48시간 내에 에릭은 교도소에서 나갈 수 있을 겁니다."

그동안 에릭의 유죄를 뒷받침했던 증거들이 불과 며칠 사이에 모두 무너졌다. 에릭의 스웨트셔츠는 월터에게 빌려주었다는 게 샐리 캐리의 증언으로 확인되었다. 익명의 협박 편지를 인쇄하는 데 사용된 프린터는 루이스 제이콥의 것이었고, 알래스카를 겨냥한 줄 알았던 협박 편지는 오히려 알래스카가 작성했다는 게 밝혀졌다.

로렌은 교도소를 나서면서 최근 수사를 통해 오빠가 얻게 된 다행스러운 결과를 축하하고 싶다고 말했다. "점심 식사는 제가 쏠게요." 하지만 페리는 로렌의 호의적인 초대를 사양했다. 페리는 왠지 모르지만 매우 의기소침해진 모습이었다. 1999년 당시의 경찰 수사가 부실했던 점을 자책하는 듯했다. 일행과 헤어진 후 나는 페리의 기분을 풀어주고 싶어서 그가 좋아하는 식당에 함께 가자고 제안했다. 도로변의 허름한 가건물에서 맨바닥에 버너를 놓고 햄버거를 만들어 파는 식당이었다. 그곳에 가면 야외의 목재 피크닉 테이블에 앉아 햄버거를 먹을 수 있었다. 페리는 내 제안 역시 거절했다. "고마워. 하지만 지금은 헬렌을 보러 가야겠어." 나도 그를 따라 묘지로 갔다.

페리는 바닥에 꿇어앉더니 한 손을 뻗어 묘석 위에 올려놓았다. 잠시 생각에 잠겨 있던 페리가 입을 열었다.

"사직서를 내야겠어."

"랜스데인 청장이 받아주지 않을걸요." 내가 말했다. "게다가 경사님이 은퇴하면 경찰로서는 큰 손실이죠. 아직은 썩 괜찮은 경찰인데!"

"자네에게 한 말이 아니야. 헬렌에게 한 말이지. 내 잘못으로 한 사람이 11년간이나 감옥에 갇혀 있었어."

"한편으로는 경사님 덕분에 잘못된 판결을 바로잡을 수 있게 되었잖아요. 경사님이 아니었다면 에릭 도노반은 교도소에서 생을 끝마쳐야 했을 거예요."

"자네는 왜 나를 따라와 귀찮게 하는 건가? 나를 여기 혼자 내버려두고 저쪽에 가 있으면 안될까?"

나도 기죽지 않고 대꾸했다.

"사실 경사님은 잘못한 게 없어요. 에릭 도노반이 지금껏 감옥에 갇혀 있어야 했던 건 매트가 강제로 월터를 협박해 끌어낸 거짓 자백 탓이었어요. 진실을 알면서도 침묵하고 방관한 니콜라스 탓이기도 하고요. 그 두 사람은 죽음을 택할 게 아니라 책임을 졌어야 마땅해요."

페리가 나를 응시하며 묘한 표정을 지었다.

"빌어먹을!"

"왜 그래요?"

"그렇군, 바로 그거야!"

나는 페리가 뭔가 실마리를 잡았다는 걸 알아차렸다.

"뭔데요, 경사님?"

"1999년에 수사가 종결된 후 니콜라스가 자동차에 치이는 사고를 당했어. 그 사고로 니콜라스는 두 다리의 감각을 잃었지. 그 사고를 당할 당시 니콜라스는 월터의 자백이 강요로 이루어졌다는 사실을 알고 있던 유일한 사람이었어."

"그야 그렇죠."

"아니, 그렇지 않아. 월터가 알래스카를 살해하지 않았다는 사실을 아는 사람이 하나 더 있었어. 바로 그 살인범! 그 작자가 저지른 살인은 완전범죄가 되어 있었지. 경찰이 범인이 누군지 밝혀냈다고 선포하면서 수사를 종결했으니까. 월터는 이미 죽었고, 매트 역시 죽고 없었어. 에릭은 명백한 물증에 붙잡혀 옴짝달싹 못하게 되자 사형선고만이라도 피하려고 죄를 시인한 상태였지. 이런 상황에서 월터가 날조된 범인에 불과하다는 사실을 아는 사람은 니콜라스밖에 없었거든. 진짜 살인자가 구성해놓은 그 완전범죄의 톱니바퀴를 멈추게 할 수 있는 모래 알갱이가 바로 니콜라스였단 말이지. 따라서 살인자는 그 모래 알갱이를 제거해야 했던 거야. 알래스카를 죽인 범인은 니콜라스를 자

동차로 들이받아 죽이려 한 바로 그자야. 그 교통사고는 우연이

아니었어. 어째서 좀 더 일찍 그 생각을 못 했을까?"

교도소 정문 앞에 기자들이 몰려와 진을 치고 있었다. 철문이 열리고 패트리샤가 밝은 얼굴로 나타났다. 패트리샤는 몸을 돌려 뒤에 바싹 따라붙은 한 남자에게 몇 마디 말을 건넸다. 소심한 아이를 다독이며 격려하는 것 같은 모습이었다. 마침내 에릭이 앞으로 걸어 나왔다. 그가 자유를 향해 내딛는 첫걸음이었다.

/

29장
석방
2010년 7월 23일 금요일. 뉴햄프셔주, 콩코드

/

언론사 카메라와 마이크들이 순식간에 에릭을 에워쌌다. 온갖 질문들이 와글거리는 소음처럼 에릭을 향해 쏟아졌다. 에릭은 예기치 못한 야단법석에 당황해 몸을 뒤로 빼는 태도를 취했지만 로렌과 부모의 모습이 눈앞에 보이자 곧바로 그들의 품에 몸을 던졌다. 패트리샤가 여론을 움직이는 데 아주 효과적인 이

해후 장면을 기자들에게 제공한 후 앞으로 나섰다. 패트리샤는 에릭과 그의 가족을 양옆에 세워두고 발언을 시작했다.

"오늘, 갈라졌던 한 가족이 마침내 만나 하나가 되었습니다. 11년간의 이별과 고통, 투쟁 끝에 에릭 도노반은 자유의 몸이 되어 가족들을 만나게 되었습니다. 마침내 석방된 건 분명 기쁜 일이지만 에릭은 저 끔찍한 교도소에 갇혀 이미 11년이라는 시간을 헛되이 흘려보냈습니다. 아무런 죄도 없이 11년이라는 세월을 빼앗겨버린 것입니다. 그 악몽의 세월과 일상적으로 가해지는 가혹행위와 폭력을 견뎌야만 했지요. 그야말로 지옥 같은 11년이었습니다. 스물아홉 살인 전도유망한 청년 에릭 도노반이 어설픈 경찰 수사와 날림 재판 끝에 우리의 병든 사법 체제의 희생물이 되어 종신형을 선고받게 되었습니다. 체포되던 순간부터 에릭은 어마어마한 압력에 짓눌려야 했습니다. 경찰은 잘못된 수사의 결과물인 거짓 증거로 그에게 족쇄를 채웠고, 검사는 그가 계속해서 무죄를 주장한다면 사형을 구형하겠다면서 목숨을 부지하려면 유죄를 시인하라고 압박했습니다. 교수형을 당하느냐 감옥에서 생을 마치느냐 에릭 앞에 놓인 선택지는 두 가지밖에 없었습니다. 그런데 유죄를 입증한 증거들이 하나둘 무너지기 시작했습니다. 무엇보다 범죄 현장 근처에서 피해자의 혈액이 묻은 상태로 발견되었던 에릭의 스웨트셔츠는 사실 그가 누누이 주장해온 대로 월터에게 빌려준 옷이었음이 뒤늦은 증언을 통해 밝혀졌습니다. 경찰은 프린터 헤드 결함으로 빚어진 인쇄상의 독특한 홈을 이유로 에릭의 프린터가 협박 편지 작성에 활용되었다고 확신했습니다. 하지만 결국 그 프린터는 같은 날 공장에서 출고된 200여 대의 결함 있는 제품 가운데 하나였음이 바로 며칠 전에 증명되었습니다. 1999년 수사 당시 경찰은 증거물을 지극히 자의적으로 해석했습니다. 범인을 찾아내는 게 아니라 만들어냈습니다. 지금 제가 하는 말들이 놀랍겠지만 에릭 도노반이 당한 일은 불행히도 그리 예외적인 사례가 아니라는 사실을 알아야 합니다. 이 나라 전역에서 죄 없는 사람들이 사형선고를 받고 형 집행을 기다리고 있습니다. 에릭 도노반과 같은 희생자가 얼마나 더 나와야 사법당국이 정신을 차릴까요? 지난 수십 년간 전 세계 수많은 나라가 사형제를 폐지했지만 뉴햄프셔주는 오히려 재도입하여 올해로 20년이 되었습니다. 뉴햄프셔 주민의 60퍼센트가 사형제에 찬성하고 있습니다. 뉴햄프셔주가 사형제를 재도입한 데는 어떤 정치적 고려가 있다는 생각이 듭니다. 우리의 정치 지도자들은 선거에서 표를 얻기 위해 무고한 사람을 사형대에 세우는 한이 있더라도 사형제를 지지하고 있습니다."

패트리샤가 방송 카메라를 응시하며 쏟아내는 말과는 달리 아직 에릭 도노반은 공식적으로 무죄가 선고된 건 아니었다. 검사는 새로 발견된 증거들이 설득력이 있다고 보고 가석방을 허락했을 뿐 재심의 필요성에는 여전히 동의하지 않은 상태였다. 이제 재심이 열릴 가능성은 경찰 수사가 내놓을 최종 결과에 달려 있었다.

같은 시각 주립 교도소로부터 불과 수 킬로미터 떨어진 뉴햄프셔주 경찰청에서는 또 다른 기자회견이 열리고 있었다. 랜스데인 청장이 단상에 올라 기자들에게 알래스카 샌더스 사건과 관련된 재수사 진행 상황을 설명했다. 특히 그는 월터 캐리의 자백이 경찰의 강요로 이루어졌다는 사실을 시인했다. 그 당시 월터를 압박했던 경찰은 자살했다는 사실도 아울러 밝혔다. 불법을 저질렀다는 사실이 드러난 이상 해당 경찰관은 사후이기는 해도 한 계급 추탈되고 훈장과 표창 역시 추삭될 것이라는 말도 덧붙였다. 아울러 경찰의 명예를 걸고 사건의 남은 진실을 낱낱이 파헤치겠다고 약속한 랜스데인 청장은 마지막으로 마운트플레전트 경찰서의 협조에 감사를 표하면서 마침 그 기자회견 자리에 초청되어 와 있던 미첼 서장을 단상으로 불러냈다. 미첼 서장의 공명심을 채워줄 좋은 기회라고 생각했기 때문이었다. 페리와 나는 구석 자리에 서서 그 모든 장면을 지켜보았다. 우리는 한쪽 귀로는 랜스데인 청장의 발표 내용을 들으면서, 다른 쪽 귀로는 내 휴대폰으로 접속한 지방 뉴스 채널에서 생중계하는 패트리샤의 교도소 앞 회견을 각자 한 개씩 나누어 낀 이어폰을 통해 듣고 있었다.

패트리샤는 정의가 무너졌다고 한탄했고, 랜스데인 청장은 정의를 구현하기 위해 전국의 모든 경찰이 협력하고 있다고 자랑했다. 진실은 이 둘의 중간쯤에 있을 거라는 생각이 들었다. 전날 페리와 나는 샐리 캐리와 조지 캐리 부부, 로비 샌더스와 도나 샌더스 부부를 차례로 찾아가 다음 날 기자회견에서 사건 수사에 관해 공식적으로 발표될 내용을 직접 알려주었다. 로비 샌더스는 우리에게 다음과 같은 말을 했다. "나는 여전히 모르겠어요. 딸의 죽음을 다시 떠올려야 하는 일과 진실이 무엇인지 영원히 모를 수도 있다는 사실 중에서 과연 어느 쪽이 더 견디기 힘든 일인지를." 조지 캐리는 우리의 이야기를 듣고 나서 한탄하듯 중얼거렸다. "그러니까 우리 아들이 경찰의 협박에 못 이겨 저지르지도 않은 범죄를 자백한 데 이어 경찰에게 살해당했다는 말이군." 캐리 부부는 우리에게 진범을 찾아내면 알려달라고 했고, 우리는 반드시 그러겠다고 약속했다. 그들을 만나고 돌아오는 길에 나는 삶을 한순간에 휩쓸어버리는 비극을 떠올렸다. 시련이 닥칠 때 우리는 비극을 어떻게 극복할까? 어떻게 삶을 회복할 수 있을까? 내 사촌 우디와 힐렐을 생각했다. 비극이 그들을 삼켰을 때 다시는 진정으로 삶을 살 수 없으리라 생각했다. 한번 부서진 삶을 복구하기란 어렵다고, 삶에 어떤 의미를 부여하기란 이제 불가능하다고 생각했다.

기자회견이 끝났다. 단상에서 내려온 미첼 서장이 우리에게

다가와 인사를 건넸다.

"고마워요."

"고맙다니, 뭐가요?" 페리가 물었다. "TV 화면에 등장할 기회를 만들어드린 걸 말씀하시는 건가요?"

미첼 서장은 대답 대신 얼른 화제를 바꾸었다.

"로렌은 함께 오지 않았습니까?"

"오빠와 함께 시간을 보내고 있어요. 로렌은 그야말로 뛰어난 경찰입니다."

"그럼요. 그래서 내가 추천한 겁니다. 나는 몇 달 후면 은퇴해요. 로렌을 내 후임으로 추천할 생각입니다."

"그렇게 하면 부서장들의 불만이 많을 텐데요." 페리가 말했다.

"그 점도 생각하고 있어요. 그래서 말하는 겁니다. 게할로우드 경사님과 랜스데인 청장님께서 로렌의 직무 수행을 칭찬하는 공식 서한을 보내준다면 로렌의 업무성과 평가서에 첨부할 수 있거든요. 로렌은 아직 아무것도 몰라요."

페리는 그러겠다고 약속했다. 페리와 둘만 있게 되었을 때 내가 말했다.

"미첼 서장이 보기와 달리 제법 꾀를 부릴 줄 아네요."

페리가 내 말에 아무런 반응이 없는 걸 보고 나는 그가 다른 생각에 빠져 있다는 걸 알아차렸다.

"무슨 생각을 그리 골똘히 하세요?"

"에릭을 생각하고 있어. 에릭이 처음 체포되었을 때 신문을 맡은 사람이 나였지. 그에게는 지나치게 가혹한 시간이었다는 걸 인정해. 에릭은 큰 충격을 받은 데다 교도소에 대한 두려움까지 보태졌을 거야. 그 두려움을 못 이겨 없는 죄를 실토하는 사람도 보았어. 그렇게 해서라도 관용과 동정을 얻으려는 거지. 에릭은 아무것도 털어놓지 않았어. 그저 침묵 속에 자신을 가두었어. 처음에는 자신에게 죄가 없다고 주장해 보았지만 불리한 증거들을 반박할 방법이 없자 스스로 유폐되는 쪽을 택했지."

"경사님이 자책할 일은 아니라고 봐요."

"자책이 아니야. 그때 내가 용의자 신문을 맡은 게 잘못이었다는 걸 말하려는 거야. 나는 많이 지쳐 있었어. 가슴에서 들끓는 온갖 감정들로 흔들렸지. 둘째가 태어나면서 불러일으킨 감격과 책임의 중압감 속에서 절친한 동료가 살해당하는 참담한 현실을 마주해야 했으니까. 어쨌거나 그때는 매트가 살해당했다고 믿었으니까. 당시 랜스데인 청장은 내게 휴가를 권했지만 거절했지. 용의자 신문을 내가 직접 맡겠다고 했어. 하지만 나는 그 일을 양보하는 게 옳았어. 에릭과 마주 앉을 상태가 아니었거든. 절망감을 이기려고 나섰던 건 맞아. 그렇기는 해도 에릭을 무조건 거칠게 몰아붙이지는 않았어. 오히려 내가 무기력했지. 그런데 어째서 에릭은 입을 닫아버린 걸까? 검사가 영장을 발부해 에릭은 구속되었지. 그때 나는 에릭의 재판에 증인으로 불려 나가게 될 걸 걱정했던 기억이 나. 상대편 변호사가 나를 걸고넘어질 수도 있겠다는 생각이 들었거든. 살해당한 경찰의 동료로서 내가 처한 심리상태를 문제 삼아 취조실에 들어와 용의자와 마주해서는 안 된다는 걸 법정에서 역설한다면 아마도 내가 제출한 조서를 쉽사리 무효로 만들 수 있었을 거야. 그렇지만 그런 상황은 벌어지지 않았지. 에릭이 모든 죄를 시인했으니까. 에릭이 마지막 순간에 그런 식으로 죄를 시인한 이유가 뭘까?"

"그 점에 대해 로렌이 이야기한 적이 있어요. 에릭은 사형선고가 내려질까봐 두려워했대요."

페리는 미심쩍은 표정을 지었다.

"혹시 그 당시에 에릭에게 불리한 다른 뭔가를 경찰이 찾아낼까봐 두려웠던 건 아닐까?"

"불리한 것이라면 뭐가 있을까요?"

"알래스카 사건에 묻힌 다른 어떤 사건이 있을 수 있지." 페리가 말했다. "알래스카가 에릭에게 말했다는 파란색 자동차가 신경 쓰인단 말이야. 그 파란색 자동차는 에릭과 엘레노어를 연결하고 있거든. 당시 에릭의 유죄를 뒷받침했던 증거들을 옆으로 치워놓고 보니까 또 다른 자동차 한 대가 나타난 거지. 에릭이 여자 친구 엘레노어를 자살로 몰아넣었고, 엘레노어의 어머니를 통해 알래스카가 그런 사실을 알게 되었다고 가정해보자고. 알래스카는 에릭에게 협박 편지를 보냈고, 에릭은 알래스카가 한 짓인지 알아차리고 말다툼을 벌였어. 그러면서 에릭은 알래스카에게 자신이 엘레노어의 죽음과는 아무런 상관이 없다는 걸 설득하려고 했지. 에릭은 알래스카가 엘레노어의 어머니에게 모든 사실을 발설할까봐 두려웠을 거야. 그래서 알래스카를 살해해 자신의 비밀을 지키려 했다고 생각해볼 수 있지 않을까?"

"알래스카의 호주머니에서 나온 편지를 빼먹었네요. 그 편지는 에릭에게 보내려고 갖고 있었던 게 아니었어요. 에릭은 익명의 협박 편지를 보낸 사람이 알래스카라는 사실을 이미 알고 있는 상황이었으니까요."

"에릭은 그 편지를 두 번 받았다고 하지 않았어? 하나는 사건 당시 그의 집에서 찾아냈지. 에릭의 말로는 그 자신도 잊고 있었다고 했어. 편지를 눈에 띄지 않게 치우려고 했을 것이고, 그래서 서랍 깊숙이 넣어놓았겠지. 그러면 다른 편지 하나는 어디로 갔을까? 알래스카를 살해한 다음 시신의 호주머니에 넣어놓았을 수도 있지. 경찰 수사를 교란하려고 알래스카가 어떤 다른 사람에게 희생되었다는 암시를 던져준 거야. 에릭은 1999년 3월 22일 콘웨이 마트에서 알래스카의 차 트렁크에 장을 본 물건을 실어주면서 거기 있는 자신의 스웨트셔츠를 보았을 거야. 그래서 마운트플레전트에 도착해 일부러 보도 위에서 알래스카에게 큰 소리로 물었어. 월터에게 빌려준 자신의 스웨트셔츠가 어디에 있냐고. 주위의 누군가가 듣도록 해서 증인을 만들려고 한 거지. 에릭이 예상한 대로 알래스카는 그를 쫓아냈고, 그래서 그는 아마도 한밤중에 다시 와서 포드 자동차의 트렁크에서 스웨트셔츠를 꺼냈을 거야. 마운트플레전트에서는 대개 자동차 문을 잠그지 않는다는 걸 그는 알고 있었거든. 에릭의 범죄는 완벽할 수도 있었어. 하지만 자신이 캐리 부인을 상대로 벌인 협잡질을 생각하지 못했지. 에릭을 원망하는 샐리 캐리를 통해 과거 일을 알게 된 월터가 복수심에서 그를 공범으로 고발하는 바람에 경찰 수사의 과녁이 되었으니까."

"경사님은 지금 우리가 범인을 교도소에서 빼내주었다고 생각하는 거예요?"

"솔직히 나는 잘 모르겠어. 하지만 석연치 않은 부분이 있는 건 분명한 사실이야. 아직 풀지 못한 수수께끼가 남았어. 숲에서 발견된 자동차 후미등 파편 말이야. 포드 토러스에서 떨어져 나온 것이지. 포드 토러스는 월터의 차였잖아? 살인사건이 일어난 날 밤에 월터의 자동차 후미등이 깨졌어. 이 일이 과연 우연일 수 있을까?"

"범행 시각에 월터가 로렌이 찾아낸 사진이 입증하듯 〈내셔널 앤섬〉에 있었다면 누군가 다른 사람이 월터의 자동차 키를 손에 넣을 수 있었다는 말이 되네요." 내가 가설을 이어나갔다. "그 삭사가 섬은색 포드 토러스를 운전해 그레이비치로 갔겠죠. 거기서 알래스카를 살해하고 급히 출발하다가 차 후미등을 깼어요. 그리고 나서 마운트플레전트로 돌아와 차를 원래 자리에 주차하고 자동차 키도 다시 놓아두었죠. 그때도 월터는 여전히 〈내셔널 앤섬〉에 있었단 말이죠. 그렇다면 그 시각에 월터가 그 술집에 있다는 사실을 아는 사람은 누구였을까요? 조금 전까지 월터와 함께 있었던 사람이라면……."

"에릭 도노반." 페리가 중얼거렸다.

"그러네요, 경사님."

"빌어먹을! 완벽한 가설이야."

수사가 막바지로 향해 가는 가운데 에릭 도노반이 자꾸만 우리의 머릿속을 어지럽혔다. 페리의 말대로 어떤 가설을 따라가든 종착점에는 늘 에릭 도노반이 있었다. 물론 처음에 에릭을 유죄로 몰아간 증거들은 이제 효력을 잃었지만 그럴수록 또 다른 뜻밖의 사실들이 수면 위로 올라와 에릭을 가리켜 보였다.

혹시 우리가 에릭은 무죄라는 가설을 너무 일찍 세워두고 수사를 시작한 건 아닐까? 월터의 자백이 강압으로 얻어낸 것인 만큼 에릭의 유죄 선고 역시 오류일 거라고 출발점에서부터 예단한 걸까?

에릭은 알래스카를 살해한 진짜 범인일 수도 있고, 아니면 누군가의 치밀한 조종에 따라 범인으로 조작되었을 수도 있었다. 잠시 생각에 잠겼던 페리가 입을 열었다.

"에릭에 대한 의심이 조금이라도 고개를 들면 그 순간부터 마치 최면에 걸린 사람처럼 그를 범인으로 몰고 가게 돼. 문제는 그러면서 놓치는 게 생긴다는 점이야. 우리가 에릭에게 빠져 허우적거릴 때 눈을 피해 달아나는 게 있을 거야." 에릭에 대한 의심에서 완전히 벗어날 방법이 있었다. 니콜라스가 당한 교통사고가 과연 우연이었는지 확인해보는 일이었다. 누군가 니콜라스를 제거하려고 의도적으로 교통사고를 일으켰는지 입증하고, 그 사고와 알래스카 샌더스 사건이 어떻게 연결되는지 밝힐 수만 있다면 이야기는 좀 더 분명해질 수 있었다. 비로소 에릭은 알래스카 살인사건과 무관하다는 결론에 도달할 것이다. 그때 에릭은 교도소에 갇혀 꼼짝 못 하는 상황이었으니까.

우리는 바로 그날 뉴햄프셔의 작은 마을 배링턴으로 갔다. 니콜라스가 죽은 뒤에도 그의 아내는 여전히 그 집에 살고 있었다. 그 집을 다시 보자 주소를 찾아 헤맬 때의 기억이 묘한 감정을 불러일으켰다. 페리는 시에나 카진스키를 예전에 딱 한 번 매트 반스의 장례식에서 본 적이 있다고 했다. 우리에게 문을 열어준 시에나는 페리를 보자 미소 띤 얼굴로 인사를 건넸다.

"페리, 여기는 어쩐 일이세요?"

"잘 지내죠, 시에나. 나누고 싶은 이야기가 있어서 찾아왔어요."

고개를 돌려 나를 알아본 시에나는 우리가 방문한 이유를 곧바로 알아차렸다.

"알래스카 샌더스 사건 재수사 때문에 찾아왔죠?"

시에나는 우리를 거실로 맞아들였다. 일전에 니콜라스가 우리를 앉혀두고 1999년 4월 6일 밤 취조실에서 벌어진 끔찍한 일을 모두 털어놓았던 바로 그 장소였다.

"니콜라스는 경찰로 근무할 때 당신 이야기를 자주 했어요." 시에나가 페리에게 말했다. "당신이 아주 좋은 사람이라고 말했죠. 휠체어를 타는 처지가 되었을 때는 무척이나 외로워했는데, 그때 당신이 방문해 주었다면 정말 기뻐했을 거예요. 이제 이렇게 와주었는데 안타깝게도 그이는 세상을 떠나고 없네요."

우리는 시에나가 남편이 자살하기 전 우리와 만난 사실을 모르고 있다는 걸 알아차렸다. 오히려 다행이었다. 시에나가 말을 이었다.

"그이 장례식에 어째서 오지 않았나요?"

페리가 난처한 듯 어깨를 으쓱했다.

"꼭 참석했어야 했는데 말입니다."

잠시 말이 없던 시에나가 다시 이야기를 이어갔다.

"그날 집에 돌아와 보니 그이의 모습이 보이지 않았어요. 거실에도 주방에도 없더군요. 소리 내어 불러 봤지만 대답이 없었어요. 결국 서재에서 그이를 찾아냈어요. 사방이 온통 피투성이였죠. 권총으로 자신을 쏜 거예요. 나는 집에 권총을 두는 게 싫었는데, 그이는 '경보장치는 선택, 총은 필수'라면서 우리의 안전을 위해서라며 고집을 부렸죠. 서재의 책상 위에 그이가 쓴 짧은 편지가 놓여 있었어요."

시에나에게

이제 다 끝났어.
사랑해, 천국에서 기다릴게.

니콜라스

시에나는 몸을 일으켜 창가로 가더니 우리에게 등을 돌린 상태로 한동안 거리를 내다보았다. 니콜라스가 그랬던 것과 똑같은 모습이었다.

시에나가 말했다. "니콜라스는 이 자리를 좋아했어요. 휠체어에 앉아 몇 시간이고 바깥 거리를 내다보았죠. 니콜라스가 교통사고를 당해 움직일 수 없게 된 뒤로 한동안 나는 불구가 된 남편을 견딜 자신이 없었어요. 그렇지만 남편이 떠난 지금 내가 견딜 수 없는 건 그이가 없는 삶이에요."

"시에나, 니콜라스가 자살한 이유를 물어봐도 될까요?"

"내가 생각하기에 휠체어에 앉아 지내는 삶을 더는 견딜 수 없었던 것 같아요. 사실 그이와 나는 처음의 힘든 시간을 이겨내고 이제 이 생활에 익숙해져 있었거든요. 우리가 외출할 때면 정말 안됐다는 듯이 동정의 눈길을 주는 사람도 있었어요. 식당에 들어가 빈 테이블을 찾아 앉을 때 사람들이 무어라고 쑥덕거리는지도 알았죠. 그렇지만 한편으로 나는 장애를 짊어지고도 부부로서 삶을 이어갈 수 있다는 사실이 자랑스러웠어요. 각자 두 다리로 멀쩡하게 걸어 다니는 커플도 함께 앞으로 나아가는 데 실패하는 경우가 많잖아요. 우리 부부는 우리만의 리듬과 속도로 함께 앞으로 나아가고 있었죠. 그런데 어째서 니콜라스는 별안간 삶을 포기했을까요? 뭔가 다른 이유가 있는 게 아닐까요? 니콜라스가 죽은 날, 이 집을 찾아온 사람이 있었어요. 거실에 찻잔 세 개가 내가 구운 비스킷과 함께 놓여 있었거든요. 그이는 손님이 찾아오면 꼭 그 비스킷을 대접했죠. 그날 찾아온 사람이 누구였는지 모르겠어요. 아마 예전 경찰 시절의 동료들이었을 거예요. 니콜라스는 한꺼번에 밀려온 추억이 버거웠던 걸까요? 별안간 절망감에 짓눌렸던 걸까요? 그건 영영 알 수 없겠죠. 하지만 페리, 당신이 여기까지 찾아온 걸 보면 뭔가 이유가 있을 것 같군요. 그저 인사차 들른 건 아닐 테니까요. 알래스카 샌더스 사건 때문에 찾아온 게 맞나요?"

"곁가지 빼고 곧장 본론을 말할게요, 시에나. 니콜라스가 당한 교통사고에 대해 의문이 가시지 않아요. 정말로 우연한 사고였는지, 아니면 누군가 니콜라스를 살해할 마음을 먹고······."

"살해할 마음을 먹어요? 누가 그런 마음을 먹었다는 말인가요?"

"우리가 알고 싶은 게 바로 그겁니다. 니콜라스는 알래스카 샌더스 사건과 관련해 아주 중요한 정보를 갖고 있었을 가능성이 있어요. 에릭 도노반이 누군지 알 겁니다. 알래스카 사건의 범인으로 구속되어 11년간 감옥에 갇혀 지내던 사람인데 오늘 아침에 석방되었어요."

"뉴스에서 봤어요. 그런데 그 일이 니콜라스의 교통사고와 무슨 관련이 있다는 건가요?"

"니콜라스에게 들었는데 교통사고가 일어난 날이 2002년 1월 30일이라고요?"

"맞아요. 그날이에요."

"그때라면 에릭 도노반이 알래스카 살인사건의 범인으로 종신형을 선고받고 며칠 지났을 때거든요."

"시기가 비슷하다고 해서 관계가 있다고 단정 지을 수는 없겠죠. 게다가 누군가 정말로 니콜라스를 죽이려고 했다면 사고를 낸 이후에도 기회가 있었을 텐데 어째서 단념했을까요?"

"다시 시도하기에는 위험부담이 너무 컸거든요." 내가 말했다. "의심을 사기 십상이었죠. 경찰은 사고사를 위장한 살인임을 눈치챘을 것이고, 살해 동기를 추적하다가 알래스카 샌더스 사건과 연루되어 있다는 것까지 밝혀냈을걸요. 범인으로서는 몸을 사릴 수밖에 없는 상황이었을 거예요."

"페리, 당신도 알래스카 사건 수사에 참여했잖아요. 어째서 당신은 살해 위협을 당하지 않은 거죠?"

"니콜라스는 나와 달리 그 당시 우리가 체포해온 용의자들이 자백하는 모습을 지켜보았어요. 나는 그 자리에 없었고요. 그 사건의 진짜 범인은 그 자백이 강요에 따른 거짓 진술이라는 걸 알았겠죠. 그러니 니콜라스만 제거하면 그 사실을 영원히 땅에 묻을 수 있으리라는 계산이 섰을 거예요."

"방금 TV 뉴스에서도 그 이야기를 하더군요. 그 당시에 용의자에게 자백하라고 강요한 경찰이 있었다고요."

"그 경찰이 매트 반스였어요." 페리는 사실대로 털어놓았다. "매트가 용의자에게 그가 저지르지도 않은 범행을 자백하라고 윽박질렀죠."

시에나는 몹시 당황한 듯 낯빛이 파리해졌다.

"니콜라스도 그 일에 가담했나요? 그이가 자살한 게 그런 이유 때문인가요?"

"재수사가 시작되었어요. 어떤 결과가 나올지는 솔직히 나도 모릅니다."

"니콜라스를 욕보이면 안 돼요. 이미 저세상 사람이 되었잖아요. 어떻게든 그리되지 않게 애써줘요!"

"미안해요, 시에나."

별안간 시에나가 우리를 빤히 쳐다보았다.

"당신들이었죠? 그이가 죽던 날 찾아온 사람들이 바로 당신들이었군요. 그래서 거실에 찻잔들이 나와 있었던 거죠? 당신들이 지금처럼 그이의 과거사를 들춰내 궁지로 몰아넣은 거예요. 하마터면 깜박 모르고 넘어갈 뻔했는데 페리 당신이 조금 전에 알려주었어요. 그 사고가 2002년 1월 30일에 일어났다는 걸 니콜라스에게 들었다고 말했잖아요. 당신과 만난 게 만약 그전 일이었다면 그이가 내게 알려주지 않았을 리 없겠죠. 그러니 당신이 바로 그 마지막 방문자라는 뜻이네요."

"시에나……." 페리는 말을 잇지 못했다.

시에나는 분노로 몸을 떨며 소리쳤다.

"내 집에서 당장 나가요. 둘 다! 어서 꺼져! 양심도 없는 인간들!"

페리는 해명할 기회를 얻어보려고 했지만 격앙된 시에나 카진스키를 그 자리에서 차분히 설득하는 건 무리였다. 나는 페리를 데리고 문을 나섰다. 우리 등 뒤로 시에나의 욕설과 탄식이 쏟아졌다. 그 소리에 놀란 행인과 이웃들이 집 앞에서 기웃거릴 정도였다. 우리가 다시 차에 올라타고 출발하려고 할 때 경찰이 나타났다. 맞은편에 사는 그 차별주의자 노부인이 이웃집에서 벌어진 소동을 기웃거리다가 유색인의 모습이 보이자 다짜고짜 신고한 게 분명했다. 내 앞으로 다가온 경찰은 지난 6월에 니콜라스의 집을 쌍안경으로 지켜보던 나를 경찰서로 연행해갔던 바로 그 작자였다.

"이번에도 당신입니까?" 경찰이 말했다.

"마침 잘 나타나셨네요." 내가 대답했다. "우리도 경찰서에 볼일이 있어요. 서장님에게 우리가 곧 도착할 거라고 연락해주세요."

***

우리는 예정에 없던 배링턴 경찰서장 마틴 그로브를 다시 만났다.

"이번에는 무슨 일로 오셨습니까?"

"니콜라스 카진스키에 대해 몇 가지 물어볼 게 있습니다."

"그 사람이 자살한 정황을 알아보려는 겁니까?"

"니콜라스가 교통사고를 당한 적이 있는데, 그 당시 수사를 맡았던 경찰을 만나고 싶습니다."

지난 6월 이곳 경찰서에 붙잡힌 나를 빼내기 위해 랜스데인 청장이 직접 방문한 이후로 그로브 서장은 어느 정도 나에 대한 경계를 푼 상태였다. 그는 주말을 몇 시간 남겨둔 상황에서 복잡한 일에 발목을 잡히고 싶지 않은 눈치였다.

"그렇지만 오늘은 금요일인데요." 그로브 서장이 난처한 듯 웅얼거렸다. "월요일에 다시 오면 안 될까요?"

"원하는 정보를 얻기 전까지는 이 사무실에서 한 발짝도 움직이지 않을 생각입니다."

니콜라스가 당한 교통사고 수사를 맡았던 경찰은 배링턴 지방 경찰서 소속 폴 리코였다. 마침 그날 휴무였던 폴 리코는 서장의 전화를 받고 급히 불려 나와야 했다. 30분쯤 뒤에 우리 앞에 나타난 폴 리코는 반바지에 샌들 차림이었다.

"내가 기억하기로 그 교통사고 당시 특별히 이상한 점은 없었는데요." 폴 리코가 페리와 나를 경찰서 건물 지하의 자료 보관실로 안내하면서 말했다. 그는 자료 보관실에서 문서 하나를 찾아내 우리에게 내밀었다. 미결로 끝난 교통사고 사건의 빈약한 수사 기록이었다. 페리는 구석에 놓인 작은 테이블에 문서를 펼쳐놓고 첨부된 몇 가지 자료를 검토했다.

교통사고 수사 기록의 주된 내용은 우리도 이미 아는 사실이었다. 겨울날 새벽, 사방은 어둡고, 비도 내리는 상황에서 니콜라스는 얼마 전부터 해오던 대로 동네를 한 바퀴 달리려고 거리로 나섰다. 니콜라스는 보도에 줄지어 놓인 쓰레기통을 피해 도로로 내려와 달렸고, 캠프벨 거리로 넘어가는 교차로를 조금 남겨둔 지점에 다다랐다. 그때 노리스 거리를 따라 달려온 차량 한 대가 니콜라스를 뒤에서 들이받았다.

"보다시피 수사 기록의 내용이 많지 않습니다." 폴 리코가 설명했다. "그만큼 그 교통사고 관련 단서를 찾는 데 어려움이 있었습니다. 유일한 목격자는 스쿨버스 운전사였는데 마침 차고지에서 차를 찾아 나오는 길이었어요."

목격자의 진술에 따르면 그가 스쿨버스를 몰고 가는데 차량 한 대가 교차로 진입 순서를 무시하고 총알처럼 달려 나왔다고 했다.

6시 14분이었어요. 캠프벨 거리를 따라 교차로까지 달려온 상황이었어요. 스쿨버스가 교차로에 거의 진입한 상황이었는데 자동차 한 대가 노리스 거리를 따라 전속력으로 달려오는 게 눈에 들어왔어요. 전조등도 켜지 않았더라고요. 그 차는 무턱대고 교차로를 통과해 달렸어요. 브레이크 한 번 밟지 않았죠. 마침 나는 도로가 미끄러운 게 신경 쓰여 운전대를 단단히 잡은 상태였어요. 그 덕분에 곧바로 브레이크를 밟을 수 있었죠. 하마터면 그 차와 충돌할 뻔했어요. 뒷좌석에 아이들이 타고 있지 않아 다행이었죠. 나는 머리가 쭈뼛해지며 혼이 반쯤 나갔는데 그 와중에도 차량번호판을 흘깃 쳐다보긴 했어요. 날이 어두운 데다 차가 순식간에 스쳐 지나가 번호판의 숫자가 눈에 들어오지 않았어요. 눈에 힘을 주고 반드시 기억해놓으려 했는데 뭐가 보여야 말이죠. 그나마 알아본 건 차가 매사추세츠주 번호판을 달고 있었다는 거예요. 흰색이었는데, 번호판 상단에 매사추세츠 글자가 희미한 빛에 언뜻 드러나 있던 게 기억나요. 나는 사실 그게 좀 놀라웠어요. 이유는 모르겠지만 당연히 뉴햄프셔주 번호판일 거라 예상했거든요. 차가 순식간에 내빼서 차량번호판

의 숫자는 읽을 겨를이 없었어요.

"매사추세츠주 번호판이었다고요?" 수사 기록을 읽어 내려가던 내가 고개를 들며 물었다.

"네, 그렇습니다."

"목격자 진술은 이 내용이 전부입니까?" 질문을 한 가지 보탰다.

"네, 그게 끝이에요." 폴 리코가 대답했다. "뺑소니차를 추적하려고 해도 단서가 있어야 말이죠. 사고가 나고 얼마 후 미결 사건으로 처리하고 말았습니다. 그러기 전에 이 사건을 뉴햄프셔주 경찰청에 제출하려고 해봤는데 그쪽에서 대놓고 코웃음을 치더군요. 그해 미국 전역에서 일어난 뺑소니 교통사고만 70만 건 이상이고, 17만 명이 다치고 1천8백 명이 사망했다면서요."

"이 보고서에 기록해놓지는 않았지만 뭔가 기억나는 게 없나요?" 페리가 집요하게 기억을 채근했다. "아주 사소한 내용도 좋으니까 다시 한번 생각해볼래요? 그런 게 중요할 수도 있거든요."

"미친 여사님이 전화를 걸어온 적이 있어요." 폴 리코가 기억을 더듬으며 말했다.

"미친 여사님이라면?"

"니콜라스의 이웃집 부인인데 다들 그렇게 불러요. 그 집 바로 맞은편에 살아요. 하루 종일 창가에 붙어 시간을 보내다가 쓸데없는 일들을 죄다 경찰에 신고하거든요. 그 당시 제가 그 부인

때문에 제법 골머리를 앓았어요."

"그 부인이 신고한 전화 내용이 뭔데요?"

"사고 당일 새벽 6시 이전에 파란색 자동차가 니콜라스의 집 앞에서 제법 오래 머물러 있는 걸 봤다고 했어요. 그 차가 한참 동안 서 있다 자리를 뜨기에 부인은 경찰에 신고하지 않았지만 이상하게 생각했다는 거예요. 그 부인이 이상한 일이라고 신고했더라면 우리는 또 한 번 골탕을 먹었겠죠."

"파란색 자동차였다고요?" 페리가 화들짝 놀라 몸을 곧추세우며 물었다. "그 부인이 그렇게 말한 게 확실해요?"

"네 틀림없어요. 내 말이 의심스러우면 그 부인을 찾아가 직접 물어보세요."

그로브 서장과 폴 리코는 우리가 서둘러 경찰서 문을 나서자 좋아했고, 니콜라스의 이웃집 부인도 우리가 방문하자 반가워 어쩔 줄 몰라 했다. 이웃집 부인은 페리가 경찰 신분증을 보여 주자마자 한참 동안 감탄을 쏟아냈다.

"조금 전 니콜라스의 집에서 작은 소동이 벌어졌어요." 부인은 우리를 집 안으로 안내하면서 말했다.

"마침 우리도 니콜라스가 당한 뺑소니 교통사고를 수사하고 있습니다. 니콜라스는 그 사고로 하반신이 마비되었죠. 그 사건 담당 경찰인 폴 리코는 사고 당일 부인이 뭔가 수상한 장면을 목격했다고 하던데요."

"그날 새벽 6시쯤 파란색 차 한 대가 집 앞 보도에 세워져 있었어요. 적어도 20분은 그 자리에 가만히 서 있었죠. 차 안에 사람이 타고 있는 건 분명한데 날이 어둑어둑해 잘 보이지는 않았어요. 운전대를 잡은 사람의 형체가 어렴풋이 눈에 들어올 뿐이었죠. 아예 밖으로 나가 가까이에서 살펴봤더라면 더 좋았을 텐데 마침 비가 내리고 있었거든요. 차를 한잔 마시려고 주방으로 들어가면서 생각했죠. 만약 차를 타서 돌아왔을 때도 그대로 서 있을 경우 경찰을 불러야겠다고요."

"그래서 경찰을 불렀습니까?" 내가 물었다.

"아뇨, 찻잔을 들고 돌아와 보니 차가 사라지고 없더군요."

페리가 부인의 말을 되짚었다.

"그날 새벽에 바깥이 어두워 잘 보이지 않았다고 하셨는데 차가 파란색인 건 어떻게 확신하죠?"

"가로등 불빛이 차의 한쪽 귀퉁이를 비추고 있었거든요. 차 안의 희미한 형체도 그래서 알아볼 수 있었죠. 파란색 차가 틀림없어요."

부인의 말이 사실이라면 파란색 차는 새벽 6시경 그 자리를 떠났다. 니콜라스가 조깅을 하러 집에서 나온 시간과 일치했다. 그 차는 니콜라스를 뒤쫓아 가면서 기회를 엿보았을 것이다. 니콜라스가 보도 위에 쌓아둔 쓰레기통을 피해 도로로 내려서는 순간 차는 전속력으로 돌진해 그를 들이받고 그대로 뺑소니를

쳤다. 매사추세츠주 번호판을 단 파란색 자동차였다. 이웃집 부인의 집을 나선 우리는 생각을 정리하느라 잠시 발걸음을 멈추었다.

"엘레노어 로웰의 모친이 말한 차도 파란색이었어요." 내가 페리에게 대답을 바라는 눈길을 보냈다.

페리가 내게 눈짓으로 동의하며 말을 이어갔다.

"알래스카가 살해당한 날 밤, 마운트플레전트 중심가에서 매사추세츠주 번호판을 단 파란색 자동차를 본 목격자가 있어. 파란색 차가 중심가를 빠르게 거슬러 올라갔다고 했거든. 지금까지 우리가 그려온 그림은 파란색 차를 알래스카의 자동차로 본 거야. 알래스카가 그 거리를 달려 그레이비치로 가서 살해당했다는 가설이었지. 하지만 사실 그때 알래스카는 이미 살해당한 후였을 수도 있어. 그 파란색 차는 호숫가를 떠나는 범인의 차였을 공산이 커."

그러고 나서 범인은 니콜라스를 살해하려고 했다. 니콜라스는 범인이 구성한 완전범죄의 톱니바퀴를 멈추게 할 모래 알갱이, 월터 캐리와 에릭 도노반이 무죄라는 사실을 증명할 수 있는 유일한 목격자였다.

알래스카를 살해한 범인이 니콜라스를 죽이려고 한 인물과 동일인이라는 사실을 알아낸 이상 우리는 에릭을 더는 의심할 필요가 없었다. 그가 교통사고를 위장해 니콜라스를 죽이려고 했을 때 에릭은 이미 감옥에 갇혀 있었으니까.

***

파란색 차를 타고 다니며 죽음을 몰고 온 그 인물은 누구였을까? 엘레노어 로웰과 관계있는 인물일까?

니콜라스를 친 뺑소니 교통사고의 수사 기록은 지나칠 만큼 빈약했다. 알래스카 샌더스 사건 재수사도 제자리걸음이었다. 우선 우리는 엘레노어 로웰의 행적을 추적해보기로 했다.

1998년 8월 30일 밤, 엘레노어 로웰에게 무슨 일이 일어났을까? 엘레노어의 죽음은 과연 자살이었을까? 혹시 에릭 도노반을 가둔 덫에서 보듯 빈틈없는 솜씨로 수행한 살인이 아니었을까? 그리고 이 모든 것들은 하나로 이어져 있을까?

엘레노어 로웰과 알래스카 샌더스 사건을 연결하는 고리는 무엇일까? 이 질문의 해답은 세일럼에 있을 게 분명했다. 페리와 나, 로렌은 그날 아침 세일럼으로 출발했다. 엘레노어의 부모를 만나볼 계획이었다.

/

30장
엘레노어 로웰의 삶과 죽음
2010년 7월 24일 토요일. 매사추세츠주, 세일럼

/

세일럼으로 출발하기 전, 페리와 나는 호텔 테라스에서 아침 식사를 하며 로렌이 오기를 기다렸다. 그때 패트리샤가 나타나 우리가 앉은 테이블로 다가왔다.

"먼저 두 분께 고맙다는 말을 전하고 싶었어요. 두 분이 세상으로부터 버림받은 한 사람에게 자유를 찾아 주었으니까요. 어제 기자들 앞에서 내가 좀 긴장했나봐요. 공개적으로 두 분에게 감사 인사를 해야 마땅했는데 그러지 못했어요. 미안합니다."

"천만에요." 페리가 말했다. "매트 반스 경사의 행위는 경찰이라면 하지 말았어야 마땅하죠."

"두 분은 책임을 다했어요."

"커피 드시겠어요?"

"네, 고마워요."

패트리샤는 의자를 끌어당겨 우리와 함께 앉았다.

"이렇게 이른 아침에 마운트플레전트에는 무슨 일로 왔습니까?" 페리가 물었다.

"에릭을 만나려요."

"교도소에서 석방되고 나서 에릭의 반응은 어떤가요?"

"쇠창살에 갇혀 11년을 보냈으니 이제부터 사는 법을 다시 배워야 할 거예요. 예전의 에릭이 아니라는 사실을 그 자신이나 가족들 모두 받아들일 필요가 있겠죠. 사회로 돌아가는 일이 감옥에 갇히는 일보다 훨씬 더 어려울 수도 있어요. 에릭은 〈도노반 종합식품〉에서 다시 일하고 싶어 하지만 손님들의 호기심 어린 시선을 고스란히 견뎌내기 쉽지 않을 겁니다. 타인의 시선에 노출되는 상황이 에릭에게 과연 좋은 영향을 미칠지 모르겠어요."

"무얼 걱정하시는데요?" 내가 물었다.

"알래스카 사건의 진범이 잡히지 않는 한 마운트플레전트 사람들은 여전히 에릭을 용의자로 여길 거예요. 유죄판결을 받았다가 수사 오류가 드러나 무죄가 된 사람들이 겪는 비애죠. 증거가 무효가 되더라도 수사는 남아요. 알래스카 샌더스 살인사건이 해결되기까지 너무 많은 시간이 흘렀어요. 범인이 잡히지 않을 경우 피해자 가족들이 떠안을 트라우마를 생각해보세요. 증거 부실로 무죄가 된다고 해도 그건 또 다른 시련의 시작일 뿐이죠. 모두가 의심의 눈초리로 쳐다보는 사회에서 자신의 자리를 다시 찾아내야 하는 거죠. 사람들 대다수는 재판이나 교도소를 신뢰해요. 아무런 상관도 없는 일일 경우 특히 그렇죠. 누군가 정말로 아무런 잘못도 없는데 그렇게 오래 감옥에 갇혀 있을 리 없다고 생각하는 거죠. 알래스카를 죽인 진범이 잡히기 전까지 에릭도 안타깝지만 그런 일을 겪어야만 할 거예요."

"반가운 소식이 있어요. 알래스카를 죽인 진범에 대한 겁니다." 페리가 말했다.

"반가운 소식이라고요?" 우리의 등 뒤에서 쾌활한 목소리가 들려왔다.

로렌이었다. 방금 샤워를 마친 듯 머리카락이 물에 젖은 로렌이 우리 옆에 와서 앉았다. 한 시간 전 내 호텔 방에 있던 로렌은 집으로 돌아가 옷을 갈아입고 다시 왔다. 전날 밤 로렌은 부모의 집에서 오빠와 함께 저녁 시간을 보낸 뒤 거의 자정 무렵 호텔 앞을 지나갔다. 내가 묵는 방에 불이 켜진 걸 본 로렌은 내게 문자메시지를 보냈다. '아직 잠들지 않았으면 창밖을 봐.' 나는 책을 읽고 있다가 몸을 일으켜 창가로 갔다. 로렌이 나를 향해 웃어 보였다. "올라가도 돼?", "물론이지." 로렌은 나에게 왔고, 우리는 함께 밤을 보냈다. 어느 순간 로렌은 내게 나직이 말했다. "당신 덕분에 오빠를 되찾을 수 있게 되었어. 내 몫의 삶도 되찾았지. 3주 전 당신이 나에게 다가오려고 했을 때 이제 곧 내 삶의 방향이 이렇게 바뀌리라는 걸 알았더라면……." 매번 그랬듯이 로렌의 고백을 듣고 있다 보면 마음이 편하지 않았다. 나는 로렌을 좋아했지만 각자 서로에게 느끼는 감정이 차이가 있다는 걸 알고 있었다.

아침 식사 테이블에서 패트리샤와 나 사이에 자리 잡고 앉은 로렌은 테이블 밑으로 손을 내밀어 내 손을 꼭 잡아 쥐었다.

"반가운 소식이 뭔데요?" 로렌은 빵 한 쪽을 접시에 올리며 물었다.

"어제 중요한 사실을 알아냈어." 페리가 말했다. "이번 수사의 전환점이 될 거야. 니콜라스 카진스키라는 이름을 들으면 뭔가 떠오르지 않아?"

"과거에 함께 수사에 참여했던 경찰 아닌가요?" 패트리샤가 대신 대답했다.

"네, 맞아요. 니콜라스는 지난달에 사망했어요. 생의 마지막 8년을 휠체어에 의지해 살아야 했죠. 자동차 사고를 당한 탓이었어요."

"그 일이 이번 수사와 어떤 관련이 있죠?" 패트리샤가 물었다.

"니콜라스는 월터가 죽던 날 밤 그 취조실에 있었어요. 월터의 자백이 강요에 따른 것이고, 그의 죽음은 총기 오발 결과라는 사실을 아는 유일한 사람이었죠. 그는 또 월터가 저지르지도 않은 범죄를 자백한 만큼 공범으로 고발된 에릭 역시 무죄라는 사실을 알고 있었어요. 그런데 2002년 1월 말, 에릭이 종신형을 선고받고 얼마 지나지 않았을 때인데, 니콜라스가 차에 부딪히는 사고가 일어났어요. 니콜라스는 다행히 생명을 건졌지만 두 다리의 감각을 잃게 되었죠. 우리가 새롭게 찾아낸 몇 가지 사실로 미루어볼 때 나콜라스는 우연히 뺑소니 사고를 당한 게 아니었어요. 그건 살인미수 사건이었습니다."

"누가 그를 죽이려고 했을까요?" 로렌이 물었다.

"범인은 월터도 아니고, 에릭도 아니라는 사실을 아는 또 한 사람이 있지. 이제는 그가 유일하겠네요." 패트리샤가 이해했다는 듯이 대답했다. "바로 알래스카 샌더스 사건의 진짜 범인."

"맞아요." 페리가 말했다. "니콜라스의 입만 막으면 그 범인은 영원히 숨을 수 있을 거라 생각했을 거예요."

"니콜라스 살인미수 사건과 알래스카 샌더스 살해범이 관계 있다는 걸 어떻게 확인하셨죠?" 로렌은 다소 미심쩍은 표정을 지었다.

"매사추세츠주 표지판을 단 파란색 자동차가 다시 등장해준 덕분에 알게 되었지. 사고로 위장해 니콜라스를 죽이려고 했던 파란색 차와 알래스카가 살해되던 날 밤 마운트플레전트 중심가를 내달린 차는 같은 차였다고 봐. 그렇게 바쁘게 내뺀 걸 보면 알래스카를 살해한 직후였을 거야. 엘레노어 로웰이 쓴 시에도 파란색 차가 등장하는데, 역시 같은 차일 거라는 생각이 들어."

"엘레노어 로웰이라면 자살했다는 그 젊은 여자 말인가요?" 패트리샤가 물었다.

"맞아요."

"알래스카와 엘레노어는 분명 모종의 관계가 있을 겁니다." 내가 설명했다. "나는 네가 한 짓을 알아.' 이 문구는 엘레노어에게 일어난 일을 언급하고 있어요. 알래스카는 그 일과 관련해 익명의 협박 편지를 쓸 정도였죠. 1999년 3월 22일에 알래스카와 에릭의 말다툼이 있었습니다. 그때 에릭은 자신이 엘레노어를 자살로 몰고 간 게 아니라고 항의했어요. 그 말다툼 때 알래스카는 엘레노어에게 또 다른 한 남자가 있었다는 사실을 알게 되죠. 우리가 생각하기에는 엘레노어의 남자가 모든 의문을 풀어줄 키를 쥐고 있다고 봐요. 알래스카 역시 따로 애인이 있었어요. 알래스카가 받은 선물로 판단하건대 그 애인은 세일럼에 거주하는 사람이었을 겁니다. 그 두 사람의 애인이 동일인이었을까요? 혹시 알래스카가 자기 애인이 바로 엘레노어의 애인이라는 사실을 알아차렸던 걸까요? 또 그 애인이 엘레노어를 자살로 몰고 갔다고 생각하게 된 걸까요? 알래스카와 엘레노어는 친한 친구 사이였고, 두 사람 모두 세일럼에 살았어요. 두 사람이 같은 남자와 사귀었을 가능성은 충분해요."

"그래서 오늘 아침에 세일럼으로 가보려는 건가요?" 로렌이 고개를 끄덕였다.

"맞아." 페리가 손목시계를 들여다보면서 말했다. "이제 그만 출발해야겠어."

"내게도 결과를 알려주세요." 패트리샤가 말했다. "나도 에릭을 만날 때 엘레노어와의 관계를 물어볼게요. 에릭은 나에게는 훨씬 솔직하게 이야기할 테니까요."

***

엘레노어의 부모 스티븐 로웰과 마리아 로웰은 세일럼의 집에서 우리를 기다리고 있었다. 우리는 사전에 방문하겠다는 뜻을 전날 미리 알려놓았다. 우리가 거실에 앉자마자 마리아 로웰이 초조한 얼굴로 물었다.

"무슨 일인가요?"

"전화로 말씀드린 대로 엘레노어에 대해 몇 가지 물어볼 말이 있어서 찾아왔습니다." 페리가 말했다.

"알래스카 샌더스의 죽음과도 연관이 있다고 하셨죠? 어떤 연관이 있다는 건가요?"

"아직까지 확답을 드릴 수는 없습니다. 다만 우린 따님인 엘레노어에 대한 이야기를 듣고자 찾아왔습니다."

마리아는 한숨을 푹 내쉬었다.

"무엇부터 이야기해야 할지 모르겠군요. 여기 사진이며 제가 보관하고 있는 몇 가지를 가져왔어요. 엘레노어는 글쓰기를 좋아했고, 예술가적인 면이 있었죠."

마리아 로웰은 딸의 사진 몇 장을 우리 앞에 내밀었다. 엘레노어가 세상을 떠난 해 여름에 찍은 사진이었다. 사진 속의 엘레노어는 웨이브 없는 긴 금발 머리를 어깨까지 늘어뜨린 아름다운 모습이었지만 얼굴이 지나치게 야위어 보였다. 얼굴에 냉기가 감도는 미인이었다.

"엘레노어는 성격이 무척 예민했어요." 스티븐 로웰이 말했다. "아주 어릴 때부터 그랬죠. 다른 사람이 슬픈 일을 당해도 상처받을 정도였어요. 주위 사람들이 우울하고 화나 있으면 그 감정을 그대로 흡수해 엘레노어 자신도 그런 상태가 되었죠."

"우울증이 깊었어요." 마리아 로웰이 덧붙였다. "엘레노어의 병이 뭔지 알았지만 우리도 속수무책이었죠. 엘레노어는 열두 살 때 처음으로 자살을 시도했어요. 열여섯 살에도 한 번 더 그랬죠. 두 번 모두 많은 양의 신경안정제를 삼켰어요. 이대로 방치하면 안 되겠다는 생각이 들더군요. 엘레노어는 두 차례 심리치료 클리닉에 들어가 지냈어요. 휴양소라고 부르는 곳들이죠. 그냥 정신병원이라고 해도 무방하고요."

"트라우마 치료는 계속 받았나요?"

"그럼요. 여러 의사를 만나봤어요. 의사 순례로 보일 정도로요. 그러다가 마침 괜찮은 의사를 찾아냈죠. 이름이 닥터 벤자민 브래드버드인데 어쨌거나 좋은 의사였죠."

"'어쨌거나'라니요? 불만스러운 면도 있었다는 뜻인가요?"

"엘레노어의 자살을 막지 못했으니까. 경사님께 알려드리려고 닥터 브래드버드의 연락처를 적어두었어요. 연락을 기다리겠다고 했어요. 오늘 휴가를 떠날 예정이었는데, 경사님과의 면담을 위해 내일로 연기했다고 하더군요."

"엘레노어가 모델 일을 했다고 들었는데요."

"예, 잡지 모델로 일했어요. 일 때문에 뉴욕 출장이 잦았죠. 평이 무척 좋았어요. 하지만 그런 생활이 엘레노어에게 도움이 되지는 않았죠. 맨해튼에 가 있을 때 엘레노어의 말로는 '고급 파티'에 나가서 밤을 보냈대요. 그 파티에서 벌어지는 일들이 그리 고급스럽지는 않았나봐요. 내가 무슨 말을 하고 싶은지 아실 거예요."

"마약을 말씀하시는 건가요?"

"엘레노어는 파티 때 코카인을 했던 것 같아요. 그런 식으로 사는 걸 여러 번 말리려고 했지만 그럴 때마다 엘레노어는 공격적으로 거부 반응을 보였어요. 아무 문제 없다고, 모델로 잘 나가지 않느냐고 하면서 엄마 일이나 신경 쓰라고 쏘아붙이기 일쑤였죠. 미성년자도 아닌데 일일이 간섭할 수도 없어 걱정이 컸죠."

이번에는 내가 질문했다.

"1998년 8월 30일에 일어난 그 불행한 사건을 다시 이야기할 수밖에 없는 점 양해 바랍니다. 그 당시 엘레노어는 어떤 상태였는지 말씀해 주시겠습니까?"

"그 무렵 엘레노어는 오히려 상태가 좋아 보였어요." 스티븐 로웰이 대답했다. "건강을 회복한 것 같았죠. 닥터 브래드버드가 설명해준 적이 있는데, 자살을 계획한 사람은 실행할 시점이 되면 주변 사람들을 속이려고 달라진 모습을 보일 때가 많다더군요. 주변 사람들이 상태가 좋아졌다고 안심할 때 생을 끝낸다고요."

"그렇긴 해도 엘레노어가 미스 뉴잉글랜드 선발대회 심사위원으로 위촉되어서 무척 기뻐했던 건 분명한 사실이에요." 마리아 로웰이 끼어들었다.

"1998년 9월에 알래스카 샌더스가 우승한 대회였죠?"

"2년 전인 1996년에는 엘레노어가 우승자였어요. 여하튼 미인대회 조직위원회에서 엘레노어를 심사위원으로 위촉했을 때 그 아이는 무척이나 좋아하며 수락했어요. 매우 권위 있는 대회이고, 이미지와 명성에도 도움이 되는 일이었죠."

"그 제안이 들어온 게 언제입니까?" 페리가 물었다.

"기억하기로 8월 초였어요. 1998년 8월 30일의 비극이 벌어지기 몇 주일 전이었죠. 그 불행한 날 밤, 엘레노어는 종종 그랬듯이 저녁 식사 대신 운동을 하고 나서 샤워를 하고 나오더니 밖에 나갔다가 오겠다고 하더군요. 어디에 가는지 물으니까 바다에 수영하러 가고 싶다고 했어요. 아직 뜨거운 해가 지지 않아 무척이나 더운 때였죠. 나는 엘레노어가 데버루 비치에서 친구들과 만나기로 약속한 줄 알았어요. 마블헤드는 집에서 그리 멀지 않으니까요. 그 해변은 엘레노어가 자주 가는 곳이었죠. 그날 내가 잠자리에 든 시간이 밤 11시경이었는데 남편은 이미 잠들어 있었어요. 깨어보니 새벽 6시 30분이더군요. 휴대폰에 메시지가 하나 와 있었어요. 엘레노어가 보낸 메시지였죠.

더는 살아갈 힘이 없어.

나는 곧바로 경찰서에 신고했어요. 경찰은 엘레노어의 친구들을 상대로 탐문 수사를 시작했죠. 딸의 친구들 말에 따르면 그날 저녁 엘레노어와 함께 챈들러 호비 파크에서 시간을 보냈다고 했어요. 밤 11시 30분경 모두들 집으로 돌아가려고 일어섰는데 엘레노어 혼자 조금 더 남아 있겠다고 했대요. 경찰이 그 말을 듣고 챈들러 호비 파크로 가보니 엘레노어의 물건이 그곳 등대 아래에 있더래요. 엘레노어는 옷가지, 지갑, 휴대폰을 해변에 놓아둔 거예요. 경찰이 몇 날 며칠 동안 바다를 수색했어요. 엘레노어의 시신을 찾으려고요. 하지만 끝내 찾지 못했어요. 경찰은 익사에 의한 자살로 결론 내리고 수사를 종결했죠."

"경찰이 내린 자살 결론에 대해 부인은 어떻게 생각하시죠?"

마리아 로웰은 침울한 표정으로 잠시 머뭇거리다가 대답했다.

"엘레노어가 처음 자살을 시도한 이후 매일 내 눈앞에 살아 있는 모습을 볼 때마다 기적이라고 생각했어요. 내 말이 그 질문에 대한 답변이 되었으리라 생각해요. 그런데 엘레노어와 알래스카 사이에 무슨 일이 있었는지는 여전히 말해주지 않네요. 물론 두 아이가 친구 사이였다는 건 다 아는 일이고요."

이번에는 로렌이 나섰다.

"1999년 2월, 부인은 마운트플레전트로 알래스카를 찾아가 만난 적이 있을 겁니다. 그때 부인은 엘레노어와 어떤 연상의 남자 사이에 무슨 일이 있었는지 알래스카에게 물었다고 하더군요. 엘레노어가 남긴 일기를 보고 나서 그 남자가 엘레노어를 자살로 몰고 갔다는 생각이 들었다고요."

"내가 그런 말을 했다는 걸 어떻게 알았죠?"

"알래스카가 부인을 만나 나누었던 얘기를 친구에게 밝혔어요." 로렌이 설명했다. "혹시 지금은 연상의 남자가 누구였는지 찾아내셨나요?"

"여전히 찾지 못했어요. 엘레노어의 친구들을 만나 물어보기도 하고, 경찰에도 그 사실을 말해주었죠. 경찰은 내 말을 그다지 유념해 듣는 것 같지 않았어요. 일기 내용만 갖고 수사를 벌일 수는 없다고 하면서요. 일기는 증거로 인정받지도 못한다고요."

"우리가 그 일기를 봐도 될까요?"

마리아 로웰은 딸의 유품을 담아놓은 종이상자에서 수첩 한 권을 꺼내 우리에게 몇 대목을 읽어주었다. 앞서 알래스카에게 보여준 내용과 일치하는 대목들이었다.

"엘레노어가 일기에서 언급한 남자가 나이가 좀 많다는 건 알고 있었어요. 딸이 친구에게 털어놓은 적이 있다고 해요. 그런데 알래스카를 만나고 나서 몇 주일 뒤 또 다른 수첩을 찾아냈어요."

부인은 상자에서 두 번째 수첩을 꺼냈다. 학생들이 쓰는 공책이었다. 원하는 대목을 찾아 페이지를 넘기던 부인이 다음과 같은 부분을 읽어주었다.

그 사람은 마치 이혼이 일종의 해방이기나 한 듯이 말해. "자유로워지면 나는 네 거야. 우리의 관계를 사람들 앞에 공개해야겠어." 하지만 그가 이혼할 리 없다는 게 내 생각이야. 우리의 나이 차이가 크기 때문에 그는 부담스러워하거든.

"정리해보면 엘레노어는 훨씬 연상인 어떤 남자와 사귀고 있었어요. 그 남자는 툭하면 이혼을 거론했고, 파란색 차를 타고 다녔고요."

"네, 그래요."

"우리는 방금 말한 그 남자가 엘레노어뿐만 아니라 알래스카와도 사귀었던 게 아닌지 의심하고 있습니다." 내가 말했다. "아직 확인이 끝나지 않은 가설입니다. 혹시 그 남자일 거라고 짐작하고 있는 인물이 있습니까?"

"전혀 없어요."

"지금까지 이야기한 내용 말고 엘레노어와 관련해 새롭게 밝혀진 사실이 있습니까? 우리가 알고 있어야 할 것들 말입니다." 이번에는 페리가 나섰다. "아주 사소한 단서라도 좋습니다. 작고 하찮은 단서도 때로는 큰 의미가 있으니까요."

"아직도 풀리지 않는 의문이 한 가지 있어요. 그 일이 벌어지기 전이었어요. 엘레노어의 바지를 세탁기에 넣으려고 주머니를 뒤적이다가 버스표 한 장을 찾아냈죠. 메인주 록랜드에서 세일럼으로 오는 버스였고, 1999년 7월 5일 자더군요. 엘레노어가 무슨 일로 록랜드에 갔는지 아직도 모르겠어요."

"잠깐!" 페리가 몸을 앞으로 당겼다. "일기에 적힌 대로라면 7월 4일에 엘레노어는 그 남자와 함께 시간을 보냈고, 실망감을 느꼈다고 했어요. 그래서 다음 날 록랜드에서 버스표를 끊어 세일럼으로 돌아왔을 겁니다. 혹시 그 남자가 록랜드에 거주하는 사람이 아닐까요?"

"나도 그런 생각을 해봤어요. 그 아이의 친구들에게도 물어봤고요. 하지만 그 질문에 대답해주는 친구는 없더군요. 어찌나 마음이 답답하던지 내가 직접 록랜드에 가보기까지 했답니다.

상점들을 돌아다니며 딸의 사진을 보여주면서 혹시 기억하는 사람이 있는지 찾아 헤매기도 했죠. 결국 엘레노어를 본 적이 있는 사람을 찾지 못했어요."

"로웰 부인, 이 수첩을 우리가 가져가도 될까요?" 페리가 수첩 두 권을 가리키며 허락을 구했다. "꼭 돌려드리겠습니다."

***

마리아 로웰에게서 받아온 전화번호로 닥터 벤자민 브래드버드에게 연락했다. 그는 엘레노어의 진료기록을 보며 이야기를 나누는 게 좋겠다면서 우리에게 클리닉으로 직접 오라고 했다. 벤자민 브래드버드는 정신과 의사로 명성이 높았고, 법의학 정신감정 분야의 권위자이기도 해서 형사사법기관에서 자문을 청하는 경우가 잦았다. 나이가 예순이었지만 날씬한 몸에 부드러운 인상을 풍기는 남자였다. 그가 몸치장에 상당한 공을 들이는 사람이라는 걸 한눈에 봐도 알 수 있었다.

"엘레노어는 특별히 기억하고 있는 환자입니다. 머릿속에 수많은 형이상학적인 질문들을 채워 넣고 있는 환자였어요. 엘레노어의 문제는 복합적이었죠. 가벼운 조울증을 보였는데, 적절한 치료를 받았다면 케어가 가능했을 겁니다. 하지만 엘레노어는 처방해준 약의 용량을 지키지 않았고, 이따금 코카인을 했어요.

약물이 가져올 결과가 무척이나 우려스러운 상황이었죠. 엘레노어가 죽었을 때 진작 약물중독에 대한 치료를 병행했어야 한다는 아쉬움이 컸어요. 지금도 여전히 안타깝게 여기고 있습니다."

"엘레노어가 죽었을 때라고 말씀하셨지만 아직 시신이 발견되지 않았는데요." 로렌이 말했다.

"경찰이 내린 수사 결론을 인용했을 뿐입니다. 게다가 내가 볼 때 경찰이 내린 결론은 타당해요. 아직 시신을 찾지 못했다는 건 알고 있습니다. 그런 경우 가족들은 죽음을 받아들일 수도 없는 잔인한 상황이 계속되죠. 그래서 나는 엘레노어가 어딘가 아직 살아 있을지도 모른다는 기대를 하게 만드는 모호한 표현을 쓰고 싶지 않아요."

"엘레노어가 자발적으로 사라졌다고 보십니까?" 내가 물었다.

벤자민 브래드버드는 내 말에 매우 흥미를 느낀 표정이었다.

"엘레노어는 사라지기를 원치 않았어요. 오히려 그 반대죠. 세상이 엘레노어를 알아봐주길 꿈꾸었으니까."

"모델 활동을 하고 있었으니 꿈과 어긋난 희망은 아니네요." 페리가 말했다.

"엘레노어는 그 이상을 바랐어요." 벤자민 브래드버드가 말했다. "할리우드 스타가 되고 싶어 했죠. 길거리에서 엘레노어를 알아본 사람이 '그 광고에 나온 여자 맞죠?'라고 물은 적이 있어요. 그때 엘레노어는 화를 냈죠. 엘레노어 자신이 그저 익명의 인물이기만 한 상황이 마음에 들지 않은 거예요. 대중들에게 엘레노어라는 이름으로 불리고 싶어했죠. 그래서 영화배우가 되려고 했고요. 배우로 활동하고 싶어 캐스팅 오디션이 있을 때마다 참가했는데 배역을 따내지는 못했어요."

"알래스카와 같은 처지였네요." 내가 말했다.

"누구요?" 벤자민 브래드버드가 물었다.

"알래스카 샌더스, 우리가 수사 중인 사건의 희생자입니다. 엘레노어와 마찬가지로 알래스카 역시 영화배우를 꿈꾸었어요. 엘레노어와 알래스카는 서로 닮은 점이 정말 많군요. 혹시 두 사람이 같은 인물을 애인으로 두고 있었던 건 아닌지 알아보고 있습니다. 엘레노어가 알래스카에 대해 말한 적이 있습니까?"

"한 번도 들어보지 못했어요. 그렇지만 마리아 로웰이 엘레노어와 연인이었던 남자를 찾아다니고 있다는 건 압니다. 엘레노어가 그 남자를 언급한 일기를 나에게도 보여주더군요. 하지만 엘레노어는 상담 시간에 그런 이야기를 한 적은 없습니다."

"엘레노어의 친구들도 그 남자에 대해 전혀 모르고 있었습니다." 페리가 말했다. "혹시 엘레노어가 가상의 인물을 만들어냈을 가능성은 없을까요?"

"그랬을 것 같지는 않습니다. 환자가 가상의 인물을 꾸며내는 이유는 그 사실을 타인에게 알리고 어떤 반응을 끌어내기 위해서죠. 그런데 엘레노어는 글을 써놓고 타인에게는 감추었습니다. 내가 생각하기에 엘레노어는 자신이 지배당하는 위치인 그 관계에 수치심을 품고 있었던 게 분명합니다. 축복받지 못하는 관계에 발목이 잡혀 쩔쩔매고 있는 현실을 분명하게 인식하고 있었다는 말이죠."

"상담 치료 중에 엘레노어가 혹시 메인주 록랜드에 대해 말한 적이 있습니까?"

"록랜드요? 아뇨. 전혀 그런 기억이 없습니다. 여러모로 아쉽군요. 내가 수사에 도움을 줄 수 있었으면 좋았을 텐데."

***

닥터 브래드버드 클리닉은 알래스카 부모가 사는 동네 근처에 있었다. 우리는 클리닉을 나온 뒤 샌더스 부부의 집을 방문하기로 했다. 마침 로비 샌더스와 도나 샌더스 두 사람 모두 집에 있었다. 그들은 우리를 친절하게 맞아주었다.

"마침 잘 오셨습니다." 로비 샌더스가 우리에게 꺼낸 첫마디였다. "그렇잖아도 마운트플레전트로 찾아가려고 했거든요."

"무슨 일이 있습니까?" 로렌이 물었다.

"당신을 만나려고요."

"저를요?"

"예, 당신에게 줄 게 있어요. 방금 말했지만 마운트플레전트로 출발하기 직전이었습니다. 조금만 늦게 오셨으면 길이 엇갈

렸겠네요."

로비는 비로드를 씌운 상자 하나를 로렌에게 내밀었다.

"이게 뭐죠?"

"열어보세요."

로렌이 상자를 열었다. 금시계였다.

"당신 오빠에게 전해주세요. 그 시계를 돌려드리고 싶습니다." 로비가 말했다.

"하지만… 왜죠?" 로렌은 예상치 못한 일에 당황해 말을 더듬었다. "저는 받을 수 없어요. 이 시계의 주인은 샌더스 씨잖아요. 저는 이 시계가 샌더스 씨에게 이미 전달된 줄도 모르고 있었습니다."

"이틀 전 오후에 페리 게할로우드 경사님이 직접 찾아와 에릭의 석방 소식을 알려주었어요. 수사 진행 상황도 전부 말해주었고요. 에릭이 당신의 오빠인지 미처 몰랐는데 TV 뉴스에서 가족사진을 비출 때 보고 나서야 알게 되었습니다."

"이 시계는 샌더스 씨가 다시 소유하는 게 옳아요. 강도 사건으로 잃어버린 시계잖아요."

"경찰이 내게 돌려주었고, 마음대로 처분할 수 있어요. 그래서 에릭에게 다시 보내고 싶습니다. 내 딸에게 돈을 지불하고 정당하게 샀잖아요. 11년 전, 에릭은 삶을 빼앗겼어요. 내 딸은 빼앗긴 삶을 영영 되돌릴 수 없게 되었지만 당신 오빠에게는 삶을 다시 시작할 기회가 주어졌잖아요. 이 시계가 잃어버린 날들에 대한 약간의 보상이 될 수 있었으면 좋겠습니다. 내가 저지른 잘못이 그 불행에 한몫했다는 걸 알아요."

도나가 화제를 바꾸었다.

"오늘 우리를 찾아온 이유가 있죠?"

"그렇습니다." 페리가 말했다. "범인을 추적할 수 있는 새로운 실마리가 나타나 두 분의 이야기를 들어보고 싶어 찾아왔습니다. 혹시 엘레노어 로웰이 누군지 아십니까?"

도나가 조심스러운 눈길로 우리를 마주보았다.

"엘레노어라면 잘 알죠. 10년 전 스스로 목숨을 끊은 것으로 알고 있어요. 내 기억이 틀리지 않다면 미스 뉴잉글랜드 선발대회가 열리기 얼마 전이었을 거예요."

"기억이 정확하시네요. 엘레노어에 대해 알고 계신 걸 모두 말씀해 주시겠습니까?"

"엘레노어는 모델로 일했는데 알래스카와는 차원이 달랐어요. 엘레노어가 훨씬 앞서 나가고 있었죠. 알래스카가 잡지에 실린 엘레노어의 사진을 보여주었던 기억이 나요. 그때 엘레노어는 스무 살이 안 된 나이였죠. 우리 딸을 죽인 범인을 찾는 수사와 엘레노어가 무슨 관계가 있나요?"

"어쩌면 연결고리가 있을 것 같습니다." 페리가 말했다. "알래스카와 엘레노어는 친구 사이였죠?"

그러자 도나는 의외의 반응을 보였다.

"친구요? 터무니없는 말입니다. 알래스카는 엘레노어에게 전혀 반감이 없었는데 엘레노어는 우리 딸을 미워했어요."

"확실합니까?"

"엘레노어는 질투심에 차 있었어요. 그 아이는 알래스카에게 특별히 시선을 끄는 매력이 있다는 걸 알았어요. 미스 뉴잉글랜드 타이틀이 알래스카가 영화배우로 도약하는 트램펄린이 될 수 있다는 점도 알았죠. 미스 뉴잉글랜드 선발대회는 할리우드행 티켓이 걸려 있다는 말을 듣는 대회니까요. 엘레노어가 심사위원단에 위촉되었다는 소식을 듣고 알래스카는 무척이나 걱정했어요. '엘레노어가 나를 떨어뜨릴 거야.' 내게도 그 말을 되풀이했죠. 엘레노어는 시기심이 많았어요. 두 아이의 친구들에게 물어보시면 내 말이 옳은지 그른지 확인해줄 거예요."

"친구들을 만나 알아보겠습니다." 페리가 말했다. "그렇다면 알래스카는 엘레노어가 입상을 방해할까봐 걱정했다는 뜻이네요. 다행히 걱정했던 일이 실제로 일어나지는 않았군요."

"미스 뉴잉글랜드 선발대회의 심사위원으로 나서기도 전에 엘레노어는 자살했으니까요." 도나는 서슴없이 말했다. "엘레노어가 죽었으니 알래스카가 당연히 우승자가 되었죠."

마지막 말은 미처 생각지도 않고 입 밖으로 나온 듯했다. 도나가 말실수를 느끼고 멍한 표정으로 남편의 얼굴을 마주보았다. 페리가 나와 로렌에게 눈짓을 보냈다. 페리가 말을 이어갔다.

"엘레노어와 알래스카가 라이벌 관계였을 가능성을 잠시 덮어 두더라도 두 사람 사이에 제3의 인물이 있었다는 게 우리의 생각입니다. 세일럼에 거주하고 있고, 그 당시 이미 중년을 넘긴 나이고, 이혼을 준비하고 있던 인물입니다. 매사추세츠주 번호판을 단 파란색 자동차를 운전했고요."

"누군지 전혀 모르겠네요." 도나가 시무룩한 표정으로 대답했다.

"나도 떠오르는 사람이 없어요." 로비가 말했다. "방금 말한 남자와 알래스카가 어떤 사이였는데요?"

"연인 사이였을 거라고 추정하고 있어요." 로렌이 대답했다.

"내 딸이 월터와 살면서 다른 남자와도 관계를 맺고 있었다는 말인가요?" 도나가 깜짝 놀라며 되물었다.

"그렇습니다."

"알래스카의 남자들이라고 하기에는 숫자가 너무 많네." 도나가 재미있다는 표정을 지으며 웃음을 터뜨렸다. 느닷없지만 솔직한 웃음이었다.

"그게 무슨 소리야?" 로비가 아내에게 핀잔을 주었다.

"알래스카가 남자를 한 번도 집에 데려오지 않은 게 이상하지 않았어? 누가 봐도 예쁘고 사랑스러운 아이인데 우리 부부가 아는 남자 친구는 아무도 없잖아."

"도대체 무슨 말을 하려는 건지 모르겠네." 로비가 말했다.

"알래스카가 여자를 사랑하는 성향이라는 걸 알고 계셨어요?"

로렌이 물었다.

"그 아이의 성적 지향이 독특하다는 건 알고 있었죠." 도나가 엷은 미소를 지으며 말했다. "그 문제를 알래스카와 터놓고 이야기한 적은 없어요. 독특한 성적 지향을 갖고 있다고 굳이 나무라서는 안 되잖아요. 그 아이가 솔직하게 털어놓고 그 문제를 상의할 수 있을 때까지 기다려주고 싶었죠."

"알래스카의 성적 지향을 발견하게 된 계기가 있나요?" 로렌은 질문을 늦추지 않았다.

"알래스카가 스무 살 무렵이었을 거예요. 예전 고등학교 시절 같은 반이었던 친구 하나가 집에 자주 놀러 왔어요. 특별히 예쁜 얼굴은 아니었지만 착하고, 예의 바르고, 조심성이 많은 아이였죠. 어느 날 내가 머핀을 구워 가져다주려고 알래스카의 방으로 올라갔어요. 방문을 열었는데 두 아이는 내가 문을 연 걸 미처 감지하지 못했나봐요. 알래스카는 바지와 속옷을 내리고 침대 가장자리에서 몸을 젖히고 있었고, 친구는 딸의 아랫배에 얼굴을 묻고 있더군요."

"도나, 그만해!" 로비가 버럭 화를 냈다.

"당신은 너무 구식이야."

"그렇다면 월터는?" 내가 물었다.

"월터와는 그다지 진지한 사이가 아니었어요. 한때의 바람 같은 관계였죠. 그때까지도 알래스카는 자신의 성 정체성을 시험해보고 있었던 것 같아요. 알래스카가 은행 계좌의 돈을 잃어버리지만 않았어도 강도 행각에 나서지 않았을 테고, 월터와 살겠다고 마운트플레전트로 떠나지도 않았을 거예요."

***

그날 저녁, 마운트플레전트로 돌아온 페리와 나는 식사를 하러 〈내셔널 앤섬〉에 갔다. 우리는 맥주를 마시며 꽤 오랜 시간 거기에 머물렀다. 여름에는 토요일 저녁마다 밴드가 출연해 흥겨운 분위기를 연출했다. 어둠이 깊어질 때까지 맥주를 마시고 있는데 로렌과 패트리샤가 한잔하겠다면서 합류했다. 패트리샤는 도노반 가족을 방문해 함께 저녁 식사를 하고 왔다고 했다.

"두 분도 우리 집에 오셔서 함께 식사했어야 하는데……." 로렌이 아쉬워했다. 페리가 식사 초대에 응하지 않은 게 못내 섭섭한 듯했다.

"수사가 아직 끝나지 않았잖아." 페리가 말했다. "에릭과 너무 가깝게 지내는 모습을 보이면 수사에 대한 신뢰를 해칠 위험성이 있어."

"알아요." 로렌이 말했다. "그런데 경사님의 조력자 마커스가 연애에 빠진 건 상대가 예전 범인의 누이동생이어서는 아니잖아요."

페리는 웃음을 터뜨렸다. 좀처럼 웃지 않던 페리가 편안한 모습을 보여 기뻤다. 밴드가 흘러간 펑키 댄스곡을 연주하자 패트리샤가 페리의 손을 잡아끌고 플로어로 나갔다. 나와 로렌만 테이블에 남았다. 로렌이 내 목에 고개를 기대더니 키스했다. 그러다가 별안간 진지한 표정을 지었다.

"괜찮아?" 내가 물었다.

"괜찮아. 오빠를 모처럼 부모님 집에서 보니까 기분이 묘했어. 나만 그런 게 아니라 다들 그래 보였지. 그 문제에 대해 패트리샤가 내게 말해준 적이 있었어. 적응하기 쉽지 않을 거라고. 내일 오빠와 함께 케네벙크 바닷가에 다녀오려고. 우리가 서로에게 편해지는 데 도움이 될 거야."

"좋은 생각이야."

로렌이 내 눈을 응시하며 말했다.

"이번 수사도 곧 결론이 날 텐데 그러고 나면?"

"그러고 나면?"

"우리는 어떻게 되지? 살면서 내가 이런 감정을 느낀 건 당신이 처음이야. 당신을 이곳에 붙잡아두고 싶어. 뉴욕으로 떠나보내기 정말 싫거든. 내가 어떡해야 좋을지 모르겠어."

"어째서 내가 뉴욕으로 돌아가고 싶어 할 거라고 생각했어?"

"당신이 마운트플레전트에 남아 뭘 하겠어?"

맞는 말이었다.

로렌을 바라보는 동안 엠마와 헬렌, 큰어머니 아니타가 떠올랐다. 그들의 존재가 나에게 어떤 의미였는지 생각했다. 비로소 어렴풋이 알 수 있었다. 그들을 통해 나는 평화롭고 안전한 삶을 계속해서 꿈꾸었고, 가닿지는 못해도 그런 삶을 찾아 나섰다. 내 상상 속에서 큰아버지 사울과 볼티모어 골드먼들이 구현하던 삶이 바로 그랬다. 그 시절 나는 볼티모어 골드먼들이야말로 고통과 실패를 면제받은 삶을 산다고 생각했다. 내가 꿈꿔온 삶, 환상을 넘어선 곳에서 한 사람이 나를 기다린다는 걸 이제야 어렴풋이 알 수 있었다. 그 사람이 로렌은 아니었다. 해리가 내게 일깨워준 사실이었다. 일전에 오페라 공연을 본 뒤 함께 저녁 시간을 보내며 해리는 내가 찾아가야 할 여자가 누구인지 알려주었다. 그 여자가 있어야 비로소 내 삶이 채워질 수 있을 거라고 말했다. 로렌이 우리의 미래를 이야기할 때 나는 해리가 건네준 콘서트 티켓을 떠올렸다. 알렉산드라 네빌의 공연이 열리는 날이 바로 내일이었다. 콘서트에 가야 할지 아직 결정하지 못했다. 나는 상처 입은 과거를 치유하고 싶은 마음과 로렌이 내밀어 보이는 온전한 미래 사이에서 어느 쪽으로도 가지 못하고 머뭇거렸다.

***

페리와 내가 〈내셔널 앤섬〉에서 나온 시간은 새벽 1시였다. 호텔을 향해 걸어가면서 내가 장난스럽게 말을 건넸다.

"아까 패트리샤 변호사가 춤추자고 했을 때……."

"그만둬, 그런 종류의 일이 아니었으니까. 패트리샤는 로렌이 없는 자리에서 나에게 하고 싶은 말이 있었던 거야."

"로렌이 없는 자리에서요?"

"패트리샤가 엘레노어와 관련해 에릭과 이야기를 나눠보았나 봐. 에릭의 반응이 석연치 않더래. 자꾸만 회피하려는 태도를 보이더라는 거야. 뭔가 자꾸 숨기려는 것 같은 인상을 받았다고 하더군."

"가령 어떤 부분에서요?"

"패트리샤도 구체적인 예시를 들지는 못했어. 그저 직감으로 그렇게 느꼈다고 하더군. 에릭이 예전에 몰고 다닌 자동차에 관해 물어보자 화를 벌컥 내더래. 그 차는 이미 팔아버렸고, 매매 영수증을 주고받은 건 아니라면서. 거래대금은 현찰로 받았고."

"그래서 머릿속에 떠오른 게 뭔데요?"

"새로운 의혹이 떠올랐어."

페리와 나는 세일럼을 향해 차를 달렸다. 엘레노어의 친구들을 만나 이야기를 들어볼 작정이었다. 달리는 내내 우리는 말없이 생각에 잠겼다. 패트리샤가 귀띔해준 에릭의 석연찮은 반응이 마음에 걸렸다. 이제 담당 변호사마저 에릭의 무죄를 의심하기 시작한 상황이었다.

/

31장
의혹
2010년 7월 25일 일요일. 매사추세츠주, 세일럼

/

로렌은 우리와 동행하는 대신 에릭과 함께 유년 시절 자주 갔던 바닷가에 가보겠다며 따로 케네벙크로 출발했다. 패트리샤는 에릭과 로렌이 없는 틈을 타 그들의 부모를 찾아가 봐야겠다는 계획을 밝히며 페리의 동의를 구했다. 도노반 부부가 아들에 대해 어떻게 말하는지 들어보면 에릭이 무엇을 숨기고 있는지 알아낼 수 있을 거라는 계산이었다.

매사추세츠주로 들어서면서 페리가 한참 만에 입을 열었다.

"무슨 생각해?"

"에릭 도노반에 대해 생각 중이었어요."

"사실은 나도 그랬어. 이 모든 일의 접점에 에릭이 있어. 어느 장면이든 항상 에릭이 끼어 있는데 그 어디서도 혐의점을 찾을 수 없단 말이지."

"니콜라스를 살해하려고 했던 인물이 에릭이 아니라는 건 확실해요. 그때 에릭은 감옥에 있었으니까요. 그날 파란색 차를 운전한 다른 누군가가 존재한다는 뜻이죠. 그 파란색 차가 알래스카와 엘레노어 그리고 니콜라스를 이어주는 고리이기도 해요."

엘레노어의 애인, 즉 '이혼을 바라는 연상의 남자'가 이 퍼즐의 열쇠라는 건 분명했다. 우리가 엘레노어의 친구들을 만나 얻고자 하는 것도 바로 그 남자를 찾아낼 수 있는 단서였다.

"누구부터 시작할까?" 페리가 물었다.

나는 엘레노어의 어머니가 건네준 친구들 명단을 펼쳐 들었다. 아직 우리도 거기 적힌 이름들을 세밀하게 훑어보지 않은 상태였다.

"마리아 로웰이 적어 내려간 순서를 따르죠." 내가 말했다 "첫 순서는 멜리사 윌리엄스인데 어릴 적부터 친구 사이고, 학창 시절을 줄곧 함께했어요. 티파니 폴슨은 엘레노어와 동갑이고, 열여섯 살에 정신건강 클리닉에서 서로 알게 된 사이고요. 그다음은 브룩 리조라는 친구인데 엘레노어와 마찬가지로 모델이고."

페리가 말했다.

"브룩 리조라는 이름은 뭔가 건드리는 게 있는걸. 남은 이름들을 마저 불러봐."

나는 페리의 말뜻을 곧바로 알아들었다. 아흐레 전 우리가 만나본 알래스카 친구들의 이름을 명단에서 찾아낼 수 있었다. 엘레노어를 추적하게 된 계기도 그때 귀띔받은 한마디 덕분이었다.

"안드레아 브라운, 스테파니 라한, 미첼 스피처. 도나 샌더스에게서 받은 명단에도 그들의 이름이 들어 있었어요. 앞서 그 친구들로부터 얻은 진술도 갖고 있고요. 그때는 알래스카에 대한 질문이 경찰이 신문하는 형식으로 진행되긴 했지만요."

"뭔가 돌고 도는 느낌이야." 페리가 신음처럼 중얼거렸다. "똑같은 파란색 자동차, 똑같은 친구 명단. 이제는 엘레노어의 실종이 알래스카 살인사건과 별개라는 게 의심스러울 지경이야."

"엘레노어가 자살한 게 아닐 수도 있다는 뜻이에요?"

"두 사람은 같은 인물을 애인으로 두었을 거라는 게 우리의 추측이야. 그들이 동일한 인물에게 살해당한 게 아닐까 하는 의심이 가능한 상황이니까. 이 질문을 본격적으로 파보아야겠어."

***

우리는 우선 미첼 스피처를 찾아갔다. 처음으로 엘레노어에 관해 우리에게 말해준 친구였다.

미첼 스피처

"물론 지난번에 말한 대로 우리는 모두 친구였어요. 여러 미인 대회에 참가하면서 만났고, 그러다가 함께 뭉치게 되었죠.

(…)

우리끼리 시기한 적은 없냐고요? 없어요. 미인대회가 진로 문제와 연결된 사람은 알래스카와 엘레노어뿐이었어요. 나머지 아이들은 성년이 되기 전에 그저 재미 삼아 대회에 나간 경우가 대부분이라서 누굴 질투하고 말고 할 이유가 없었죠. 1998년이면 벌써 옛날이야기가 되었네요. 그때 우리들 가운데 몇 사람은 대학생이었고, 이미 취직한 친구도 있었어요.

(…)

엘레노어는 조울증이 있었어요. 본인 이야기를 솔직하게 털어놓는 경우도 없었고요. 엘레노어는 있는 그대로 받아줘야 했어요. 나이 많은 남자와 꽤 오랫동안 깊은 관계였다는 건 알아요. 물론 엘레노어가 자기 입으로 그 남자 이야기를 한 적은 없었고요. 아무튼 여러 가지로 비밀이 많은 친구였죠. 50대 남자라고 슬쩍 내비친 적이 있긴 한데 브룩에게 물어보세요. 그 아이는 그런 종류의 이야기라면 놓치는 법이 없거든요. 저는 사실 그런 일에 별로 관심이 없어요. 그런 연애는 씁쓸한 뒷맛을 남기잖아요."

브룩 리조

"어째서 지난번에는 엘레노어에 대해 말하지 않았느냐고요? 그때는 엘레노어에 대해 뭔가 묻지도 않았잖아요. 주로 알래스카, 월터, 마운트플레전트에 대해 말씀하시기에 엘레노어는 아무런 관계도 없는 줄 알았죠. 아니, 알래스카 사건을 수사하는데 엘레노어의 자살이 왜 문제가 되는데요?

(…)

아, 맞아요. 엘레노어가 나이 많은 애인을 정리하지 못하고 질질 끌었던 게 분명해요. 그 남자가 누군지는 몰라요. 엘레노어의 어머니도 그 남자가 누군지 알아보려고 했지만 엘레노어가 꼭꼭 숨겨두고 끝내 공개하지 않았죠. 언젠가 엘레노어에게 왜 그 남자의 신상에 대해 한마디도 하지 않는지 물은 적이 있어요. 그때 엘레노어는 이렇게 대답했어요. '그 사람에게 골치 아픈 문제가 생길까봐.'

(…)

아뇨, 그 늙은 애인이 에릭 도노반이었을 리가 없죠. 에릭은 늙지 않았잖아요. (…) 네, 에릭과는 잘 아는 사이였어요. 바에서 놀다가 나올 때 종종 마주치곤 했으니까. 엘레노어는 에릭과 데이트한다는 사실 역시 아무에게도 말하지 않았어요. 언젠가 친구들이 술집에 모였을 때 나에게는 살짝 털어놓더군요. 그러고 보니 그 자리에 전부 있었네요. 월터도 있었고요. 월터는 알래스카에게 잘 보이려고 애쓰는 중이었죠. 내가 엘레노어에게 월터가 체격도 좋고 잘생겼다고 했더니 에릭이 더 좋다고 하더군요. 게다가 에릭과는 자주 만나 자는 사이라고 했어요. 그러면서 절대 비밀이라고, 나이 많은 애인의 귀에 들어가면 안 된다고요. 실제로 나이 많은 애인이 알게 될까봐 무척이나 겁을 냈어요. 언젠가 제가 그 나이 많은 애인은 어디가 그리 좋은지 물어봤죠. 그랬더니 엘레노어는 사랑에 눈이 멀면 뭐든 다 좋아 보이는 법이라고 하더군요."

안드레아 브라운

"엘레노어와 알래스카가 서로를 질투했느냐고요? 네, 서로 질투했는데 사실 처음부터 그러지는 않았어요. 한참 나중 일이었죠. 두 아이는 오랫동안 서로 다투지 않고 잘 지냈어요. 게다가 각자 나가고자 하는 진로도 달랐죠. 엘레노어는 모델이 되고 싶어 했고, 알래스카는 할리우드 배우로 진출하고 싶어 했으니까요. 그러다가 그해 여름부터 엘레노어가 갑자기 영화배우가 되고 싶다는 욕망을 드러냈어요. 알래스카가 뉴욕의 에이전트와 계약하고 나서 우리 앞에서 배우로 성공할 거라고 장담했는데, 엘레노어가 그 말에 자극을 받았나봐요. 엘레노어가 질투를 하긴 했지만 알래스카에게 해코지하려는 마음은 없었어요. 두 아이가 공개적으로 각을 세운 적도 없고요. 엘레노어와 단둘이 만나 점심 식사를 한 적이 있는데 미스 뉴잉글랜드 선발대회 심사위원으로 위촉되었을 무렵일 거예요. 내가 엘레노어에게 먼저 말했어요. '네가 알래스카를 밀어줘. 미스 뉴잉글랜드가 되면 알래스카가 할리우드로 진출하는 길이 활짝 열릴 거야.' 그러자 엘레노어가 나를 노려보며 대답했어요. '어림없어. 난 그년이 절대로 우승하지 못하게 할 거야. 더러운 년이 감히 나를 넘보다니.' 스테파니에게 물어보셨어요? 스테파니의 엄마와 알래스카의 엄마는 서로 절친한 친구 사이거든요.

(…)

엘레노어는 겁이 없었어요. 여름이면 자주 챈들러 호비 파크에서 수영을 즐겼죠. 거기서 늦게까지 있을 때도 많았고, 가끔은 혼자 가기도 했어요. 부랑자들을 만나는 건 두렵지 않다고 했어요. 그럴 때를 대비해 접이식 곤봉을 가방에 늘 넣어 다녔죠."

페리 계할로우드

(진술자의 말에 놀람) "엘레노어가 접이식 곤봉을 갖고 다녔다는 말입니까?"

안드레아 브라운

"네, 하여간 밤에는 언제나 접이식 곤봉을 가방에 넣어 다녔어요. 왜요?"

페리 게할로우드

"알래스카가 살해될 때 사용된 흉기가 그런 종류라서요."

스테파니 라한

"예, 미스 뉴잉글랜드 선발대회 때문에 알래스카와 엘레노어 사이가 틀어졌다는 이야기를 들었어요. 샌더스 부인이 저희 엄마에게 자초지종을 이야기했거든요. 남이 잘되면 배 아파하는 경우가 종종 있죠.

(…)

그렇기도 하죠. 엘레노어가 죽는 바람에 알래스카는 일이 잘 풀렸다고 볼 수도 있어요. 엘레노어가 심사위원 자리에 앉아 있었더라면 알래스카가 과연 우승할 수 있었을지 모르겠네요. 엘레노어는 분명 기를 쓰고 알래스카를 떨어뜨리려고 했을 테니까요.

(…)

아뇨, 그 남자를 본 적은 없어요. 물론 친구들끼리 모여 있을 때 그 남자 이야기를 자주 했죠. 어떤 늙다리인데 엘레노어가 그렇게 죽고 못 사는 사이가 되었는지 다들 궁금하게 생각했거든요. 그렇지만 어떤 사람인지는 전혀 알지 못했어요. 그래도 단

한 번 1998년 8월 초였는데, 제가 그 일을 기억하는 이유는 엘레노어를 마지막으로 본 날이거든요. 그날도 카페에 혼자 있었는데, 엘레노어가 작은 여행 가방을 챙겨들고 나타났어요. 어디로 여행을 떠나는 길이냐고 물었더니 대답하지 않더군요. 하지만 엘레노어는 카센터에 차 수리를 맡겨 놓았다면서 내 차로 버스터미널까지 데려달라고 해서 그렇게 했죠. 그러고 나서 몰래 뒤따라가 봤어요. 엘레노어가 나이 많은 애인을 만나러 간다는 생각이 들었거든요. 어떤 사람인지 정말 궁금했어요. 하지만 엘레노어는 혼자 버스에 오르더군요. 메인주 록랜드행 버스였죠."

***

엘레노어는 7월 4일에 그 남자와 함께 메인주 록랜드에 있었고, 8월에도 다시 찾아갔다. 그렇다면 그 남자가 록랜드에 거주하고 있다는 건 분명해 보였다. 스테파니의 이야기를 듣고 나오는 길에 페리가 중얼거렸다.

"파란색 차, 매사추세츠주 번호판, 나이 많은 남자, 그리고 메인주 록랜드. 지금까지 나온 이 조각들을 한데 뒤섞어 흔들어보자고. 대박이 터질지도 모르잖아."

우리가 차에 올라타 출발하려고 할 때 페리의 휴대폰이 울렸다. 뉴햄프셔주 경찰청 접수계 당직 경찰의 전화였다. "페리 게

할로우드 경사님, 매트 반스 경사님의 어머니께서 경찰청으로 찾아오셨어요. 경사님을 만나고 싶답니다." 우리는 즉시 뉴햄프셔주 경찰청으로 갔다. 체구가 작고 가냘픈 여인이 페리의 사무실에서 우리를 기다리고 있었다.

"반스 부인?"

"페리!"

부인은 몸을 벌떡 일으키더니 페리를 끌어안았다. 두 사람이 만난 건 매트의 장례식 이후 처음이었다.

"여기는 어쩐 일이세요?" 페리가 물었다.

"꼭 전해야 할 말이 있어요. TV 뉴스에서 봤는데 알래스카 샌더스 사건과 관련해서요. 매트가 마지막으로 맡았던 사건 맞죠?"

"네, 맞아요."

"TV에서 담당 형사가 용의자에게 자백을 강요했고, 그러다가 실수로 죽였다고 하던데요. 담당 형사가 매트인가요? 정말 내 아들이 그랬어요? 무슨 일이 있었는지 나에게도 알려줘요."

"제 입으로 말씀드리기 괴롭지만 진실이 뭔지 알고자 여기까지 오셨으니 자세히 말씀드리겠습니다."

페리는 1999년 4월 6일에 벌어진 사건의 진실을 매트의 어머니에게 솔직하게 털어놓았다. 그 일로 월터 캐리가 죽고, 이어서 매트는 자살로 생을 마쳤다는 이야기를 하는 동안 반스 부인은 참담한 얼굴로 듣고만 있었다. 한동안 말을 잇지 못하던 반스 부인이 이윽고 입을 열었다.

"매트가 처음 맡은 사건을 기억해요. 뱅고어 경찰서에서 근무했을 때죠. 열일곱 살 여자아이가 밤에 친구 집에 갔다가 걸어서 돌아오다가 살해당했어요. 가비라는 이름의 아이였죠. 그 가엾은 아이는 어찌나 심하게 폭행을 당했던지 부모조차 딸의 얼굴을 알아볼 수 없을 지경이었어요. 범인은 끝내 찾지 못했죠. 수사가 난관에 봉착하자 매트의 상관은 담당 형사인 매트에게 그만 수사를 포기하라고 종용했죠. 매트는 수사를 포기할 수 없다며 괴로워했어요. 나에게 이렇게 말하더군요. '수사를 포기할 수는 없어! 그 아이의 부모에게 범인을 꼭 잡겠다고 약속했는데 이렇게 끝낼 수는 없잖아.' 매트는 아침에 잠을 깨면 매일 그 여자아이가 떠오른다고 했어요. 그 아이의 엉망이 된 얼굴이 자꾸만 눈앞에서 아른거린다고요. '사람의 얼굴을 아예 곤죽을 만들어놓았더라고.' 매트는 그 사건 수사를 끝내 포기하지 않았어요. 가비 사건의 범인으로 지목받은 용의자 입 속에 총구를 쑤셔 넣고 자백하라고 윽박지른 일이 두 번 있었죠. 그때도 내게 말하더군요. '흙구덩이에서 찾아낸 가비의 시신이 눈에 선해요. 놈이 그 어린아이의 얼굴을 짓이기는 장면을 생각하면 미칠 것 같아요.' 매트는 결국 동료 경찰에게 고발당했고, 그의 상관은 가비의 환영을 떨쳐버릴 수 있는 근무지로 옮겨가라고 권했죠. 불행히도 가비의 환영은 매트가 옮긴 뉴햄프셔까지 쫓아왔나봐요.

매트가 결혼해 아이를 낳고 사는 삶을 포기한 건 그때의 악몽 때문이었죠. 가비의 부모가 겪은 일을 생각하면 결혼해서 아이를 낳아 키울 자신이 없다고 하더군요. 매트가 죽기 전 주말에 마지막으로 통화한 기억이 나요. 매트는 전화기에 대고 말했어요. 젊은 여자가 호숫가에서 시신으로 발견되었다고요. 전화로 들은 알래스카라는 이름이 특이해 잊히지도 않아요. 매트는 그때 말했어요. '엄마, 경찰을 떠날 생각이야. 이제 더는 못 하겠어. 그래서 이번 사건을 꼭 해결하고 싶어. 이 사건을 해결하면 나 자신을 용서할 수 있을 것 같아. 그동안 가비를 죽인 놈을 붙잡지 못한 나를 용서할 수 없었거든.' 그게 매트와 나눈 마지막 말이었어요."

반스 부인이 이야기를 마쳤다. 무거운 침묵이 한동안 이어졌다.

"그 모든 일이 정말이지 안타깝습니다." 페리가 낮은 소리로 말했다.

"당신 잘못은 아니잖아요. 그 자리에 있지도 않았고."

"하필 내가 자리를 비웠을 때 그런 일이 벌어지다니."

반스 부인이 다시 말을 꺼냈다.

"TV를 보니 매트에게 사후 징계가 내려질 거라고 하더군요. 여론이 원한다면 그렇게 해야지요. 그 아이의 묘석도 부숴버리라고 하세요. 그런다고 무슨 의미가 있는지 모르겠지만요. 희생당한 남자가 다시 살아나는 것도 아니고, 알래스카를 되살릴 수 있지도 않잖아요. 당신이 매트 대신 이 사건을 해결해주길 바라요. 나는 매트의 영혼이 여전히 고통받고 있다는 걸 알아요. 내 아들이 속죄를 갈구하며 관 속에서 몸부림치고 있는 게 느껴져요. 이 사건을 깨끗이 해결해 매트가 자신을 용서하고 마음 편히 눈을 감을 수 있게 해줘요. 그 여자아이의 부모를 구원해줄 사람은 바로 당신이에요. 반드시 살인자를 찾아내야 해요. 마지막 통화 때 매트가 이런 말을 했어요. '내가 바라는 건 엄마, 알래스카의 부모에게 가서 말하는 거야. 정의가······."

"정의가 실현되었다고." 별안간 페리가 부인의 말을 가로막으며 또렷이 읊조렸다.

"어떻게 그 말을 알고 있죠?"

"매트가 저에게도 그렇게 말했어요."

*　*　*

다시 마운트플레전트를 향해 달리는 동안 페리는 깊은 생각에 잠겨 있었다.

"이 일을 잘 매듭짓고 나서 나도 경찰을 그만두려고 해."

"경찰을 그만두면 무슨 일을 하시게요?"

"어쨌거나 지금은 멈출 필요가 있어. 헬렌의 꿈이 무엇이었는지 자네도 알지? 헬렌은 가족끼리 요트를 타고 세계 일주 여행

을 떠나는 게 꿈이었어. 이번 수사를 끝내고 헬렌의 꿈을 실현해
볼까 해. 내 딸들과 함께 떠나야지."

"멋진 계획이네요."

"요트에 자네가 탈 자리 하나 정도는 나올 것 같은데."

"고마운 일이지만 나는 그 요트를 타고 지루해 죽기 전에 해야
할 일이 있어요."

"지루해서 죽다니? 그럴 일은 결코 없어. 재미 있어 죽으면 몰
라도."

***

오후 늦게 마운트플레전트 호텔로 돌아온 나는 해리에게 받은
콘서트 티켓을 만지작거렸다. 알렉산드라 네빌의 콘서트가 열
릴 시간이 다가오고 있었다.

콘서트에 갈 것인가?

아직 마음을 정하지 못했다. 나와 내 사촌, 알렉산드라가 함께
찍은 그 사진을 한 손에 들고, 다른 손에는 콘서트 티켓을 들고
방 안을 서성거렸다. 마침내 가기로 결정했다. 내가 그날 저녁에
어디에 가는지 어느 누구에게도 알리고 싶지 않았다. 옆방에서는
페리가 엘레노어의 어머니에게서 받아온 자료들을 살펴보고 있었
다. 호텔 문을 나서서 차에 올랐을 때 로렌에게서 메시지가 왔다.

내게 오는 거지?

나는 답신을 보냈다.

아니, 괜찮다면 호텔 방에서 쉬고 싶어. 피곤해.

그러고는 곧장 출발했다.

보스턴 TD 가든으로 차를 달렸다. 농구와 아이스하키 경기, 콘서트가 자주 열리는 실내 경기장이었다. 콘서트장에 도착한 나는 입구에서 우선 티켓을 내보인 뒤 거기 적힌 좌석번호를 들여다보면서 입장했다. 안으로 들어서는 동안 내 자리를 찾으려고 눈을 두리번거렸다. 내 뒤를 따라온 사람이 있다는 건 까마득히 몰랐다. 출입구까지 따라온 그 사람은 검표원에 가로막혀 더는 발길을 옮겨놓지 못했다. 그 사람은 내가 콘서트장 안쪽으로 완전히 사라질 때까지 내 뒷모습을 바라보고 서 있었다.

내 거짓말에 상처받은 로렌이었다.

콘서트 다음 날, 로렌은 내게 카페 〈더 시즌〉에서 만나자고 연락해왔다. 함께 커피를 마시자고 했다. 〈더 시즌〉에 도착해보니 로렌은 이미 테이블에 자리 잡고 앉아 나를 기다리고 있었다. 로렌은 팔짱을 끼고 우울한 눈빛으로 나를 쳐다보더니 인사 대신 건조하게 한마디 내던졌다. "앉아."

/

32장
바이널헤이븐 섬
2010년 7월 26일 월요일에서 27일 화요일 사이

/

"어제저녁은 잘 보냈어?" 로렌이 물었다.

"어, 그냥. 당신은 어땠어?"

"제발 날 우습게 만들지 마! 그 콘서트에는 누구랑 함께 갔어?"

나는 변명하려 들지 않았다. 그저 어떻게 알았는지 물었다.

"어제 호텔을 나서는 모습을 봤어. 호텔 앞에 차를 세워두고 있었거든. 당신은 무척 서두르는 모습이었어. 그래서인지 내가 와 있는 걸 보지 못했지. 당신이 차에 오르기에 메시지를 보낸 거야. '내게 오는 거지?' 그건 물어보는 말이었어. 하지만 당신은 내가 요청하는 말로 받아들였나봐. 호텔 방에서 쉬고 싶다는 답신을 보낸 걸 보면. 그 답신을 읽고 있을 때 당신은 차를 출발시켰어. 나는 당신을 괜찮은 남자라고 생각했지. 남들과는 다르다고. 하지만 이제 보니 남들보다 나을 게 없네. 보스턴에 애인이라도 숨겨두었어? 그 애인을 데리고 콘서트에 간 거야?"

"믿어달라고 말하긴 염치없지만 콘서트에는 나 혼자 갔어."

"아, 그랬어?"

"해리 쿼버트가 콘서트 티켓을 내게 전해주었어. 지난 토요일에 그를 만났거든. 나에게 콘서트에 가보라고 했어."

"무슨 이유로?"

"설명하기가 쉽지는 않은데, 하여간 해리는 나에게 누군가를 되찾을 기회를 주고 싶어 해. 내 삶에서 큰 의미가 있는 사람이야."

"헤어진 애인이나, 뭐 그런 사람?"

"응."

"누군데?"

"사진 속의 여자."

"뭐라고?"

"내 사촌들과 함께 찍은 사진 속에 있는 여자, 알렉산드라. 그 사람이야."

"그 여자를 만났어?"

"멀찍이서 바라보기만 했어. 말을 걸거나 신호를 보낼 엄두가
나지 않았거든."

"서로 한마디도 나누지 못했다는 말이야?"

"응, 못 했어."

"그 여자를 아직 사랑해?"

곧바로 대답할 수는 없었다. 로렌의 눈을 들여다보다가 마침
내 털어놓았다.

"그런 것 같아."

로렌은 앞에 놓인 커피잔을 집어 들었다. 내 얼굴에 커피를 뿌
릴 기세였다. 그 순간 내 휴대폰이 울리기 시작했다. 페리였다.

"자네 지금 어디 있어?"

"〈더 시즌〉인데, 로렌과 함께 있어요."

"둘 다 호텔로 달려와. 그 작자를 추적할 실마리를 잡았어."

***

페리는 방금 찾아낸 단서에 신경이 쏠려 로렌과 나 사이에 흐
르는 냉기류를 눈치채지 못했다. 호텔 식당 테이블에 자리 잡고
앉은 페리는 우리 앞에 엘레노어의 수첩을 펼쳐 놓았다.

"일기를 전부 읽어보았지. 내가 펼쳐놓은 그 페이지를 봐."

페리는 작은 글자가 빼곡하게 적힌 페이지를 손가락으로 짚었다.

그에게 갔다. 그는 내가 없으면 견딜 수 없다고 했다. 7월 4일, 우리가 어긋난 그 날 이후 나는 그에게 가지 않겠다고 다짐했었다. 하지만 그는 나를 원하고 있고, 나 역시 포기할 수 없었다. 그는 차를 운전해 나를 데리러 올 태세였다. 하지만 나는 그가 시내 도로를 다 마비시키는 그 우스꽝스러운 퍼레이드와 뒤섞여 운전하도록 내버려둘 수는 없었다. 그 거대한 랍스터가 무슨 매력이 있다는 건지 모를 일이다.

버스에 오르면서부터 내 몸은 조바심이 난다. 한시바삐 그를 만나고 싶을 뿐이다. 우리의 방, 그 낙원에 틀어박히고 싶다.

뿌연 안개를 뚫고 포그혼이 울리면 내 심장은 두방망이질 친다. 그가 가까이 있다는 걸 알기 때문이다. 그의 항구에 도착한다. 아무도 우리를 찾아낼 수 없는 곳이다. 그곳에서 우리는 아무에게도 방해받지 않을 수 있다. 세상에서 한참 떨어진 곳이니까.

단풍나무로 둘러싸인 이 회색 집에 오면 나는 그의 아내가 된 기분이다. 이곳에서는 커플로 지낼 수 있다. 이 보금자리에서 우리는 안전하다.

"이 일기를 읽어보면 엘레노어는 그 남자와 다툰 7월 4일 이후에도 버스를 타고 그를 찾아갔다는 걸 알 수 있어." 페리가 설명했다. "스테파니 라한이 증언한 록랜드행 버스 여행이 이 내용과 부합하는 것으로 보여. 엘레노어는 랍스터를 언급하고 있는데, 메인주 특산 랍스터일 거야. 록랜드는 대표적인 랍스터 산지거든."

"무슨 말씀인지 알겠어요." 로렌이 말했다.

페리가 설명을 이어갔다.

"엘레노어는 퍼레이드에 대해서도 말하고 있어. 8월에 메인주에서 거대한 랍스터를 앞세운 시가행진이 있는지 알아봤지. 메인주 록랜드에서는 1947년부터 매년 랍스터 페스티벌이 열리는데 거대한 랍스터 모형을 수레에 싣고 시내 중심가를 행진한다는군."

"엘레노어가 록랜드로 가서 애인을 만나는 장소는 단풍나무로 둘러싸인 회색 집이라는 말이죠." 나는 페리의 설명을 혼잣말로 되풀이했다. "포그혼이 울린다는 건 근처에 등대가 있다는 뜻이고요. 등대가 있는 곳을 중심으로 그 작자가 사는 회색 집을 찾아봐야겠어요."

페리가 고개를 끄덕이며 말했다.

"이제 뭘 해야 할지 답을 찾았어."

"록랜드로 가요." 로렌이 외쳤다.

***

록랜드는 자동차로 세 시간 거리였다. 그곳에서 돌아오지 못할 수도 있다는 생각에 나와 페리는 하룻밤을 묵을 채비를 차려 길을 떠났다.

록랜드의 주거지역 면적은 40킬로미터에 달했다. 등대 부근이라는 단서가 있긴 해도 그 정도 면적에서 회색 집을 찾아내는 건 그리 쉬운 일이 아니었다. 효율성을 높이기 위해 차 두 대로 움직이기로 했다. 내가 운전하는 차에 페리가 타고, 로렌은 다른 차를 운전했다.

록랜드에 도착했을 때는 정오가 가까웠다. 지체 없이 일에 착수했다. 로렌은 북쪽을 맡고, 페리는 남쪽을 맡아 도시 구석구석을 누비기 시작했다. 나는 도보로 시내 중심가 상점들을 순회하며 엘레노어의 사진을 내보였다. 사진을 보면 혹시 기억을 되살려내는 사람이 있을 수도 있다는 생각에서였다.

종일 탐색에 나선 결과는 그다지 신통찮았다. 곳곳에 회색 가옥이 있었다. 단풍나무로 둘러싸인 집도 있고, 아닌 집도 있었다. 어느 경우든 세세히 따지기 시작하면 우리가 찾는 집과는 거리가 멀었다. 1998년 이후에 건축된 집도 있었고, 12년 전에는 다른 색이었는데 이후 회색으로 칠한 집도 있었다. 또 어떤 집들은 거주인이 당시 엘레노어의 애인이었다고 하기에는 너무 젊거나 지나치게 나이든 사람이었다. 페리가 록랜드 경찰서에 미리 협조를 요청해놓아 충분한 지원을 받을 수 있었지만 결과적으로

소득은 미미했다. 나 역시 엘레노어의 사진을 수없이 여러 번 내밀어 보았지만 헛수고였다.

오후가 끝나도록 탐색 작업은 별 진전이 없었다. 로렌은 일단 포기하고 마운트플레전트로 돌아갔다. 페리와 나는 록랜드에 남아 해가 완전히 넘어갈 때까지 회색 집을 찾아다녔다. 마침내 주위를 분간할 수 없을 만큼 어두워지자 우리는 밤을 보내기 위해 모텔을 찾아들어 갔다. 피곤한 하루였지만 페리와 나는 쉽게 잠을 이루지 못했다. 누웠다가 결국 몸을 일으킨 우리는 침실 바깥에 플라스틱 의자를 놓고 마주 앉아 캔 맥주를 마셨다.

"괜찮아?" 페리가 불쑥 물었다. "오늘은 왠지 기운이 없어 보여. 온종일 말을 몇 마디 하지도 않았어. 좀처럼 없는 일이지. 자네가 옆에 있으면 늘 귀가 아팠는데 너무 조용하니까 적응이 안 되잖아."

"로렌 때문에 고민이 있어요."

"아, 이제 털어놓으니까 하는 말인데, 겉으로 보기에도 자네가 로렌한테 제대로 차인 눈치던데."

"내가 어리석은 짓을 했어요."

"돌이킬 수 없는 상황이야?"

"그럴 수도 있고, 아닐 수도 있고. 로렌에게 거짓말을 했거든요. 그래서는 안 되는데. 난 로렌을 좋아해요. 하지만 생각이 많다 보니……."

"어떤 생각?"

"예전에 사랑한 여자가 있어요. 나중에 이야기해 줄게요."

"언제든 이야기하고 싶을 때 해줘."

"헬렌이 경사님 생에서 단 하나의 짝이라는 걸 깨닫게 된 계기가 있어요?"

"솔직한 대답을 원해?"

"네."

"헬렌이 떠나고 나서야 깨달았어. 물론 나는 어느 누구보다 헬렌을 사랑했지. 헬렌과 함께 살고 싶었으니까 결혼했고, 이런저런 일들이 있었어도 헬렌에 대한 사랑만큼은 조금도 의심한 적이 없었어. 그런데 누군가가 '자기 생의 단 한 사람'이라는 걸 깨닫는다는 게 어떤 의미인 줄 아나? 그건 그 사람이 죽으면 자신도 함께 죽는 편이 더 낫다는 걸 알게 된다는 의미야. 그 사람의 죽음과 함께 자기 세계도 무너져버리거든. 그 사람 없이는 뭐든 삐걱거리고 제대로 작동하지 않지. 나는 고장 난 기계가 된 기분이야. 헬렌을 잃으면서 나 자신의 작동법을 잃어버렸어."

"고쳐줄게요, 경사님."

"자네가 고칠 수 있을지 모르겠군. 게다가 고칠 수 없다면 그 것으로 그냥 좋은 거지. 진심으로 그 사람을 사랑했다는 의미니까. 사랑은 아프지만 우리의 짧은 생을 의미 있게 만들어주지."

***

다음 날 아침 일찍 페리와 나는 또다시 회색 집을 찾아 나섰다. 이번에는 록랜드 위쪽 해안선을 따라가며 인근에 등대가 있는 집들을 모조리 살폈다. 회색 집이라는 그 수수께끼는 여전히 풀리지 않는 난제였다.

정오 무렵, 소득 없는 몇 시간의 탐색 끝에 우리는 록랜드로 돌아왔다. 어제부터 쏟아부은 헛수고에 부아가 치밀었다. 빈손으로 제자리걸음을 한 기분이었다. 우리는 선착장에서 커피를 마셨다. 옆에서 한 어부가 랍스터 통발을 배에서 내리고 있었다. 우리는 말없이 그 모습을 바라보았다. 여객선 한 척이 유람객을 태우고 출항하고 있었다. 나는 뱃놀이를 떠나는 그들을 부러운 눈으로 바라보았다. 어디론가 떠나 홀가분하게 쉬고 싶었다. 식은 커피를 목구멍에 들이부은 뒤 페리에게 물었다.

"이제 뭘 하죠, 경사님?"

페리도 풀이 죽은 기색이었다.

"마운트플레전트로 돌아가야지 뭐."

나는 고개를 끄덕였다. 그 순간 여객선이 무적을 울렸다. 세 번에 걸쳐 길게 울려 퍼지는 포그혼 소리가 들려왔다. 페리와 나는 정신이 번쩍 들어 서로를 마주보았다.

내가 소리쳤다.

"빌어먹을! 경사님, 저 소리 들었어요?"

"자네도 분명 들었지?"

페리가 옆의 어부에게 물었다.

"저 여객선은 어디로 갑니까?"

"바이널헤이븐 섬으로 가요."

"바이널헤이븐 섬?" 페리가 되물었다.

"바이널헤이븐 섬. 저 여객선으로 한 시간 거리죠. 거길 몰라요?"

"모릅니다. 사람이 사는 섬인가요?"

"주민 수가 2천 명가량 됩니다. 요즘은 인기가 많아 휴양객들이 많이 찾아오지요."

페리가 서둘러 외투 안주머니를 뒤적였다. 엘레노어의 수첩을 꺼내든 페리는 항구가 언급된 구절을 찾아 페이지를 넘겼다. 엘레노어는 그 항구를 누구도 두 사람을 찾아낼 수 없는, 세상에서 한참 떨어진 곳이라고 표현해놓았다. 섬의 항구라면 완벽하게 들어맞는 표현이었다. 바이널헤이븐 섬은 관광 정보에 따르면 최상의 휴양지였다. 이혼 절차를 밟는 연륜 있는 나이의 남자가 한동안 조용히 쉴 장소로는 더할 나위 없었다.

30분 후 우리는 자동차를 타고 여객선에 올랐다. 섬에 도착하자마자 우리는 붉은 단풍나무로 둘러싸인 회색 집을 찾아 나섰다. 오후 내내 바이널헤이븐 섬을 구석구석 돌며 집들을 자세히 살폈다. 마침내 해안가에서 수첩의 묘사와 일치하는 작은 집 한 채를 발견했다. 붉은색 아름드리 단풍나무들로 에워싸인 회색 목조 가옥이었다. 조심하느라 차는 조금 떨어진 곳에 세워두고, 그 집으로 다가갔다. 인기척을 느낄 수 없었다. 자동차도 보이지 않았다. 편지함에도 이름이 없었다.

페리가 현관의 초인종을 눌렀다. 응답이 없었다. 나는 집을 한 바퀴 둘러보았다. 창문을 통해 집 안을 들여다봐도 사람 기척이 나지 않았다. 거실을 눈으로 훑다가 한순간 멈칫했다. 그 모습을 거기서 보게 되리라고는 미처 예상하지 못했다.

"경사님, 저길 좀 봐요!"

페리가 달려왔다.

"뭐가 있는데?"

"저기 거실 안쪽 벽을 봐요. 소파 뒤편."

페리가 창문에 얼굴을 바싹 붙였다.

"빌어먹을! 저건……."

그 벽에는 바다 위 일몰을 그린 그림이 걸려있었다. 알래스카의 비디오 영상 배경에 등장하는 바로 그 그림이었다. 이 집이 바로 알래스카의 마지막 오디션 영상 촬영 장소였다는 사실을 알 수 있었다.

그때 자동차 소리가 들려왔다. 차 한 대가 집 쪽으로 다가오는 소리였다. 페리는 번개처럼 나를 끌고 덤불 속으로 몸을 숨겼다. 부리나케 몸을 웅크리는 그 순간에도 우리는 눈앞에 나타난 차가 파란색이라는 사실을 확인할 수 있었다. 적어도 10년은 넘게 탔을 구형 자동차가 집 앞에 멈춰 섰다. 운전석 문이 열리더니 한 남자가 차에서 내렸다. 페리와 나는 아연실색했다.

해양경비대 수송함이 녹스 카운티 소속 경찰차들과 보안관 차량을 싣고 대양을 가르며 시원스럽게 달려갔다. 갈매기들이 우리를 뒤따라왔다.

/

33장
회색 집
2010년 7월 28일 수요일. 메인주, 바이널헤이븐 섬

/

페리와 나는 갑판에 서서 점점 가까워지는 바이널헤이븐 섬을 바라보았다. 로렌과 랜스데인 청장이 우리와 동행했다. 페리의 배려로 이 작전에 참여하게 된 미첼 서장도 함께했다.

우리는 붉은 단풍나무로 둘러싸인 회색 집에 들이닥쳐 벤자민 브래드버드를 체포할 준비를 마쳤다. 연륜 있는 나이에 당시 이혼 소송 중이었고, 파란색 자동차(1998년 3월에 구입한 크라이슬러를 여전히 소유하고 있었다)를 운전한 남자는 바로 벤자민

브래드버드였다. 그는 이 별장을 1990년대 초에 매입했다. 우리가 알아낸 정보에 따르면 그의 어머니 로즈마리 브래드버드는 과거 미인대회 우승자 출신으로 미스 뉴잉글랜드 선발대회 설립자였다. 벤자민 브래드버드는 조직위원으로 이 대회에 줄곧 관여해왔다.

***

전날, 벤자민 브래드버드가 엘레노어의 애인이고, 우리가 눈이 빠지도록 열심히 찾아 헤맨 바로 그 인물이라는 사실을 알고 나서부터 페리와 나는 한시바삐 그를 연행해 사건 전모를 알아내고 싶어 안달이 났다. 벤자민 브래드버드를 그 자리에서 체포하고 싶었지만 여건이 좋지 않았다. 페리는 메인주에서는 활동 권한이 없었기에 일단 조심스럽게 현장에서 물러났다. 그 지역은 휴대폰이 터지지 않아 바이널헤이븐 섬 항구 근처 마을까지 왔다. 페리는 유선 공중전화로 랜스데인 청장에게 연락했다. 랜스데인 청장은 우리가 벤자민 브래드버드 체포 작전을 요청하자 난감해했다.

"바이널헤이븐 섬은 메인주에 속해 있어. 뉴햄프셔주 경찰청 관할 지역이 아니라는 뜻이야. 게다가 영장도 없이 사유지에 들어갔다고? 그런 식으로 하다가는 수사를 몽땅 말아먹을 수도 있어.

어서 뉴햄프셔로 돌아와. 내일 새벽에 사무실에 나가 기다리고 있을 테니까 벤자민 브래드버드에게 어떤 혐의를 적용시킬 수 있는지 나에게 설명해봐. 내가 자네들 얘기를 듣고 나서 곧바로 메인주 경찰청에 알리고 협조를 요청할 테니까. 그 작자를 체포하는 현장에는 나도 동행할 생각이야." 우리는 랜스데인 청장의 지시에 따라 바이널헤이븐 섬에서 출발하는 마지막 배에 올랐다. 뉴햄프셔로 돌아온 페리는 콩코드의 자기 집으로 가자고 제안했다. 그러는 편이 시간을 절약할 수 있다는 게 이유였다. 나도 그 말에 동의했다. 사실 마운트플레전트로 돌아가고 싶은 생각이 없지는 않았지만 어쨌거나 페리의 집으로 가서 반지하 '마커스의 방'에 몸을 눕혔다. 잠을 청하는데 휴대폰이 울렸다. 로렌이었다.

"경사님이 방금 전화로 알려주었어. 마침내 알래스카를 살해한 범인을 찾아냈다고."

"당신도 내일 같이 가보면 알겠지."

"내일 아침 일찍 뉴햄프셔주 경찰청에서 합류하자고 하셨어. 내가 가도 당신이 불편해하지 않았으면 좋겠는데……."

"이번 수사는 당신의 일이기도 하잖아. 어째서 내가 불편해할 거라고 생각했어?"

"당신이 혼자 갔다고 주장하는 그 콘서트 이후로 우리 사이에서 뭔가가 깨져버린 느낌이 들거든."

로렌의 말이 옳았고, 나는 대답할 말이 없었다. 우리는 결국 그대로 전화를 끊었다.

***

그 전화 통화를 하고 나서 12시간 뒤 바이널헤이븐 섬으로 가는 해안경비대 수송선 갑판 위에서 나는 바로 옆에 선 로렌을 바라보았다. 로렌의 머리카락이 바닷바람에 날려 내 얼굴을 쳤다.

바이널헤이븐 섬의 항구에 도착했다. 이 섬에서는 좀처럼 보기 힘들었을 수많은 경찰이 배에서 내리자 휴가객들이 호기심에 찬 눈으로 두리번거렸다. 경찰차들이 섬에 내려서 목적지를 향해 출발했다. 10분 뒤 우리는 벤자민 브래드버드의 집에 도착했다. 경찰 병력은 빠른 움직임으로 집을 포위하는 동시에 인근 목초지와 바다로 빠져나가는 통로를 차단했다. 파란색 차는 여전히 같은 자리에 서 있었다.

페리와 랜스데인 청장, 로렌과 나는 경찰 병력이 집을 샅샅이 포위하는 동안 문 앞에서 대기했다. 벤자민 브래드버드는 집 부근에 몰려온 경찰 차량에 놀라 스스로 문을 열고 밖으로 나왔다. 우리가 문을 두드릴 필요도 없었다.

"무슨 일입니까?" 벤자민 브래드버드는 무척 놀란 기색이었다.

"벤자민 브래드버드, 당신을 알래스카 샌더스 살해 혐의로 체포합니다." 페리가 그를 향해 체포 이유를 고지했다.

***

"미친 소리!" 벤자민 브래드버드는 페리의 체포 이유 고지를 듣자마자 버럭 화를 냈다. 우리는 그를 이송하기 전 신문을 진행하기 위해 거실로 데려온 상태였다.

"내가 무엇 때문에 알래스카 샌더스를 죽였다는 말입니까?"

"난들 아나요? 당신이 왜 그랬는지 우리에게 털어놓아야죠." 페리가 대답했다.

"알래스카를 죽이지 않았다고 몇 번이나 말했잖아요."

로렌이 벤자민 브래드버드에게 알래스카의 사진 한 장을 내밀었다.

"이 얼굴을 잘 보세요. 그래도 생각나는 게 없어요? 알래스카는 1998년 미스 뉴잉글랜드 선발대회 우승자입니다. 당신의 어머니가 설립한 대회이고, 당신도 조직위원으로 있잖아요."

"얼굴을 보니 이제야 누군지 기억이 나네요."

"당신은 일전에 우리가 클리닉으로 찾아갔을 때 알래스카에 대해 전혀 모른다고 시치미를 뗀 적이 있어요."

벤자민 브래드버드가 이를 악무는 걸 알 수 있었다. 그의 얼굴에 당혹스러운 빛이 역력했다.

"자! 이제 그만 진실을 털어놓으시죠!" 페리가 거칠게 재촉했다. "알래스카를 모른다고 거짓말한 이유가 뭡니까?"

"거짓말한 적 없어요. 그때는 생각이 나지 않았을 뿐입니다. 미스 뉴잉글랜드 선발대회에서 우승한 여자들을 전부 머릿속에 외우고 다닐 수는 없잖아요."

"허튼소리는 집어치워요." 페리가 소리쳤다. "거짓말이라는 걸 다 알고 있어요. 자, 다시 한번 묻겠습니다. 알래스카를 모른다고 거짓말한 이유가 뭡니까?"

잠시 망설이던 벤자민 브래드버드가 눈을 아래로 내리깔며 입을 열었다.

"엘레노어 때문입니다."

"당신과 엘레노어는 특별한 관계였군요." 로렌이 말했다.

"그 사실도 알아낸 겁니까?" 벤자민 브래드버드가 물었다.

"엘레노어의 일기 덕분에." 페리가 말했다. "당신이 엘레노어의 연인이었다는 사실은 인정하죠?"

"그래요, 인정합니다. 물론 연인 사이가 되지 않았더라면 좋았겠죠. 애초에 엘레노어와 나는 환자와 의사 관계였으니까. 그래도 엘레노어는 성인이었어요. 나는 법에 어긋난 짓을 하지 않았습니다."

"엘레노어가 당신 때문에 자살했는데도 그따위 소리가 나와요?" 페리가 손가락으로 벤자민 브래드버드를 겨누며 추궁했다. "당신이 엘레노어를 낭떠러지로 내몰았어요. 당신이 어떤 식으로 행동했는지 엘레노어가 쓴 일기에 고스란히 적혀 있습니다. 어떻게 사람이 그럴 수 있죠? 당신은 엘레노어의 담당 의사였잖아요. 엘레노어를 죽음으로 내몰 게 아니라 치료에 전념했어야 마땅하지 않나요?"

"내가 아니라 엘레노어의 병이 자살을 부추긴 겁니다." 벤자민 브래드버드는 계속 범죄를 저지르지 않았다고 발뺌했다. "엘레노어는 자신을 괴롭히는 자학적인 성향이 있었어요."

"그런 성향이 있다는 걸 뻔히 알면서도 그해 여름 내내 엘레노어를 힘들게 한 겁니까?"

"그해 여름은 나도 힘든 시기였습니다. 내 삶이 뒤죽박죽이 되었거든요. 나는 이혼 소송 중이었고, 엘레노어가 원인이 된 건 분명한 사실입니다. 아내가 엘레노어와의 관계를 알아차렸어요. 엘레노어는 나에게 빠져 있었고요. 어떻게 해야 그런 상황에서 벗어날 수 있을지 난감했습니다."

"당신은 엘레노어를 사랑하지 않았다는 뜻입니까?"

"사랑이라니, 그럴 리가요? 엘레노어와 내 관계를 어떻게 표현해야 좋을지 모르겠네요. 엘레노어는 화요일 예약 환자들 가운데 마지막 순서였어요. 나는 엘레노어와의 상담을 끝으로 그날 하루 진료를 마쳤죠. 늦은 시간인 데다 상담이 길어지면 간호사들이 먼저 퇴근했습니다. 1998년 초 어느 날 저녁, 나는 그만 실수를 저질렀어요. 언젠가부터 엘레노어가 내게 몸으로 밀착해

오는 걸 느끼고 있었고, 알다시피 아주 유혹적인 스타일이잖아요. 나는 한순간에 무너졌죠. 클리닉에서 상담 도중에 일어난 일이었습니다. 다시는 그런 실수를 저지르면 안 된다고 다짐하면서도 화요일만 되면 충동을 이기지 못했어요. 엘레노어와의 상담은 매번 진료실의 긴 의자에서 치르는 섹스로 끝나는 일이 반복되었죠. 그리 떳떳하지 못한 처신이었다는 건 인정합니다. 그해 여름, 나는 바이널헤이븐 섬에서 지내기로 했고, 엘레노어와의 관계도 자연스레 정리될 줄 알았어요. 하지만 엘레노어는 한사코 이 섬에서 나와 함께 지내려고 하더군요. 몇 번이나 혼자서 이 섬을 찾아왔습니다. 내가 관계를 끝내자고 말하니까 엘레노어는 나를 의사윤리위원회에 고발하겠다고 협박했어요. 엘레노어가 내 의사 경력을 단번에 단절시킬 수 있는 칼을 손에 쥔 셈이었죠. 난 울며 겨자 먹기로 엘레노어와 관계를 지속할 수밖에 없었습니다. 상처를 주면 질려서 포기할 줄 알았는데 엘레노어는 오히려 나에게 점점 더 집착했습니다. 그러던 어느 날 엘레노어는 자기를 미스 뉴잉글랜드 선발대회 심사위원단에 넣어달라고 요구하더군요. 경력을 쌓는 데 도움이 될 거라면서요. 어머니에게 부탁해 어렵사리 허락을 받아냈습니다. 심사위원 자리를 만들어주면 나를 더는 귀찮게 하지 않을 거라 기대했는데 착각이었습니다. 엘레노어는 우리가 당당한 커플이 되어야 한다고 고집을 부렸어요. 우리 관계를 세상에 자랑스럽게 내보이고 싶다고 하더군요.

나는 그 당시 이혼 절차를 밟고 있다는 사실을 내세워 시간을 벌려고 했지만 그런 핑계로는 오래 버틸 수 없었어요. 어떻게 해야 궁지에서 빠져나올 수 있을지 정말 난감하기 그지없었죠."

내가 벤자민 브래드버드에게 물었다.

"엘레노어가 자살했다는 소식을 들었을 때 어떤 기분이 들었습니까?"

"솔직히 마음이 놓이더군요. 이제 살았다 싶었어요. 한편으로는 후회도 컸습니다. 지금껏 단 하루도 후회하지 않은 적이 없습니다. 내가 어리석은 충동을 못 이겨 그런 짓을 저지르지 않았더라면 내 삶이 어떻게 되었을지 가끔 생각해봅니다. 아마도 지금과는 다른 방식으로 살 수 있었겠죠. 여전히 결혼생활을 유지했을 테고, 아이도 낳았겠죠."

나는 어이가 없어 말문이 막혔다. 페리가 신문을 이어갔다.

"알래스카 샌더스가 당신과 엘레노어의 관계를 알게 되었어요. 당신이 엘레노어를 자살하게 만들었다는 사실을 알게 된 겁니다. 당신은 방금 전 엘레노어와의 관계가 세상에 드러났다면 경력에 큰 오점이 되었을 거라고 스스로 인정했습니다. 그 이상의 오점이 또 한 가지 있을 것 같네요. 이 오점은 당신의 경력을 망치는 정도를 넘어 교도소행을 뜻하니까요. 당신은 의사의 영향력을 이용해 환자인 엘레노어를 유혹했고, 맘껏 농락하고 나서 떼어내려고 했습니다. 알래스카는 그 사실을 알게 되었고,

당신에게 화가나 모종의 협박을 시도하게 되었습니다. 그래서 당신은 알래스카를 죽였고요. 당신의 그 너저분한 비밀을 숨기고 알량한 사회적 지위를 지키기 위해 살인을 저지른 겁니다."

"근거도 없이 사람을 살인자로 몰아가지 마십시오." 벤자민 브래드버드가 궁지에 몰린 짐승처럼 거칠게 소리를 지르더니 벌떡 몸을 일으켰다. 그 바람에 주위에 둘러서 있던 경찰들이 달려와 그를 제지했다.

벤자민 브래드버드를 진정시켜 다시 자리에 앉힌 뒤 페리는 또다시 몰아붙였다.

"알래스카와 당신은 어떤 관계였습니까? 애인 사이였나요? 1999년 4월 2일 저녁에 알래스카가 만난 사람이 바로 당신이죠? 그래서 소위 그 '로맨틱한 저녁 식사' 도중에 당신이 알래스카를 살해했죠?"

"멋대로 이야기를 꾸며내지 마세요. 당신은 정신과 의사 진찰을 꼭 받아봐야겠네요. 지금 당신이 떠들어댄 이야기 가운데 단 하나라도 증거를 댈 수 있습니까? 그런 형편없는 시나리오로 나를 잡아넣을 수 있을 것 같아요? 농담도 과하면 악담이 됩니다. 변호사를 불러줘요. 이제부터 변호사 없이는 단 한마디도 하지 않겠습니다."

"이제 당신을 메인주 경찰청으로 데려갈 겁니다. 그곳에 가서 당신의 변호사를 부르세요."

"나를 경찰청으로 데려간다고요? 누구 마음대로?" 벤자민 브래드버드는 거칠게 항의했다. "아무런 증거도 없이 나를 연행하겠다고요?"

"당신은 교도소에 가야 합니다. 환자를 자살로 내몬 행위만으로도 유죄입니다. 나머지 혐의에 대해서는 최대한 방어권을 사용해 발뺌해 보십시오. 우린 당신의 범행을 입증할 증거를 충분히 확보해 놓았으니까요. 당신은 아주 머리가 잘 돌아가는 사람이더군요. 그래서 당신의 가면을 벗기는 데 11년이나 걸렸네요."

**

우리는 집 안 수색에 착수했다. 벤자민 브래드버드는 몇 명의 경찰관들에게 둘러싸인 상태로 거실 소파에 앉아 수색 과정을 지켜보고 있었다. 페리가 바다 위 일몰을 그린 그림을 벽에서 떼어내자 벤자민 브래드버드가 거칠게 항의했다.

"내 별장을 엉망진창으로 만들려고 작정했어요?"

"걱정 말아요. 당신이 갈 곳은 따로 있으니까 이제 이런 그림은 필요 없을 겁니다." 페리가 짓궂게 말했다.

회색 집을 방마다 수색했지만 특별한 건 나오지 않았다.

우리가 집 안을 뒤지고 있을 때 함께 출동한 메인주 경찰청 소속 기동대원들이 집 외부를 수색하다가 수상한 우물을 발견했다. 우물은 가시덤불과 웃자란 잡초에 덮여 있었다. 연락을 받은 우리는 곧바로 우물로 달려갔다. 돌을 쌓아서 내벽을 만든 우물이었다. 우물 입구는 무거운 뚜껑으로 덮여 있었다. 우물 추락 사고를 막기 위해 두툼한 송판으로 특별히 제작해 덮어놓은 뚜껑이었다.

페리의 요청에 따라 경찰들이 벤자민 브래드버드를 우물로 데리고 나왔다.

"이게 뭡니까?" 페리가 그에게 물었다.

"보다시피 우물입니다. 사용하지 않은 지 제법 오래되었어요."

"이 집에 숨겨놓은 게 이 우물 말고 또 뭐가 있습니까?"

"왜 이렇게 나를 몰아붙이는지 모르겠네요."

우물이 묘하게 우리의 신경을 건드렸다. 송판 뚜껑을 옆으로 밀어내자 우물 입구가 드러났다. 우물은 아주 깊어 보였다. 손전등을 비추자 밑바닥에 무엇인가 눈에 잡히는 물체가 있었다. 페리는 그 물체가 뭔지 확인할 필요가 있다고 판단했다. 페리의 요청에 따라 구조대원들이 우물 바닥으로 내려가기 위한 장비를 갖춰 달려오고 있다는 연락이 왔다.

그러는 사이 우물가에서는 경찰 몇 사람이 저마다 손전등으로 바닥을 비춰보며 불빛에 드러난 물체의 정체가 뭔지 추측했다. 우물을 둘러싼 웅성거림이 이어지자 주위에 둘러선 경찰들도 우물가로 눈길을 돌렸다. 아직 수갑을 차지 않은 상태였던 벤자민 브래드버드는 모두의 관심이 우물에 쏠린 틈을 타 슬그머니 몸을 빼내 숲속으로 달아났다. 경찰들이 곧바로 뒤따라갔지만 놀랄 만큼 속도가 빨랐다. 눈 깜짝할 사이에 울창한 숲을 가로지른 벤자민 브래드버드는 추격하던 경찰들이 방향을 잃고 두리번거리는 사이 익숙한 지형을 이용해 어디론가 사라졌다.

***

벤자민 브래드버드를 추격하느라 두 시간을 허비했다. 주변을 샅샅이 수색했지만 끝내 그의 종적을 찾아내지 못했다. 해안경비대원들과 메인주 경찰청 해안 단속반이 바이널헤이븐 섬에서 출항하는 모든 배를 검문했다. 벤자민 브래드버드는 눈을 감고도 다닐 정도로 섬의 지형을 잘 알고 있을 테지만 그렇다고 멀리 가지는 못했으리라는 게 우리의 일치된 생각이었다.

그러는 동안 구조대원들이 장비를 갖춰 도착했다. 대원 한 사람이 로프로 몸을 묶고 우물로 내려갔다. 지상에서 대기하던 동료 대원들의 무전기가 곧바로 울리기 시작했다.

"시신 발견!" 우물 바닥으로 내려간 구조대원이 무전기로 외쳤다. "백골 시신 발견!"

우물 속 대원의 신호에 따라 그를 지상으로 끌어올렸다. 밖으로 나온 구조대원은 우리 앞에 뭔가를 쥔 손을 내밀었다. 백골이 있는 우물 바닥에 떨어져 있기에 가지고 나왔다고 했다. 이름이 새겨진 금팔찌였다. 우리 눈앞에 그 이름이 있었다. 엘레노어.

바이널헤이븐 섬에서 엘레노어의 시신이 발견되고 나서 닷새 뒤, 페리와 나, 로렌은 랜스데인 청장에게 가서 알래스카 샌더스 사건 수사 결과를 보고했다.

/

34장
다시 원점으로
2010년 8월 2일 월요일. 뉴햄프셔주, 콩코드

/

우물 속에서 발견된 시신은 검사 결과 엘레노어 로웰로 확인되었다. 지난 시간 모두가 자살로 믿고 있었던 엘레노어의 죽음은 타살로 밝혀졌다. 사망 원인은 두개골 함몰 골절로 알래스카가 그랬듯이 둔중한 물체로 머리를 강하게 맞았다는 뜻이었다.

벤자민 브래드버드는 바이널헤이븐 섬의 어느 가옥 창고에서 시신으로 발견되었다. 현장에서 구했으리라 추정되는 비닐 자루를 머리에 뒤집어쓰고 스카치테이프로 목을 동여맨 모습이었다.

그의 사인은 질식사로 판명되었다. 페리가 내게 말해준 바에 따르면 비교적 흔한 자살 방식이었다.

"효율적인 자살 방식이야. 일단 시도하면 되돌릴 수 없으니까. 비닐 자루를 벗으려면 스카치테이프를 떼어내야 하는데 그게 불가능하거든. 더구나 그런 공황 상태가 되면 비닐 자루에 구멍을 뚫을 생각을 못 하게 되지."

설명을 기다리는 랜스데인 청장에게 페리가 첫마디를 꺼냈다.

"엘레노어와 알래스카는 같은 도구로 살해당했습니다. 엘레노어는 정수리를 가격당했는데 함몰된 두정골에서 금속 성분이 발견되었습니다. 확인해보니 알래스카를 살해할 때 사용된 곤봉에서 나온 성분과 일치합니다."

"그렇다면 두 사람 모두 벤자민 브래드버드에게 살해당했다는 건가?"

"그렇다고 보는데 아쉽게도 아직 살해 증거를 찾아내지 못한 상태입니다. 살해 동기만 밝혀냈을 뿐이죠. 알래스카는 벤자민 브래드버드의 교사로 엘레노어가 자살했다고 생각했습니다. 알래스카가 그런 의혹을 제기하며 원망하자 벤자민 브래드버드는 엘레노어의 시신이 발견될 수도 있다는 불안감을 떨쳐버리지 못하고 알래스카를 살해해 입을 막아버린 것으로 추정됩니다."

"알래스카와 벤자민 브래드버드는 어떤 관계였나?" 랜스데인 청장이 물었다.

로렌이 나서서 대답했다.

"둘은 연인관계였던 것으로 보입니다. 알래스카와 벤자민 브래드버드가 모두 사망한 상태라 확인할 방법은 없지만 여러 정황상 그렇게 결론지을 수 있습니다."

페리가 말을 이어받았다.

"우리가 이해할 수 없었던 점은 무슨 일이든 에릭 도노반과 연결된다는 점이었습니다. 어느 길로 가든 에릭에게로 통한다고 할 수 있을 정도였으니까요. 살인범이 분명 에릭 도노반과 연결되어 있다고 추측할 수 있었죠. 벤자민 브래드버드가 엘레노어의 애인이었고, 엘레노어는 에릭 도노반과도 사귀었다는 사실을 알아내고 나서야 이 사건의 전모가 풀리기 시작했습니다."

내가 설명을 이어갔다.

"1998년 8월 30일 밤, 엘레노어는 친구들과 함께 챈들러 호비 파크 해변에 있었습니다. 11시 30분경 친구들은 돌아갔고, 엘레노어만 밤공기를 조금 더 즐기겠다면서 그곳에 남았습니다. 벤자민 브래드버드가 해변으로 와서 엘레노어를 만났을 겁니다. 당시 둘 사이는 갈등이 컸어요. 벤자민 브래드버드는 관계를 정리하려고 했고, 엘레노어는 단호하게 거부했죠. 그들은 말다툼을 벌였고, 그러다가 폭력을 쓰게 되었습니다. 겁을 집어먹은 엘레노어는 방어용으로 갖고 다니는 곤봉을 집어 들었죠. 벤자민 브래드버드는 그 곤봉을 빼앗아 들고 엘레노어를 가격

합니다. 치명적 일격이었죠. 미리 계획한 행위는 아니었을 겁니다. 벤자민 브래드버드는 엘레노어의 휴대폰으로 마리아 로웰에게 자살을 암시하는 문자메시지를 보냅니다. 이어서 시신을 바이널헤이븐 섬으로 싣고 가 우물에 유기하죠."

"그러면 알래스카는?" 랜스데인 청장이 물었다.

이번에는 페리가 나섰다.

"엘레노어를 살해하고 나서 한 달 뒤 알래스카는 아버지가 자신의 돈을 빼돌렸다는 사실을 알게 됩니다. 알래스카는 홧김에 마운트플레전트로 떠나는데, 처음에는 임시로 잠시 머물 생각이었습니다. 그곳에서 며칠 지내던 알래스카는 아버지에게 복수하려고 시계를 훔칠 계획을 세웁니다. 하지만 이 계획이 삐끗해서 이웃에 살던 경찰에게 심각한 상해를 입히게 됩니다. 그 경찰이 시계를 훔쳐 달아나는 차를 가로막았는데 그대로 들이받고 달아나버린 겁니다. 처벌이 두려웠던 알래스카는 마운트플레전트에서 숨어 지내기로 마음먹습니다. 미스 뉴잉글랜드 선발대회에 참가하면서 만난 남자와의 관계는 먼 거리이긴 했어도 계속 유지하고 있었죠. 그 남자가 바로 벤자민 브래드버드입니다. 두 사람은 세상의 눈을 피해 몰래 만났고, 벤자민 브래드버드는 알래스카에게 구두를 선물하기도 했습니다. 몇 달 후 엘레노어의 어머니가 마운트플레전트로 찾아옵니다. 엘레노어가 에릭 도노반과 사귀었다는 사실을 아는 알래스카는 엘레노어의 어머니와 이야기를 나누게 됩니다. 알래스카는 에릭이 엘레노어를 자살하게 만들었다고 생각하게 되었고, 그런 생각을 벤자민 브래드버드에게 털어놓았겠죠. 벤자민 브래드버드는 알래스카가 일을 벌이지 못하도록 회유했을 겁니다. 하지만 알래스카는 고집을 꺾지 않고 에릭에게 익명으로 협박 편지를 보냅니다. 에릭은 익명의 협박 편지 작성자가 알래스카라는 사실을 알아차리고 자신은 엘레노어의 자살과는 무관하고 아무런 책임이 없다고 항변합니다. 그 과정에서 알래스카는 엘레노어에게 다른 남자가 있었고, 그가 다름 아닌 벤자민 브래드버드라는 사실을 알아차립니다."

"어떻게?"

"엘레노어의 일기에는 파란색 차를 몰고, 붉은 단풍나무로 둘러싸인 회색 집에 사는 남자에 대해 써놓은 대목이 있습니다. 알래스카는 그 집을 잘 알고 있었죠. 적어도 한 번 이상 그 집에 머물렀으니까요. 1998년 9월, 알래스카는 그 집에 머물며 캐스팅을 위한 오디션 영상을 촬영한 적이 있습니다. 그 회색 집이 벤자민 브래드버드의 집이라는 사실을 알게 된 대가로 알래스카는 목숨을 잃게 됩니다. 1999년 4월 2일 저녁 벤자민 브래드버드는 계획적으로 알래스카를 그레이비치로 유인합니다. 그곳에서 엘레노어에게 사용한 둔기로 알래스카를 살해하죠. 벤자민 브래드버드는 아주 영리하고 치밀한 사람입니다. 수사를 방해하기 위해 온갖 조작 솜씨를 발휘했죠. 가상의 범인을 만들어놓은 겁니다. 경찰이 수사를 시작해 그 가상의 범인과 엘레노어가 연인관계였고, 알래스카가 그자를 협박했다는 사실을 밝혀내도록 한 거죠. 그렇게 범인으로 설정된 인물이 바로 에릭 도노반입니다. 벤자민 브래드버드는 범행 현장 부근에 에릭 도노반의 스웨트셔츠를 놓아두고 수사관들을 그곳으로 유인합니다. 그 스웨트셔츠에 희생자의 피를 묻혀놓는 용의주도한 면모를 보이기도 했죠."

"벤자민 브래드버드가 어떻게 그 스웨트셔츠를 손에 넣을 수 있었을까?"

"알래스카가 살해당하기 일주일 전의 일입니다." 로렌이 말했다. "벤자민 브래드버드가 완전범죄를 계획하고 있었을 때인데, 마침 월터 캐리가 상품박람회를 보려고 며칠간 일정으로 퀘벡으로 떠났습니다. 벤자민 브래드버드는 월터가 집을 비운 틈을 타 알래스카를 몰래 만나러 갔다가 그 집에서 에릭의 스웨트셔츠를 발견한 겁니다. 그러기 며칠 전 낚시하러 간 에릭은 동행한 월터에게 스웨트셔츠를 빌려주었고요. 월터는 그 옷을 자동차 트렁크에 넣어두었지만 알래스카가 발견해 세탁하려고 집에 올려다 놓았을 겁니다. 알래스카는 벤자민 브래드버드에게 에릭이 그 스웨트셔츠를 돌려달라고 해서 실랑이를 벌였다고 말했을 겁니다. 어쨌거나 벤자민 브래드버드는 그 스웨트셔츠 주인이 에릭이라는 사실을 알고 훔친 거죠."

랜스데인 청장은 아직 의문이 남은 얼굴이었다.

"알래스카는 벤자민 브래드버드가 엘레노어의 죽음과 관련해 책임이 있다고 생각하면서도 어째서 계속 그를 만났을까?"

"일종의 연극이었을 겁니다. 의심을 불러일으키지 않으려고요. 알래스카는 일주일 후 마운트플레전트를 떠날 계획이었어요. 과거의 삶을 청산하려 한 거죠. 벤자민 브래드버드는 알래스카를 살해한 뒤 월터와 에릭이 체포되는 걸 보고 자신이 완전 범죄를 획책하며 설계해놓은 장치가 제대로 작동하고 있다는 사실을 확인했겠죠. 그렇지만 그 모든 장치를 한꺼번에 망가뜨릴 수 있는 사람이 남아 있었는데 바로 월터의 신문 현장을 지켜본 니콜라스 카진스키 형사였습니다. 벤자민 브래드버드는 월터가 저지르지 않은 범죄를 자백했다는 걸 알고 있었습니다. 그런데 니콜라스가 그 자백을 무효로 만들 가능성이 있다고 판단해 그의 입을 막아야 했습니다."

"그래서 교통사고로 위장해 니콜라스를 제거하려 했군."

"바로 그겁니다."

모든 설명이 끝나자 랜스데인 청장이 별안간 요란하게 박수를 쳤다. 수사 결과를 인정한다는 뜻이었다.

"브라보!" 랜스데인 청장이 외쳤다. "이번에는 그야말로 깔끔하게 해냈어."

그러자 페리가 말했다.

"아직 풀리지 않은 문제가 한 가지 남아 있습니다. 숲에서 발견된 후미등 파편은 검은색 포드 토러스에서 나온 겁니다. 그 파편이 왜 거기에 있었는지 아직 의문이 해소되지 않았습니다."

"우연의 일치겠지. 그런 일은 종종 있으니까."

"저는 우연을 믿지 않습니다."

랜스데인 청장은 수사를 이대로 종결하고 싶어 하는 눈치였다. 한시바삐 주지사를 묶어둘 성과가 필요했으니까. 주지사가 조만간 최후통첩을 날려 뉴햄프셔주 경찰청장을 경질하려 한다는 소문이 파다한 상황이었다.

"적당히 멈출 줄도 알아야 해. 자네도 지난 11년간 이 사건에 묶여 있었잖아. 그만 끝을 맺고 새로운 장으로 넘어가자고."

***

그날 페리를 비롯한 우리 세 사람은 알래스카의 부모를 찾아갔다. 마침내 딸을 살해한 범인을 밝혀내고 수사를 종결했다는 사실을 알리기 위해서였다. 수사 과정과 결과를 설명하는 일은 페리가 맡았다. 말을 끝마치면서 페리는 덧붙였다. "정의가 실현되었습니다." 로비 샌더스와 도나 샌더스 뒤편에 알래스카의 사진이 걸려 있었다. 한순간 나는 알래스카가 던지는 미소를 본 것 같았다.

이렇게 우리는 그들과 마지막 인사를 나누었다.

우리 일행은 다시 마운트플레전트로 돌아왔다. 내가 이 소도시로 돌아와야 할 일도 이제 끝이었다. 얼마간의 우수 어린 감정과 더불어 이제 이곳을 떠나야 할 일만 남았다. 과거 이 소도시에서 일어난 비극의 기억을 지우지는 못하겠지만 그래도 나는 마운트플레전트가 좋았다고 말할 수 있었다.

페리와 나는 호텔 방에서 짐을 챙겨 나와 카운터에 열쇠를 반납했다. 떠나기 전에 마운트플레전트의 중심가를 마지막으로 둘러보기로 했다. 우선 캐리 가족의 사냥·낚시용품점인 〈캐리 헌팅 앤 피싱〉에 들어가 작별 인사를 했다. 이어서 〈도노반 종합식품〉으로 갔다. 마침 에릭이 가게에 나와 있었다. 에릭은 페리와 나를 보자 따뜻하게 손을 잡아주었다.

"고맙습니다, 경사님."

페리는 할 말을 찾지 못한 듯 그저 몇 마디 웅얼거렸다.

"행운을 빌어요, 에릭. 삶을 다시 시작할 수 있으리라 기대합니다."

에릭이 말했다.

"로렌에게 들었는데, 11년 전에 일어난 일에 대해 경사님이 죄책감을 갖고 있다고 하더군요. 나는 경사님을 원망한 적이 단 한 번도 없습니다. 경사님은 수사를 담당한 형사로서 최선을 다했습니다. 이렇게 찾아와준 게 그 증거죠. 경사님은 좋은 경찰입니다. 하늘의 가호가 있기를 빕니다."

〈도노반 종합식품〉을 나오다가 로렌과 마주쳤다. 로렌은 나를 기다리고 있었다. 페리는 우리 두 사람이 이야기를 나눌 수 있도록 잠시 자리를 비켜주었다.

나는 로렌에게 해명하려고 했다.

"알렉산드라 네빌의 콘서트 말인데⋯⋯."

로렌이 내 말을 가로막았다.

"사진 속의 그 여자 이름이 알렉산드라라는 건 당신이 이미 알려준 적이 있어. 하지만 그 알렉산드라가 알렉산드라 네빌이라는 사실은 모르고 있었지. 누가 그러리라 상상이나 했겠어?"

"그걸 어떻게 알아냈는데?"

로렌은 서글프게 웃고 나서 말했다.

"내 직업이 경찰이야, 마커스. 그 사실을 잊지 마."

로렌은 스타들의 동정을 전하는 연예 잡지 한 권을 손에 들고 있었다. 로렌이 잡지를 펼쳐 내게 내밀었다. 알렉산드라 네빌의 기사가 실려 있었다. 알렉산드라와 플로리다 팬더스 아이스하키팀에 소속된 어느 선수의 열애설을 전해주는 기사였다. 이어서 로렌은 휴대폰을 꺼내 2주일 전 내게 전송해준 그 사진을 화면에 띄웠다. 1995년 볼티모어에서 내 사촌들과 알렉산드라와 함께 찍은 사진으로 로렌의 집에 깜박 잊고 두고 온 기억이 났다.

로렌이 말했다.

"이 잡지를 넘겨보다가 알았어. 사진 속의 여자아이가 알렉산드라 네빌이라는 걸 말이야. 청춘 시절에 당신이 사랑한 여인이 알렉산드라 네빌이었다는 사실도."

나는 고개를 끄덕였다.

"둘 사이에 무슨 일이 있었는데?"

"볼티모어 골드먼들에게 비극이 일어났어. 그 일로 내 사촌 우디와 힐렐을 잃었지."

"그 이야기를 나에게 들려줄 수 있어?" 로렌이 청했다.

"아니, 그러고 싶지 않아."

로렌은 잠시 나를 응시했다. 반짝이는 그 눈 속에 아쉬움과 쓸쓸함이 담겨 있었다.

"당신 사촌 형제들과 알렉산드라 네빌에게 무슨 일이 있었는지 나는 몰라. 하지만 그 일로 당신이 큰 상처를 받았다는 건 알겠어. 당신이 다른 누군가를 향해 한 걸음 더 다가서지 못하는 이유는 그것 때문이야. 그 상처가 당신을 가로막아 다른 사람을 만나지 못하게 하고 있어. 당신이 행복해지지 못하는 이유야. 언젠가는 극복할 수 있길 빌어, 마커스. 당신은 꽤 괜찮은 남자야. 과거를 떨쳐버리고 새로 시작할 필요가 있어."

나는 로렌에게 서툰 인사를 건넸다. 두 팔을 뻗어 로렌을 감싸 안고 싶었지만 눈치 없는 짓이 될까봐 머뭇거렸다. 이 순간이 지나면 다시 만날 일이 없으리라는 걸 로렌도 나도 잘 알고 있었다.

"뉴욕으로 돌아갈 거지?" 로렌이 물었다.

"응."

"고맙다는 말을 전하고 싶었어. 모든 게 정말 고마워. 또 알려주고 싶은 일이 있어. 미첼 서장이 나에게 자기 후임으로 마운트 플레전트 경찰서장 자리를 맡아달라고 제안했어."

"잘된 일이야."

그 말을 끝으로 로렌은 몸을 돌렸다. 눈에 눈물이 맺혀 있었다. 나는 차에 앉아 기다리는 페리에게로 갔다.

"괜찮아?"

"괜찮아요."

우리는 잠시 말이 없었다. 이제 페리와 나도 헤어지게 되면 당분간 만날 기약이 없기는 마찬가지였다. 나는 뉴욕으로 가고, 페리는 콩코드로 돌아가야 했다. 이윽고 페리가 말했다.

"자, 우리의 수사는 이렇게 끝났으니 각자 집으로 돌아가야 할 일만 남은 건가?"

"우리가 곧 다시 만날 일이 있을 것 같은데요."

"우리 집에 자네의 전용 침실이 있는 걸 알잖아. 언제든지 오고 싶을 때 오라고."

"그럴게요. 아이들은 캠프에서 언제 돌아와요?"

"다음 주말에. 자네는 앞으로의 계획이 있어?"

"특별한 계획은 없어요. 8월 말 버로스 대학교의 새 학기 준비위원회에 합류하게 될 것 같아요."

"정말로 그 대학에 가려고?"

"아직 잘 모르겠어요."

***

맨해튼까지 쉼 없이 달렸다. 내 아파트로 들어서자 혼자라는 느낌이 밀려들었다. 사진 앨범을 꺼내 한 장씩 넘겨보며 시간을 보냈다. 어머니가 그런 내 모습을 봤다면 질색하며 또 잔소리를 쏟아냈을 게 뻔했다. 잠을 청하는 건 포기했다. 잠이 들려고 애써봐야 안 될 게 분명했다. 깊은 밤까지 그러고 있다가 결국 몸을 일으켜 책상에 앉았다. 컴퓨터를 켜고 워드프로세서를 실행시켜 문서 첫머리에 다음 책의 제목을 입력했다.

알래스카 샌더스 사건

마커스 골드먼

3주일 내내 책을 썼다. 버로스 대학교에 가는 일 말고 글쓰기를 멈춘 적은 없었다. 그 학교 문학부에 나의 새로운 자리가 마련되어 있었다.

/

35장
멘토
2010년 8월 23일 월요일. 매사추세츠주, 버로스

/

내가 도착하자 더스틴 퍼갈 학장이 환영하며 맞아주었다. 더스틴 퍼갈 학장이 동료 교수들에게 나를 소개했다. 오전에는 커리큘럼에 관한 회의가 있었고, 이어서 함께 점심을 먹었다. 그런 다음 퍼갈 학장은 나를 예전 해리의 연구실로 안내했다. 문 옆에는 이제 내 명패가 붙어 있었다. 이 대학에서 해리 쿼버트를 만난 지 12년 만에 나는 그가 앞서 걸어간 궤적을 똑같이 따라 걷고 있었다. 방으로 들어서는 순간 가슴이 뭉클했다. 가장 최근에 이 방에 들어왔을 때와 달라진 건 없어 보였다.

"필요한 게 있으면 말해. 구비해줄 테니까." 문지방에서 나를 지켜보던 퍼갈 학장이 말했다. "예산이 좀 남아 있어. 자네가 원한다면 연구실 가구를 바꿔 줄 수도 있네."

"감사합니다. 하지만 이 정도면 충분합니다."

나는 연구실 책상 의자에 앉아 방을 둘러보았다. 퍼갈 학장은 나를 방에 남겨두고 돌아갔다. 나는 책상 서랍을 열어보았다. 지난 6월에 갈매기 조각상을 발견했던 그 서랍이었다. 갈매기 조각상은 여전히 그 자리에 있었다. 조각상 밑에 오래된 신문이 놓여 있었다. 지난번 서랍을 열었을 때도 그 신문이 거기 있었는지는 기억나지 않았다. 신문을 집어 들었다. 한눈에 보기에도 최소한 20년은 묵은 듯했다. 신문 발행 날짜를 확인하고 나서 곧바로 알아차렸다.

그 신문을 챙겨 들고 서둘러 연구실을 나섰다. 복도에서 퍼갈 학장과 다시 마주쳤다.

"무슨 일이 있나, 마커스?"

"아닙니다. 걱정하지 마세요. 다시 오겠습니다. 시간이 얼마나 걸릴지는 모르지만 하여간 돌아올 겁니다."

"어디에 가는 길인가?"

"중요한 약속이 있습니다."

"누구와?"

나는 대답하지 않았다. 영문을 몰라 눈을 둥그렇게 뜬 퍼갈 학장을 그 자리에 세워두고 발걸음을 옮겼다.

"아무튼 자네는 한시도 지루할 틈을 주지 않는군. 학생일 때도 그러더니 교수가 되어서도 마찬가지야."

내가 갖고 나온 신문은 라이온스버그라는 캐나다 소도시에서 발간되는 지방지로 미국과의 국경에 자리 잡고 있었다. 누렇게 빛바랜 그 신문의 발행날짜는 1975년 8월 30일, 해리의 삶에 선명히 새겨진 날짜이기도 했다. 놀라 캘러건이 사라진 날짜이니까. 그러니 그 신문이 서랍 안에 놓인 게 우연일 리 없었다. 그것은 몇 달 전부터 해리 쿼버트가 나에게 꾸준히 던져주는 일종의 표식, 그것을 보고 자신을 찾아오라는 신호였다. 해리는 그 국경도시에 살고 있는 게 분명했다.

차로 몇 시간 달려 라이온스버그에 도착했다. 이제 해리를 찾아내는 일만 남아 있었다. 시청 앞으로 갔다. 이곳 주민들을 상대로 탐문 조사를 벌이자면 행인이 비교적 많은 장소가 좋을 거라 생각했다. 주차장에 차를 세우고 나오는데 책방 하나가 눈에 들어왔다. 그 책방 간판을 본 나는 깜짝 놀라 잠시 멍해지고 말았다. 책방 이름이 〈마커스의 세상〉이었다.

책방 안으로 들어갔다. 얼마간 움츠러드는 느낌이었다. 금발 여자가 책방 손님을 상대하고 있었다. 놀라 캘러건과 어딘지 닮아 보였다. 놀라 캘러건이 40줄에 들어설 경우 그런 모습이 될 것 같았다.

"혹시 찾는 책이 있나요?" 여자가 물었다.

"해리가 여기 있습니까?"

여자는 몸을 돌려 책방 안쪽의 방을 향해 소리쳤다.

"여보, 손님이 찾아왔어요."

별안간 해리 쿼버트가 나타났다. 해리의 얼굴이 환해 보였다.

"마커스, 드디어 나를 찾아냈군."

***

그날 이후로 나는 해리의 집에 머물렀다. 오로라에 가서 지낼 때의 기억이 매 순간 되살아났다. 그때와 다른 건 해리에게 이제 나디아가 있다는 것이었다. 책방에 들어가자마자 마주친 바로 그 금발 머리 여자였다. 두 사람은 라이온스버그 중심부의 안락한 소형 주택에서 함께 살고 있었다. 지붕 덮인 테라스가 딸린 집으로 구즈코브에서처럼 대양을 향해 열려 있지는 않았지만 한적한 거리를 내다볼 수 있었다. 첫날 새벽 5시경 잠을 깼다. 어스름한 여명에 잠긴 포치로 나가보았다. 첫새벽인데도 날은 벌써 후텁지근했다. 주변을 둘러보고 있는데 뒤편에서 해리의 목소리가 들려왔다.

"자네가 여전히 새벽에 일어난다는 걸 알고 있었지."

그제야 해리가 먼저 나와 나무 의자에 앉아 있었다는 걸 알게 되었다. 해리는 손에 커피잔을 들고 있었다. 간이 테이블에 내려놓은 두 번째 커피잔에서는 여전히 따뜻한 김이 피어올랐다. 나는 그의 옆으로 가서 앉았다.

"어떻게 나를 그리 잘 알아요?" 내가 커피를 한 모금 마시며 물었다

"우린 친구잖아. 친구란 상대를 잘 알아도 여전히 사랑하는 법이거든."

나는 슬그머니 웃었다. 해리가 말을 이어갔다.

"자네가 여기에 온 건 예전 내 연구실 책상 서랍에서 그 신문을 보았다는 의미지. 그걸 보고 자네가 버로스 대학교의 강의를 맡기로 했다는 걸 알았어."

"한 학기만 강의하기로 했어요. 퍼갈 학장과 미리 약속해놓는 바람에 그 약속을 어길 수는 없었죠."

"자네가 그 대학 학생일 때 퍼갈 학장은 자네를 학교에서 쫓아내려고 했던 인물이야. 그 일을 잊은 건 아니지?"

"물론 잊지 않았지만 이미 지난 일이잖아요. 과거를 묻어버릴 줄도 알아야죠."

"방금 그 말이 자네 입에서 나온 게 맞아?" 해리의 말투에서 나를 놀리려는 기색이 묻어났다. "내가 자네에게 버로스 대학교에 자리 잡으려는 생각을 돌리라고 했던 건 자신의 삶을 살기를

바랐기 때문이야. 전달 방식은 서툴렀지만 나로서는 달리 표현할 방법이 없었어. 누군가와 약속했든 뭘 했든 얽매이지 말고 자네에게 도움이 되는 길을 택하는 게 좋아."

"내게 도움 되는 길이 뭔지 모르겠어요."

"그런 것 같아. 그래서 내가 나선 거야."

***

해리와 함께 지낸 며칠 동안 나는 지난 세월 그와 맺었던 깊은 우정을 다시금 확인할 수 있었다. 우리는 잃어버린 시간을 보상하려는 듯이 많은 이야기를 나누었다. 테라스에 나가서, 거실에서, 근처 식당에 가서도 우리의 이야기는 끊임없이 이어졌다. 그 식당에서는 예전 〈클락스〉에서 그랬듯이 한번 자리 잡고 앉으면 몇 시간이 훌쩍 지나가버렸다. 해리의 책방에서도 마찬가지였다. 어느 날 오후 책방에 갔을 때 해리는 서가에 꽂힌 《해리 쿼버트 사건의 진실》을 꺼내 들더니 말했다.

"이 책을 여러 번 되풀이해 읽어보았지. 내가 느끼는 자랑스러운 느낌을 자네에게는 한 번도 털어놓지 않았어. 지난 7월에 오페라 〈나비부인〉 공연장 객석에서 자네를 만났을 때 내가 서툴렀다는 사실을 깨달았어. 쓸데없이 연막을 피우려고 그랬던 건 아냐. 나는 자네를 다시 만난다는 사실에 퍽이나 긴장하고 있었거든. 그런 식으로 말없이 모습을 감추었으니 이제 어떤 방식으로 다시 자네 앞에 모습을 드러내야 좋을지 몰랐던 거지. 그 당시 나는 자네가 내 비밀을 열어젖혀 화를 내고 있다고 생각했어. 하지만 알고 보니 자네를 잃을까봐 겁을 내고 있었더군. 자네가 《악의 기원》의 진상을 알고는 나를 혐오하리라 생각했거든."

"원망하고 싶은 생각이 든 적은 없어요. 정말이지 우리의 우정을 되찾고 싶었다고요."

"자네는 늘 내게 감탄의 대상이야. 나는 자네에게 영원히 고마워해야 해. 2008년에 자네가 그 사건의 진실을 파헤친 덕분에 나는 마침내 내 삶의 한 페이지를 넘길 수 있게 되었으니까. 놀라라는 이름의 그 페이지를 말이야. 그때부터는 놀라를 기다리지 않아도 됐거든. 더는 과거에 연연해하며 살아갈 필요가 없게 되었지. 비로소 새로운 삶을 되찾을 수 있었던 거야. 또 무엇보다 자네 덕분에 우리 안의 못난이 악마들은 절대 사라지지 않는다는 걸 깨달았어. 그 악마들에 익숙해질 뿐이지. 그 악마들은 우리에게 스며들어 일상을 방해하지 않으면서 삶을 공유하는 거야. 자네는 그렇게 내 안의 무엇인가를 회복시켜 주었지. 그래서 나도 자네에게 비슷한 역할을 해주고 싶었어. 알렉산드라 네빌의 콘서트 티켓을 구해주었던 이유야. 그 티켓이 시동 장치가 되어 자네가 알렉산드라 네빌을 다시 만날 수 있기를 바랐어. 자네의 인생이 걸린 여자이니까. 지금도 늦지 않았어. 볼티모어 가족에게 일어난 일들은 돌이킬 수 없게 되었지만 알렉산드라 네빌을 되찾을 수는 있어. 그 콘서트 티켓을 통해 나는 자네에게 삶은 계속된다는 말, 작은 불꽃 하나로 삶을 다시 작동시킬 수 있다는 말을 해주고 싶었어. 그 콘서트가 끝난 후 자네가 무대 뒤로 가서 알렉산드라 네빌에게 현재의 자네 모습을 보여주길 바랐어. 그랬더라면 그 여자를 되찾을 수 있었을 텐데 어째서 그리하지 않은 건가?"

"모르겠어요, 해리. 설명하기가 너무 복잡해요."

"그리 복잡할 건 없어. 나는 자네가 《해리 쿼버트 사건의 진실》에서 언급한 31개의 조언을 종종 생각해봐. 자네는 글쓰기를 위한 그 조언들을 내게서 얻었다고 써놓았더군. 그 가운데 하나는 내가 자네에게 조언한 게 맞을 거야. 그런데 그것 하나면 다른 모든 것들을 대신할 수 있지."

"어떤 것인데요?"

"왜 글을 쓰는지 자신에게 물어보라는 조언이야. 그 질문에 답할 수 있다면 왜 작가가 되려고 하는지 대답할 수 있을 테니까. 자네는 어째서 글을 쓰고 싶은지 알고 있나?"

나는 그 질문에 즉시 대답하지 못했다. 한동안 머뭇거리다 나는 말했다.

"모르겠어요, 해리. 모르겠어요."

"내가 자네 대신 대답할 수는 없지만 적어도 내 생각은 말해도 될 것 같아. 자네가 글을 쓰는 이유는 치유하기 위해서가 아닐까? 자네는 《해리 쿼버트 사건의 진실》을 써서 나를 치유해주었지. 나는 그 책을 통해 나 자신을 회복할 수 있었어. 자네가 쓰기 시작했다고 말한 《알래스카 샌더스 사건》은 페리 게할로우드를 치유하는 글이 될 거야. 자네가 세상 모두를 치유하고 싶다고 덤벼든다면 고마운 일이지만 지금은 자네 자신을 생각할 때야. 물론 자네는 문학의 방랑자가 되어 미국 전역을 누비고 다니며 여러 지역에서 일어난 각종 살인사건을 해결할 수도 있겠지. 하지만 그런다고 자네 자신이 치유되지는 않아. 자네의 볼티모어 가족에게 일어난 일도 치유되지 않을 거야. 그런 방식으로는 자네의 알렉산드라도, 사촌 형제들도 되찾을 수 없어. 이제 자네 자신을 용서해야 할 때가 되었지. 오로지 글쓰기만이 자네가 자신을 용서할 수 있도록 해줄 거야."

친구이자 돌아온 멘토 해리 쿼버트는 이런 식으로 나를 격려해 한 가지 결단을 내릴 수 있게 해주었다. 내 삶의 방향을 돌려놓을 그 결단이란 집필을 위한 집을 마련해 틀어박히는 것이었다.

"뉴욕의 자네 아파트는 멋진 집이지." 해리는 말했다. "하지만 자네에게는 글쓰기에 몰두할 장소가 필요해. 자네 자신에게 집중할 수 있는 공간 말이야. 자네만의 구즈코브를 만들 필요가 있어."

"난 뉴잉글랜드가 좋아요."

"뉴잉글랜드는 잊어버려. 자네의 정체성은 뉴잉글랜드가 아니야. 자네를 정의하는 다른 장소가 있지. 눈을 감고 어느 곳이든 떠올려봐."

"볼티모어." 나는 주저 없이 말했다. "하지만 볼티모어로 가고 싶은 마음은 없어요."

"볼티모어는 아니지. 인생은 시간과 함께 흘러가는 법이니까. 나는 볼티모어를 생각할 때 자네의 가족, 사촌 형제들을 떠올리게 돼. 자네는 지금껏 한 번도 볼티모어 골드먼들에 대한 글을 쓴 적이 없지. 볼티모어 골드먼들의 이야기를 쓰고 싶어질 어떤 장소가 분명히 있을 거야. 그 장소에 가면 볼티모어 골드먼들이 자네를 치유해줄 거라 믿어."

***

8월 26일 목요일에 라이온스버그를 떠나면서 나는 위안받은 기분이었다. 세상 모든 게 달라 보였다. 내 삶의 한 장이 넘어가고 있었다. 차에 오르기 전 나디아와 해리에게 작별 인사를 건넸다. 해리와는 오랫동안 포옹했다.

"또 올게요!"

"소식 전해줘. 언제든 자네가 오고 싶을 때 오고. 이곳을 자네 집처럼 여겨도 돼."

"나디아와 함께 뉴욕에도 와요. 언제든지 환영이니까."

"뉴욕에는 가지 않을 거야." 해리는 짓궂은 웃음을 지으며 대답했다. "작가 마커스의 집으로 찾아갈게. 자네가 그 집을 찾아낸다면."

다시 길에 올랐다. 차를 달리는 내내 오페라 곡을 들었다. 캐나다에서 국경을 넘어 뉴햄프셔로 들어섰을 때 휴대폰이 울렸다. 페리의 전화였다. 그의 목소리가 심상찮았다.

"우리는 실패했어. 벤자민 브래드버드는 알래스카가 살해되던 시각에 분명한 알리바이가 있어. 그는 우리가 찾아 헤맨 범인이 아니야. 어떻게 이럴 수 있는지 모르겠지만 우린 완전히 속아 넘어간 거야."

알래스카 샌더스 사건이 종결된 이후로도 페리는 숲에서 발견된 자동차 후미등 파편이 마음에 걸렸다. 잊고 싶었지만 실패했다. 풀리지 않는 의문이 끊임없이 머릿속을 맴돌았다.

/

36장
착각
2010년 8월 26일 목요일. 매사추세츠주, 세일럼

/

나는 페리가 있는 세일럼으로 달려갔다. 벤자민 브래드버드의 집 앞이었다.

"어떻게 된 거예요, 경사님?"

"그냥 넘길 수 있는 일이었다면 전화를 걸어 자네를 오라고 하지는 않았을 거야. 전화를 걸고 싶어진 지는 좀 되었어. 뭔가 삐걱거린다는 이야기를 하고 싶었거든."

"우리끼리니까 편하게 말해도 되잖아요. 뭐가 마음에 걸리는

데요?"

"우리의 모든 수사 결과가 아귀가 맞아떨어지는 듯이 보이긴
했지. 벤자민 브래드버드가 에릭 도노반의 스웨트셔츠를 훔쳐
범행 물증으로 보이도록 버려두었고, 알래스카의 호주머니에서
나온 익명의 협박 편지도 마찬가지로 그가 넣어두었다고 하면
문제가 없으니까. 하지만 그 차량의 후미등 파편은 랜스데인 청
장이 말했듯이 정말로 우연일까? 마지막으로 한 번만 더 살펴보
고 싶었어. 그래서 벤자민 브래드버드의 클리닉에 가서 진료실
에 쌓인 서류들을 뒤져보았지. 그 작자는 자신이 누린 성공의 유물
들을 착실히 보관해두고 있더군. 벤자민 브래드버드는 자기도
취에 빠진 인물이었어. 그리고 이걸 좀 봐. 내가 찾아낸 거야."

페리는 스크랩한 신문 기사 하나를 내보였다. 코네티컷주의
지방 신문 《케이넌 스탠더드》의 1999년 4월 3일 자 기사였다.

케이넌 의사협회가 마련한
정신의학의 밤

1999년 4월 2일 금요일 오늘, 케이넌 의사협회 창립 20
주년을 맞아 시청에서 만찬을 곁들인 축하 행사가 열렸
다. 이 행사에는 매사추세츠주 세일럼의 정신과 의사 닥
터 벤자민 브래드버드가 주빈으로 참석해 '교도소 내 정

신 치료법의 중요성'을 주제로 강연했다.(…)

페리가 설명했다. "알래스카가 살해된 그날 밤, 벤자민 브래드버드는 마운트플레전트에서 자동차로 3시간 거리인 곳에서 강연을 하고 있었어. 우리가 뭔가 잘못 짚었던 거야. 그렇다면 벤자민 브래드버드가 범인일 수 없잖아."

"그렇다면 그는 왜 자살했을까요?"

"엘레노어 살해죄로 감옥에 가야 할 게 두려웠던 것일지도……."

"알래스카와 엘레노어는 같은 도구로 살해당했어요." 내가 말했다. "그렇다면 두 살인사건은 어떻게 연결되죠?"

"내가 궁금한 게 바로 그거야. 아무래도 뭔가가 있어. 우리를 놀라게 만들 요소들이 다 나온 게 아니라는 뜻이지. 그래서 벤자민 브래드버드의 집을 다시 뒤져보기로 했어. 자네와 함께. 우리가 놓친 게 있다면 과연 뭘까?"

우리는 집 안으로 들어가 수색을 시작했다. 가장 먼저 손을 댄 곳은 벤자민 브래드버드의 서재였다.

"그 작자는 수집벽이 있는 게 틀림없어. 쓸데없는 기념품을 많이도 모아두었네." 페리가 투덜거렸다.

우리는 수십 가지 서류를 뒤적였지만 모두 하찮은 것들이었다. 그야말로 저장강박증이라고 볼 수밖에 없었다. 20년에 걸친 온갖 종류의 고지서, 피트니스 센터 혹은 비디오테이프 대여

점 회원증, 옛 사진, 비행기 티켓 등을 통해 벤자민 브래드버드라는 인물의 생을 되짚어볼 수 있었다. 이따금 그의 자필 메모를 붙여둔 서류도 있었다. 그러다가 어느 순간 청첩장 하나가 내 눈에 들어왔다.

결혼
스티븐 하트 & 벨라 스웨드
1999년 8월 30일
보스턴, 플라자호텔

"결혼식 날짜를 봐요. 벤자민 브래드버드는 엘레노어 로웰이 살해된 날 저녁에 결혼식 초대를 받았어요. 그가 이 결혼식에 참석했을까요?"

"당장 확인해봐야지."

페리는 별문제 없이 스티븐 하트의 연락처를 알아낼 수 있었다. 늦은 시간이었지만 그에게 전화를 걸었다. 스티븐 하트는 벨라 스웨드와 이혼한 지 3년 되었고, 그래도 어쨌거나 결혼 피로연에서 벤자민 브래드버드를 보았다고 대답했다.

"벤자민 브래드버드는 늦은 시간에 피로연 장소를 떠났습니까?" 페리가 물었다. "내 기억으로는 그날 호텔에서 잤어요. 그의 죽음과 연관이 있는 건가요? 벤자민 브래드버드가 무엇 때문에 스스로 목숨을 끊었는지 좀 더 자세히 알 수 있을까요?"

페리는 이미 스티븐 하트의 말을 듣고 있지 않았다. 페리가 나를 바라보는 눈빛에 당혹감과 놀라움이 뒤섞여 있었다. 내 눈빛도 그랬을 것이다. 수사가 처음 시작되었을 때부터 누군가 우리를 조종하려고 했고, 그 빌어먹을 작자의 의도는 보기 좋게 성공했다. 우리는 그 작자의 손끝에 매달려 춤을 춘 꼭두각시에 불과했다.

"에릭 도노반이 함정에 빠졌듯이 벤자민 브래드버드 역시 덫에 걸렸어. 진짜 범인은 벤자민 브래드버드와 에릭 도노반, 엘레노어와 알래스카, 이 모두와 연결되는 인물이야." 페리가 중얼거렸다.

"니콜라스 카진스키도 빼놓을 수 없죠."

나는 청첩장이 들어 있던 기념품 상자를 더 뒤적여 맨 밑에 깔린 사진 한 장을 꺼내 들었다. 내가 미처 확인할 겨를도 없이 페리가 그 사진을 알아보고 낚아채듯 받아들었다. 벤자민 브래드버드의 결혼사진이었다.

"신부를 봐!" 페리가 비명 같은 소리를 질렀다. "신부를 좀 보라고!"

사진을 들여다본 나 역시 벌어진 입을 다물지 못했다.

페리와 나는 패트리샤 위드스미스 변호사 사무실로 갔다. 체포 임무를 수행하기 위해 보스턴 경찰이 우리와 동행했다. 사무실에 앉아 있던 패트리샤는 경찰들을 이끌고 들어서는 우리를 보자마자 게임이 끝났음을 금세 알아차렸다.

/

37장
게임은 끝나고
2010년 8월 27일 금요일. 매사추세츠주, 보스턴

/

"우리가 왜 왔는지 아시죠?" 페리가 물었다.

패트리샤의 얼굴에 쓸쓸한 미소가 떠올랐다.

"지난 7월, 그날 오후에 이 사무실을 찾아온 당신들 두 사람을 봤을 때부터 오늘 같은 날이 반드시 찾아오리라 예견했어요. 지난 11년간 일이 잘 풀렸는데 정말 아쉽네요."

패트리샤는 의자에서 몸을 일으켜 창가로 가서 섰다. 여름날 오후에 보스턴을 달구는 뜨거운 햇살을 향해 마지막 인사를 건네는 것 같은 표정이었다.

페리가 수갑을 꺼내 들었다.

"내게 잠시만 시간을 줘요." 패트리샤가 말했다. "음침한 취조실에 앉아 그동안의 이야기를 털어놓고 싶지는 않아요. 그 취조실이라면 나도 신물이 나요."

"그러죠." 페리가 말했다. "체포 이유야 이미 알 테고, 당신에게 주어진 권리를 읽어드리죠."

"권리 고지는 넣어둬요. 그런 건 잘 알고 행사할 생각도 없으니까. 그런데 어떻게 알아냈어요?"

"우리는 엘레노어 로웰과 알래스카 샌더스, 에릭 도노반과 벤자민 브래드버드, 이들 모두와 연결된 접점을 모르고 있었어요. 당신이 벤자민 브래드버드와 결혼했다가 이혼한 사이라는 사실을 알기 전까지는 그랬죠."

"이 게임이 끝나게 된다면 그 접점이 드러나서일 거라고 예상했어요."

페리는 휴대폰의 녹음기를 작동시켰다.

"자, 말해봐요."

"내 이름은 패트리샤 위드스미스이고, 짧았지만 결혼생활을 유지하는 동안 브래드버드 성을 사용한 적이 있어요. 내가 1999년 4월 2일에서 3일로 넘어가는 밤중에 알래스카 샌더스를 살해했습니다.”

여기까지 말한 패트리샤는 입을 다물었다. 얼굴은 굳어 있었고, 입을 비죽거렸다. 언뜻 보기에 강박적인 웃음 같기도 했다.

“패트리샤, 난 오랫동안 범죄 사건을 수사해온 사람입니다.” 페리가 말했다. “그런데 솔직히 말할게요. 어떤 사연이 있었기에 당신이 여기까지 왔는지 전혀 감이 잡히지 않아요.”

“뭘 알고 싶어요?”

“전부.”

“어디서부터 시작할까요?”

“처음부터.”

“그렇다면 1998년 1월로 거슬러 올라가야겠네요. 벤자민과 결혼하고 일 년이 지났을 때였어요. 벤자민은 대단한 멋쟁이였고, 나는 그에게 단단히 반해 있었어요. 나보다 열다섯 살 연상이었는데, 나는 늘 성숙한 남자에게 끌리는 편이었죠. 벤자민의 강한 카리스마가 안정감을 느끼게 해주었던 것 같아요. 그 사람과 나는 사형제 폐지에 대해 논의하는 어떤 세미나에서 처음 만났어요. 그는 정신과 의사로 교도소 수감자들을 위해 오래도록 일해 왔고, 그런 만큼 감금형에 대한 새로운 접근방식을 주장했죠. 우리는 곧바로 서로에게 호감을 느꼈어요. 벤자민은 강한 신념의 소유자였고, 나는 그의 그런 모습을 좋아했죠. 데이트를 시작하면서 내 주변 사람들이 그의 나이에 대해 이러쿵저러

쿵 불만 섞인 반응을 보일까봐 걱정이 되긴 했어요. 그렇지만 기우였죠. 모두들 그를 좋아했으니까요. 친구들은 내 선택에 공감했고, 어머니는 그에게 열광하다시피 했어요. 벤자민은 지적이고 다정하고 사교적이고 서글서글한 매력이 넘쳤죠. 그야말로 보석 같은 사람이었어요. 우리 사이는 일사천리로 발전했죠. 나는 세일럼에 있는 그의 멋진 집으로 짐을 옮겼어요. 마침 상황이 좋았죠. 그때 이미 나는 보스턴에서 변호사로 일하면서 능력을 인정받기 시작하던 무렵이었어요. 벤자민은 곧바로 내게 청혼했고, 나는 기꺼이 받아들였어요. 단 한 점의 의심도 없었죠."

***

결혼 일 년 만에 패트리샤는 남편의 부정과 맞닥뜨렸다.

벤자민이 다른 여자와 함께 있는 모습을 목격했다. 그 순간 패트리샤는 남편의 클리닉이 있는 건물에서 뛰쳐나와 자동차에 올라타 몸을 숨겼다. 패트리샤는 자신이 이런 식으로 반응한 게 더욱 놀라웠다.

그 자리에서 맞서지 못하고 왜 도망쳤을까? 어째서 당장 욕설을 퍼붓지 못한 걸까?

매주 화요일이면 벤자민은 늦게까지 진료실을 지켰다. 법원의 요청에 따라 피의자 정신감정 보고서를 작성한다든지 병원 행정

업무를 봐야 한다고 했다. 그래서 패트리샤 역시 화요일마다 보스턴 법률사무소의 업무를 일부러 연장했다. 그들 부부가 집에 함께 머무는 시간은 거의 없었다. 하지만 그날 저녁 패트리샤는 변호사 사무실을 일찍 나섰다. 깜짝 놀랄 남편의 얼굴을 상상하며 가슴이 설레기까지 했다. 그들이 좋아하는 테이크아웃 중국 요리점에 들러 음식을 잔뜩 포장해 예고 없이 남편의 클리닉으로 들어섰다. 인기척을 내지 않고 문을 밀어 여는 순간 여자의 신음 소리가 들려왔다. 패트리샤는 까치발로 복도를 따라갔다. 조금 열린 진료실 문틈으로 벤자민의 벗은 몸이 보였다. 그는 환자용 카우치에서 어떤 여자와 정사를 벌이고 있었다. 패트리샤는 크게 경악해 그 장면을 눈 뜨고는 지켜보기 힘들었다. 눈앞의 정사는 끝날 줄을 몰랐다. 얼마 후 소리 없이 몸을 돌려 주차해놓은 차로 돌아왔다. 차 안에서 몸을 웅크리고 숨죽여 울었다. 직접 눈으로 본 장면인데 믿을 수 없었고, 믿었다고 해도 할 수 있는 일이 없었다. 패트리샤는 자신이 남편의 불륜을 용인하는 여자가 아니고, 만약 그런 일이 벌어진다면 당장 헤어지리라 생각해왔다. 하지만 남편의 불륜을 목격한 지금 패트리샤는 철저한 무력감을 느꼈다. 그저 집으로 돌아가 잠을 청하는 게 전부였다. 침대에 몸을 묻고 누워 있는 동안 남편의 귀가가 두려웠다.

벤자민이 침대 옆에 나타났을 때 패트리샤는 잠든 척했다. 벤자민은 몸을 씻지도 않고 이불 속으로 미끄러져 들어왔다. 그런 다음 패트리샤에게 몸을 밀착시키고 가슴을 끌어안았다. 패트리샤는 꼼짝도 하지 않았다. 혐오감으로 몸이 굳어 있었기 때문이다.

다음 날 패트리샤는 누군가에게 속을 털어놓고 의논하고 싶었지만, 곧 포기했다. 수치심을 느껴야 할 사람은 벤자민이었는데 그는 오히려 여유 있고 평온해 보였다. 벤자민은 언제나처럼 기분이 좋아 보였고, 패트리샤의 안색이 창백하다는 사실을 알아차리지 못했다.

일주일이 흘러갔다. 화요일 저녁이 돌아오자 패트리샤는 또 한 번 예고 없이 클리닉에 갔다. 열린 문틈으로 정사 장면을 또다시 목격했다. 그러면서 다시 한번 무력감을 느꼈다. 얼음처럼 몸과 마음이 굳어 아무런 행동도 하지 못했다. 그렇게 해서 화요일 저녁은 모두에게 만남의 시간이 되었다. 벤자민은 애인과 만났고, 패트리샤는 그들 둘과 만났다. 차를 주차해두고 진료실로 올라가 그들의 정사를 지켜볼 때도 있었고, 또 어느 때는 차에 앉아 포장해온 중국요리를 먹을 때도 있었다. 어쨌거나 그 망할 테이크아웃 요리는 거르지 않고 계속 사 왔다.

패트리샤와 벤자민 부부는 이내 파경을 맞게 되었다. 이혼 절차가 조용히 진행되었다. 벤자민은 아무것도 알아차리지 못했다. 패트리샤는 그가 무엇이 문제인지 묻거나 관심을 보여주기를 기다렸다. 하지만 그는 이미 다른 데, 정확히는 다른 여자에게 정신이 팔려 있었다. 패트리샤는 그가 자신의 몸을 만지면 거부했다. 그래서 그가 가까이 다가오는 경우도 줄어들었다. 그럴수록 패트리샤는 그가 다른 여자와 함께 있는 장면이 떠올라 미쳐버릴 것 같았다.

화요일 저녁마다 같은 일이 반복되면서 패트리샤는 자신이 마치 투명 인간이 된 기분이었다. 사람들이 자신을 더는 알아보지 못하는 듯했다. 벤자민조차 길 건너편에 세워둔 차에 앉아 있는 패트리샤를 알아보지 못했다. 벤자민은 그 여자와 함께 클리닉 건물에서 나와 여유 있는 미소를 교환하고 자신들의 완벽한 연극에 만족하며 작별 인사를 나누었다. 패트리샤의 눈에 늘 뒷모습만 보이던 그 여자의 얼굴을 그때 처음 보았다. 아주 젊은 금발여자로 파리해 보일 만큼 흰 피부에 슬픈 눈빛을 지니고 있었다. 얼마 지나지 않아 그 젊은 여자의 이름을 알아냈다. 엘레노어 로웰, 남편에게 상담을 받는 환자라는 사실도 알게 되었다. 패트리샤가 감당해야 할 수치심은 자꾸 커지기만 했다. 남편의 일탈을 폭로한다면 세상 사람들 모두가 벤자민 브래드버드가 딸 또래 환자와 부도덕한 행위를 저지른 인물이라는 사실을 알게 될 것이다. 아동 성폭행범과 다를 바 없는 짓이었다. 패트리샤는 성폭행범의 아내가 되어 사람들의 힐끔거리는 시선을 받고 싶지 않았다. 남편의 부정과 관련해 그 어떤 대가도 치를 마음이 없었다.

패트리샤는 세일럼에서 한 청년을 만나게 되었다. 두 사람은 같은 술집을 자주 드나들었고, 몇 번 마주치다가 서로 말이 통하는 사이가 되었다. 에릭 도노반이라는 청년으로 서로 우정을 나눌 수 있는 좋은 친구였다.

패트리샤는 마음 둘 곳 없던 그 시기에 에릭과 동침할까 생각해본 적이 있었다. 그러면 남편의 부정 때문에 자신을 가둔 속박에서 해방될 수 있을 것 같았다. 그런 생각을 곧바로 접긴 했지만 에릭을 자주 만났다. 당시 인기 있던 술집 〈블루라군〉이 에릭과 만나는 장소였다. 에릭은 이따금 그 술집에 어릴 적 친구를 데려오기도 했다. 월터 캐리라는 이름의 청년이었는데 어딘지 모르게 거칠고, 주변 사람의 관심을 끌기 위해 허세를 부리기도 했다.

패트리샤는 3월 어느 날 저녁 〈블루라군〉을 마지막으로 찾았다. 그곳에서 한 무리의 젊은 여자들과 마주쳤는데, 그 속에 엘레노어도 섞여 있었다. 엘레노어가 누군지 알아본 패트리샤는 속이 울렁거렸다. 그 와중에 에릭이 손짓으로 엘레노어를 가리켜 보이며 패트리샤의 귀에 대고 속삭였다. "저 여자에게 끌려요. 어서 저 여자에게 가서 말을 붙여봐요. 그러고 나서 저 여자를 나에게 소개해줘요." 혐오감을 누르지 못한 패트리샤는 자리를 멀찍이 옮겨 앉으려고 몸을 일으켰다. 하지만 카운터에 놓인 맥주잔을 집어 들고 몸을 돌리다가 어느 젊은 여자와 부딪쳤다.

두 사람은 동시에 사과했다. 〈블루라군〉을 나와 차를 운전하던 패트리샤가 인적 없는 거리를 걸어가는 그 젊은 여자를 보지 못했더라면 그 이야기는 거기서 끝날 수도 있었다. 패트리샤는 그처럼 눈에 띄는 여자가 그 늦은 시간에 혼자 거리를 배회하는 모습이 우려스러웠다. 젊은 여자 옆으로 다가간 패트리샤는 차를 세우고 창문을 내렸다.

"걸어가는 거예요?"

"네, 너무 많이 마셨어요. 운전하면 안 될 것 같아서요. 다른 애들은 전부 가버렸고, 택시도 보이지 않네요. 좀 걸어가죠, 뭐. 그리 힘들 것 같지는 않아요."

"차에 타요. 데려다줄게요."

젊은 여자가 조수석에 올랐다. 패트리샤는 젊은 여자의 아름다운 모습에 금세 매료되었다. 그 얼굴, 미소, 눈빛, 머리카락 그리고 몸매, 게다가 이름까지도 특이한 알래스카였다.

"집이 어디죠?"

"맥파크 구역이요."

패트리샤는 운전하는 동안 계속 옆자리에 탄 여자에게 눈길이 갔다. 알래스카의 아름다움이 자석처럼 사람을 끌어당겼다. 관능을 자극하긴 했지만 흔히 관능적 여자라는 말로 표현되는 경우와는 전혀 다른 모습이었다. 알래스카는 자신을 바라보는 패트리샤의 눈길을 의식했다.

"왜 그러세요?" 알래스카가 다소 거북한 표정을 지으며 눈을 치켜떴다.

"어떻게 말해야 할지 모르겠지만 당신이 무척이나 아름다워서 나도 모르게 쳐다봤어요. 아무튼 정말 매력 넘치는 분이네요."

알래스카는 소리 내어 웃었다. 낭랑하면서도 열정적인 웃음이었다.

"당신도 아름다운걸요."

"칭찬을 돌려받자고 한 말은 아니었는데."

"알아요."

패트리샤는 집 앞에 차를 세우고 알래스카를 내려주었다. 그때 한순간 두 사람 사이에서 강렬한 스파크가 일었다. 패트리샤는 알래스카에게 전화번호를 묻고 싶었지만 차마 그러지 못했다. 열 살이나 어린 여자에게 끌린다는 사실이 아무리 생각해도 찜찜했다. 그런데 벤자민은 30년 연하의 여자 환자와 불륜관계를 맺어오면서도 늘 당당하고 자신감이 넘쳤다.

패트리샤가 귀가해보니 벤자민은 이미 잠들어 있었다. 욕실로 들어가 샤워했다. 평소보다 오래 물줄기를 맞았다. 몸의 감각이 묘하게 들떴다. 한 번도 느껴보지 못한 흥분과 짜릿한 쾌감이었다.

***

그로부터 2주일이 지난 어느 화요일 저녁에 알래스카는 걸어서 집으로 돌아오고 있었다. 패트리샤가 길옆에 차를 세워두고 차 안에서 뭔가를 먹고 있었다. 알래스카는 그런 모습이 특이해 손으로 차창을 두드렸다.

"거기서 뭘 하는 거예요?" 알래스카가 물었다.

"기다리고 있어요."

"누굴?"

처음으로 패트리샤는 모든 걸 털어놓고 싶은 충동을 느꼈다. 지금 자신이 겪고 있는 온갖 부당한 일에 대해 하소연하고 싶었다. 알래스카에게 차 옆자리에 타라는 신호를 보냈다. 그런 다음 그동안 겪어온 일들을 이야기했다.

"그러니까 지금 당신 남편이 클리닉에서 젊은 연인과 그 짓을 하고 있다는 말이죠? 그래서 당신은 사무실 건물 아래서 기다리고 있고. 그런데 도대체 뭘 기다린다는 거예요?"

"그 짓거리가 어서 끝나기를."

패트리샤는 그 말과 함께 울음을 터뜨렸다. 그런 말을 해야 하는 자신이 한없이 초라하게 느껴졌다. 아무런 대책도 없이 부적절한 상황에 끌려다녀야 하는 피로감이 가슴을 무겁게 짓눌렀다. 알래스카가 그때 패트리샤의 손을 잡아 올리더니 자신의 입술에 갖다 댔다. 긴 입맞춤이었다. 패트리샤는 또 한 번 그 묘한 감각에 휩싸였다. 그 감각이 이상하게 위안을 주었다.

알래스카가 말했다.

"남자 새끼들은 죄다 쓰레기예요."

패트리샤는 저절로 웃음이 터져 나왔다. 알래스카의 얼굴이 다가왔다. 두 사람은 키스를 나누었다. 얼마간 주저가 담긴 키스가 끝나자 패트리샤가 물었다.

"요즘 할 일이 많아요?"

"아뇨, 특별한 일은 없어요. 왜요?"

"나랑 일박 이일쯤 어딘가로 떠났다가 올래요? 당신하고 나 둘이서만."

"지금 당장?"

패트리샤는 알래스카가 어떤 대답을 할지 몰라 초조한 얼굴로 고개를 끄덕였다. 바로 지금 모험을 강행하고 싶었다. 이 순간을 놓치면 용기가 나지 않을 것 같았다. 이 충동을 끝까지 밀고 나가고 싶었다. 이 돌연한 끌림은 지나가는 바람이라서 지금 놓치면 다시는 찾아오지 않을 거라는 예감이 들었다. 패트리샤는 30년을 살아오는 동안 자신이 여자와 커플이 될 수 있다고 생각해본 적이 없었다.

별안간 성적 지향이 바뀐다는 건 납득이 되지 않았다. 패트리샤는 자신이 그저 아름다움에 끌리는 것이라고, 자신의 욕망은 옆자리에 앉은 순수하고 영롱한 대상을 향한 것이라고 믿었다.

"좋아요." 알래스카가 말했다.

"진심이죠?"

"그럼요. 인생 한 번 살지 두 번 사나요? 집에 들러 짐을 챙겨 올게요. 부모님께는 오늘 밤 친구 집에서 자고 내일 뉴욕으로 가서 오디션을 보고 오겠다고 말할 거예요."

부모에게 둘러댈 말부터 찾는 알래스카를 보며 패트리샤는 새삼 상대의 나이를 실감했고, 망설임이 느껴졌다.

알래스카가 상대의 심리를 눈치챈 듯이 말했다.

"아직 부모님과 함께 살고 있는 만큼 쓸데없는 걱정을 끼칠 필요는 없잖아요. 그렇지 않다면 방금 전에 알게 된 여자와 어디론가 이삼일 다녀오는 일쯤은 허락받지 않고도 할 수 있어요."

패트리샤는 알래스카를 부모 집에 내려주고, 자신도 집으로 돌아갔다. 바깥에서 조심스럽게 집 안을 살폈다. 불이 켜진 것으로 보아 벤자민이 침실에 있다는 사실을 알 수 있었다. 패트리샤는 소리 내지 않고 안으로 들어가 현관에 걸어놓은 바이널 헤이븐 섬 별장 열쇠를 챙겨 들었다. 그런 다음 들어올 때와 마찬가지로 소리 내지 않고 밖으로 나갔다. 남편에게는 코앞에 닥친 소송 준비를 위해 보스턴에서 자고 가겠다는 내용의 메시지를 보냈다. 변호사 사무실에는 몸이 좋지 않다는 핑계를 댈 생각이었다. 차를 돌려 다시 알래스카에게로 갔다. 여행 가방을 들고 나와 기다리고 있던 알래스카가 차에 올라탔다.

"부탁대로 당신이 입을 옷도 챙겨왔어요. 잘 맞을 거예요."

"고마워요."

두 사람은 당장 길을 떠났다. 차를 달려 메인주 록랜드에 도착했을 때는 한밤중이었다. 어느 모텔에 들어갔다. 피곤을 이기지 못한 두 사람은 몸을 맞대고 잠이 들었다. 다음 날 아침 바이널헤이븐 섬으로 가는 여객선을 탔다. 갑판 위에서 알래스카는 시원한 바람에 머리카락을 내맡기고 아름다운 풍경에 빠져들었다. 패트리샤는 그런 알래스카의 일거수일투족에서 한시도 눈을 떼지 못했다.

섬에 도착해 간 곳은 붉은 단풍나무로 둘러싸인 회색 집이었다. 그 집에서 이틀을 보내는 동안 패트리샤는 놀라운 일을 경험했다. 여자와 사랑을 나누는 방법을 처음으로 알게 되었다. 뜨겁고 강렬한 행복을 맛본 시간이었다. 패트리샤는 그때까지 그처럼 짜릿한 감각을 경험해본 적이 없었다.

이틀간 바이널헤이븐 섬에서 일어난 일은 패트리샤에게 삶의 대전환을 가져다주었다.

***

"바이널헤이븐 섬에서 보낸 이틀간의 시간을 잊지 못할 거예요." 패트리샤가 말했다. "알래스카는 나를 흥분시키고, 내게 힘을 불어넣어 주었어요. 나는 새로운 삶을 찾기 위해 그 힘이 필요했죠. 알래스카는 나를 격려해 주었어요. '헤어져요. 그런 비열한 남자의 옆에서 떠나요. 당신이 뭐가 부족해서 그 남자에게 매여 살아요? 그가 없는 편이 더 나아요.' 알래스카 덕분에 나는 남편이 없는 편이 더 나을 수도 있다는 걸 알게 되었고, 새로운 나 자신을 발견하게 되었죠. 세일럼으로 돌아와 벤자민에게 대놓고 말했어요. '다 알아, 이 비열한 인간아! 환자와 병원 진료실에서 추잡한 짓을 하다니! 그 여자 이름도 알아. 매주 화요일 저녁에 진료실에서 그 짓거리를 한다는 사실도. 매번 둘러대던 장부 정리라는 게 그 짓이었니?' 벤자민의 반응은 뜻밖이었어요. 나는 내심 그가 시치미를 떼길 바랐죠. 그래야 진짜 싸움에 돌입할 수 있으니까요. 하지만 그는 어깨를 으쓱 추어올리더니 담담하게 말하더군요. '그래, 내 실수였어. 어쩌다 보니 그렇게 되었어.' 그러고는 다시 고개를 숙여 신문을 읽었어요.

몇 달을 지켜보기만 하다가 마침내 벤자민과 맞서면서 깨달은 사실은 내가 이 결혼이 망가지는 걸 그저 보고만 있었다는 거예요. 즉시 대응했더라면 결혼생활을 지키고 싶은 마음이 들었을 수도 있었겠죠. 하지만 이미 끝난 이야기였어요. 이제 내 눈에 비치는 벤자민은 나랑 전혀 상관없는 남자로 보이더군요. 나는 이혼을 요구했어요. 관계를 맺었다가 눈 깜짝할 사이에 부숴버리는 우리네 능력이란 정말 대단하죠. 그때마다 초토화 작전이 동원된다는 것도 정말 대단하고요. 벤자민과 나는 그렇게 갈라섰죠. 나는 아파트를 하나 마련했어요. 벤자민이 저지른 부정에 대해 알래스카 말고는 어느 누구에게도 이야기하지 않았듯이, 이혼 역시 조용히 성사시켰어요. 비극의 주인공이 되기 싫었고, 내 이야기를 남들의 좋은 안줏거리로 제공하고 싶지 않았어요. 그저 빨리 정리하고 인생의 다른 페이지로 넘어가고 싶었죠. 그래서 어머니가 좋은 남편을 잃었다면서 비난을 퍼붓든 말든 상관하지 않았어요. 어머니와 벤자민은 나랑 상관없이 이후로도 자주 연락하며 지내더군요."

"그러니까 벤자민과는 정식으로 이혼했다는 말이군요."

"이혼을 원하긴 했지만 곧바로 이루어지진 않았어요. 벤자민은 아주 인색한 사람이었죠. 그는 상당한 재력가 집안의 아들이었어요. 나는 그의 돈에는 관심 없었지만 그를 골탕 먹이고 싶었어요. 그래서 법이 정한 대로 재산 분할 소송을 청구했죠. 그의 입장으로는 펄쩍 뛸 노릇이었겠죠."

***

1998년 4월

"고작 일 년 동안 결혼생활을 했는데 재산의 절반을 내놓으라니, 말이 안 되잖아!" 벤자민이 격분해 소리쳤다.

"결혼할 때 좋은 일이든 나쁜 일이든 함께하기로 약속했잖아. 당신은 내게서 가장 소중한 걸 빼앗았어. 그러니까 당신도 가장 소중한 걸 내놓아야지. 나는 자존심을 빼앗겼으니 당신은 돈이라도 빼앗겨야 공평하잖아."

"자존심을 빼앗기다니? 너무 과장하는 거 아냐?"

"과장이라니? 어쨌거나 나는 당신이 그 금발여자와 놀아나는 모습을 직접 내 눈으로 지켜봤어."

"지금 멜로 드라마를 찍어? 변호사 노릇도 그런 식으로 해? 당신 친구들에게 제발 내 이야기를 떠벌리지는 말아주었으면 해."

"걱정하지 마. 당신의 비밀은 꼭꼭 숨겨줄 테니까. 당신 어머니가 이혼하는 이유를 물으면 성격 차이 때문이라고 말해줄게."

"엄마가 왜 우리 이혼 사유를 물을 거라고 생각해?"

"고매하신 분인데 집안 망신이라도 당할까봐 얼마나 마음이 불안하시겠어. 미스 뉴잉글랜드 선발대회를 만든 자부심이 하늘을 찌르시던데 그 대회 우승자를 망나니 아들이 농락했으니 당연히 신경 쓰일 수밖에."

"그런 식으로 말하지 마. 우리 일에 엄마까지 끌어들이지 말라고."

***

벤자민과의 이혼은 패트리샤에게 삶의 전환점이 되었다. 패트리샤는 이제 알래스카에게 본격적으로 몰두했다. 시간이 지나도 그 열기는 식을 기미가 보이지 않았다. 열기가 식기는커녕 더욱 뜨거워졌다. 패트리샤가 새롭게 마련한 아파트는 두 사람이 은밀한 사랑을 나누는 보금자리가 되었다. 패트리샤는 누군가를 그처럼 사랑해본 적이 없었다. 패트리샤를 향한 알래스카의 사랑 역시 맹목적이었다.

그렇게 몇 주의 시간이 흘렀다. 패트리샤는 자신이 알래스카에게 날이 갈수록 더 깊이 빠져들고 있다는 사실을 알고 있었다. 두 사람은 함께할 미래를 꿈꾸었다. 알래스카는 맨해튼에 가서 살고 싶다고 했다. 아니면 로스앤젤레스도 괜찮다고. 패트리샤도 그 생각에 찬성했다. 다만 알래스카는 자신에게 성공의 기회가 주어졌을 때를 기다렸다가 떠나자는 생각이었다.

"웨이트리스로 용돈을 벌면서 배역을 따내길 기다리고 싶지는 않아요." 알래스카가 말했다.

"내 변호사 수입만으로도 우리 두 사람은 충분히 살 수 있어." 패트리샤가 말했다. "그 대신 넌 오디션 보는 데 집중해."

"애인에게 얹혀사는 배우가 되긴 싫어요. 사실 저축해놓은 돈도 좀 있긴 해요. 당장은 꺼내 쓰고 싶지 않을 뿐이죠. 세일럼도 살기에 나쁘지는 않으니까. 이제 곧 좋은 계기가 생길 거라고 믿어요."

알래스카는 영화배우로 데뷔해 첫걸음을 내디딜 수 있기를 간절히 희망했다. 얼마 전 뉴욕의 한 에이전트와 계약이 되어 오디션을 볼 기회는 점점 많이 주어지고 있었다. 알래스카는 패트리샤와 함께 대본을 연습한 뒤 집으로 돌아가 자신의 방에서 아버지의 낡은 비디오카메라로 오디션 영상을 녹화했다.

"내 집으로 와서 녹화해도 돼." 어느 날 패트리샤가 말했다.

"안 돼요. 엄마가 제일 잘 나온 부분을 고르려고 매번 영상을 확인하거든요. 엄마가 영상을 어디에서 촬영했는지 궁금하다면서 누구랑 지내는지 자꾸 캐물으면 일일이 둘러대기 귀찮아요."

"네 엄마가 우리 관계를 궁금해하셔?"

"그렇다니까요."

패트리샤 역시 자신과 알래스카의 관계 설정을 어떻게 해야 할지 알 수 없었다. 어떤 관계가 되든지 알래스카를 받아들일 마음의 준비가 되어 있었다. 알래스카는 타인의 시선을 의식하는 것으로 보아 무엇이든 함께할 마음의 준비가 되어있지 않다는 생각이 들었다.

패트리샤가 말했다. "사람들이 어떻게 생각하든 사사건건 신경 쓰지 말고 무시해버려."

"나도 알아요. 하지만 주어진 현실을 외면할 수는 없잖아요. 나는 배우로 성공하고 싶을 뿐이에요. 여배우들 가운데 공식적으로 여자와 커플을 선언한 사람이 그리 많지는 않아요. 팬들에게 선입견을 주게 될 테니까요."

***

패트리샤가 갑자기 진술을 중단했다. 그때까지 창가에 멈춰서서 한 발자국도 움직이지 않던 패트리샤는 별안간 책상으로 다가가 서랍 하나를 열었다. 패트리샤는 서랍에서 사진 한 장을 꺼내 우리에게 보여주었다. 12년 전 패트리샤가 알래스카와 함께 뉴욕에서 찍은 사진이었다. 패트리샤가 나지막이 웅얼거렸다.

"보드랍고 깜찍한 내 귀염둥이, 나의 천사, 사랑스러운 미녀가 여기에 있네요. 알래스카는 1998년 6월 초에 스물두 살 생일을 맞았어요. 우리는 그때 뉴욕에 함께 가서 주말을 보냈죠. 그 도시에서 알래스카와 함께 살아가는 날들을 꿈꾸었던 시간이었어요. 그때껏 내 이혼 소송은 진전이 없었죠. 나는 벤자민에게 재산 분할을 포기하는 대신 바이널헤이븐 섬의 별장을 달라고 제안했어요. 벤자민이 그 별장을 무척이나 좋아하는 만큼 내제안이 그의 속을 뒤집어놓으리라는 계산도 했지만 그게 전부는아니었어요. 해마다 그곳에서 알래스카와 함께 여름휴가를 보내는 모습을 그려보곤 했죠. 그 별장이라면 알래스카와 내가 평화롭게 정박할 항구가 되어줄 수 있을 것 같았어요. 물론 벤자민은 내가 먼저 모든 재산을 포기하겠다고 선언을 하면 별장을 주겠다고 했지만 내가 그런 꼬임에 넘어갈 만큼 어리석지는 않잖아요. 벤자민은 승률이 높기로 유명한 이혼 소송 전문 변호사를 선임했어요. 아마도 그 변호사를 믿고 소송에서 이길 거라 확신했겠죠. 나는 끝까지 버티기로 마음먹고 각오를 단단히 했어요. 그해 초여름, 알래스카가 연상의 여자와 함께 있는 모습을 봤다는 소문이 파다했어요. 그 당시 알래스카는 인지도를 끌어올리는 데 큰 도움이 된다는 에이전트의 조언에 따라 미스 뉴잉글랜드 선발대회에 참가자로 등록해놓은 상태였죠. 어느 날 아침 알래스카가 내 사무실에 전화해 걱정을 쏟아냈어요. '내가 레즈비언이라는 소문이 돌기 시작했어요.' 나는 농담처럼 들리게 하려고 한껏 들뜬 목소리로 대답했죠. '그건 사실이잖아.' 그러자 알래스카는 발끈하며 말했어요. '난 지금 농담할 기분이 아니라고요. 정말 심각한 일이에요. 미스 뉴잉글랜드 선발대회 조직위원들이 내가 레즈비언이라는 사실을 알게 될 경우 모든 게 끝이에요. 사고방식이 구식인 사람들이라고요.' 그날 저녁에 알래스카는 친구들과 술집 〈블루라군〉에 갔다가 월터 캐리를 만나게 되었어요. 월터는 얼마 전부터 알래스카의 관심을 끌고 싶어 주위를 맴돌고 있었죠. 그날 밤 알래스카는 그 술집을 나와 주차장에서 월터의 옷깃을 끌어당겨 키스했어요. 친구들 모두가 보는 앞에서요."

패트리샤의 이야기를 듣던 내가 물었다.

"그렇다면 알래스카가 월터와 사귄 건 순전히 레즈비언이라는 소문을 잠재우기 위해서였나요?"

"그랬다고 봐야죠." 패트리샤가 말했다. "월터는 미스 뉴잉글랜드 선발대회 때까지만 무대 위에 놓아두면 되는 소품이었죠. 월터는 소품 역할에 아주 잘 어울렸어요. 잘생기고, 활동적이고, 체격 좋고 게다가 정이 많아서 사람들 눈에 그럴듯한 남자친구로 비칠 수도 있었으니까요. 월터는 단순하고 순진했고, 알래스카를 귀찮게 붙잡고 늘어지는 일도 없었고, 무엇보다 세일럼에 살지 않았어요. 그저 이따금 다니러 오는 정도라서 걸리적거릴 염려도 없었죠. 알래스카는 월터와 잔 적이 없다고 말했지만 나를 실망시키지 않으려고 한 말일 거라고 생각해요. 그 당시 알래스카는 스물한 살이었고, 성호르몬이 샘솟는 나이였죠. 솔직히 월터의 존재는 별문제가 되지 않았어요. 나는 월터가 내 자리를 위협한다고 생각해본 적이 없었죠. 오히려 월터가 있어서 알래스카와 나의 관계가 더욱 돈독해질 수 있을 거라 믿었어요. 월터 덕분에 알래스카는 이제 나와의 데이트를 더욱 적극적으로 즐길 수 있게 되었죠. 그때까지의 구속을 벗어버리고 새로운 자유를 맛보기 시작한 거예요. 이를테면 식당 테이블 아래로 손을 뻗어 내 손을 잡아 쥔다든지, 인적 없는 거리에서 재빨리 나를 껴안는다든지. 그때는 모든 일이 순조롭게 굴러갔어요. 하지만 그런 상황은 그리 오래 가지 못했죠. 뜻밖의 경쟁 관계가 성립된 거예요. 엘레노어 로웰이 알래스카를 질투하고 있었어요."

***

1998년 7월에서 8월 사이

월터와 공공연한 커플이 된 알래스카는 기회 있을 때마다 의식적으로 남자 이야기를 떠벌렸다. 알래스카는 친구들과 〈블루 라군〉에서 어울릴 때 젊은 남자가 눈앞을 스쳐지나갈 때마다 노골적으로 관심을 보이는 척했다. 친구들 가운데 엘레노어는 은근히 알래스카를 질투했다. 알래스카가 레즈비언이라는 소문을 은밀히 퍼뜨린 당사자가 엘레노어였다. 어느 날 에릭의 가까이에 앉은 알래스카가 그에게 관심을 보이는 척하자 엘레노어는 단단히 화가 치밀었다. 알래스카는 에릭이 대단히 매력적이라면서 월터를 선택한 게 과연 잘한 결정인지 생각해 봐야겠다고 떠벌렸다. 알래스카가 얼마 전부터 에릭과 엘레노어가 같이 자는 사이라는 걸 까마득히 몰랐기 때문이다. 어느 날 저녁, 엘레노어는 알래스카를 구석자리로 데려가 거친 말로 경고했다.

"에릭에게 자꾸 껄떡대면 가만 안 둬!"

"에릭 도노반 말이야?"

"그래, 에릭 도노반."

"너, 에릭과 사귀니? 너의 키다리 아저씨가 에릭이었어?"

"입 닥쳐!"

알래스카는 패트리샤에게 엘레노어와 있었던 이야기를 했다. 패트리샤는 엘레노어가 누군지 잘 알고 있었지만 모른 척 시치미를 뗐다.

**

패트리샤는 다시 창가로 자리를 옮겨 말을 이어갔다.

"엘레노어가 애인의 폭언 때문에 마음의 상처를 입었다는 이야기를 들었어요. 나는 그 애인이 벤자민이라는 사실을 알고 있었죠. 벤자민이 엘레노어에게 이혼 소송이 지지부진한 스트레스를 풀고 있다는 사실을 알아차렸어요. 이혼 소송이 벤자민에게 불리하게 돌아가고 있었거든요. 벤자민은 그들이 이혼 소송에 대해 관심을 갖게 되자 엘레노어의 자존심을 건드리면서까지 둘의 관계를 한사코 숨기려고 했죠. 내가 판사 앞에서 벤자민의 행동을 아동 성추행범으로 몰아갈까봐 걱정이 컸을 거예요. 7월에는 알래스카가 미스 뉴잉글랜드 선발대회 예선을 통과했어요. 7월 말에는 엘레노어가 대회 심사위원으로 위촉되었죠. 8월 초에 엘레노어는 알래스카를 카페로 불러내 결코 미스 뉴잉글랜드 선발대회에서 입상하지 못하도록 하겠다고 악담을 퍼부었어요. '네 주제에 입만 열면 영화배우가 되겠다는 타령을 늘어놓는 게 지긋지긋해. 넌 동성연애자 역할에나 만족해. 너에게 완벽하게 맞는 배역이니까.' 알래스카는 그 말을 듣고 크게 좌절했어요. 나는 어떻게든 알래스카를 도와주고 싶었죠. 내가 해줄 수 있는 일이 한 가지 있긴 했어요."

"엘레노어 로웰을 죽이기로 했나요?" 페리가 운을 뗐다.

"그런 생각은 해본 적도 없어요. 나는 바이널헤이븐 섬으로 가서 벤자민을 만났죠. 그에게 알래스카가 미스 뉴잉글랜드가 되도록 해줄 경우 한 푼도 받지 않고 이혼해 주겠다고 말했어요."

"벤자민이 그러겠다고 하던가요?"

"당연하죠. 벤자민에게는 어마어마한 횡재나 다름없었으니까요. 난 알래스카에게 아무 말도 하지 않았어요. 미스 뉴잉글랜드 선발대회 우승이 나의 개입 때문이 아니라 알래스카 자신의 완벽한 승리이길 간절히 바랐으니까요. 1998년 8월 30일 저녁에 알래스카와 나는 바닷가 해산물 식당에서 저녁을 먹었어요. 알래스카의 안색이 눈에 띄게 좋지 않아 보이더군요. '엘레노어가 너를 또 괴롭히니?', '네, 엘레노어가 나에 대해 악의적인 소문을 계속 퍼뜨리고 있어요. 게다가 친구들을 꼬드겨 나를 따돌리려고 해요. 오늘 저녁에는 친구들 모두가 챈들러 호비 파크로 수영하러 갔는데 나에게는 아무도 연락하지 않았어요.' 나는 알래스카가 고민하는 모습을 보고 있자니 너무나 마음이 아팠어요. 쾌활하고 다정한 알래스카가 그런 대접을 받게 해서는 안 되잖아요. 엘레노어의 수작을 멈추게 할 필요가 있었고, 내가 나서야겠다고 마음먹었죠. 저녁 식사 후 같이 자러 가자는 알래스카를 중요한 약속이 있다는 핑계를 대고 집으로 돌려보냈어요. 그런 다음 챈들러 호비 파크로 갔죠. 인적이 드문 주차장 구석자리에 차를 세웠어요. 그때가 밤 10시 30분쯤이었을 거예요. 나는 어둠 속에 몸을 숨기고 가로등 불빛 아래로 드러나는 젊은 여자 네 사람을 지켜보았죠. 그들은 해변에서 어슬렁거리고 있었어요."

***

1998년 8월 30일, 밤 11시 30분

젊은 여자들이 재잘거리던 목소리가 멈추었다. 패트리샤는 여자들이 소지품을 챙기는 모습을 멀리서 지켜보았다. 엘레노어를 만나 알래스카를 괴롭히지 말라고 경고할 생각이었다. 그렇지만 함께 온 일행이 있어서 그런 이야기를 하기에는 적절치 않아 보였다. 젊은 여자들은 주차장을 향해 걸어갔다. 그들 가운데 한 사람만이 해변에 남아 담배를 피우고 있었다. 주차장 조명 아래 드러난 여자들 가운데 엘레노어만이 없었다. 세 여자는 두 대의 자동차에 나눠 타고 해변을 떠났다.

패트리샤는 차에서 내려 주위를 둘러보았다. 근처에 주택 두 채가 있었다. 한 채는 외부인의 시선을 차단하기 위한 높은 담장에 둘러싸여 있었고, 다른 한 채는 집 안의 불빛이 모두 꺼진 상태였다.

패트리샤는 소리 없이 엘레노어에게로 다가갔다. 엘레노어는 바다를 바라보고 있었다. 수영복 차림이었고, 비치타월을 깔고 앉아 있었다. 패트리샤가 가까이 다가가 인기척을 하자 엘레노어는 소스라치게 놀라며 쳐다보았다.

"깜짝 놀랐잖아요!"

엘레노어는 가까이 다가온 패트리샤의 얼굴을 알아보았다.

"당신은 벤자민의 부인 아닌가요?"

"나를 알아보다니 뜻밖이네."

"사진을 본 적이 있어요. 벤자민의 말로는 당신이 속을 푹푹 끓이는 잡년이라던데."

"그 칭찬은 네년에게 양보할게."

"그런데 무슨 일이죠? 나한테 볼일이 있는 거예요? 내가 당신 남편하고 자는 사이라서 혼내려고요?"

"난 늙다리랑 놀아나는 네년이 가엾을 뿐이야. 내게서 그 늙다리를 치워줘서 고맙기도 하고."

"일부러 여기까지 날 찾아왔나봐요?" 엘레노어가 말했다. "내 머리끄덩이라도 잡고 흔들어 보려고요?"

"난 그런 유치한 짓에는 관심 없어. 앞으로 알래스카를 건드리지 마. 미스 뉴잉글랜드 선발대회에서 알래스카의 앞길을 가로막을 경우 응분의 대가를 각오해야 할 거야."

"당신이었네! 당신이 알래스카와 연애하죠? 당신이 벤자민에게 알래스카를 우승시키라고 요구했죠? 2주 전부터 벤자민이 무슨 이유로 알래스카를 우승시켜야 한다고 떼를 쓰는지 도저히 이해할 수 없었는데 이제야 감이 잡히네요. 당신은 그 대가로 뭘 주기로 했어요? 재산 분할을 포기하고 이혼해 주겠다고? 아, 그래서 벤자민이 요즘 기분이 좋았구나. 난 그렇게는 못 해요. 어서 돌아가 당신의 암고양이 알래스카나 조몰락거려요. 자꾸 귀찮게 하지 말고."

***

"우린 서로 언성이 높아졌어요." 패트리샤가 말했다. "엘레노어는 알래스카와 나의 관계를 폭로하겠다고 위협했죠. 급기야 서로 화가 단단히 나서 몸싸움이 벌어졌어요. 처음에는 가볍게 밀치는 수준이었는데 엘레노어가 갑자기 나를 세차게 밀치는 바람에 모래밭에 나자빠졌죠. 그 순간 엘레노어는 가방에서 접이식 곤봉을 꺼내 휘둘렀어요. 간신히 곤봉을 피한 나는 엘레노어를 밀쳐 넘어뜨렸죠. 우리는 모래 자갈 위에서 엎치락뒤치락하며 나뒹굴었어요. 나는 마침내 접이식 곤봉을 **빼앗아** 들고 세게 휘둘렀죠. 거의 반사적인 동작이었어요. 곤봉을 맞은 엘레노어가 모래밭에 널브러지더니 움직임이 없더군요. 내가 사람을 죽였다는 걸 깨달았죠. 나는 한참 동안 공포에 사로잡혀 있었어요. 경찰을 부르려다가 멈칫했죠. 내가 부르지 않아도 경찰이 곧 들이닥칠 것 같았어요. 나는 모래밭에 주저앉아 눈물을 흘렸죠. 하지만 아무 일도 일어나지 않았어요. 그날 밤은 더할 수 없이 평화롭고 고요하기만 했죠. 나는 차츰 마음을 다잡았어요. 만조가 되어 물이 차오르기 시작하더군요. 나를 본 사람은 아무도 없었어요. 시신을 치워야 했죠. 핏자국은 파도가 지워줄 테니까요. 자동차로 달려갔죠. 트렁크에 차를 덮는 커버가 있었어요. 엘레노어의 시신을 커버로 감쌌죠. 풀밭이나 주차장 바닥에 핏자국을 남기면 안 되잖아요. 흔적을 남기지 않는 한 익사로 처리되리라 생각했어요. 엘레노어의 시신을 트렁크에 실어놓은 뒤 해변으로 돌아와 곤봉을 챙겼죠. 그때 엘레노어의 휴대폰이 울렸어요. 문자메시지가 도착했다는 신호음이었죠. 모래밭에 놓인 엘레노어의 휴대폰에 불이 들어와 있더군요. 엘레노어의 죽음을 자살로 위장해야겠다는 생각이 떠올랐어요. 엘레노어가 과거에 두 번이나 자살을 시도한 적이 있었다는 사실을 알래스카에게 들어서 알고 있었거든요. 엘레노어의 휴대폰을 집어

들고 연락처를 열었죠. '엄마'라는 이름이 붙은 전화번호를 찾아내 '더는 살아갈 힘이 없어.'라고 메시지를 작성해 보냈어요. 휴대폰을 다른 소지품과 함께 있던 자리에 놓아두고 그곳을 떠났죠. 차를 달리고는 있었지만 어디로 가야 할지 알 수 없었어요. 시신을 감춰야 했죠. 경찰의 의례적인 단속을 피해 멈추지 않고 계속 달릴 생각이었어요. 대개 그런 사소한 단속에 걸려 범죄의 덜미가 잡히니까. 그러다가 문득 바이널헤이븐 섬의 별장에 우물이 있다는 사실이 떠올랐어요. 그날 벤자민은 결혼식에 가 있다는 걸 알고 있었죠. 스티븐과 벨라는 나를 먼저 알았던 친구들인데 벤자민만 결혼식에 초대했더군요. 어쨌거나 바이널헤이븐 섬의 별장은 비어 있다는 뜻이었죠. 나는 방향을 틀어 록랜드를 향해 달렸어요. 그곳에 도착하면 거의 동틀 시각이 될 테고, 거기서 두 시간만 기다리면 첫 번째 배를 타고 돌아올 수 있다는 계산이 섰죠. 시도해 볼 만한 유혹이었어요. 포틀랜드까지 갔을 때 연료가 바닥나는 바람에 주유소에 차를 세웠어요. 그날 밤은 숨 막히게 더운 열대야였죠. 온몸이 땀에 흠뻑 젖은 상태로 밸브를 열고 주유기를 꽂았죠. 연료탱크가 거의 채워졌을 즈음 별안간 어떤 소리가 들려왔어요. 트렁크 안에서 내벽을 두드리는 소리였죠. 이어서 신음이 새어 나오더군요. 그 순간 나는 엘레노어가 죽지 않았다는 사실을 알아차렸어요."

엘레노어 로웰은 숨이 끊어진 게 아니었다. 삼단봉으로 강하게 가격당해 기절했다가 서서히 의식을 되찾고 있었다. 패트리샤는 엄습해오는 공포를 억눌렀다. 주유기 주위를 둘러봐도 패트리샤 자신뿐이었다. 아무리 수상한 소리가 났어도 들은 사람은 없었을 거라는 뜻이었다. 패트리샤는 주유소 사무실 안으로 들어가 주유비를 계산했다. 가급적 평온하고 느긋해 보이려고 애썼다.

/

38장
자백
2010년 8월 27일 금요일. 매사추세츠주, 보스턴

/

"그때 포기하고 엘레노어를 살릴 수도 있었을 텐데요." 페리가 말했다.

"감옥에 가더라도 살인미수죄가 낫다는 뜻이쇼? 그렇지만 이미 막다른 골목이었어요. 엘레노어를 해변에 내버려 두었더라면 살인미수로 끝날 수 있었겠죠. 하지만 나는 이미 엘레노어를 내 차 트렁크에 실어 유기하려고 했어요. 그 정도면 보나 마나 30년 형이죠."

"그래서 어떻게 했습니까?"

"차를 출발시키고 나서 쉬지 않고 달렸어요. 인터체인지에서 록랜드 항구 방향으로 도로를 갈아탔죠. 배의 출발 시각에 맞춰 도착할 수 있었어요. 나는 차로 달려오는 도중 엘레노어가 숨을 거두거나 다시 의식을 잃었기를 바랐죠. 자동차를 탄 상태로 바이널헤이븐 섬으로 가는 배에 몸을 실었어요. 섬에 도착하기까지 시간이 끝나지 않을 것처럼 길게 느껴지더군요. 의식을 잃었는지 한동안 잠잠하던 엘레노어가 별안간 다시 뒤척이기 시작했어요. 하지만 배의 기관 소리와 파도 소리가 도움을 청하는 엘레노어의 소리를 덮어버렸죠. 마침내 바이널헤이븐 섬에 다다랐어요. 차를 달려 별장으로 갔죠. 아침 7시였고, 도중에 마주친 사람은 없었어요. 집은 예상대로 비어 있었고요. 엘레노어는 이제 더는 기척하지 않더군요. 수없이 망설인 끝에 트렁크를 열었죠. 엘레노어의 눈이 반쯤 열려 있더군요. 죽었는지 살아 있는지 가늠이 되지 않았어요. 이 순간을 넘기면 모든 게 끝난다고 나 자신을 다독이며 용기를 냈죠. 엘레노어를 들어 올려 트렁크 밖으로 끌어냈어요. 바로 그때 엘레노어가 내 팔을 덥석 잡더니 눈을 활짝 뜨는 거예요. 머리끝에서 발끝까지 몸이 얼어붙는 느낌이었죠. 엘레노어를 땅바닥에 내팽개쳤다가 우물까지 질질 끌고 갔어요. 우선 우물 입구를 덮어놓은 나무 뚜껑을 밀어젖혔죠. 있는 힘을 다해 엘레노어를 끌어안았어요. 온몸에 전율이 흐르고, 당장 구토가 나올 것 같았죠. 엘레노어는 여전히 눈을 크게 뜬 상태로 나를 빤히 쳐다보고 있었어요. 마지막으로 온 힘을 다해 엘레노어를 우물 안으로 던졌죠. 엘레노어의 몸이 우물 바닥에 떨어지며 부딪치는 소리가 났어요. 그 추락이 엘레노어의 사인이라고 생각해요. 아닐 수도 있겠죠. 다시 우물 뚜껑을 덮고 차를 세워둔 곳으로 돌아왔어요. 걸어오다가 풀숲에 여러 번 토했죠. 벤자민은 섬 안에서만 사용하는 차가 한 대 있었어요. 대개는 록랜드 항구에 원래 타고 온 차를 놓아두고 바이널헤이븐 섬에는 배를 타고 건너왔죠. 섬에 도착하면 주민의 차를 얻어 타고 별장에까지 오곤 했어요. 어쨌거나 차고는 자물쇠로 잠겨 있었고, 비밀번호는 그대로였죠. 차고 문은 쉽게 열렸어요. 벤자민의 자동차 키는 평소대로 차에 꽂혀 있었죠. 차 바닥 매트를 들어 올리고, 그 밑에 곤봉을 숨겼어요. 혹시 엘레노어의 시신이 우물 바닥에서 발견되어 경찰이 이 집을 수색하는 경우 차 매트 아래에서 곤봉이 나오면 모든 혐의를 벤자민이 뒤집어쓰게 되리라 계산한 거예요. 그런 다음 탈진한 상태로 풀숲에 쓰러져 몇 시간쯤 잠이 들었어요. 휴대폰이 울리는 소리에 잠에서 깨보니 정오가 다 되었더군요. 알래스카의 전화였죠. 엘레노어가 사라졌고, 어머니에게 메시지를 남겼는데 자살을 암시하는 내용이었고, 소지품이 챈들러 호비 파크 등대 밑에서 발견되었다고 하더군요. 그 소식을 알래스카의 입으로 듣게 될 줄은 미처 몰랐어요. 경찰은 엘레노어가 제 발로 물속으로 걸어 들어갔으리라 추정하고 있다더군요."

***

1998년 9월

끝내 시신을 찾지 못했지만 경찰은 엘레노어의 사망을 자살로 결론짓고 서둘러 수사를 종결했다. 패트리샤는 악몽에 시달리면서도 주위 사람들의 눈에는 평온해 보이도록 하려고 애썼다.

9월 19일 토요일, 알래스카가 미스 뉴잉글랜드로 선발되었다. 할리우드의 감독 한 사람이 중요 배역 캐스팅을 위한 오디션을 제안해왔다. 계획대로 된다면 패트리샤와 알래스카는 뉴욕으로 떠날 수 있게 되었다. 패트리샤는 세일럼을 떠나고 싶어 조바심이 났다. 뉴욕으로 떠나 세일럼에서 있었던 어두운 기억들을 모두 지워버리고 싶었다.

알래스카가 미스 뉴잉글랜드로 선발된 다음 날 패트리샤는 벤자민과 약속한 대로 그 어떤 금전상의 요구도 없이 이혼 서류에 서명했다. 패트리샤가 내건 이혼 조건은 단 하나 바이널헤이븐 섬의 별장에서 마지막으로 이틀간 머물 수 있게 해달라는 것이었다.

벤자민은 그 조건을 받아들였고, 패트리샤는 이틀 예정으로 열쇠를 넘겨받아 바이널헤이븐 섬의 별장으로 떠났다. 이번에는 알래스카와 동행했다. 그곳에 가서 미스 뉴잉글랜드 선발대회 우승을 자축하는 파티를 열기로 했다. 하지만 패트리샤의 목적은 현장을 살펴보는 것이었다. 우물에서 풍겨 나오는 악취는 없는지, 그 비밀이 안전하게 봉인되어 있는지 확인하고자 했다. 배의 갑판 위에서 패트리샤는 알래스카에게 자신이 사 온 최신 디지털 비디오카메라를 선물했다. 그날 오후 알래스카는 바이널헤이븐 섬의 별장 거실에서 바다 위 일몰을 그린 그림을 배경으로 오디션 영상을 촬영했다.

***

9월 25일 토요일, 알래스카가 미스 뉴잉글랜드로 선발된 지 일주일이 지나 맞이한 첫 번째 주말에 월터가 세일럼에 왔다. 알래스카는 그 기회를 이용해 월터와의 관계를 정리할 생각이었다. 만나기로 약속한 카페에 나가보니 월터는 꽃과 초콜릿을 사들고 와서 기다리고 있었다.

"선물이야." 월터는 알래스카가 미처 입을 열 사이도 없이 말했다. "미스 잉글랜드로 선발된 걸 축하하는 의미에서 마운트플레전트에 초대할게. 부모님과 주변 사람들에게 너를 소개하고 싶어."

"월터, 정말 미안하지만……." 이별을 통보하려던 알래스카는 월터의 말을 듣고 있기가 거북했다. "너에게 해야 할 말이 있어."

"무슨 말인데?"

"우리 이제 그만 만나자."

"나에게 어떻게 그런 말을 해?"

"넌 멋진 애야. 하지만 우린 성향이 안 맞아. 나는 뉴욕에 가서 살고 싶어 하고, 넌 마운트플레전트를 떠나기 싫어하잖아."

월터는 금방이라도 눈물을 쏟을 것 같은 표정으로 중얼거렸다.

"미스 뉴잉글랜드와 사귄다고 자랑했는데 헤어지자니? 다들 나를 허풍쟁이라고 놀려댈 거야."

"정말 미안해."

"4년 전에 사귀던 여자와 문제가 좀 있었어. 화가 나서 그 여자 친구 집을 찾아갔는데 겁을 잔뜩 집어먹고 경찰을 부른 거야. 여자들이 그때부터 나를 따돌렸어. 넌 나의 구원자였지. 사람들이 내가 미스 뉴잉글랜드 알래스카 샌더스와 함께하는 걸 보기만 해도 내 주가는 급상승할 거야. 그래, 나를 떠나도 좋아.

하지만 다음 주말에 나와 함께 마운트플레전트에 가서 딱 이틀만 함께 있어 줘. 그다음부터는 너를 귀찮게 하지 않을게."

***

"알래스카는 어쩔 수 없이 월터의 청을 받아들였죠." 패트리샤가 말을 이어나갔다. "마운트플레전트에 가주기로 약속한 거예요. 나는 알래스카가 왜 거길 가야 하는지 도저히 이해할 수가 없었죠. 하지만 알래스카는 늘 남들을 생각해주는 아이였으니까 그러려니 했어요. 알래스카가 내게 말하더군요. '여름 내내 월터를 이용했으니 빚을 갚아야죠. 이틀 동안 마운트플레전트에 머문다고 내가 어떻게 되는 건 아니잖아요.' 알래스카는 마운트플레전트에서 이틀간 머물기로 약속했지만 금요일에 예기치 못한 일이 벌어졌어요. 은행에 저축해둔 돈을 아버지가 빼돌려 빚을 갚는 데 썼다는 사실을 알게 된 거죠. 알래스카는 마운트플레전트로 떠나 며칠간 머물렀어요. 얼마나 화가 났는지 부모에게 보여주려고 한 거죠. 월터가 알래스카의 복수심을 부추겼어요. 집에 몰래 들어가 로비 샌더스의 시계를 훔쳐 오자고 꼬드긴 거죠. 그 시계에 대해 먼저 말을 꺼낸 사람은 알래스카지만 집에 숨어 들어가 훔쳐내자고 부추긴 사람은 월터였죠. 알래스카는 부모가 결혼기념일인 목요일 저녁에 함께 외출해 십이 비어 있으리라는 걸 알았죠. 그래서 둘은 도둑질을 감행했어요. 그 일이 누워서 떡 먹기처럼 쉬울 줄 알았겠죠. 차를 가로막아선 경찰을 월터가 그대로 치고 달아나기 전까지는 그랬어요."

***

1998년 10월

경찰을 차로 친 다음 날, 월터와 알래스카는 21번 도로 그레이비치 분기점을 지나면 나오는 쉼터에서 패트리샤를 만났다. 월터와 패트리샤는 세일럼의 〈블루라군〉에서 서로 만난 적이 있었다. 알래스카는 월터에게 패트리샤는 아주 가까운 친구이고, 전적으로 믿을 수 있는 사람이라고 말해두었다.

"이제 어쩌죠?" 알래스카가 불안해하며 웅얼거렸다.

"감옥에 가게 될까요?" 월터가 걱정스레 물었다.

"침착해." 패트리샤가 두 사람을 진정시키려 했다. "다 잘될 거야. 미리 겁먹고 허둥거리지만 않으면 감옥에 갈 일은 없을 거야. 세일럼 경찰서에 알아봤는데 아직 아무런 단서도 확보하지 못한 상태였어."

"미리 차 번호판을 떼어놓긴 했어요." 월터가 말했다.

"천재네. 잘했어. 나대지 말고 조용히 있었더라면 더욱 좋았을 텐데 도대체 왜 그런 짓을 한 거야?"

알래스카가 훌쩍이며 울었다.

"미안해요. 정말 잘못했어요."

"너무 걱정하지 마. 월터, 사람들 모르게 차를 고칠 수 있겠어? 공인 카센터를 거치지 말고 수리할 방법을 찾아봐야 해."

"친구 데이브에게 연락했더니 부모님 차고에 와서 차를 고쳐주겠다고 했어요. 그 친구에게는 사슴을 들이받았다고 둘러댔죠. 사슴을 들이받은 걸 경찰에 신고하지 않은 게 드러나면 벌금을 내야 하기 때문에 카센터에 가지 못한다고 이야기해 두었어요."

"차는 지금 어디에 두었지?"

"사람들 눈에 띄지 않도록 부모님 댁 차고에 넣어뒀어요."

"잘했어." 패트리샤가 말했다. "알래스카, 당분간 마운트플레전트에 머물러 있어."

"왜요?"

"이번 일이 해결되기 전까지 네가 부모님과 다투었다는 사실을 경찰이 알게 해서는 안 돼. 한두 달 정도 이곳에서 숨어 지내도록 해."

그날 아침 월터는 사람들의 눈을 피해 패트리샤와 만난 뒤 〈캐리 헌팅 앤 피싱〉으로 돌아왔다. 알래스카도 월터와 동행했다. 알래스카는 이제 생활비를 벌어야 하는 처지였다. 하지만 〈캐리 헌팅 앤 피싱〉을 운영하는 캐리 부부는 직원을 쓸 형편이 아니라고 못을 박았다. 낭패한 심사가 되어 〈더 시즌〉에서 커피를 마시던 알래스카는 그곳에서 에릭과 마주쳤다. 엘레노어가 죽은 뒤 에릭은 마운트플레전트로 돌아와 지내고 있었다. 알래스카는 에릭에게 일자리를 알아봐달라고 부탁했다. 에릭은 루이스 제이콥의 주유소에서 일할 사람을 찾는다는 소식을 알래스카에게 알려주었다.

***

한 달이 흘러갔다. 패트리샤는 알래스카를 자주 만나러 왔다. 두 사람은 사람들의 눈을 피해 마운트플레전트가 아니라 인근 지역인 콘웨이나 울페버러의 카페나 모텔에서 주로 만났다. 알래스카는 낯선 생활에 적응하지 못해 무척이나 힘들어했다.

패트리샤는 우선 알래스카를 안심시키려고 했다.

"걱정하지 마. 평생 이곳에서 지내야 하는 건 아니잖아. 경찰이 수사를 종결하는 즉시 세일럼으로 돌아오면 그만이야."

"월터가 비밀을 떠벌리지 않으리라고 어떻게 확신하죠?"

"그날 차를 운전한 사람은 월터야. 괜히 떠벌렸다가는 그가 잃을 게 더 많아."

알래스카의 뺨 위로 눈물이 굴러떨어졌다. 알래스카는 이틀 전 밤에 있었던 일을 패트리샤에게 털어놓았다.

"월터가 나를 만지려고 해서 내가 거부했어요. 전에도 말한 적이 있지만 월터에게는 욕구를 느끼지 못하겠어요."

"알래스카, 만약 네가……."

"월터는 내 취향이 아니라고요." 알래스카가 목소리를 높였다. "월터와 하고 싶은 마음이 조금도 없어요. 월터가 자기랑 자주지 않으면 전부 폭로해 버리겠다고 협박하고 있어서 미치겠더군요."

"그런 일이 있었어?"

"월터가 말했어요. '네가 자는 모습만 지켜보라는 거야?' 월터가 그러더니 강제로 그 짓을 시켰어요. 내가 잘해주면 내게도 잘해주겠다면서요. 월터는 나를 보내주지 않을 거예요. 당신에 대한 말도 했어요."

"나에 대해?" 패트리샤는 문득 불안감이 들었다. "뭐라고 했는데?"

"내 일에 당신을 번번이 끌어들이는 이유가 뭐냐고 따지면서 우리가 어떤 관계인지 물었어요. 내가 요구를 들어주지 않을 경우 경찰을 찾아가 다 불어버리겠다면서요. 당신도 무사하지 못할 거래요. 월터가 나에게 말했어요. '알래스카, 너 때문에 모두가 괴로움을 당하는 걸 원하지 않지?'"

패트리샤는 당황한 모습을 감추려고 눈을 감았다. 그동안 걱정해온 일이 터진 셈이었다. 경찰이 수사를 시작하면 결국 엘레노어 로웰의 종적에 의문을 제기하는 상황이 예상되었다. 남편

의 정부가 돌연 사라져버렸으니까. 패트리샤는 아주 작은 위험
도 그냥 넘길 상황이 아니었다. 알래스카를 마운트플레전트에
서 빼내기 쉽지 않으리라는 생각이 고개를 들었다.

***

패트리샤가 말을 끊고 눈을 들어 페리와 나를 마주보았다. 물
이 필요할 것 같아 내가 테이블 위에 놓인 물병을 집어 들고 건
네주었다. 패트리샤는 물병을 받아 들고 목을 축이고 나서 다시
이야기를 시작했다.

"1999년 초, 알래스카가 마운트플레전트에서 지내기 시작한
지 석 달이 지났어요. 월터는 점점 더 강하게 알래스카를 압박했
죠. 알래스카는 일종의 지옥을 경험하게 된 거예요. 섹스를 강
요했을 뿐 아니라 떠날 경우 경찰에 폭로하겠다고 협박하며 알
래스카를 마운트플레전트에 묶어두려고 했어요. 알래스카는 점
점 불리한 상황으로 내몰리고 있었고, 나도 마찬가지였죠. 내
가 두려워한 건 월터가 혹시라도 경찰을 찾아갈 경우 그 일에 개
입한 나 역시 수사 대상이 될 수도 있고, 그 일을 시발점으로 엘
레노어 사건까지 추적당할 가능성이 있다는 것이었어요. 경찰
이 엘레노어의 실종 문제를 파헤치기 시작하면 나는 끝장나게
되어 있었으니까. 그런 사정 탓에 내가 알래스카를 월터의 손아

귀에서 빼낼 수 있는 방법이 차단되어버린 거예요. 내가 불안할 정도였으니 알래스카는 오죽했겠어요. 나는 마음과 달리 알래스카를 다독여줄 겨를이 없었죠. 그즈음 몇 달간 업무상 강행군이 이어지고 있었거든요. 당시 내가 소속된 로펌은 아주 중요한 사건을 맡아 소송 준비에 돌입했고, 나는 그 중심 역할을 해내야 하는 형편이었죠. 정유 업계의 대형 소송 건이었는데, 그 재판이 3월에 열릴 예정이었어요. 우리 로펌에는 아주 중요한 재판이었죠. 나는 주중이든 주말이든 소송 준비에 시간을 다 쏟아부어야 했어요. 알래스카를 만날 시간을 내지 못해 조바심이 일었지만 달리 방법이 없었죠. 그런 상황에서 내가 과연 어떻게 해야 마땅했을까요? 일을 포기하고 마운트플레전트로 달려가 알래스카 곁을 지켜야 했을까요? 알래스카는 나를 원망하지 않았어요. 늘 그렇듯이 나를 더없이 다정하게 대해주었죠. '걱정하지 말아요, 다 이해하니까. 그건 당신의 일이고, 중요한 부분이죠. 게다가 이 촌구석에 처박힌 건 다 내 잘못인걸요. 내게 와서 하소연을 들어주느라 일을 망치지 말아요. 그 대신 한 가지만 약속해줘요. 중요한 재판이 끝나면 제발 나를 여기서 먼 곳으로 데려가줘요.' 나는 그러겠다고 약속했어요. 소송 일정상 4월 1일이면 모두 마무리할 수 있을 거라 예상되었으니까. 그때까지 월터가 아무 짓도 못 하게 단속할 방법을 찾아야겠다고 생각했죠. 하지만 알래스카는 눈에 띄게 의기소침해지고 있었어요.

알래스카가 얼마나 더 버틸 수 있을지 불안하기 그지없었죠. 새해로 접어들자마자 알래스카가 내게 아버지의 시계를 처분했다고 말했어요. 그 시계를 에릭 도노반에게 팔았다고 하더군요. 나는 신경이 곤두섰어요. '에릭이 그 시계를 팔려고 보석상에 가게 되면 넌 경찰에 체포될 수밖에 없어. 보석상에서는 그 시계가 장물이라는 사실을 금세 알아보고 경찰에 알릴 거야. 그러면 다 끝장이야.' 알래스카는 에릭이 적어도 일 년 동안은 시계를 팔지 않겠다고 약속했다면서 내게 걱정하지 말라고 했어요. 그 전에 시계를 되찾아올 방법이 생길 거라면서요. 또 에릭은 그 시계에 대해 월터나 어느 누구에게도 말하지 않겠다고 약속했다고 하더군요. 나는 알래스카가 어째서 그런 짓을 했는지 이해가 되지 않았어요. 그래서 자초지종을 물었더니 울음을 터뜨리며 사만다에 대해 털어놓더군요. 그곳 생활이 너무 지겨워 기분전환 삼아 애인을 사귀었다고. 딱히 나쁜 짓은 하지 않았다고 했어요. 그저 시시덕거리며 시간을 흘려보낼 상대가 필요했다면서요. 수없이 말한 대로 그저 '즐기기 위한' 관계에 불과하지만 그 일 때문에 내가 상처를 받거나 배신감을 느끼게 될까봐 이야기할 수 없었다고 하더군요. 사만다와 일요일마다 함께 시간을 보냈고, 가벼운 사랑을 나누었고, 그 장면을 비디오카메라로 촬영하면서 놀았다고 했어요. 그런데 사만다의 애인인 리키가 루이스 제이콥에게 1만 달러를 요구하면서 사달이 났다고요. 그 이야기를 듣고 나는 상황이 점점 더 나빠지고 있다는 걸 깨달았어요. 그래서 알래스카에게 마운트플레전트에 더 머물러서는 안 된다고, 계속 있다가는 더욱 심하게 망가지게 될 거라고 말했죠. 하지만 이번에는 알래스카가 나를 안심시키려고 애쓰더군요. 모든 게 잘될 거라면서, 나는 그저 로펌 일에만 신경 쓰라고, 계획대로 4월 2일에 떠나면 된다고 나를 설득했죠. '월터는 어떡하지?' 내가 걱정하자 알래스카가 대답했어요. '월터는 내가 시계를 팔았다는 사실을 아직 몰라요. 그 시계가 없으면 월터는 나를 경찰에 일러바칠 근거가 없잖아요. 한동안은 그를 잘 달래 눈치채지 못하게 할게요. 시계가 없다는 사실을 월터가 알게 되더라도 그때쯤이면 우리는 이미 멀리 달아나고 없을 거예요. 그때가 되면 월터는 우리에게 아무 짓도 하지 못해요.'"

패트리샤는 또다시 말을 끊었다. 심사가 복잡해 보였다. 침묵이 이어진 끝에 페리가 나섰다.

"그래서 그다음은 어떻게 되었습니까?"

"내가 그 자리에서 제안했죠. 에릭에게 시계를 맡기고 빌린 돈을 갚아주겠다고요. 그랬더니 알래스카가 거절했어요. 그 일은 자기 책임이라는 거예요. 알래스카는 그런 아이였죠. 그처럼 괴로워하면서도 그런 고집을 부리다니 정말이지 굉장한 고집쟁이더군요. 나는 알래스카에게 한층 더 신경을 쓸 수밖에 없었어요. 내가 곁에 있어 주시 못하는 내신 늘 생각하고 있다는 걸 보여주려고 애썼죠. 알래스카에게 이것저것 선물도 많이 했는데, 월터가 보았다고 진술한 앵클부츠도 그중 하나였어요. 세일럼의 부티크에서 산 구두죠. 어쨌거나 4월 2일까지 알래스카가 잘 버텨주기만 바라야 했어요. 그날 우리는 멀리 떠나 긴 휴가를 즐기기로 약속해놓았죠. 3월에 열리는 재판에서 이긴다면 변호사로서의 내 입지도 몇 단계 도약할 게 분명했어요. 알래스카와 함께 남아메리카 대륙을 일주할 생각이었죠. 그동안 지지부진했던 우리 관계를 회복하고 싶었어요. 무엇보다 월터의 동향을 지켜볼 시간이 필요하더군요. 월터가 정말로 경찰을 찾아가 모든 사실을 불어버릴 수도 있었으니까요. 멀리서 지켜보고 있다가 경찰이 세일럼에서 이것저것 알아보고 다니는 기미가 보일 경우 우리가 그곳으로 반드시 돌아갈 일은 없겠죠. 미국과 범인 인도 조약을 맺지 않은 나라 하나를 골라 눌러앉으면 그만이니까요. 나에게 가장 중요한 건 알래스카와 함께하는 것이었어요. 또 만약 월터가 모든 걸 덮어버릴 만큼 머리가 돌아간다면 알래스카와 나는 여름이 끝난 뒤 돌아와 뉴욕에 정착할 수도 있을 거라 생각했죠. 뉴욕주에서 다시 변호사 자격시험을 봐서 그곳에서 변호사로 활동하면 되니까요. 알래스카는 영화배우의 꿈을 이룰 수 있을 테고요. 4월 2일은 우리가 새로운 삶으로 발을 내딛는 출발점으로 기약된 날이었죠. 하지만 불행하게도 출발 열흘 전, 모든 게 엎질러지고 말았어요."

월터가 퀘벡에서 열리는 낚시용구대회에 참관하려고 며칠 일정으로 마운트플레전트를 비웠다. 그 사이 패트리샤는 모든 업무를 옆으로 밀어두고 알래스카에게 깜짝 선물을 안겨주었다. 고급 호텔로 알래스카를 데려가 하룻밤을 함께 보낸 것이다.

/

39장
결단
1999년 3월 22일 월요일. 뉴햄프셔주, 마운트플레전트

/

패트리샤는 아직 마운트플레전트에 와본 적이 없었다. 1998년 10월 알래스카와 월터가 경찰을 차로 치고 달아난 다음 날 그들을 만나려고 21번 도로변의 쉼터까지 왔던 게 전부였다. 알래스카는 패트리샤가 마운트플레전트까지 오려고 할 때마다 고개를 저었다. 패트리샤가 물었다. "친구가 지나가는 길에 들렀다고 하고 함께 커피를 마시면 되잖아?", "그건 눈세울 게 없죠. 하시

457

만 월터가 우리를 보면 당신이 무슨 일로 나를 보러왔는지 궁금해할 거예요. 당신의 방문이 강도 사건과 연관이 있느냐고 내게 물을 테고, 그러면 일이 굉장히 복잡해져요."

하지만 월터가 퀘벡으로 떠난 월요일에 패트리샤는 마침 주어진 기회를 이용해 알래스카가 최근 다섯 달 가까이 머문 그 소도시를 보고 싶었다.

21번 도로변의 주유소부터 들렀는데 알래스카가 보이지 않았다. 주유소 주인 루이스 제이콥이 알래스카는 그날 오후 반차를 내고 퇴근했다고 알려주었다. 패트리샤는 알래스카가 월터와 함께 상점 2층에서 산다는 걸 알고 있었다. 패트리샤는 시내 중심가로 들어갔고, 사냥·낚시용품점 〈캐리 헌팅 앤 피싱〉을 쉽게 찾을 수 있었다. 패트리샤의 차가 상점 앞까지 왔을 때 에릭과 알래스카가 보도 위에 서 있는 모습이 눈에 들어왔다. 언뜻 보기에 두 사람은 다투는 것 같았다.

패트리샤는 차를 멈추지 않고 상점을 지나쳤다. 에릭과 마주치고 싶지 않았다. 얼마 후 알래스카에게 전화해 콘웨이의 카페에서 만나기로 약속했다. 30분 후, 알래스카가 운전해온 차는 월터의 검은색 포드 토러스였다.

"네 차는 어떡하고?"

"엔진오일이 새요." 알래스카가 대답했다. 기분이 언짢아 보였다.

"괜찮아? 기분이 안 좋은 일이 있는 것 같아."

"솔직히 기분이 별로예요."

"무슨 일인데?"

"에릭과 싸웠어요."

"싸운 이유가 뭔데?"

"그다지 중요한 일은 아니었어요."

별안간 알래스카가 울음을 터뜨렸다.

"왜 그래?" 패트리샤가 걱정스런 표정으로 물었다.

알래스카는 재빨리 주위를 둘러보았다. 가까이에 아무도 없다는 걸 확인하자 안심한 듯 알래스카가 말을 꺼냈다.

"내가 바보짓을 했어요. 에릭이 나를 경찰에 신고할까봐 겁이 나요. 경찰은 월터와 내가 한 짓을 금세 알아낼 거예요."

"에릭에게 시계를 훔쳤다는 이야기를 했어?"

"아뇨." 알래스카는 대답하면서 손가방에서 종이 석 장을 꺼냈다.

석 장의 종이에 같은 문구가 인쇄되어 있었다.

나는 네가 한 짓을 알아.

"이게 대체 뭔데?" 패트리샤가 물었다.

"익명으로 에릭에게 쓴 협박 편지늘이에요. 조금 전 누 번째 편지를 건네려다가 들켰어요. 이제 에릭은 이 협박 편지를 보낸 사람이 나라는 사실을 알게 되었죠."

"에릭이 무슨 짓을 저질렀기에 네가 이런 협박 편지를 보냈지?"

"에릭이 엘레노어 로웰을 살해했다는 의심이 들었어요."

그 말을 듣는 순간 패트리샤는 머리부터 발끝까지 얼어붙는 기분이었다. 그랬다가 갑자기 열기가 얼굴로 치밀어 오르면서 맥박이 빠르게 뛰었다. 패트리샤는 이제 엘레노어는 잊힌 사람이라고 믿고 있었다. 수사도 이미 종결되었다. 8월 30일, 그 끔찍한 밤은 일곱 달 전 일이었다. 그런데 어째서 알래스카는 별안간 그 유령을 되살려내려고 한 걸까?

"에릭이 엘레노어를 죽였다고 의심하는 이유가 뭔데?"

패트리샤는 재미 있다는 표정을 지어 보이려고 애썼지만 목소리가 불안하게 떨려나왔다.

"에릭이 진짜로 엘레노어를 죽였다는 뜻은 아니고, 엘레노어를 자살로 내몰았다는 뜻이죠."

알래스카는 몇 주 전 마리아 로웰이 찾아왔던 이야기를 했다. 파란색 자동차를 타고 다니는 남자가 딸의 죽음을 부추겼을 거라면서 그를 찾아달라고 부탁하더라고 했다. 알래스카는 엘레노어와 에릭의 관계를 알고 있었고, 그 당시 에릭은 파란색 카브리올레를 타고 다녔다. 알래스카는 마리아 로웰이 찾는 남자가 당연히 에릭이라고 생각했다. 그래서 에릭에게 익명의 협박 편지들을 보내 압박하고 겁을 주려고 했다. 에릭에게 대놓고 따질 엄두가 나지 않아서였다. 그런데 바로 그날 에릭이 협박 편지를 보낸 사람이 알래스카라는 사실을 알아버려서 그에게 모든 사실을 털어놓아야 했다는 설명이었다.

"그래서?" 패트리샤는 불안한 얼굴로 이야기를 재촉했다.

"에릭이 마리아 로웰이 찾던 남자가 아니라는 사실을 알게 되었어요. 엘레노어는 독립기념일에 그 남자와 함께 있었다고 썼는데, 에릭은 독립기념일 저녁을 엘레노어와 함께 보내지 않았대요. 에릭은 내가 잘못 알고 그를 비난한 것에 대해 몹시 화를 냈어요. 그래서 에릭이 누군가에게 그 일을 이야기할까봐 겁이 나요. 경찰에 신고할지도 모르잖아요."

"그러지는 않을 거야." 패트리샤는 알래스카를 다독였다. "에릭이 무엇 때문에 경찰에 신고하겠어. 그런데 똑같은 협박 편지를 여러 장 인쇄한 이유는 뭐야?"

똑같은 편지가 석 장이나 된다는 사실을 패트리샤가 지적하자 알래스카는 웃었다.

"그 멍청한 프린터 때문이에요. 제이콥 씨의 주유소 사무실에 있는 프린터요. 이유 없이 몇 장씩이나 뽑아낸다고요."

"전부 내게 줘." 패트리샤는 협박 편지를 집어 들고 가방에 집어넣었다. "내가 처리할게."

알래스카는 자신의 생각을 더 풀어놓고 싶은 눈치였다.

"그렇다면 엘레노어에게 다른 남자가 있었다는 뜻이잖아요. 그 남자가 엘레노어를 괴롭혀서 결국 자살하게 했고요. 그 남자를 찾아내야 해요."

"그건 네가 상관할 일이 아니야." 패트리샤가 잘라 말했다.

"엘레노어가 못된 아이였던 건 분명한 사실이에요. 아무리 그렇더라도 그렇게 죽기에는 너무 젊잖아요. 그냥 모른 척 할 수 없다고요."

패트리샤는 화제를 바꾸려고 했다. 카페를 나온 두 사람은 각자 차를 운전해 호텔로 향했다. 들판 한가운데 자리 잡은 아름다운 호텔이었다. 패트리샤는 알래스카와 함께 로맨틱한 밤을 보낼 생각으로 그 호텔에 미리 방을 잡아두었다.

***

그날 오후 패트리샤와 알래스카는 호텔이 제공하는 호사를 즐겼다. 두 사람은 마사지를 받고 나서 욕조에 몸을 담갔다. 발가락 끝으로 욕조 수도꼭지를 건드리며 장난을 치던 알래스카가 문득 생각난 듯이 물었다.

"엘레노어가 정기적으로 상담을 받았던 정신과 의사가 혹시 당신과 이혼한 그 남자 아닌가요?"

"그럴지도 모르지."

"아, 이제야 기억나요. 닥터 벤자민 브래드버드였어요, 당신의 전남편!"

패트리샤는 숨이 턱 막히면서 배 속의 장기가 꼬이는 느낌이 들었다.

"확실해?" 그렇게 묻는 패트리샤의 목소리에서 불안감이 묻어났다.

"그럼요, 이제 또렷이 기억나는걸요. 세일럼은 정말 좁은 곳이에요."

알래스카가 몸을 일으키더니 욕조 밖으로 나갔다.

"어딜 가게?" 패트리샤가 물었다.

"별안간 생각난 게 있어요."

"뭔데?"

"엘레노어의 어머니가 딸의 일기를 몇 대목 뽑아서 읽어준 적이 있거든요. 그 일기에서 엘레노어는 파란색 차, 단풍나무로 둘러싸인 회색 집에 대해 써놓았더군요. 나는 '파란색 차'라는 말을 들었을 때 에릭을 의심했는데 좀 더 길게 생각하지 못했어요. 회색 집에 대해서는 듣는 둥 마는 둥 하는 바람에 지금에야 생각이 났고요. 그런데 내가 정말 정확히 들은 건지 로웰 부인에게 전화해 확인해 봐야겠어요."

"그럴 필요가 뭐 있어?" 패트리샤가 불안감을 억누르며 말했다. 몸을 일으켜 욕조 밖으로 나온 패트리샤는 벗은 몸에서 눌이 뚝뚝 떨어져 바닥이 젖고 있는데도 아랑곳하지 않고 알래스카를 뒤따라갔다.

"붉은 단풍나무로 둘러싸인 회색 집이라? 엘레노어의 일기에 그렇게 적혀 있는 게 맞는지 로웰 부인에게 확인해봐야 해요. 아주 중요한 문제라고요. 내 휴대폰이 어디 있더라?"

알래스카는 가방을 들어 올려 안을 뒤적였다. 지나치게 서두르느라 뒤따라온 패트리샤에게는 주의를 기울이지 못했다.

"그게 왜 그리 중요해? 대체 무슨 일인지 내게 먼저 설명해줄 수도 있잖아?"

"당신의 전남편인 벤자민 브래드버드가 있는 바이널헤이븐 섬의 별장 말이에요. 그 회색 집을 붉은 단풍나무들이 에워싸고 있잖아요. 차고에 파란색 차도 한 대 있고요. 엘레노어는 일기에 그 남자가 차를 몰아 데리러 온다고 써놓았어요. 아마도 벤자민 브래드버드는 엘레노어가 바이널헤이븐 섬에 올 때마다 항구로 차를 몰고 와 태워 갔을 거예요. 엘레노어를 자살로 몰아넣은 사람은 바로 벤자민 브래드버드라고요. 지금 바로……."

알래스카는 별안간 말을 뚝 끊었다. 뭔가 강한 충격을 받은 듯한 얼굴이었다.

"왜 그래? 또 무슨 일이야? 말해봐." 일이 전개되고 있는 형국에 극도로 당황한 패트리샤가 말을 더듬었다.

"말하면 나를 미쳤다고 생각할걸요."

"아니, 어서 말해봐!"

"벤자민 브래드버드가 엘레노어를 죽였을 수도 있잖아요. 엘레노어는 인내심을 시험할 정도로 얄미운 말을 함부로 하는 아이거든요. 벤자민 브래드버드가 참다못해 폭발했을 수도 있어요. 자, 두 사람이 챈들러 호비 파크 모래밭에 있었어요. 늦은 시간이라 주위에 아무도 없었어요. 벤자민 브래드버드가 화를 억누르지 못하고 엘레노어를 죽였어요. 그런 다음 시신을 차에 싣고 바이널헤이븐 섬에 숨긴 거예요. 오, 맙소사! 지금 바로 마리아 로웰에게 이야기를 전해야 해요. 아, 빌어먹을 휴대폰이 여기에 있었네."

알래스카는 휴대폰을 찾아 손에 쥐고 나서 연락처를 뒤져 엘레노어의 어머니 휴대폰 번호를 찾아냈다. 바로 그때 패트리샤가 낮게 깔리는 목소리로 말했다.

"휴대폰을 내려놔."

"잠깐만! 로웰 부인에게 한마디만 하고……."

"휴대폰을 어서 내려놓으라니까!" 패트리샤가 무섭게 소리를 질렀다.

알래스카가 깜짝 놀라며 멈칫했다.

"왜 그래요?"

패트리샤가 울음을 터뜨렸다. 알래스카에게 모든 비밀을 털어놓는 수밖에 없다는 생각이 들었다. 알래스카가 엘레노어의 어머니에게 벤자민 브래드버드에 대한 의혹을 귀띔할 경우 경찰은 재수사에 착수해 바이닐헤이븐 섬의 집을 수색하게 될 가능성이 컸다. 그렇다면 우물 속의 시신을 찾아내는 건 시간문제였다. 시신에서 패트리샤의 DNA가 검출될 가능성이 컸고, 그 경우 인생 끝이었다.

패트리샤는 절망했고, 알래스카의 발아래로 몸을 던지며 흐느꼈다.

"용서해줘! 이렇게 빌게. 날 용서해줘, 제발!"

떠나기로 약속된 날이 다가왔다. 오늘 패트리샤가 마운트플레전트에 와서 알래스카를 데려갈 예정이었다. 두 사람은 마운트플레전트로부터 먼 곳으로 함께 달아나기로 했다. 마침내 해방이었다.

/

40장
살해의 밤
1999년 4월 2일. 뉴햄프셔주, 마운트플레전트

/

저녁 8시, 알래스카는 주유소를 떠났다. 함께 로맨틱한 저녁 식사를 하기로 한 사람을 만나기 위해서는 그리 멀리 가지 않아도 되었다. 그레이비치 주차장에 자신의 파란색 컨버터블을 세웠다.

'패트리샤는 어디 있을까?'

주위에 다른 차가 보이지 않자 알래스카는 걱정스러운 마음이 들었다. 패트리샤에게 전화를 걸어보고 싶었지만 그곳은 통신망 연결이 쉽지 않은 지역이었다. 차에서 내려 이리저리 위치를 옮겨 다니며 신호를 잡아보려 애썼지만 소용없었다. 알래스카는 패트리샤가 이미 호수에 가 있을지도 모른다는 생각이 들어 큰 소리로 이름을 불러보았다. 호수 쪽에서 패트리샤가 대답하는 소리가 들려왔다. 알래스카는 패트리샤에게로 가기 위해 호수로 이어지는 오솔길을 따라 종종걸음을 쳤다.

호숫가 모래밭에 도착한 알래스카는 감탄해서 발을 멈췄다. 패트리샤가 어느새 로맨틱한 저녁 식사를 준비해두고 있었다. 모래밭에 펼친 자리 위에 알래스카가 좋아하는 고급 요리들이 차려져 있었고, 쿨러 안에는 샴페인이 얼음과 함께 준비되어 있었다. 10여 개의 촛불이 빙 둘러 주위를 밝혔다.

알래스카는 패트리샤의 품에 뛰어들어 입을 맞췄다.

"이렇게 로맨틱한 저녁 식사는 처음이에요." 알래스카는 모래밭 위에서의 소풍에 마음이 들떠 있었다. "나는 주차장에서 기다렸지 뭐예요. 차는 어디에 세워뒀어요?"

"숲속 도로에. 준비한 음식들을 옮겨 오기에는 그곳이 더 편하니까."

"마운트플레전트 주민들만 아는 방법을 다 알고 있네요." 알래스카가 웃었다. "오늘 밤 이곳에 데려와줘서 너무 좋아요."

"이제 이곳에서 삶의 한 페이지가 넘어가는 거야." 패트리샤가 말했다.

"알아요."

"월터는 어때? 아무것도 눈치채지 못했지?"

"몇 시간 전에 나와 마주치는 바람에 내가 떠난다는 걸 알고 있어요." 알래스카는 사실대로 털어놓았다. "오후 5시경 집으로 돌아가서 짐을 챙기고 있었어요. 월터 혼자 가게를 지키는 시간이라서 그가 집으로 올라오리라고는 전혀 생각지 못했거든요. 그랬는데 월터가 불쑥 올라온 거예요. 나도 그다지 쫄지는 않았고, 떠날 거라고 말했죠. 그랬더니 경찰을 찾아가 다 폭로해 버리겠다고 협박했어요. 그래봐야 소용없을 거라고, 시계는 이미 팔아버렸다고 쏘아붙였죠. 월터는 시계를 숨겨놓은 곳으로 가서 비어 있는 걸 확인하더니 소리를 버럭 지르며 노발대발했어요. '시계를 어디에 감춰두었어, 이년아?' 시계를 없애버린 지는 제법 오래되었고, 나는 이제 떠날 거라고 대답했죠. 그러고는 집을 나서는데 문지방에서 내 어깨를 잡아채더니 손가락으로 나를 겨누면서 말했어요. '이틀간 시간을 줄 테니 돌아와. 일요일 저녁까지 돌아오지 않으면 경찰에 신고할 거야.'"

"일요일 저녁이면 우리는 코스타리카에 가 있을 텐데." 패트리샤가 그렇게 말하며 웃었다.

알래스카도 마주보고 웃으며 패트리샤를 껴안았다. 두 사람은 감미로운 포옹을 나누었다.

그날 저녁은 바라던 대로 로맨틱했다. 무서운 모포를 두르고 함께 앉은 두 사람의 몸은 서로 얽혀들며 뜨거워졌지만 대기는 청량했다. 그들은 행복했고, 음식을 안주로 샴페인을 마셨다. 샴페인 한 병을 다 비우고 나서 또 한 병을 땄다. 두 사람은 자신들을 기다리는 여행에 대해 이야기했다. 다음 날 오후에 그들은 코스타리카를 향해 날아가고 있을 것이다. 그날 밤은 마운트 플레전트의 호텔에서 묵고, 다음 날 보스턴 공항으로 가서 산호세행 비행기를 탈 예정이었다.

밤 11시 30분, 알래스카가 몸을 일으켜 물가로 몇 걸음 나아갔다. 모래밭에 서서 호수의 수면을 응시했다. "호수는 밤에 더 아름다워요." 그것이 알래스카가 마지막으로 남긴 말이었다. 별안간 뭔가가 알래스카의 후두부를 세차게 내려쳤다. 무시무시한 일격이었다. 알래스카는 그 자리에서 무너져 내렸다.

***

"알래스카를 힘껏 내려치고 나서 나 역시 무너져 내렸어요." 패트리샤가 말했다. "울음이 터져 나오더군요. 속이 울렁거려 금방이라도 토할 것 같았어요. 엘레노어가 눈앞에 있을 때와는 달랐어요. 몸이 전혀 말을 듣지 않았고, 생각조차 멈춰버렸죠. 오로지 그 자리에서 달아나고 싶은 마음뿐이었어요. 알래스카의 시신을 그 자리에 놓아두고 갈 수밖에 없었죠. 그래도 피에 젖은 곤봉은 없애버려야 했기에 힘껏 호수로 던져 넣었어요."

여기까지 말한 패트리샤는 돌연 입을 다물었다. 해야 할 말을 다 했다는 표정이었다. 잠시 후 패트리샤는 이야기를 마무리하려는 듯이 다시 입을 열었다.

"자, 이렇게 나는 알래스카를 살해했어요. 이게 내 이야기의 전부입니다."

"잠깐만!" 페리가 갑자기 몸을 일으켜 세우며 말했다. "이야기를 마치기까지 아직 석연찮은 부분이 있어요. 에릭 도노반의 스웨트셔츠와 알래스카의 호주머니에 든 협박 편지는 어떻게 그 자리에 있게 된 겁니까?"

패트리샤의 입가에 쓸쓸한 미소가 떠올랐다.

"그걸 설명해드릴 수는 있어요. 하지만 그 아이디어는 내 연출이 아니라 알래스카가 생각해낸 거예요."

"알래스카의 생각이라고요?"

패트리샤가 고개를 끄덕였다.

"내가 방금 이야기한 내용이니까 알 겁니다. 1999년 3월 22일, 내가 엘레노어를 죽였다는 사실을 알래스카에게 털어놓아야 했던 그 날 일이에요."

"기억하죠. 그런데 그 일이 서로 어떻게 연결되는데요?"

"이제부터 이야기해 줄게요."

***

1999년 3월 22일

그 호텔 방에서 패트리샤는 자신이 엘레노어를 죽였다는 사실을 알래스카에게 고백했다. 알래스카는 몹시 큰 충격을 받은 듯 히스테릭한 모습을 보였다. 고함을 지르다가 눈물을 쏟다가 급기야 분노를 터뜨렸다. "당신이 무슨 짓을 저질렀는지 알아요? 알고 있냐고요." 알래스카는 원망의 말을 몇 번이나 반복했다. 조용히 듣고 있던 패트리샤는 마침내 입을 열었다.

"다 너를 위해서 한 일이야."

"당신이 저지른 짓인데 왜 나를 끌어들이죠?" 알래스카가 소리쳤다. "나는 엘레노어를 어떻게 해달라고 요구한 적이 없어요. 엘레노어의 숨이 붙어 있는데 우물 속에 던져 넣다니? 어떻게 사람이 그렇게 잔인할 수가 있죠!"

패트리샤는 알래스카를 가슴에 끌어안고 진정시키려고 했다. 하지만 알래스카는 패트리샤를 피해 달아났다. 그러다가 몇 번이나 욕실로 달려가 토했다. 그러면서 중얼거렸다.

"사실이 아닐 거야. 사실일 리가 없어."

새벽 1시가 되도록 알래스카는 발작 상태가 계속되었다. 패트리샤는 알래스카를 진정시키기 위해 수면제를 권했다. 8월 30일 그날 이후로 패트리샤는 수면제를 늘 지니고 다녔다. 수면제 없이는 잠을 이루지 못했으니까. 알래스카는 잠시 망설이더니 알약을 받아 삼켰다. 패트리샤는 마침내 침대에 쓰러져 깊이 잠든 알래스카 옆에 앉아 뜬눈으로 밤을 새웠다. 패트리샤를 사로잡은 건 두려움이었다.

**

다음 날 눈을 뜬 알래스카는 곁에 있는 패트리샤의 품속으로 파고들었다. 전날 자신이 보인 반응에 대해 미안하다고 몇 번이고 사과하면서 패트리샤에게 키스를 퍼부었다. "걱정하지 말아요. 다시는 그 이야기를 꺼내지 않을 거예요. 전부 잊었어요." 두 사람은 오래도록 침대에 머물러 있었다. 알래스카는 그 어느 때보다 다정했고, 어제 일은 전부 잊었다고 패트리샤에게 몇 번이나 말했다. 하지만 모든 걸 잊었다면서 어째서 그 말을 계속 되풀이하는지 엄청난 불안감이 패트리샤를 엄습했다. 알래스카에게 그 일을 고백한 게 후회스러웠다. 그렇지만 사실대로 털어놓지 않았더라면 엘레노어의 어머니에게 전화하려는 알래스카를 말릴 방법이 없었다.

"패트리샤, 궁지를 벗어날 좋은 방법이 있어요. 완전범죄를 꾸미면 돼요!"

"무슨 소리를 하는 거야?" 패트리샤는 알래스카의 말을 듣고 있기 거북했다.

"내가 추리소설을 얼마나 좋아하는지 알잖아요. 얼마 전에 읽은 책이 완전범죄 이야기인데 정말 재미 있었어요. 한 남자가 아내를 죽여요. 그런 다음 가상의 범인을 만들어놓고 가짜 증거를 여기저기 장치해 형사들이 그 가상의 범인을 뒤쫓게 하는 거예요. 결말은 무척 잔인해요. 그 남편은 감옥행을 피해 달아나고, 그 대신 그 집의 고용인 하나가 부당하게 교도소에 갇혀요. 진짜 범인이 독자들을 향해 이렇게 말하면서 소설은 끝나요. 완벽한 살인이란 범인을 밝혀내지 못하는 범죄가 아니라 살인자가 그 죄를 다른 사람에게 뒤집어씌우는 데 성공하는 거라고요."

"무슨 말을 하려는지 모르겠어." 패트리샤는 알래스카의 얼굴을 빤히 들여다보았다.

"엘레노어를 죽인 범인이 월터라고 생각하게 만들자는 거예요. 월터의 옷가지 하나를 빼내 시신이 있는 우물에 던져 넣어두는 거예요. 그러고는 월터가 바이널헤이븐 섬에 온 적이 있다고 믿게 하면 되잖아요. 미리 흔적을 만들어놓고 형사들이 되짚어 추적해 월터의 자동차를 찾아내게 만드는 거예요."

"흔적을 만들다니, 어떻게 하면 되는데?" 패트리샤가 물었다.

"예를 들어 차량의 후미등 같은 걸 이용하는 거죠. 월터의 차가 이곳 주차장에 있으니까 지금 가서 후미등을 깨는 거예요.

그리고 나서 그 파편을 바이널헤이븐 섬의 별장으로 가져가 놓아두는 거예요. 월터에게는 내가 접촉사고를 냈다고 둘러댈게요. 월터는 아무런 의심도 하지 않을 거예요. 4월 2일에 이곳을 떠날 때 잠시 세일럼에 들렀다가 가요. 내가 엘레노어의 어머니를 찾아가 월터가 의심스럽다고 귀띔할게요. 월터는 엘레노어가 죽은 그 여름에 세일럼에 있었거든요. 그렇게 하면 모든 게 맞아떨어지잖아요. 엘레노어의 집에서 이야기를 나누는 동안 잠시 화장실에 가는 척하면서 엘레노어의 방으로 몰래 들어가 내가 만들어놓은 협박 편지를 숨겨두는 거예요. '나는 네가 한 짓을 알아.' 이 문구를 인쇄한 편지 말이에요. 엘레노어의 어머니는 나를 찾아왔을 때 딸의 방을 정리하는 중이라고 했어요. 그러니 그 협박 편지를 곧 찾아내겠죠. 불안감을 느낀 어머니는 곧 경찰에 신고할 테고, 내게 들은 대로 월터가 의심스럽다고 말할 거예요. 경찰은 월터를 주목하겠죠. 떠나기 전에 같은 프린터로 뽑은 협박 편지 2장을 월터의 집에 감춰놓을게요. 경찰은 월터가 엘레노어를 협박했다고 생각할 거예요. 꼼짝하지 못할 증거가 다 있잖아요. 월터는 영락없이 엘레노어 살인죄로 체포되어 유죄판결을 받게 되겠죠. 이 방법을 쓰면 영원히 월터를 치워버릴 수 있고, 당신은 안전해지게 되는 거죠."

패트리샤의 표정에 당혹감이 어렸다.

"고마워, 정말 고마워. 하지만 너는 이 일에서 한 걸음 물러나 있는 게 낫겠어. 게다가 월터가 바이널헤이븐 섬과 무슨 관계가 있다고 그 집에 간다는 거야? 그 설정은 무리야. 넌 차라리 그냥 다 잊어버리는 게 좋아. 나도 전부 잊고 싶어."

"다 잊으라고 한다면 그럴게요. 다시는 그 이야기를 꺼내지 않을게요. 그래요, 전부 잊어요. 사랑해요. 당신을 위해서라면 난 뭐든지 할 수 있어요."

그 말을 하고 나서 알래스카는 샤워를 해야겠다며 욕실로 사라졌다. 이어서 물소리가 들려왔다. 그 소리를 듣는 순간 패트리샤는 몸이 얼어붙었다. 8월 30일 그날 밤의 기억이 물소리와 함께 생생히 떠올랐다. 축 늘어진 엘레노어의 몸을 끌고 자동차로 가던 자신의 모습, 엘레노어의 휴대폰을 집어 들고 그의 어머니에게 작별 메시지를 써 보내던 자신의 모습이 눈앞에서 아른거렸다. 포틀랜드의 그 주유소에서 들었던 소리, 차 트렁크 안에서 내벽을 두드리던 그 소리가 또다시 들려오고 있었다. 트렁크를 열자 눈을 크게 뜨고 바라보던 엘레노어의 얼굴, 몸이 우물 속으로 떨어져 부딪치던 소리, 그 모든 기억이 한꺼번에 떠올라 패트리샤를 짓눌렀다. 한동안 패트리샤는 그 모든 걸 잊을 수 있다고 생각했다. 하지만 이제는 잊을 수 없었다. 잊고 싶어도 알래스카가 진실을 모두 알고 있었다. 패트리샤는 이제 불안과 번민에 갇히고 말았다. 스물두 살 여자가 끝까지 비밀을 지켜야만 숨을 쉴 수 있게 되었다. 패트리샤의 자유는 알래스카의 침묵에 종속되었다. 알래스카가 끝까지 비밀을 지킬 거라고 어떻게 확신할 수 있을까? 언젠가 두 사람이 헤어지게 된다면 그때는 어떤 일이 벌어질까? 두 사람의 사랑이 한때의 지나간 열정이 되어버리는 날이 온다면?

***

패트리샤의 눈가에 눈물이 맺혀 있었다. 손끝으로 눈물을 닦아낸 패트리샤의 눈길이 12년 전 뉴욕에서 알래스카와 함께 찍었다는 그 사진으로 옮겨갔다. 패트리샤가 다시 이야기를 시작한 건 한참 동안 시간이 흐른 다음이었다.

"나는 감옥에 갇힌다는 게 어떤 일인지 누구보다 잘 아는 사람이에요. 나의 사랑 알래스카가 이제 내 삶에 몇 제곱미터 감옥을 부과할 힘을 갖고 있었죠. 1999년 3월 23일 그날, 나는 있는 힘을 다해 밝은 표정을 지었어요. 우리는 중앙아메리카로 떠날 여행과 함께할 미래를 이야기했죠. 그런 다음 있는 힘을 다해 알래스카를 사랑해 주었어요. 점심 식사를 마치자 알래스카는 나를 '아주 특별한' 장소에 데려가 주겠다고 고집을 부리더군요. 마운트플레전트에 와서 알래스카가 행복을 느꼈던 유일한 장소라고 했어요. 그날 알래스카가 나를 데려간 곳이 바로 그레이비치였죠. 그렇게 해서 그 장소를 알게 된 거예요. 우리는 삼시 호숫가에 머물렀어요. 그러다가 내가 추위를 느낀 탓에 먼저 차에 가 있기로 했어요. 혼자 주차장으로 돌아와 알래스카가 운전해 온 검은색 포드 토러스를 봤을 때 나는 이미 알고 있었어요. 알래스카를 죽이는 것 말고는 내게 다른 선택지가 없다고. 그토록 다정하고 아름다운 알래스카, 하지만 호기심이 너무 많은 내 작은 천사, 나는 알래스카를 죽이기로 마음먹었죠. 그런 다음 알래스카가 몇 시간 전에 일러준 완전범죄의 수칙들을 그대로 실천하기로 했어요. 나에게는 우리의 사랑보다 내 자유가 더 소중했으니까요.

포드 토러스는 차 문이 잠기지 않은 상태였어요. 알래스카가 없는 틈을 타 포드 토러스 안을 뒤졌죠. 월터의 차에서 뭔가 찾아내 시신 옆에 놓아두면 경찰이 월터에게 혐의를 둘 거라 생각했어요. 차 문을 열자 스웨트셔츠 하나가 보이더군요. 알래스카가 아침에 말했던 용도로 이용할 수 있겠다는 생각이 들었어요. 남자용 스웨트셔츠인 만큼 분명 월터의 옷이라고 생각했죠. 알파벳 M과 U가 새겨진 회색 스웨트셔츠. 그 옷을 꺼내 내 차에 숨겼어요. 잠시 후 알래스카가 주차장에 나타났어요. 나는 알래스카에게 두 장의 협박 편지, '나는 네가 한 짓을 알아.' 그 문구를 인쇄한 종이를 내밀며 말했죠. '이 편지를 받아서 집에 숨겨 둬. 월터의 눈에 띄지 않게. 하지만 월터의 집을 수색하러 올 경찰의 눈에는 금방 띌 수 있도록 솜씨를 부려봐.' 그러자 알래스카가 활짝 웃더군요. '내 계획을 따르기로 한 거예요?', '그래, 한 번 해보자. 세 번째 편지는 내가 갖고 있다가 4월 2일에 네가 로웰 부인을 만나러 갈 때 이용하도록 하자.' 알래스카는 자신의 계획을 인정받자 무척이나 자랑스러워했어요. 알래스카가 내 품에 뛰어들며 자신 있게 말하더군요. 그 계획대로만 하면 안전해질 거라고요. 나는 알래스카를 집으로 돌려보내기 위해 이제 보스턴으로 돌아가야 한다는 핑계를 댔어요. '열흘이 어서 지나갔으면 좋겠어요.' 알래스카는 나와 작별하면서 아쉬운 듯 중얼거렸죠. 그러고 나서 다시 마운트플레전트를 향해 출발했어요."

"그렇다면 3월 23일에 알래스카가 마운트플레전트로 돌아온 모습이 에릭의 눈에 띄었군요." 페리가 말했다. "에릭은 월터의 차를 타고 와서 도로에 주차하는 알래스카를 보고 달려가 차 트렁크에 스웨트셔츠가 들어있으니 돌려달라고 했어요. 에릭이 우리에게 진술하기로는 그 스웨트셔츠를 돌려달라고 알래스카에게 처음 말한 날은 3월 22일이었어요. 그러고 나서 월터에게 전화를 걸어 그 옷이 차 안에 있다는 말을 듣게 되죠. 3월 23일, 포드 토러스와 다시 마주친 에릭은 월터에게 들은 대로 그 차에서 옷을 찾아가려고 했지만 그때는 이미 옷이 차 안에 없었어요. 당신이 그 옷을 가져갔으니까요. 당신은 당연히 월터의 옷이라고 생각했고요."

패트리샤가 고개를 끄덕였다.

"그게 바로 내가 저지른 첫 번째 실수였어요. 그레이비치에서 작별을 나눈 뒤 알래스카가 마운트플레전트를 향해 출발할 때 나는 열흘 뒤 바로 그곳에서 알래스카를 죽이게 되리라는 걸 알고 있었어요. 아시겠지만 나는 직업상 범죄자들을 많이 접해 봤죠. 그들이 대개 동의하는 점은 살인 같은 중범죄의 경우 첫 번째는 어렵지만 그다음부터는 쉽다는 것이었어요. 알래스카를 죽이는 일이 쉬웠다고 말하려는 게 아니라 죽이려고 마음먹는 게 쉬웠다는 거예요. 3월 23일 그레이비치에서 나는 알래스카를 죽이게 될 장소가 거기라는 걸 알았어요. 그 일이 아름답게 이루어지기를 원했으니까요. 무엇보다 엘레노어를 바이널헤이븐 섬으로 옮겨야 했을 때처럼 추한 꼴을 반복하고 싶지 않았어요. 그날 나는 알래스카 앞에서는 그레이비치를 떠나는 척했지만 얼마 후 되돌아와 그 주위를 탐사했죠. 알래스카가 일러준 완전범죄 지침에 따라 내 방식의 완전 살인을 고안하고 조율했어요. 숲에 산림 도로가 있음을 확인하고 그 길을 이용하면 21번 도로로 나갈 수 있다는 사실도 알아냈죠. 그 산림 도로는 월터의 자동차 후미등 파편을 뿌려놓을 장소로 최적이었어요. 게다가 거기 캠핑카 한 대가 방치되어 있어서 그 안에 월터의 스웨트셔츠를 감출 계획을 세울 수 있었죠. 형사들은 그걸 쉽게 찾아내겠지만 일부러 눈에 띄기 위해 그 자리에 놓아두었다는 의심을 피할 수 있는 장소잖아요. 알래스카가 만들어놓은 협박 편지 '나는 네가 한 짓을 알아.' 이 문구를 그를 살해한 다음 호주머니에 끼워놓기로 했어요. 그렇게 해놓으면 형사들은 우선 복수극에 초점을 맞춰 사건을 추적할 테니까요. 나는 에릭이 알래스카의 시계에 대해 경찰에 털어놓으리라고 확신했어요. 그 시계는 알래스카와 월터를 하나로 묶어 강도 사건으로 연결해줄 유리한 고리였죠. 알래스카가 에릭에게 그 시계 건을 월터에게는 비밀로 해달라고 부탁했어요. 그렇게 되면 월터는 출구를 찾을 수 없을 테고요. 그런 처지를 독 안에 든 쥐라고 표현할 수 있겠네요. 나는 내 계획을 신뢰하며 세일럼으로 돌아왔어요. 그후 며칠 동안 상황이 내게 유리하게 돌아간다는 걸 알게 되었죠. 벤자민은 4월 2일 케이넌의 한 모임에 참석해 강연할 예정이었어요. 그가 그런 사실을 쉴 새 없이 자랑하고 다녔으니 알수밖에요. 그 주말에는 바이널헤이븐 섬에 아무도 없으리라 확신했어요. 그래서 그곳에 들러 벤자민의 차를 가져가야겠다는 생각을 할 수 있었어요. 그래야 마운트플레전트에서 내 차를 노출하지 않을 수 있으니까요. 최대한 조심한다고 해도 어느 구석에서 목격자가 나타날지 모를 일이잖아요. 그렇게 해서 1999년 4월 1일 목요일, 세일럼에서 출발해 바이널헤이븐 섬으로 갔어요. 그리고 나서 파란색 크라이슬러를 몰고 나와 다시 배에 올랐죠. 내 안의 모든 신경이 곤두서 있었어요. 이제 24시간 후면 알래스카를 살해하게 될 테니까요."

패트리샤는 곤봉으로 알래스카를 세게 내려쳤다. 알래스카의 몸은 모래밭에 쓰러져 있었다. 두개골에서 피가 흘러내렸다. 패트리샤는 자신의 몸도 가라앉으려 하는 걸 느꼈지만 버텨야 했다. 미리 세워둔 계획을 실행에 옮겨야 했다. 곤봉을 달리 처리할 방법을 몰라 호수에 던졌다. 어리석게도 곤봉을 숨겨두었다가 경찰의 검문에 걸리기라도 하면 낭패니까.

/

41장
완전 살인
1999년 4월 2일에서 3일 사이의 밤. 뉴햄프셔주, 마운트플레전트

/

현장에서 흔적을 지워야만 했다. 음식이 널린 그대로 피크닉 자리를 둘둘 말았다. 그렇게 해서 한꺼번에 옮겨야 했다. 샴페인 쿨러와 초도 한군데로 모아 챙겼다. 촛농이 묻은 자갈은 골라내 물속에 던져 넣었다. 또다른 흔적이 남았는지 확인한 다음 서둘러 근처 잡목 숲으로 가서 미리 숨겨놓은 비닐 봉투를 가져 왔다. 비닐 봉투 안에 회색 스웨트셔츠와 '나는 네가 한 짓을 알 아.'가 인쇄된 편지가 들어 있었다. 편지를 접어 알래스카의 바 지 뒷주머니에 넣었다. 그 뒷주머니에 알래스카의 휴대폰이 들 어 있었다. 나중에 처리하려고 일단 뒷주머니에서 휴대폰을 꺼 내 챙겼다. 이 휴대폰이 형사들을 패트리샤 자신에게로 안내할 열쇠라는 걸 잘 알고 있었다.

이어서 회색 스웨트셔츠를 집어 들었다. 그 옷에 알래스카의 혈흔을 묻힐 차례였다. 알래스카의 머리 쪽으로 다가가자 또다 시 토가 나오려고 했다. 패트리샤는 자신을 격려하며 용기를 끌 어모았다. '자, 패트리샤, 스웨트셔츠로 저 얼굴을 닦아. 그 일 만 하면 모든 게 끝나. 그 일만 해치우면 이제 안전해져.'

하지만 그때 패트리샤는 알아차렸다. 알래스카가 숨을 헐떡 이고 있었다. 아직 죽지 않은 것이다. 두개골에서 많은 양의 피 가 흘러나왔지만 알래스카는 의식이 붙어 있었다. 알래스카의 두 눈이 둥그렇게 열리며 패트리샤를 응시했다. 그 눈 속에 슬 픔이 담겨 있었다. 패트리샤는 눈물이 쏟아졌다. 알래스카 곁에 무릎을 꿇고 앉아 머리카락을 쓰다듬으며 귓가에 다정한 말을 속삭였다. 사랑한다고, 이제 영원히 사랑할 수 있다고 속삭였 다. 그렇게 얼마간의 시간이 흘렀다. 죽음이 아주 가까이 다가 오긴 했지만 아직 들이닥칠 기미는 보이지 않았다. 알래스카는 슬품과 사랑이 뒤섞인 눈빛으로 여전히 패트리샤를 응시하고 있었다. 패트리샤는 어찌해야 좋을지 알 수 없어 기다렸다. 한 시간이 흘러갔다. 알래스카는 여전히 가쁜 숨을 내쉬고 있었다. 패트리샤는 그 헐떡거리는 소리를 더는 듣고 있을 수 없었다. 그래서 회색 스웨트셔츠 속에 두 손을 끼워 넣고 알래스카의 목을 졸랐다. 손가락으로 목 한가운데를 움켜잡아 힘껏 누르면서 패트리샤는 펑펑 울었다. 손가락에 힘을 줄수록 패트리샤의 울음소리가 커졌다. 눈물이 얼굴을 적셨다. 알래스카가 죽었다. 급기야 모두 끝났다.

패트리샤는 둘둘 말아놓은 자리와 비닐 봉투를 챙겨 들고 숲속으로 모습을 감췄다. 알래스카의 피가 묻은 회색 스웨트셔츠는 계획대로 캠핑카 안에 던져 넣고 나서 차에 올랐다. 알래스카의 완전범죄 지침에 따르면 해야 할 일이 하나 더 남아 있었다. 그 산림 도로에 월터의 검은색 포드 토러스가 다녀간 흔적을 만들어놓아야 했다.

***

파란색 클라이슬러 자동차가 마운트플레전트 중심가에 나타난 시간은 새벽 1시 45분이었다. 패트리샤는 느린 속도로 차를 몰았다. 주위에 사람이 있는지 확인할 필요가 있었지만 보도를 따라 주차된 차량 가운데 월터의 검은색 포드 토러스를 찾아내야 했기 때문이었다. 사냥·낚시용품점 〈캐리 헌팅 앤 피싱〉 근처에서 문제의 자동차가 시야에 잡혔다. 패트리샤는 차에서 내려 미리 챙겨 온 망치를 손에 쥐고 포드 토러스로 조심스레 다가갔다. 우선 뒤 범퍼를 한차례 세게 가격한 뒤 오른쪽 후미등을 내려쳤다. 후미등이 부서지며 파편이 날아갔다. 패트리샤는 후미등 파편을 꼼꼼히 주워 모은 뒤 크라이슬러에 다시 올라 어둠 속으로 사라졌다. 자동차 등이 깨지는 소리를 같은 거리에 사는 이웃집 여자가 들었다. 책방 주인 신지아 로카트였다. 그 소리가 궁금해 거실 창가로 다가간 신지아 로카트는 매사추세츠주 번호판을 단 파란색 차가 사라지는 모습을 때마침 놓치지 않고 볼 수 있었다.

**

그 일이 벌어지고 나서 11년 후 패트리샤는 범행을 남김없이 고백해 마음의 짐을 덜어냈다.

"다시 산림 도로로 갔어요." 패트리샤는 말을 이어갔다. "자동차 후미등 파편을 눈에 잘 띄도록 뿌려두고, 나무 둥치를 망치로 때린 다음 포드 자동차 차체에서 긁어낸 도료를 그 자리에 발라 충돌한 흔적을 만들었죠."

"그 이틀 후에 우리는 월터를 체포했죠." 페리가 말했다. "모든 증거가 월터를 가리키고 있었으니까요. 그 가운데 회색 스웨트셔츠는 월터의 것이 아니라 에릭에게서 빌린 것이었어요. 그러니 거기에 두 사람의 DNA가 각각 남아 있었죠."

패트리샤가 동의했다.

"그 당시 내가 이해할 수 없었던 어떤 이유로 월터가 범행을 자백하면서 에릭 도노반을 공범으로 끌어들였지요. 나는 그 이유를 경사님의 수사 결과를 보고 나서야 알 수 있었어요. 월터의 자백은 강요된 것이었고, 또 캐리 부인이 에릭에게 협박당한 과거를 알게 된 월터가 복수를 위해 에릭을 공범으로 지목했다는 사실을 말이에요."

페리가 말을 보탰다.

"월터가 에릭을 궁지에 끌어넣을 생각을 한 건 취조실에서 에릭의 스웨트셔츠가 중요한 증거물이 되었다는 사실을 알고 나서일 겁니다."

"그렇겠죠." 패트리샤는 잠시 생각하다가 진술을 이어갔다. "에릭은 경찰에 체포된 이후 가족을 통해 내게 연락해왔어요. 변호를 맡아달라는 부탁이었죠. 덕분에 나는 일이 돌아가는 상황을 알게 되었어요. 어쨌거나 내 계획이 제대로 수행되고 있더군요. 나는 변호인 자격으로 에릭과 정기적으로 접촉했고, 그 덕분에 사건의 전개를 내부에서 추적하며 조절할 수 있었죠.

피의자 신문이 진행되는 동안 나는 그를 완벽히 통제했어요. 그는 두려움에 짓눌린 상태였고, 그래서 내가 지시하는 대로 따랐죠. 내가 조언하는 척 건네는 말이 그에게는 신의 말씀처럼 들렸나봐요. 나는 그에게 되도록 말을 하지 말라고 압박했죠. 그래야 재판에서 유리하다고 믿게 한 거예요. 하지만 알다시피 묵비권을 행사하는 자들은 대개 죄가 있거든요. 그러니 그런 태도가 에릭에게 유리하게 작용할 리 없었죠. 게다가 나로서는 도무지 예상 못한 그 프린터까지 에릭의 유죄를 뒷받침할 증거로 제시되었어요. 신문이 진행되는 틈틈이 나는 에릭을 정신적으로 궁지에 몰아넣었고, 압박에 지친 그가 유죄판결을 기정사실로 받아들이게 했어요. 나는 그를 무력하게 만들었죠. 그가 자포자기 상태라는 걸 나는 알고 있었어요. 로렌이 오빠의 무죄를 입증하기 위해 나름대로 사건을 수사하겠다고 나섰을 때 나도 협력하겠다면서 곧바로 끼어들었죠. 그래야 혹시라도 새로운 정보가 나오는지 감시할 수 있고, 필요한 경우 가짜 증거를 만들어 보낼 수 있었으니까요. 내가 안전하기 위해 에릭은 감옥에 있어야 했어요. 재판을 앞두고 시도한 일이 나로선 신의 한 수였죠. 목숨을 부지하려면 유죄를 시인하는 수밖에 없다고 에릭을 설득했거든요. 에릭은 교수형을 피할 수만 있다면 어떤 조건이든지 받아들일 생각이었고, 그 점을 이용한 나에게 말려들어 결국 자신의 죄를 시인했어요. 바로 그 지점에서 나는 마침내 원건범죄에 성공했다는 걸 확인했죠. 한 가지 문제만이 남아 있었어요. 니콜라스 카진스키, 월터를 신문한 그 경찰이 남은 변수였죠. 나는 월터가 무죄임을 아는 만큼 그의 자백이 어떤 종류의 폭력으로 강제된 것이라고 잠작했어요. 만약 니콜라스가 신문 과정에서 보여주었던 폭력을 나중에라도 실토한다면 내가 설계해놓은 모든 것이 물거품이 될 수도 있었죠. 그러니까 니콜라스를 제거할 필요가 있었어요. 달리 방법이 없잖아요. 니콜라스를 몰래 염탐한 결과 그가 매일 새벽에 조깅하러 나선다는 사실을 알아냈죠. 1월 어느 새벽에 나는 벤자민이 브리티시컬럼비아로 스키 휴가를 떠난 틈을 타 바이널헤이븐 섬으로 건너가 파란색 크라이슬러를 몰고 나왔죠. 이미 아는 대로 그 차로 니콜라스를 들이받았지만 죽이는 데 실패했어요. 모두들 교통사고라고 생각했지만 어쨌든 나로서는 더 이상 다른 시도를 할 수 없게 되었죠. 다시 니콜라스를 죽이려고 할 경우 의심을 살 위험이 컸으니까요. 나는 니콜라스를 살려두는 수밖에 없었어요. 벤자민이 돌아오기 전, 크라이슬러를 수리해 바이널헤이븐 섬의 별장 차고에 다시 넣어두는 것으로 완전범죄를 위한 노력을 마무리했죠. 몇 년의 세월이 흘러갔어요. 알래스카 사건은 잊힌 듯이 보였어요. 나는 완전범죄에 성공했다고 믿었죠. 지난 11년간 내가 설계한 범죄의 톱니바퀴는 완벽하게 작동했어요. 당신들 두 사람이 나타나기 전까지는 그랬죠."

"그럼 벤자민 브래드버드는 어떻게 된 겁니까?" 페리가 물었다.

"로렌도 에릭도 벤자민에 대해서는 잘 몰랐어요. 경사님이 벤자민을 추적하고 있다는 사실을 로렌으로부터 들었을 때 나는 위험을 느꼈어요. 벤자민을 잡아당기는 줄에 내가 딸려 나갈 수도 있었으니까. 그렇더라도 내가 먼저 움직이지는 않았어요. 벤자민이 자살한 건 나에게는 행운이었죠. 두 분이 수사를 종결한 것만 봐도 그의 자살로 모든 게 그대로 덮일 수도 있었잖아요. 사실 나는 벤자민의 자살이 그리 놀랍지 않아요. 벤자민에게 명예가 얼마나 중요한지 잘 아니까요. 엘레노어와의 스캔들은 의사로서 그의 경력에 종지부를 찍고, 어머니의 명성을 더럽히고, 미스 뉴잉글랜드 선발대회의 품격을 실추시킬 만한 일이었죠. 벤자민이 걸핏하면 입에 올리던 '인생은 파워 게임'이라는 말이 기억나네요. 알래스카와 나는 완전범죄를 설계했어요. 그 톱니바퀴 장치에 끼어든 모래 알갱이가 바로 페리 당신과 마커스였죠. 두 사람은 멋진 이인조였어요."

**

그날 패트리샤의 자백을 들은 후 페리와 나는 마운트플레전트로 돌아갔다. 우리는 그레이비치 주차장에 차를 세워두고 호숫가로 내려갔다. 도중에 나는 들꽃 두 송이를 꺾어 손에 늘었다.

페리는 모래밭 위로 몇 걸음 걸어가 호수를 바라보았다.

"11년하고도 조금 더 전에 나는 바로 이 자리에 서 있었지. 내 파트너 매트 반스와 함께. 그때나 지금이나 변함없어 보이는 이 모래밭에 젊은 금발여자의 시신이 아무런 정보도 없이 널브러져 있었고, 곰 한 마리가 경찰이 쏜 총알을 맞고 나자빠져 있었지. 그 젊은 여자의 이름은 알래스카 샌더스였어. 나는 그 여자에 대해 아는 게 전혀 없었지. 더군다나 그 여자가 내 인생을 뒤집어 놓으리라는 건 까마득히 몰랐어."

내가 들꽃 한 송이를 페리에게 건넸다. 우리는 각자 꽃 한 송이를 호수에 던졌고, 그 꽃들이 잔잔한 호수의 물결을 따라 떠도는 모습을 지켜보았다.

"알래스카 샌더스를 기리며." 내가 중얼거렸다.

페리가 말했다. "사건의 진실을 밝힐 수 있어서 정말 다행이야. 모두가 자네 덕분이지. 고마워."

그러고는 잠시 말이 없던 페리가 다시 입을 열었다.

"솔직히 말하려니까 손발이 오그라드네. 나는 자네와 함께 있는 게 좋아."

"나도 그래요. 경사님과 있는 게 좋아요."

"마음 내키면 언제든지 우리 집에 와."

"그럴게요, 경사님. 그런데 계속해서 다른 사람의 삶에 얹혀 갈 수는 없잖아요. 이제부터는 내 삶을 만들어봐야죠."

"그런 말을 들으니 반갑네."

우리는 동시에 함께 웃었다. 페리가 말을 덧붙였다. 이번에는 아주 진지한 어조였다.

"고마워."

"뭐가요?"

"자네가 내 삶을 치유해 주었거든. 언젠가 내가 자네의 삶을 치유해줄 수 있기를 바라."

/

에필로그

/

알래스카 샌더스 사건이 해결되고 일 년 후

　소설 《알래스카 샌더스 사건》은 2011년 9월에 출간되었다. 이 책은 내 삶에서 하나의 이정표, 말하자면 전환점이 되었다. 이 책을 세상에 내놓으면서 나는 2006년에서 2010년까지의 시기, 앞서 몇 번 이야기한 대로 내 삶에서 가장 중요하고, 그런 만큼 힘들었던 그 시기를 마무리할 수 있었다.

＊＊＊

　책이 출간되고 몇 주일 후 페리 게할로우드 경사는 아내의 꿈을 실천에 옮겼다. 이름을 '헬렌'으로 지은 요트에 딸들을 태우고 세계 일주를 떠난 것이다. 그들이 포츠머스 항구의 한 부두에서 출항하던 날 나도 함께했다. 랜스데인 청장도 그곳을 찾았다. 우리는 그들을 도와 출항 준비에 몰두했다. 페리 게할로우드 가족은 1년 예정으로 떠나 2012년 크리스마스에 돌아오기로 되어 있었다.

"이 자리에서 목을 빼고 기다릴 거예요. 경사님도 아이들도 몸 건강하게 잘 다녀오세요."

"걱정하지 말고 나를 믿고 기다려."

내가 페리에게 배낭 하나를 내밀었다.

"책을 몇 권 가져왔어요. 추리 소설들이에요. 이 책이 있으면 몇 날 밤은 잘 버틸 수 있을 거예요."

페리가 나를 향해 장난꾸러기처럼 웃었다.

"나도 자네가 읽을거리를 가져왔어."

페리는 내게 서류 봉투 하나를 건넸다. 내가 봉투를 열어보려고 하자 그가 말렸다.

"아냐, 지금은 안 돼. 기다렸다가 내가 떠난 다음에 열어봐."

나는 페리의 말을 충실히 따랐다. 게할로우드 가족이 탄 요트가 부두를 떠나자마자 봉투를 열었다. 안에는 수사 기록 한 부가 들어 있었다. 상대적으로 얇은 편인 그 수사 기록에는 메인 주 뱅고어 경찰서 스탬프가 찍혀 있었고, 겉장에는 사인펜으로 '가비 로빈슨 사건'이라고 적혀 있었다. 마지막까지 내드 빈스에게 마음의 짐으로 남았던 그 미제 살인사건이었다. 1990년 초 열일곱 살 여자아이가 한밤중에 걸어서 귀가하다가 살해당한 사건으로 여전히 범인이 누군지 밝혀내지 못하고 있었다.

페리가 저만치 멀어져가는 갑판 위에서 나를 건너다보며 소리쳤다.

"나도 한 부 복사해서 가져가고 있어. 일 년 후에 다시 만나자고!"

나는 손나팔을 만들어 입에 대고 나서 페리를 향해 외쳤다.

"단단히 돌았네요."

"우리가 친구인 이유지."

***

나는 앞으로 맞이할 그 일 년의 시간 동안 내게 얼마나 많은 일이 있을지 상상하지 못했다.

페리가 떠나고 나서 얼마 후 《알래스카 샌더스 사건》영화 판권이 팔려 로이 바나스키에게 큰 즐거움을 안겨주었다. 로이 바나스키는 판권 계약서에 서명하면서 그 돈을 어떻게 쓸 계획인지 물었다. "집을 한 채 살 생각이에요." 나는 그렇게 대답했다. "글을 쓸 집이 필요해요."

나는 그 생각을 실천했다.

2011년 11월 플로리다주 보카레이턴에 집을 한 채 사서 2012년 초에 그곳으로 옮겼다. 눈이 엷게 덮인 뉴욕에서 자동차로 떠나 다음 날 플로리다의 뜨거운 여름으로 들어갔다. 가는 도중 한 친구에게 전화를 걸었다. 다시 찾은 그 친구가 있어서 나는 이제 혼자가 아니었다.

"〈마커스의 세상〉 책방입니다." 해리 쿼버트의 목소리가 대답했다.

"해리, 마커스입니다."

"마커스! 자네, 어떻게 지내나?"

"플로리다로 가는 길입니다."

"전에 말한 그 집을 마침내 구입한 건가?"

"네."

"잘했네. 드디어 그들의 자취를 밟아 떠나는군. 마침내 그들의 이야기를 하게 되었어."

나는 조용히 미소 지었다. 차 계기판 구석에 끼워놓은 사진을 바라보았다. 사진 속에 볼티모어 골드먼들이 전부 있었다. 그들 네 사람 모두가 나를 다정하게 지켜보는 느낌이었다.

"그 시간이 되었어." 해리가 말했다.

"어떤 시간이요?" 내가 물었다.

"삶을 치유할 시간."

〈끝〉

/

옮긴이의 말

/

알래스카의 침묵

《해리 쿼버트 사건의 진실》로 천재작가라는 찬사를 얻으며 등장하여 《볼티모어의 서》, 《스테파니 메일러 실종사건》을 연달아 성공시킨 조엘 디케르가 이번에는 《알래스카 샌더스 사건》으로 우리를 찾아왔다. 이 작품은 작가의 멘토이자 전담 에디터이던 프루스트 연구자 베르나르 드 팔루아가 세상을 떠난 후 작가 자신이 출판사를 설립하여 펴낸 첫 소설이기도 하다. 《알래스카 샌더스 사건》 역시 출간과 동시에 독서계에 엄청난 반향을 불러일으켰고, 거의 두 달 가까이 최고의 베스트셀러 자리를 차지하면서 조엘 디케르의 식지 않는 인기를 입증해 보였다. 특히 스릴러 작가로서 조엘 디케르를 좋아하는 독자들의 반응이 그 어느 때보다 뜨거웠는데, 독자 대중의 이런 열광과 나란히 평단에서도 공통적으로 엄지를 들어준 부분이 바로 스릴러 소설로서 이 작품이 이루어낸 탁월한 흡인력과 높은 완성도였다.

조엘 디케르표 스릴러의 공식대로 이 작품도 첫 페이지에 살인사건을 던져놓으며 시작된다. 미인대회 당선자인 22세의 알래스카 샌더스가 호숫가에서 시신으로 발견된다. 곧바로 뉴햄프셔주 경찰청 강력반이 범죄 현장으로 출동하고 희생자의 주변 인물에 대한 탐문이 시작된다. 사건은 단순해 보인다. 범인의 윤곽이 쉽사리 드러난다. 사실 너무 일찍, 너무 쉽게 드러난다. 이렇게 범인이 체포되지만, 경찰 신문 도중 예기치 않은 총기 오발 사고로 범인이 죽은 것이다. 다른 한 사람의 공범은 종신형을 받아 수감되고, 수사는 종결된다. 물론 이렇게 너무 빨리 얻은 결과가 진실일 리 없다. 그로부터 11년 후 이 사건을 담당했던 수사관 페리 게할로우드에게 익명의 편지가 전해진다. 과거의 수사가 잘못되었으며 진짜 범인이 따로 있다는 것이다. 이제 페리는《해리 쿼버트 사건의 진실》에서 함께 사건 추적에 나섰던 마커스 골드먼과 이번에도 짝을 이뤄 과거에 묻힌 진실을 찾아 나선다. 사건과 관련된 인물들의 과거가 다시 소환된다. 각자의 숨겨진 행적들이 드러난다. 일상의 평온함 이면에서 작동하는 저마다의 이기심과 욕망이 하나씩 벗겨지면서, 잠재된 용의자들이 차례차례 제시된다. 여기까지는 추리소설의 일반적 구성과 전개라고 할 수 있다. 조엘 디케르 작품의 매력은 정형화된 이런 구조 안에서 발휘되는 디테일의 힘이다. 이 작가는 장과 장을 이어가며 의문과 궁금증을 증폭시키고, 퍼즐을 하나씩 맞춰나가면서 새로운 퍼즐과 맞물리게 한다. 비밀이 안 섭 한 꺼풀 벗겨지고 미침내 진짜 범인이 등장한다. 분명 뜻밖의 인물이지만, 또한 그 인물일 수밖에 없다고 받아들이게 되는 설득력은 이렇게 정교하게 맞물린 디테일에서 나온다. 《해리 쿼버트 사건의 진실》에 대해 "빈틈없이 맞물려 돌아가는 톱니바퀴 같은 구성"이라고 했던 베르나르 피보의 표현은 이제 조엘 디케르표 스릴러 소설의 전매특허가 된 듯하다.

'알래스카 샌더스'라는 이름 역시 궁금증을 불러일으킨다. '알래스카'는 누구나 아는 이름이지만, 여성이 이 이름을 지닌 경우는 흔치 않다. 우리가 아는 알래스카는 얼어붙은 땅, 얼음으로 덮인 침묵의 지대다. 의미를 넓혀 본다면 그 침묵은 과거 어떤 비극적인 사건으로 인해, 더 정확히는 그 사건의 트라우마로 인해 빚어진 침묵이다. 눈부시게 아름다운 미의 여왕이자 '영원히 잊지 못할 미소'를 지닌 알래스카, 지금은 시신이 되어 침묵하는 알래스카, 그 얼어붙은 아름다움은 이제 미지의 수수께끼로 놓여 있다. 그 침묵 밑에 어떤 폭력의 흔적이 숨겨져 있으리라는 추측만 가능할 뿐이다. 이렇게 볼 때 알래스카라는 이름에 이어지는 '샌더스'의 의미는 자명하다. 폭력이 도사린 동토의 표면을 갈아내는 사포(砂布) 작업, 얼어붙은 침묵 아래 숨겨진 진실을 찾아내는 작업인 것이다.

《알래스카 샌더스 사건》은 발표 당시 작가의 출세작인 《해리 쿼버트 사건의 진실》이 돌아온 것 같다는 평을 들었다. 스릴러 작가로서 조엘 디케르를 좋아하는 독자들은 특히 이 작품을 '해리 쿼버트의 귀환'으로 부르며 그 당시의 열광을 재현해 보이기도 했다. 해리 쿼버트가 돌아왔다는 말은 작품에 대한 독자의 열광이 되돌아왔다는 의미이기도 하지만, 우선은 작품

구성과 인물의 귀환으로 설명할 수 있다. 《해리 쿼버트 사건의 진실》처럼 《알래스카 샌더스 사건》도 제목부터 본격 미스터리 장르를 표방한다. 사건을 추적하는 주인공으로 첫 소설의 두 추적자가 또다시 등장하며, 사건의 발단과 전개도 마치 메아리를 주고받듯 상응한다. 첫 소설의 인상적인 희생자 놀라 켈러건 역시 정원 흙 속에 누워 긴 세월을 침묵해온 소녀로, 알래스카가 그렇듯 폭력의 흔적이 새겨진 침묵의 상징이다. 무엇보다 《알래스카 샌더스 사건》과 《해리 쿼버트 사건의 진실》, 이 두 작품은 범죄 사건의 진실을 찾아가는 과정이 한 편의 소설이 쓰이는 과정과 나란히 결합한다는 점에서 닮은꼴이다. 범죄 사건의 진실을 묻는 말은 작가 마커스 골드먼이 제기하는 글쓰기에 대한 질문과 얽혀 있다. '어째서 진실을 밝혀내야 하는가?'가 '왜 글을 써야 하는가?'와 나란히 놓인다.

조엘 디케르의 다른 작품들에서와 마찬가지로 《알래스카 샌더스 사건》에서 과거에 발생한 범죄의 진실을 파헤치는 과정은 관련 인물들의 상처받은 삶을 구원하는 회복의 여정이기도 하다. 인물들은 상처가 있고, 슬픔을 품고 있다. 예를 들어 페리 게할로우드는 살인사건 해결을 통해 아내를 잃은 자신의 상처를 메우며 마침내 정의를 구현함으로써 친구 매트 반스의 부서진 삶을 치유한다. 이런 페리가 작품 후반부에 마커스 골드먼에게 던지는 말은 이제부터는 마커스가 그의 과거를 치유할 차례라는 것이다. 작가로서 마커스가 자신의 상처를 치유하고 삶을 회복할 방법은 글쓰기의 힘을 되찾는 것이다. 작중인물 해리 쿼버트가 전작에서 튀어나와 끊임없이 마커스 주위를 맴돌며 다소 역시스럽고 수고고운 술래잡기 놀이를 펼치는 이유도 마커스에게 글쓰기의 힘을 되찾아주기 위해서이다. 대중 지향 글쓰기의 가장 성공한 모습을 보여주는 작가로 지목되는 조엘 디케르이지만, 그의 작품들 역시 어떻게 살아야 할 것인가라는 질문이 출발점이라는 사실은 달라지지 않는다. 범죄 스릴러 소설의 형식을 경유지로 삼아 어김없이 삶에 대한 질문으로 돌아오는 것이 이 작가의 여정인 건 분명하다. 그런데 상처받고 부서진 개인의 삶을 글쓰기를 통해 회복하고 치유한다는 주제는 조엘 디케르가 앞서 《볼티모어의 서》에서 이미 펼쳐놓은 바 있다. 즉 《알래스카 샌더스 사건》은 글쓰기의 가능성을 모색했던 《해리 쿼버트 사건의 진실》과 삶의 회복과 치유로서의 글쓰기를 구현한 《볼티모어의 서》를 연결하는 다리 역할을 한다. 이 작품을 통해 마침내 조엘 디케르 삼부작이 완성된 것이다.

조엘 디케르는 한 인터뷰에서 "책을 읽지 않는, 혹은 드물게 드는 사람들이 휴대폰 대신 내 책을 손에 들게 하고 싶다."고 말했다. 어느덧 그에게 박해진 평단의 평가에 대한 방어이겠지만, 또한 '읽히기 위해' 글을 쓴다는 작가 자신의 신념을 다시금 확인하게 해준다. 조엘 디케르가 오늘날 대중 독자에게 읽히기 위한 글쓰기를 누구보다 열심히 모색하고 있다는 점은 인정할 수밖에 없다. 그에게 열광하는 수많은 독자가 평단이 칭찬한 작품을 읽기 위해 도서관으로 가는 대신 그의 책 출간일에 맞춰 서점으로 달려가니까 말이다. 대중에게 읽히는 글쓰기를 향한 작가의 끊임없는 노력이 어디를 향해 갈지 궁금하다.

임미경